1935

RAFAEL GUIMARAENS

Libretos

Porto Alegre, 2020

©Rafael Guimaraens, 2020
Todos os direitos de edição resevados à Libretos.

EDIÇÃO E DESIGN GRÁFICO
Clô Barcellos

REVISÃO
Maria Rita Quintella
Revisão de francês – Francine Roche

CAPA
Arte sobre foto da Exposição de 1935: Banco de Dados do Museu da UFRGS
Foto do automóvel: Memorial do Tribunal de Justiça RS. Processo Aparício Cora de Almeida
Foto do Cassino, na 4ª capa: cortesia de Anna Maria Busko

DADOS INTERNACIONAIS DE CATALOGAÇÃO
Bibliotecária Daiane Schramm – CRB-10/1881

G943m Guimaraens, Rafael
        1935. / Rafael Guimaraens. – Porto Alegre: Libretos, 2020.
   336p.; 15,7x 22,7cm
       ISBN 978-65-86264-22-7
        1. Literatura - Romance. 2. Porto Alegre - Rio Grande do Sul.
   3. Centenário Farroupilha. 4. Crime. 5. Mistério. I. Título.

                                                            CDD 869.3

Libretos
Rua Peri Machado, 222, bloco B/707
CEP 90130-130
Porto Alegre/RS/Brasil

www.libretos.com.br
Instagram e Facebook – @libretoseditora
Youtube – libretos100
WhatsApp – (51) 99355-4456
libretos@libretos.com.br

Os ratos vão roer
– já roeram! –
todo o dinheiro!...

DYONÉLIO MACHADO
OS RATOS
1935

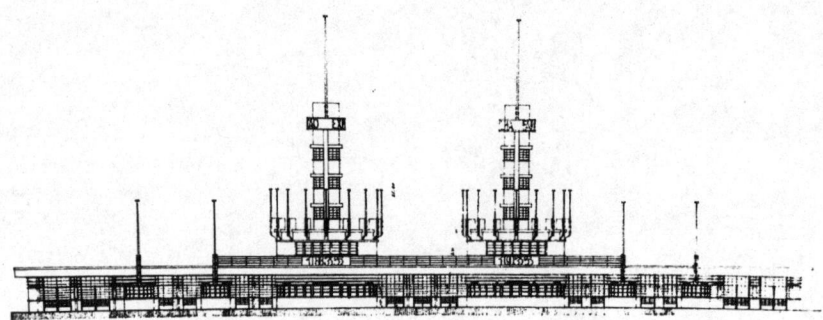

Planta da fachada de entrada da Exposição
do Centenário Farroupilha
Fonte: Faculdade de Arquitetura da UFRGS

1

Antes de entrar no quarto 26 da Santa Casa de Misericórdia, onde Dercília Duarte convalesce das três facadas que sofreu na noite passada, já conheço boa parte da história pela voz de sua mãe, Joana, que agora caminha em círculos no corredor, fuma um cigarro atrás do outro e amarga um terrível sentimento de culpa pelo que ocorreu. Joana contou e eu anotei que Dercília, de 16 anos de idade, caiu na conversa de um tal Jesualdo Azevedo, jornaleiro de 24. Depois de obter o que queria, o tipo pressionou a menina para que não desse com a língua nos dentes sobre o que se passou entre os dois. Porém, ela não conseguiu guardar segredo e desabafou com a mãe.

Joana fez o que as mães costumam fazer em situações como essa: exigiu que Jesualdo reparasse o mal que havia feito à filha, caso contrário o denunciaria à Polícia pelo crime de defloramento – deflorar menor de idade empregando sedução, engano ou fraude, artigo 267 do Código Penal, pena de quatro anos de reclusão. O jornaleiro não teve muita escolha. Ou se casava com Dercília ou iria para a Casa de Correção – e ele sabia muito bem o que acontece na cadeia com quem seduz menor de idade.

Até aí, nada de novo. Fatos como esse acontecem todos os dias com ricos e pobres, brancos ou pretos – e muitas famílias respeitáveis se constituem a partir desses arranjos pelos quais adultos buscam corrigir a afoiteza dos jovens impondo a eles o único mecanismo socialmente recomendado para essas ocasiões: o matrimônio. O que foge do *script*: passados menos de dois meses do consórcio, Jesualdo apunhalou Dercília pelas costas, durante uma discussão banal antes do jantar – e aí reside o remorso de Joana. "Maldita hora que eu entreguei minha filha nas mãos desse cretino", ela não fala, mas a frase está estampada em seu semblante e presente em cada gesto como uma chaga que não desgruda.

Outra parte da história eu havia apurado na chefatura de Polícia. Dercília caiu ao chão banhada em sangue. Jesualdo tentou fugir, porém, trôpego, foi facilmente capturado pelos vizinhos do barraco, alertados pelos gritos da jovem, e conduzido à chefatura, em completo estado de embriaguez. Tentei conversar com o tipo através das grades, mas ele se manteve em silêncio, rosto túrgido, olhos assustados, uma mão coçando a outra.

Agora estou na Santa Casa e a custo obtenho de Joana a autorização para uma breve entrevista com a filha.

"Só cinco minutos contados no relógio", vira-se para o fotógrafo Maurecy, "e nada de retrato!"

O quarto que Dercília divide com mais três pacientes recende a clorofórmio e esparadrapo. Uma tênue cortina de linho sobre o janelão que dá para a Praça da Piedade suaviza a furiosa intensidade do sol de janeiro. Duas freiras vestindo hábitos brancos movem-se entre os leitos em discreta circunspecção a ministrar remédios e dirigir palavras de conforto aos enfermos, os quais respondem com gemidos frágeis e tristes. A menina está deitada de lado próximo à janela com as mãos juntas entre o rosto e o travesseiro. O avental azul aberto nas costas deixa à mostra os curativos levemente manchados de emplastros amarelos.

Contorno a cama e sento-me no banco junto à cabeceira.

Mesmo afundada na melancolia, Dercília exibe uma fisionomia agradável: olhos grandes como os da mãe, o nariz um pouco mais fino, lábios não tão carnudos, a tonalidade da pele mais clara. Em seu prontuário, pendurado à guarda inferior da cama de ferro, o espaço de *filiação paterna* está assinalado com um risco. Imagino que ela seja fruto de um "mau passo" da negra Joana com um branco, talvez seu patrão ou alguém que fez valer sua supremacia social para subjugá-la, desfrutar dela o quanto pôde e depois abandoná-la à própria sorte, com seus parâmetros de dignidade e honradez estraçalhados. Provavelmente, esse alguém sequer ficou sabendo da existência da menina ou, se soube, não deu a mínima. Assim, para a jovem prostrada no leito da Santa Casa, seu pai não passa de um risco.

"Olá, Dercília. Meu nome é Paulo Koetz, do *Correio do Povo*."

Quando ouve o nome do jornal, ela fecha os olhos de vergonha, e eu compreendo. Sua existência que recém desabrocha será resumida a uma notícia na página policial, a qual as pessoas irão ler, talvez comentar com piedade ou desprezo, e logo todos esquecerão – todos, menos ela, cuja sina será carregar pelo resto de seus dias o fardo da tragédia impresso em suas costas na forma de cicatrizes.

"Te sente bem pra falar?"

O movimento de cabeça é quase imperceptível.

"Eu até gostava dele", murmura, com uma voz de criança chorosa. "De um tempo pra cá, virou bicho."

"Como foi? Ele chegou, vocês discutiram…"

"Entrou no barraco batendo porta, fedendo a cachaça, como sempre. Daí, eu falei: pra *vim* assim, não precisava nem voltar pra casa. Que ficasse com as *nêga* dele."

"E ele?"

"Deu uma bofetada e me encheu de desaforos. *Cazê* a janta?", arremeda a voz do marido embriagado, e isso até que soa engraçado no meio de todo aquele drama. "Faz tu!, eu falei. *Zuuta* aqui, *zu* me respeita. Não amola!, eu disse e virei as costas. Daí, senti a pontada, depois outra, não sei quantas. Caí e desmaiei. Acordei aqui."

"Tá doendo?"

"Os ferimentos não foram tão fundos. Também, no estado que ele *tava*. Não tenho posição pra dormir, mas o pior é a dor aqui dentro", encosta a mão no peito e duas lágrimas rolam pelo rosto.

"Já sabe que ele foi preso?"

"Por mim, que apodreça na cadeia. Não quero ver esse *nêgo* nem pintado de ouro."

Joana surge na porta, aflita, e determina com um gesto enérgico que a conversa encerrou, bem antes dos cinco minutos combinados.

"Boa sorte, Dercília", eu desejo a ela com toda a sinceridade, mas com escassas esperanças de que isso vá se realizar.

Deixamos a menina com suas dores, a mãe com seus remorsos e as freiras com suas rezas. À porta da Santa Casa, o solaço da tarde nos acerta em cheio.

"A matéria do dia está garantida. O que surgir até a noite é lucro. Vamos a pé?", proponho ao fotógrafo Maurecy.

"É uma pernada e tanto nesse calorão", ele reclama.

"Pra espairecer. Estamos com tempo."

"Espairecer, porque tu não precisa carregar esse trambolho", ele dá dois soquinhos no estojo de couro onde guarda o equipamento fotográfico.

"Eu levo pra ti."

"Não precisa."

Maurecy traz a maleta presa a uma alça que pesa sobre seu ombro esquerdo e o obriga a erguê-lo acima do outro, provocando um desequilíbrio corporal que, imagino, deve lhe causar uma boa dor nas costas.

"Por que tu não alterna o ombro?"

"Eu fazia isso, mas a gente vai deixando pra lá, quando vê..."

Contornamos a Praça da Piedade rumo ao fervo da Rua da Praia. Antes, peço para conferir a programação do Cine Apolo, do outro lado da rua. O cartaz mostra Clark Gable e Norma Shearer com olhares absortos, ele com o rosto sobre a cabeça dela, deixando claro ao público que *Strange Interlude*, pobremente traduzido pelo escritório nacional da Metro-Goldwyn-Mayer para *Mentiras da Vida*, é um drama daqueles. Pela Norminha, talvez valha a pena.

"Já assistiu?"

"Ainda não", respondo.

"Milagre! Nunca vi alguém gostar tanto de cinema."

Da esquina com a Senhor dos Passos, ponto mais alto da Rua da Praia, até o jornal precisaremos percorrer quase um quilômetro. De saída, a algaravia diante do Barateiro, o empório onde se pode comprar qualquer bugiganga pelos melhores preços da praça, nos obriga andar pelo cordão da calçada, tendo a mão erguida para proteger o rosto do sol.

"Bonita a *negona*. Falo da mãe, a mocinha não cheguei a ver."

"Parecida com a mãe."

"É cozinheira, sabia? Bati uma caixa com ela", Maurecy fala de Joana com entusiasmo.

"Que empolgação é essa? Pensei que estava aposentado."

"Ainda me resta um braseiro de reserva. Assoprando, dá um foguinho."

Tenho que rir. Ele insiste:

"Bonita e boa, mas me sacaneou. O que custava me deixar fotografar a guria?"

"Quis preservar a filha, mas o retrato mais importante, esse tu já tem: é a do Jesualdo no xadrez."

"Ordinário *fiá* da puta, fazer isso com a menina. Se é comigo, dava uma camaçada de pau."

"Pelo estado dele, acho que já deram."

"Vai por mim: sem demora, *tá* solto."

"Três punhaladas? Acho difícil."

"Ah!", ele desdenha a minha observação com uma interjeição depreciativa, como se eu não soubesse nada dessas coisas, e ele sim. "Quer apostar?"

"Meu falecido pai, o sábio Armindo Koetz, pregava: teima, mas não aposta."

Madames e *mademoiselles* flanam pela Rua da Praia de braços dados em duplas, em trincas, em quartetos, nunca sozinhas, pois isso lhes acarretaria problemas de toda ordem. Algumas portam sombrinhas que rodopiam com graça. Vestem roupas claras de linho ou tafetá, abertas nas costas e justas nos quadris; outras usam luvas e lenços de seda coloridos combinando com chapéus de feltro ou croché em forma de toucas que cobrem os penteados a imitar Greta Garbo, Carole Lombard ou Loretta Young, deixando os cachos à mostra.

Concentram-se em maior número na calçada à direita de quem segue para a Praça da Alfândega, pois deste lado faz sombra e ali estão as lojas mais concorridas: os chapéus de Kathe Berthold ou da Casa Coelho, os calçados da Seabra, os perfumes da Casa Lyra, as modas da Sloper e as promoções da Bromberg ou da loja Ao Preço Fixo, sem falar na voltinha obrigatória pela Galeria Chaves. Às vezes, atravessam a rua para bisbilhotar as novidades da Krahe, na Dernier Cri ou na Pelaria Paris, procurar alguma joia na Masson ou, se for o caso, comprar buquês nas floristas Primavera, Florida ou Violeta, cujo aroma alivia as narinas das emissões fumacentas emitidas pelos automóveis que entopem o leito da Rua da Praia.

"Cada piteuzinho...", Maurecy está com a corda toda.

São quatro e meia da tarde, hora em que as *gretas, caroles* e *lorettas* dão folga às balconistas dos magazines e seguem em romaria para os templos da gula – as confeitarias Woltmann, Noronha e Schraam –, onde realizarão seus desejos pecaminosos devorando sorvetes coloridos, bolos cobertos de glacê, tortas tapadas de merengue, *pralinés* de chocolate e taças de guaraná, na maior animação e sem qualquer resquício de culpa. Saciada a gulodice, retomam o desfile.

As vitrines exibem roupas de verão, pois ainda temos dois meses de calor pela frente, porém imagino que as vorazes consumidoras já estejam direcionando o pensamento para a próxima meia-estação.

Neste *footing* interminável, são assediadas pelos retratistas de plantão, que pedem sorrisos, batem chapas e lhes empurram seus cartões, e também recebem homenagens em forma de assobios, lisonjas e gracejos dos pequenos grupos de rapazes que se aglomeram em pontos estratégicos ao longo da rua: Bazar Rosa, Casa Senior, Yankee Moda Masculina, Café Nacional, Loteria A Gaúcha e, especialmente, diante da Livraria do Globo – neste caso, os mais letrados ou aspirantes a tal.

Quando passamos pela Globo, o fotógrafo cutuca a ferida.

"Escuta, guri. Em que pé tá a história do teu emprego na *Revista do Globo*?"

"A essa altura, ficou mais fácil ganhar a extração da Loteria."

"Não perca a esperança. Quando menos se espera..."

"...aí mesmo é que não acontece nada. Escuta. Vai indo pro jornal. Vou ali comprar cigarro", aponto para o Café Nacional 17, do outro lado da rua.

"Cigarro, sei..."

Entro no café e me debruço no balcão.

"Uma Oriente gelada e um maço de Astória."

Bebo a cerveja de pé, um copo, depois outro, em poucos goles. Entrego duas notas de mil réis e peço o troco em balas gazosa, pra disfarçar o hálito. Retomo o trajeto em direção ao jornal pela calçada onde estão os cinemas e vou conferindo os cartazes. O Rex apresenta *Aí vem a Marinha*, com o durão James Cagney, que também está em *Bancando o cavalheiro*, bem acompanhado pela inefável Bette Davis, em cartaz no Imperial. O Guarany programou *Amor de dançarina*, com a temperamental Joan Crawford. Ainda fico com as *Mentiras da vida*, isso se sair do jornal a tempo.

1935

A fachada do sobrado número 960 da Rua da Praia possui uma entrada lateral, à direita, um janelão duplo ao centro, coberto com um reposteiro pelo lado de dentro, e uma vitrine, à esquerda, onde estão expostas as notícias do dia, o que sempre provoca alguma aglomeração. A hora em que chego, homens vestindo ternos claros e chapéus empalhados se afocinham na vidraça para saber das últimas novidades da greve, que já parou as principais indústrias de tecelagem e avança para as metalúrgicas, além de estar provocando prisões a rodo pela cidade. A visão do andar de cima imita o desenho do térreo: janela à esquerda, janelão duplo no meio e uma porta à direita que dá saída para uma sacada estreita, a qual ocupa toda a largura do edifício. Nela, estão aparafusadas as letras em ferro: *Correio do Povo*.

A escadaria que leva à redação situa-se no fundo do corredor que ladeia o setor administrativo do jornal. Entre máquinas calculadoras e arquivos de aço, trabalham os empregados do departamento comercial, empenhados em renovar assinaturas e furar os *boycotts* impingidos ao jornal pelo governador Flores da Cunha em pessoa junto aos anunciantes. A sala dos fundos abriga a gigantesca impressora construída especialmente para o *Correio do Povo* pela fábrica Morinari de Paris, que só começa a trepidar às dez da noite, após concluído o trabalho percuciente dos gráficos que montam as páginas do jornal em chumbo nas novas *linotypes*, também importadas da França.

Subo ao segundo andar, cumprimento a recepcionista, sigo pelo corredor onde estão as salas dos chefes e, antes de ingressar na redação, estranho o silêncio. No enorme recinto onde trabalham os repórteres e redatores, todos estão olhando para o mesmo lado. Quem fala é o secretário executivo do comissariado que organiza a Exposição do Centenário Farroupilha, Mário de Oliveira. O diretor do jornal, Alexandre Alcaraz, e o editor Breno Caldas ladeiam o visitante.

Minha cadeira está ocupada pelo colega Mário de Sá. Quando chego, ele faz menção de se levantar, mas faço um gesto para que permaneça ali. Arredo os papéis e me sento com meia perna no canto da mesa. No momento, o palestrante justifica a ausência do intendente municipal na explanação.

"O major Alberto Bins gostaria de estar aqui, em pessoa, para cumprimentar os senhores e dar as boas novas. Infelizmente, sua excelência está às voltas com essa tentativa de greve, aliás, extemporânea e inconveniente, que surge justo no momento em que as forças vivas da cidade estão empenhadas em mostrar a pujança da nossa gente. Assim, nosso intendente, como autoridade diligente que é, está envolvido nesse contratempo, trabalhando em prol da tranquilidade dos concidadãos."

Mário de Sá ergue o tronco e sussurra ao meu ouvido:

"Tranquilidade dos concidadãos uma ova! O burgomestre está preocupado porque a greve está chegando na fábrica dele. Tem uma muralha de brigadianos na porta. *Herr* Bins deve estar escondido dentro de um dos cofres que fabrica."

Tenho que pôr a mão na boca para conter o riso.

"Como os senhores já devem estar cientes", o outro Mário, o dos festejos, prossegue, "a Exposição do Centenário Farroupilha será das mais majestosas até hoje realizadas no Brasil para celebrar os cem anos do maior feito político, militar e social do Rio Grande do Sul."

"...que terminou com uma rendição humilhante", Mário de Sá murmura outra vez. "Que cara de pau! E nem fica corado."

O coordenador dos festejos vale-se de uma planta baixa dos Campos da Redenção presa a um cavalete para indicar a posição dos diversos prédios e estandes que irão compor a majestosa exposição.

Finjo que tomo notas, com o bloco apoiado em uma das mãos. Na verdade, estou redigindo a notícia sobre a desventura de Dercília para depois passar a limpo na máquina de escrever: *Dercília Duarte é menina ainda. Sua família resume-se a sua mãe, Joana, que faz das tripas coração para preservar a filha dos percalços que ela própria sofreu na sua pele negra e na alma humilde que precisa ser reconstruída a cada baque que a vida lhe impõe. Os cuidados de Joana com a filha foram fraudados pela insídia do jornaleiro Jesualdo. Na flor de seus 16* anos, quis o destino cruel que Dercília fosse traiçoeiramente apunhalada em seus sonhos por aquele que a desencaminhou e, por conta disso, assumiu o compromisso de amá-la e protegê-la, mas não cumpriu.

"...obedecendo tudo, na medida do possível, o plano de embelezamento da Várzea, elaborado pelo urbanista francês Alfred Agache. Este projeto, idealizado nos primeiros anos da década, foi utilizado como referência básica na definição do plano diretor de implantação da exposição..."

Impossível manter a atenção na palestra grandiloquente e monocórdica do sujeito. Vou ao banheiro, bebo um bom gole de uísque do cantil que carrego no bolso do paletó, desembrulho uma gazosa, jogo na boca, volto para o canto da mesa e retomo a escrita: *Sem qualquer razão que encontre guarida nos mais elementares padrões de civilidade, a não ser o desatino decorrente de sua vida errática e viciosa, Jesualdo esfaqueou sua jovem esposa pelas costas. Agora, Dercília carregará pelo resto de sua existência as marcas do desatino cometido por um ser transtornado, por certo, vítima da sociedade injusta, o que não pode servir de pretexto para sua atitude bestial contra uma jovem indefesa. Seu gesto ignóbil há de ser exemplarmente punido, como forma de desagravar a infeliz Dercília e possibilitar a ela o recomeço do qual é merecedora.*

"...o pórtico central medindo 84 metros de frente será feericamente iluminado..."

Ouve-se um tilintar do telefone. Um colega atende e sussurra meu nome, apontando para o aparelho telefônico que está segurando.

"...não menos majestoso é o pavilhão das indústrias rio-grandenses com uma área total de 14 mil metros quadrados, medindo 240 metros de fachada..."

Do outro lado da linha, o comissário Amílcar, meu informante na Repartição Central de Polícia, conta uma história espantosa. Desligo, destaco do bloco as folhas onde escrevi o texto da infeliz história de Dercília e Jesualdo e entrego ao colega Rafael Saadi.

"Entende a minha letra, né, Rafael? Faz favor, passa a limpo pra mim, por favor. É bem curto. As fotos estão com o Maurecy.

Aconteceu algo muito grave nos Campos da Redenção e preciso correr até lá."

"Deixa comigo!"

Em dez minutos, o auto de praça estaciona na Avenida João Pessoa, defronte ao antigo Anfitheatro Alhambra – que agora se chama Studio de Boxe Farroupilha, e logo será demolido para ali construírem o lago artificial da Exposição Farroupilha. Atravesso a rua e vou tomando pé do que aconteceu por ali. Há um drama de sangue instalado. Um automóvel invadiu a calçada e estaqueou sobre o gramado, deixando marcas de pneus no areião. Dois veículos da Polícia e uma ambulância da Assistência Municipal estão estacionados junto ao meio-fio. Um grupo de curiosos é mantido à distância da cena pela força policial. Chego mais perto. Dois homens com uniformes da Companhia Carris são rendidos, um deles com ferimento no ombro. Um policial à paisana igualmente está ferido.

Espio pela janela do Ford acidentado, placa 20-24. Há um cadáver estirado no banco traseiro, alguém muito jovem. Tem os braços e as pernas afastados, o paletó preto aberto, sem gravata e a camisa branca empapada de sangue. Outro corpo com o rosto ensanguentado está sendo examinado no canteiro diante do Studio de Boxe. Agachado sobre ele, o médico da Assistência faz um sinal negativo e pede que seus auxiliares o removam para a ambulância. Depois, se dirige para o defunto no interior do auto.

Pergunto ao colega Eliseu Neumann, do *Diário de Notícias*:

"O que houve por aqui?"

"Só o que faltava. Além do meu trabalho, tenho que fazer o teu? Te vira!"

O delegado Dario Barbosa também não está para muita conversa, mas eu insisto.

"Já falei para a imprensa", ele reclama. "Vou ter que falar de novo?"

"Vamos, acabei de chegar, doutor Barbosa."

"O sujeito", ele faz um gesto brusco com o queixo em direção ao veículo, "chama-se Mário Couto, é médico, e há horas era procurado por nós, em função de suas atividades extremistas. Foi preso agora de tarde, juntamente com dois comparsas, empregados da Carris, que tentavam organizar uma greve no serviço de bondes. Quando eram transportados para a chefatura, esse Couto sacou uma pistola e atirou no investigador João Vaz Primo."

"Pistola? Ele estava armado?"

O delegado ignora a pergunta.

"De pronto, os agentes reagiram e alvejaram o criminoso. Do tiroteio, morreram esse bandido e o inspetor Vaz, e ficaram feridos o investigador Medina e o motorneiro Quintiliano Lima. É o que eu tinha a declarar por hora."

Eu insisto:

"Ele tirou o revólver de onde? Não foi revistado ao ser preso?"

"É o que vamos averiguar. Agora, me dá licença."

O corpo do rapaz é removido do veículo em uma padiola com diversas marcas de tiros, como se tivesse passado por um pelotão de fuzilamento. Ao se retirar, o delegado Barbosa é interpelado por um sujeito agoniado que aponta todo o tempo para o auto que serviu de cenário para a tragédia, porém o policial o deixa falando sozinho. Desolado, o homem toma posição ao volante do *fordeco*. Vou até ele. Chama-se Belisário de Moura, é chofer de praça e exibe uma mistura de nervosismo e excitação.

"Fui chamado pela chefatura", ele conta. "Seguido, presto serviços para eles. Hoje mesmo passei a manhã inteira pra cima e pra baixo, com dois *secretas* prendendo gente."

"Prendendo quem?"

"Esse pessoal que anda insuflando a greve. Agora de tarde, estava no meu ponto na Praça da Alfândega e me chamaram. Passei na chefatura, embarcaram três agentes, e viemos. Quando chegamos, subiu o quarto que fazia a campana. Esse bandido que morreu caminhava com dois motorneiros da Carris ali na Rua José Bonifácio. Fomos indo atrás, devagarinho. Quando encostamos, os *secretas* pularam do auto e deram voz de prisão."

"Eles reagiram?"

"Ficaram de mãos pra cima. Revistaram os três e botaram no banco de trás."

"Revistaram?"

Ele responde com um movimento afirmativo.

"Do meu lado, sentou o *polícia* que morreu, virado para trás, com o 38 apontado para os presos. O que comandava a ação ia do lado dele, na janela. Os outros dois agentes subiram nos estribos, um de cada lado, de revólver em punho. Mandaram eu correr."

"E então?"

"Obedeci. Fiz o retorno no canteiro na José Bonifácio, tô vindo a toda pela João Pessoa", ele faz um gesto largo para a rua, imitando o trajeto, "e escuto alguém dizer 'para o auto', começa uma discussão e ouço um barulho. Pensei que fosse um pneu estourado, mas logo iniciou a fuzilaria. Levei um cagaço, me abaixei, o *guidon* deu uma guinada e o auto subiu a calçada. Quando cessou o tiroteio, vi o agente do meu lado *mortinho da silva*. Atrás, o rapaz todo furado e um dos motorneiros ferido. O outro tentou fugir e foi capturado pelos *secretas*. Um cheiro de pólvora que não me sai do nariz, os *polícias* não paravam de gritar. Fico pensando: podia ser eu, merda!"

"Quem começou?"

"Lá sei eu! Foi tudo de repente. Sei que teve tiro pra tudo quanto é lado. Mais de vinte, trinta, sei lá... Quero ver quem vai pagar o conserto do meu auto. Olha aí, todo esburacado. E os dias que vou ficar sem?"

"Faz uma corrida pra mim?"

"Não posso. Tenho que levar o auto na chefatura para a perícia."

"É pra lá que eu vou!"

Ainda resta um pouco de sangue gosmento no encosto do banco, que eu seco com o lenço antes de me sentar. O motorista Belisário prageja sem parar. Suas mãos tremem ao volante. Passando a Faculdade de Direito, o comboio da Polícia se separa: os automóveis dobram à esquerda ladeando o 6º Regimento rumo à chefatura, na

Rua Duque de Caxias, enquanto o rabecão da Assistência sobe à direita em direção à Santa Casa, decerto para desovar os corpos e internar os feridos.

"E agora, por onde que eu vou?"

"Pra chefatura."

O saguão da Repartição Central de Polícia é um caos. Dezenas de presos com as mãos para cima são organizados em filas. Atravesso a confusão e subo ao segundo andar. Na sala da 3ª Delegacia Auxiliar está havendo um colóquio nervoso entre Dario Barbosa e os pesos-pesados da *justa*: o chefe de Polícia, Dario Crespo, e os veteranos delegados Amantino Fagundes e Argemyro Cidade. Tento me aproximar da sala para escutar o que falam. Contudo, alertado por um dos delegados, um policial fecha a porta na minha cara.

Desço ao saguão. Os presos são escoltados às carradas direto para as celas do subsolo. Baixo a cabeça, ponho as mãos na nuca e me enfio entre eles, torcendo para não encontrar nenhum *cana* conhecido no caminho. Descendo as escadas, os prisioneiros são distribuídos nos cárceres de forma anárquica. Examino o interior das celas, até distinguir um sujeito com uniforme bege da Carris, plaquinha 141 no quepe.

"Psiu!", eu chamo.

O tipo olha pros lados, vê que é com ele e vem até a grade.

"Sou repórter do *Correio*. Como é teu nome?"

"Joaquim Souza."

"Me conta como aconteceu, Joaquim. Ligeiro!"

"A gente andava pela José Bonifácio..."

"Não, não. Quero saber dentro do auto?"

"De repente, Mário apareceu com o revólver, tirou não sei de onde, acho que pegou do guarda que estava no banco da frente. Mandou pararem o auto. Ficou uma gritaria, tudo muito rápido. Aí, veio um tiro de fora. Acertou em cheio no peito do Mário. Daí, a arma dele disparou não sei se de propósito ou não, e acertou o *secreta* que vinha no banco da frente. Então, começou o tiroteio."

"O revólver não era dele?"

"Que eu saiba, *tava* desarmado."
"Quantos tiros ele levou?"
"Bah, uma quantidade..."
"Ei, Koetz!"
Ouço o grito, um carcereiro me puxa pelo braço com um gesto abrupto.
"O que tu tá fazendo aqui?"
"Me larga!"
"Pô, deixei vocês fotografarem o crioulo que esfaqueou a guria, e agora tu me apronta essa? Vai te ver com o delegado Barbosa."
"Estou fazendo o meu trabalho, me solta!"
O policial arrasta-me para o andar de cima. Tento me desvencilhar, porém o tipo é muito mais forte. No *hall* da chefatura, materializa-se diante de nós meu anjo da guarda, o comissário Amílcar, plantonista da repartição e meu informante de fé.
"O que está havendo aqui", ele intercepta o brutamontes.
"O espertinho aqui fingiu-se de preso pra entrevistar o motorneiro envolvido na ocorrência da Redenção, sem autorização."
"Está bem. Agora, deixa comigo", ordena o Amílcar.
"Deixa contigo uma ova. Vou conduzi-lo até o delegado Barbosa", exclama o carcereiro, louco para mostrar serviço.
"Negativo. Escuta aqui, ó: tu vai voltar pro teu posto na carceragem. Aqui em cima, entre nós dois, mando eu."
O sujeito sai praguejando. Quando ficamos a sós, Amílcar ordena, com impaciência.
"Agora te manda!"
"Falta completar minha reportagem."
"Do que tu precisa?"
"No mínimo a ficha do rapaz."
Amílcar olha para os lados, nervoso, e me conduz à sala do Plantão, junto à entrada do edifício. Vasculha as pastas de um arquivo metálico e me alcança uma folha de cartolina datilografada, tendo no canto superior a fotografia de um jovem com expressão desafiadora.

"Tem cinco minutos."

Eu copio: *Mário Couto, nascido em 1911, médico formado pela Faculdade de Medicina, filho de Antônio e Mimosa Couto, três entradas na Casa de Correção no ano de 1933, como elemento nocivo e pernicioso à ordem pública, uma quarta em 1934, após trocar tiros com a Polícia quando participava de uma reunião subversiva em um casarão abandonado no bairro Teresópolis. Foi deportado para o Rio de Janeiro, onde também foi detido por atividades políticas.*

Amílcar acompanha olhando todo o tempo para a porta.

"Rápido, pô!"

Quando me dou por satisfeito, ele recolhe a ficha e a recoloca no arquivo.

"Agora te escapa! Se a tua aventura no xadrez chega aos ouvidos do Barbosa, pelo menos uma noite no xilindró tu passa."

"Mas eu preciso das informações de hoje."

"Me liga mais tarde."

Imagino onde esteja o corpo de Mário Couto. Vou à rua e tento conseguir um auto de praça, em vão. Da chefatura até a Santa Casa são cinco ou seis quadras que eu terei que vencer a pé. Chego esbaforido vendo os últimos raios de sol colorirem a fachada do prédio. Desço ao necrotério, onde dois operários e um grupo de jovens médicos, alguns usando aventais brancos, batem boca com dois guardas que impedem seu ingresso a uma sala onde, imagino, se encontra o cadáver de Mário Couto.

"Não nos deixam entrar", queixa-se um dos rapazes, ex-colega de faculdade do falecido.

"Chegaram a ver o corpo?"

"Não permitiram."

"Não sabem quantos tiros ele levou?"

"A Polícia assegura que foram três."

Apresento-me como jornalista e puxo dois deles para um canto. Fico sabendo que Mário era um rapaz de gênio afável, comunicativo, de boa palestra. Fez um curso brilhante, atraía a atenção das garotas e desde o tempo de estudante já havia se contaminado pela doutrina comunista, que defendia com paixão, com eloquência e conhecimento de causa.

"Não parava de falar em Marx, Lenin, lia tudo o que podia", diz um dos ex-colegas. "Quanto mais se aprofundava nas leituras, mais radical se tornava. Tentamos várias vezes convencê-lo a abandonar essas ideias avançadas, argumentando que elas só lhe trariam prejuízos e incômodos."

"Ele respondia: vou lutar pelo triunfo das minhas convicções, nem que eu tenha que morrer por elas. Dito e feito!"

"Depois, passou da teoria à prática. Começou a frequentar os meios operários e fomos perdendo o contato. A gente só ficava sabendo: prenderam o Mário de novo!"

"Quantos anos ele tinha?"

"Vinte e quatro."

"Tem familiares?"

"O pai, seu Antônio, já falecido, era alto funcionário do Banco Nacional do Comércio. A mãe, dona Mimosa, entrou em estado de choque quando a Polícia esteve hoje de manhã no apartamento dela e revirou tudo. Teve que ser medicada. Acho que ainda não sabe que o filho foi morto."

Um dos operários se aproxima.

"Dá licença, seu repórter. Meu nome é Marciano, esse é o Eloy", aponta para o mulato que o acompanha. "Somos da direção da Federação Operária e queremos denunciar que estão prendendo nosso pessoal a torto e a direito, sem motivo, nem acusação, nem nada e agora mataram o Mário desse jeito covarde."

"Mário era nosso valoroso camarada", o outro completa. "Sempre esteve ao nosso lado querendo politizar os companheiros. Por isso, pedimos autorização para velar o corpo no nosso salão, mas o chefe de Polícia não permitiu. Dá a impressão de que estão querendo esconder alguma coisa."

São quase oito da noite. Deixo o prédio da Santa Casa sem avistar o cadáver do jovem médico, um rapaz da minha idade, que pagou seu idealismo com a própria vida, e agora jaz em uma sala fria e impenetrável da morgue. Olho para o segundo andar, imaginando que as dores do corpo e da alma atrapalham o sono e sabotam os sonhos da menina Dercília, deitada de lado num quarto do segundo andar, entre freiras, remédios e gemidos. Que dia!

Retorno ao jornal e começo a redigir a reportagem – longa, porém incompleta. O que afinal de contas aconteceu dentro do automóvel?

Tento a última cartada. Gasto o dedo no disco do aparelho telefônico até conseguir ligação para a chefatura.

"O comissário Amílcar, por favor."

"Não está na sala. Ligue mais tarde."

Alguns colegas vestem seus casacos, dando a jornada por finda. Sérgio de Gouveia tem a gentileza de se dirigir a mim:

"Estamos indo pro Bella Gaúcha. Não vem junto?"

"Encontro vocês lá."

Na quinta tentativa telefônica, ouço o sujeito que atendeu gritar:

"Amílcar. Telefone pra ti."

Finalmente, escuto a voz familiar.

"Pois não?"

"E então?"

"Nada ainda. Estão encerrados na sala do Bandeira."

"Preciso saber o que se passou dentro do auto."

"É o que eles estão decidindo."

"Quer dizer reconstituindo?"

"Não ouviu o que eu disse? De-ci-din-do. Está chovendo telefonemas. Da direção da Faculdade de Medicina, do Tribunal, até do gabinete do Flores da Cunha. Todo mundo querendo saber."

Amílcar conta o que apurou sobre as atividades recentes de Mário Couto. O delegado Dario Barbosa tomou conhecimento de que, após o desterro na capital federal, ele estaria de volta a Porto Alegre mantendo contatos para a criação de uma filial da Internacional Comunista no Estado. As últimas informações davam conta de que ele participava distribuindo panfletos nas portas das fábricas para convencer os empregados da Carris a paralisarem a circulação dos bondes, o que motivou a expedição de um pedido de prisão contra ele.

"Olha, tenho que desligar. Meu palpite é que hoje não sai nenhuma versão oficial sobre o caso. Eles vão esperar até amanhã para avaliar a repercussão."

"O revólver do rapaz foi recolhido?"

"Até agora não apareceu revólver nenhum."

O Restaurante Bella Gaúcha fica bem na esquina da Rua da Praia com a Borges de Medeiros e tem seus dias contados. Quando a Intendência resolver construir o trecho final da avenida, o bar virá abaixo e deixará uma legião de "órfãos" entre os jornalistas da cidade. A "mesa da diretoria" já está coberta de garrafas vazias, copos pela metade e um prato com restos de sanduíche aberto.

O grupo é o de sempre. Mário de Sá domina a mesa com sua loquacidade fremente e tiradas espirituosas. Sérgio de Gouveia é um contraponto elegante, que lhe apara os excessos e possui o dom de resgatar as conversas a um patamar razoável. Adil Silva sempre tem notícias em primeira mão, muitas das quais não consegue publicar pelas vicissitudes da profissão. Arlindo tem a minha idade, não é muito frequente, mas se arrisca a palpitar quando o assunto é de sua alçada. Quanto a mim, costumo permanecer a um canto, retraído, ouço o que dizem, rio quando todos riem e dificilmente abro a boca. Nas vezes que o faço, encorajado pela bebida, procuro formar as frases palavra por palavra antes de pô-las em público.

À hora em que chego, brilha o sarcasmo de Mário de Sá, o mais falante do grupo.

"Tão prendendo até canhoto", brinca, com um sorriso debochado. "Perguntam pro sujeito: canhoto ou destro? Canhoto. *Teje* preso!"

"Então, tenho que me cuidar", me atrevo a dizer, e ofereço os pulsos com as mãos viradas para baixo.

"Comunista ou canhoto?"

"Por enquanto, só canhoto."

Adil Silva, redator da editoria de política, debruça-se sobre a mesa.

"Fiquei sabendo que houve uma reunião ontem à noite no Palácio. *Petit comité:* Flores da Cunha, *Herr* Bins e A.J. Renner. Só os três."

"De certo, a alemoada foi cobrar uma posição mais firme do governo, antes que a greve chegue nas fábricas deles."

"Matou a charada, Mário. Pressionaram o Flores de tudo quanto foi jeito. Jogaram com seu poderio: se os empregados da Renner e da cofres Berta aderirem, eles ficarão desmoralizados e o governo mais ainda. Hoje de manhã saíram prendendo a destra e a sinistra. O que apuraste do rapaz que mataram?", Adil me enfia na conversa.

"Mário Couto, médico e comunista", respondo com cuidado. "É uma história confusa, meio misteriosa. Ele foi morto dentro do auto. A Polícia alega que ele atirou primeiro, vá saber."

"Atirou primeiro? Então, estava armado?"

"Não se sabe se o revólver era dele ou se ele tirou de um dos agentes."

"Se estava preso, a responsabilidade é da Polícia", afirma Adil.

"Pode ter sido executado", Mário especula. "Sabemos bem do que essa gente é capaz."

"Sei que em alguns círculos, pegou mal. Há muita cobrança e os chefões da Polícia estão reunidos produzindo uma versão palatável."

"Natural", argumenta Mário. "O cadáver é um problema pra Polícia. A grã-finagem não gosta que matem um médico, mesmo que seja comunista. É desgarrado, mas é da classe deles. Se fosse pé de chinelo, estavam cagando e andando. Pode escrever. Vai ser um novo caso Ripoll."

"O assassinato do médico vai incendiar o operariado", opina Maurecy.

"Pode esquecer", Mário contesta. "Entre o pobrerio, a mensagem é outra: se foram capazes de matar um médico, o que farão conosco?"

Como detenho a informação, me animo a falar.

"Estive com alguns dos operários. A revolta é grande."

"A revolta funciona até o raciocínio entrar em campo. Além do mais, estão prendendo os principais líderes da greve, e movimento sem liderança está fadado ao fracasso."

"Tem outra, Mário", intervém Adil. "Os patrões criaram uma lista negra. Quem aderiu à greve não trabalha mais em fábrica nenhuma."

Lídio Fuchs, o proprietário do Bella Gaúcha, vem até a mesa desolado e mostra um papel com timbre da Intendência.

"Já fui notificado. Tenho seis meses pra sair daqui. Me digam: onde vou arranjar um ponto como este", fala com voz queixosa, "ainda mais com a indenização mixuruca que estão oferecendo? Só no *escafundó* do Judas!"

"Iremos ao *escafundó* te prestigiar", Mário tenta animá-lo.

"Duvido!"

"Vai por mim, Fuchs. Esses seis meses vão durar, no mínimo, um ano. A Intendência só pensa na tal exposição e não farão nada contra ti nesse período."

"Deus te ouça. Querem mais cerveja?"

"Mais duas, outro sanduíche aberto e um copo pro Koetz, ou parou de beber?"

A fama me persegue.

"Ainda não. Talvez amanhã."

"Um brinde!"

"A quê?"

Mário ergue o copo.

"Ao Centenário Farroupilha. Esse embuste que nos querem impingir goela abaixo."

"Deixa de ser rabugento", intervém Sérgio de Gouveia, que até ali se mantinha calado. "Tá todo mundo adorando."

"Tu perdeste, Koetz. Nosso amigo deu um show", Adil aponta para Mário de Sá, que reage com um sorriso safado.

Ele prepara-se para a *mise-en-scène:*

"Tudo andava sob as bênçãos da nossa senhora da divina bajulação. Aí, não resisti. Levantei o dedo e interpelei o xará, com a maior inocência: doutor Mário, nós, que seremos encarregados de divulgar a programação para a sociedade, estamos com um problema e tanto. Como vamos enaltecer uma revolução na qual fomos derrotados?"

"O Breno ficou fulo", conta Adil. "Se tivesse uma funda, dava uma pedrada no Mário."

"Espera, tem mais. Ele veio com aquela conversa pra boi dormir. Alegou que, com o passar do tempo, a Guerra dos Farrapos adquiriu outra perspectiva histórica, que o resultado conta menos do que a justeza das postulações, portanto foi positiva porque serviu para lançar as bases da República, enaltecer os valores do nosso povo e destacar a bravura da nossa gente, toda aquela chorumela. Já estava levando todo mundo na conversa e eu voltei à carga."

Mário ergue-se da cadeira, levanta o dedo e interpreta, com a expressão mais deslavada.

"Mais uma questão, se o senhor me permite. É sabido que durante os dez anos do conflito, Porto Alegre se manteve fiel, não aos *farrapos*, e sim ao Império. Como explicar aos porto-alegrenses que a revolução teve essa dimensão gigantesca e que nossos bisavôs e tataravôs cometeram esse pecado imperdoável de apoiar os nossos opressores por dez longos anos?"

"O Alcaraz e o Breno não sabiam onde se meter."

"Ele não é bobo! Informou que promoverão uma série de palestras, debates e artigos de jornal assinados pela fina flor dos nossos intelectuais esclarecendo sobre a legitimidade das aspirações dos gaúchos, das ideias visionárias dos farrapos e dos dilemas do povo de Porto Alegre, que não tinha noção da envergadura do movimento, *patati, patatá*. Só faltou prometer que vão ressuscitar o Bento Gonçalves."

Gouveia reage com bom humor.
"Iconoclasta! Pândego!"
Mário joga-se para trás, aos risos.
"Um brinde ao fantasma do Bento", Adil propõe.
"Imagino o trabalhão." Mário reassume o protagonismo. "Mais de mil operários erguendo uma verdadeira cidade de estuque e argamassa no terreiro agreste dos Campos da Várzea e os historiadores recrutados pelo governo se esforçando para construir, com pinceladas épicas, uma memória da Revolução Farroupilha a ser assimilada pelo povo, enaltecendo as proezas dos revoltosos e a justeza de suas demandas e toda aquela conversa pra boi dormir."

"Brincadeiras à parte, não chego a discordar da ideia de que um movimento não pode ser julgado pela circunstância de ter sido vitorioso ou derrotado", opina Gouveia.

"Se foi tão grandioso, por que andava esquecido?", Mário contesta. "Simples. Porque as gerações seguintes não se animaram a passar aos seus porvindouros a história de uma rebelião que terminou com a rendição dos gaúchos. Ninguém gosta de lembrar guerra perdida."

Já tomei uns bons goles de cerveja que me encorajam a palpitar.

"Não vejo dessa forma. Acho que o movimento tinha seus méritos."

"Quais?", desafia Mário.

"A defesa da República, por exemplo. Por que lutadores visionários como Garibaldi e os outros carbonários atravessaram o oceano para lutar aqui, neste cu do mundo? Porque viram que valia a pena."

"Não podemos esquecer de um dado definitivo. A Guerra dos Farrapos permaneceu décadas e décadas esquecida nos livros por uma única razão: foi uma revolução perdida, e orgulho ferido é insuportável para os gaúchos."

"Na minha opinião, não se pode medir um fato histórico, uma guerra, por exemplo, por quem ganhou ou perdeu. Se as reivindicações foram justas, se houve heroísmo, se as virtudes do povo se sobressaíram, esse evento não deve ser esquecido. A história da Humanidade está cheia de exemplos de rebeliões que foram sufocadas, mas, com o tempo, abriram caminho para transformações."

"Não é o que acontece aqui. Gosta de *football*?"

"Não muito."

"Meu time perde de três a zero e eu saio me gabando: perdemos, mas apresentamos um jogo melhor, jogadas mais criativas, um conjunto mais homogêneo. É mais ou menos o Mário de Oliveira falando conosco."

"De qualquer modo, eu penso que o Centenário Farroupilha será um sucesso, o que não tem nada a ver com fatos passados", Gouveia retoma sua tese. "A lembrança do passado é longínqua e despicienda. Ninguém quer saber do que já foi. Querem uma prova? Olha o tratamento dado ao velho Borges de Medeiros, o homem que mandou neste Estado por quase três décadas até ser substituído pelo Getúlio Vargas, sua cria, não esqueçamos. Bastou se insurgir contra o 'governo provisório' do Vargas, e condenaram o velho caudilho ao ostracismo."

"Eu concordo", opina Arlindo, que até então só se ocupava em comer e bebericar. "Garanto que se saírem perguntando por aí, muita gente acha até que ele já morreu. Para a maioria da população, Borges de Medeiros é apenas nome da avenida aqui do lado, pesadelo do nosso querido Fuchs."

"No fundo, meus amigos", continua Gouveia, "todos nós achamos que Porto Alegre tem uma vocação para a modernidade. Até mesmo o Mário, com sua veia difamatória incontrolável, há de concordar. Desde nossos poetas da Praça da Piedade, da Praça da Harmonia, todos, no íntimo, nos consideramos um apêndice da Europa ou, vá lá, uma Buenos Aires que fala português. Só não nos jactamos aos quatro ventos por receio do ridículo. A exposição poderá dar concretude para essa ambição, independente das vicissitudes do seu Bento Gonçalves e das escolhas dos porto-alegrenses de antanho."

"Nosso querido Sérgio de Gouveia é um diplomata", Mário retruca. "Para mim, será uma vultosa ilusão. Ao fim e ao cabo, tudo ficará na mesma. Porto Alegre, uma quase Paris, uma quase Buenos Aires, pra ficar mais perto. Um simulacro de cidade *chic*, capital de um Estado tacanho chefiado por caudilhos sanguinários e oportunistas."

"Relaxa, Mário. Tu é mais divertido quando faz troça. Teu lado rançoso é muito sombrio. Deixa o povo se divertir ou, tá bem, se iludir. O que vocês estão fazendo que não pediram mais cerveja?"

"Brindamos a quem?"

"Ao Mário de Sá, nosso pândego de plantão", sugere Gouveia.

"Ao jovem idealista Mário Couto, que, se dez vidas tivesse, dez vezes se arriscaria tiroteando com a Polícia na defesa de suas ideias", ergo o copo.

"Ao terceiro Mário. O de Oliveira, que vai transformar o limão da história na limonada do futuro", completa Adil.

"Uma limonada com sabor pra lá de azedo", cutuca Mário de Sá.

Os tórridos dias posteriores ao sangrento episódio dos Campos da Redenção desenrolaram-se sob o signo de apagamento. A greve dos operários é sufocada pela repressão policial. Quanto ao caso Mário Couto, as autoridades deixam no ar a versão capenga de que os policiais teriam agido em legítima defesa, sob a promessa de que as circunstâncias seriam rigorosamente averiguadas. Contudo, nenhum inquérito é aberto para apurar os fatos ocorridos dentro do auto de Belisário. A única condenada no episódio foi a verdade, sepultada junto com o bravo rapaz, ante o choro compungido de sua mãe, o assombro dos antigos colegas de curso e a revolta enfurecida dos sindicalistas que, durante o funeral, ensaiam alguns *slogans*, sob a hostil vigilância dos *secretas*. Tento manter o assunto vivo, mas sou desestimulado pela chefia do jornal.

"Esquece, Koetz. Dessa vaca não sai mais leite", decide o editor do noticiário policial Rafael Saadi, o que me serve de pretexto para um porre monumental.

    O janeiro sufocante chega ao fim e eu preciso de férias.

2

Porto Alegre cresce com uma velocidade alucinante. Antigos sobrados e pardieiros são postos abaixo pelas picaretas da modernidade, dando lugar a edifícios de apartamentos, prédios de escritórios e casarões *art déco*. Novas ruas rasgam a geografia da cidade, os calçamentos de pedras irregulares e pontiagudas, pesadelo dos motoristas, são rapidamente substituídos por pisos de paralelepípedos ou de concreto armado, por onde deslizam automóveis em profusão – Ford, Chevrolet, Buick, Citroën, Daimler, Austin, Bentley, Packard, Oldsmobile –, promiscuindo-se com os bondes operados pela concessionária norte-americana Eletric Bond & Share, e provocando congestionamentos, *pechadas* insólitas e atropelamentos de atordoados transeuntes, em um volume que Porto Alegre não conhecia.

1935

As fábricas multiplicam-se pela Zona Norte e fornecem à população uma variedade cada vez maior de quase tudo que a cidade precisa – fogões, panelas, móveis, roupas de todo tipo, chapéus, relógios, cervejas, utensílios domésticos, chocolates, laticínios e inseticidas. O que a cidade não produz está disponível em um vigoroso comércio de grandes bazares, magazines e importadoras, que oferecem refrigeradores, aparelhos de rádio, máquinas de escrever, canetas-tinteiro, modernas eletrolas, casacos de pele, remédios e cosméticos.

Diversão não falta. As principais distribuidoras cinematográficas – Fox, Metro-Goldwyn-Mayer, United Artists, Universal e Warner Bros – mantêm escritórios movimentados em Porto Alegre e abastecem as quase trinta salas de exibição com as principais novidades de Hollywood. A Livraria do Globo publica clássicos da literatura universal, muitas vezes antes das editoras do centro do país, e edita livros da emergente intelectualidade local.

Sob este cenário, onde brilham os bons modos e a sofisticação, simbolizados pelas vitrines da Rua da Praia, existe o mundo dos trabalhadores, os quais, em troca de salários escorchantes, produzem a riqueza que dá suporte à ostentação dos bem-nascidos. Ganham pouco e sofrem com moradias indignas, transporte deficiente e serviços precários, pois as bênçãos da modernidade se restringem ao perímetro central e aos bairros opulentos.

Mais abaixo ainda, pulsa o submundo escuro, sórdido e degradante por onde perambulam os esquecidos pelo mundo *chic* – marginais, desordeiros, proxenetas, cafetinas, gigolôs, gatunos, meretrizes, punguistas, falsários, bicheiros, traficantes de estupefacientes, ébrios contumazes, contraventores de todo tipo e vadios da pior espécie – e é onde eu circulo e, por incrível que pareça, me sinto à vontade.

Altercações entre recrutas e desocupados no Beco do Oitavo, *sururus* envolvendo marinheiros e paisanos nas tavernas em torno do cais do porto, arruaças nos bordéis da Pantaleão Telles, brigas de homens por mulher ou de mulheres por homem na zona do meretrício, jogatina a dinheiro, algazarras entre beberrões no Beco do Poço, partilhas criminosas no "buraco quente" da Ilhota, onde nem a Polícia se arrisca a entrar, emboscadas a desafetos, bofetes e navalhadas, violência e corrupção policial, eis a matéria-prima do meu cotidiano.

Entre os bacanas, pululam transações espúrias, adultérios, fraudes, golpes, traições e vinganças movidos por paixões, política ou ganância, que, no entanto, são contornados na falsídia dos providenciais acordos e conchavos pelos quais, ao fim e ao cabo, as aparências entorpecem os ódios e as rivalidades se diluem, tudo em nome da preservação do dinheiro. Raramente resultam em sangue e quase nunca aparecem nos jornais, mas circulam na boca do povo em tons mais ou menos exagerados pela eficiência dos mexeriqueiros de plantão, posicionados nas rodas do Largo dos Medeiros ou nas mesas dos cafés do centro.

No submundo, onde não há dinheiro grosso a dividir, ninguém tem muito a perder. Entre os desvalidos, a exacerbação dos ódios é na base do tudo ou nada. Quando esses conflitos resultam em sangue, lá estou eu com meu bloco a anotar os nomes, os locais e os enredos das tragédias.

Até dois anos e meio atrás, eu era outra pessoa: um compenetrado estudante de Direito, de hábitos discretos e pouco brilho. Frequentava rodas ilustres, integrando uma turma de rapazes com sobrenomes de destaque no mundo da advocacia – Vergara, Casado, Bitencourt, Almeida, Penafiel –, o que lhes assegurava meio caminho andado na estrada do sucesso profissional. Não era o meu caso, pois meu pai era um modesto funcionário público que investia todas as suas expectativas na minha futura carreira de advogado.

Bebíamos chope no Ao Acadêmico, cortejávamos as normalistas, íamos aos seus bailes e flertávamos com elas no *footing* da Rua da Praia. Para o frege, preferíamos as sabidinhas; para compromisso, as recatadas. Algumas delas, as mais espertas, tinham habilidade suficiente para transitar entre as duas turmas.

1935

Por alguma razão inexplicável para os conhecidos e até para mim mesmo – quem sabe o fascínio mútuo pelo cinema –, caí nas graças da bela e bem-lançada Moira, da turma das recatadas, moça inteligente, sociável e desenvolta, rosto com ares de Norma Shearer. Das conversas cinematográficas resultou um namoro comportado e um noivado promissor. Admito que tirei a sorte grande. Moira é filha de um advogado de clientela graúda e banca consolidada, chamado Eleutério Pacheco, a cara do gorducho Nigel Bruce, que fez um príncipe de Gales bonachão em *Pimpinela Escarlate*. Entre tapinhas nas costas, baforadas de charutos cubanos e doses de *scotch* legítimo, o próprio doutor Pacheco asseverou que em seu escritório já havia uma sala me esperando, equipada com escrivaninha, telefone e estante repleta de compêndios. Em dois anos, recebido o diploma, me casaria com Moira e cumpriria o destino traçado pelas divindades do lugar-comum: formatura, matrimônio, família e posição.

Estava eu perfeitamente integrado no mundo *chic*, presença frequente nas recepções no Clube do Comércio, nas atividades artísticas do Clube Jocotó, nos *réveillons* da Sociedade Casemiro de Abreu, nos saraus refinados nas mansões da Avenida Independência, seguindo a programação decidida pela noiva. Moira aproveitava-se da minha falta de traquejo para as formalidades e ausência de iniciativa e dava as cartas. Meu livre-arbítrio manifestava-se apenas na escolha dos filmes a que iríamos assistir. Não posso afirmar de sã consciência que essa circunstância me desagradasse. As coisas para mim se resolviam sem maiores esforços, instalado em um conformismo confortável, com minha noiva no comando. No filme da minha vida, eu não passava de um discreto coadjuvante.

Uma visita ao primo Edgar Koetz, precoce ilustrador da *Revista do Globo*, pôs esse mundo ideal de pernas para o ar. Edgar notou meu deslumbramento ao dar de cara com uma dezena de sujeitos de suspensórios, fumando e digitando febrilmente suas *Remingtons*, inspecionados pelos olhos atentos sob as sobrancelhas espessas do editor Erico Verissimo. Involuntariamente, jogou uma isca: "Ouvi que estão recrutando gente."

Não havia tempo a perder. Se pensasse muito, as divindades do lugar-comum me resgatariam desse sonho insano e me remeteriam de volta para o ciclo anteriormente traçado. Reescrevi alguns textos sobre cinema que havia cometido por puro diletantismo, tomei coragem – e alguns goles de conhaque – e fui mostrá-los a Verissimo. Alguns dias depois, ele me chamou, fez alguns elogios comedidos, mencionou o ordenado modesto que a revista poderia pagar e acertamos meu ingresso na equipe.

A drástica mudança de percurso provocou um profundo desgosto nos meus pais – principalmente no velho Armindo, que meses depois viria a falecer, mas isso é outra história. Quando fui conversar com minha noiva, imaginei duas possibilidades. Uma: ela seria compreensiva e me daria total apoio, esse o melhor e mais improvável dos mundos. Duas: ficaria chocada, pediria que eu voltasse atrás, se desesperaria, o que me deixaria arrasado por uma insuportável sensação de culpa que o tempo haveria de curar.

Porém, o que ouvi foi:

"Ah, é? Vai em frente. Mas se tu espera que eu vá embarcar contigo nesse aventura desvairada, pode esquecer."

Assim, sem choro, nem drama, perdi a noiva, o escritório, os compêndios, os charutos e o uísque escocês. Eu já previra que o movimento seria arriscado. Mas o que ocorreu na sequência fugiu do planejado. Quando iria me apresentar no novo trabalho, rebentou a Revolução Constitucionalista de 1932 contra o governo provisório de Getúlio Vargas, o que deixou tudo em suspenso.

Edgar veio falar comigo:

"Vai demorar um pouco. O Bertaso está preocupado. Tu sabe, a *Revista do Globo* nasceu e cresceu grudada no projeto político de Getúlio Vargas. Se os paulistas vencerem, vai tudo por água abaixo, e a revista afunda junto. Te segura por uns tempos."

Esperei que as coisas se resolvessem. Porém, mesmo derrotada a Revolução, iam surgindo novos entraves financeiros e empecilhos operacionais, a revista passou por uma reformulação, outros jovens "promissores" furavam a fila, de forma que o aguardado emprego na *Revista do Globo*, pelo qual promovi uma transformação radical em minha vida, foi se afastando de mim como um navio que deixa lentamente o cais rumo às calendas gregas. Experimentei o amargor da frustração, que se renova cada vez que alguém pergunta sobre o emprego na revista.

Meu sábio pai aproveitou o momento.

"Satisfeito? Acabou a brincadeira, Paulinho. Agora, volta pro Direito."

Mal ele sabia que a aventura recém iniciara e assumiria caminhos ainda mais tortuosos. Como uma fortuita compensação, Sérgio de Gouveia, amigo do Erico Verissimo, arranjou-me um emprego no *Correio do Povo* que seria provisório enquanto as coisas na revista não se ajeitassem. A única vaga disponível, contudo, era na Editoria de Polícia.

"É uma escola", assegurou Rafael Saadi, responsável pelo noticiário policial, com um sorriso maroto. Deve ter dito o mesmo para sua irmã, Eugênia, minha antecessora, que suportou heroicamente três meses de jornalismo policial até pedir demissão. Contudo, em lugar da "escola", ingressei num sanatório de loucos, no qual, em lugar de se curar, o interno adoece de vez. Desde que entrei ali, deparo-me com cadáveres retalhados, fico frente a frente com criminosos hediondos, testemunho torturas impiedosas de policiais em suspeitos indefesos, vejo meretrizes sendo exploradas por rufiões, surradas por clientes nos *rendez-vous* e estupradas nas delegacias, ou agentes da lei apropriando-se de dinheiro ilícito. O pior: minha indignação frente a esse mundo obscuro aos poucos é diluída pela reiteração das barbaridades a que assisto. O filho do respeitável e incorruptível funcionário público Armindo Koetz, educado sob princípios rigorosos, em pouco tempo abandonou esses parâmetros e, às vezes, se flagra admitindo e até justificando as maiores calhordices e condutas bestiais.

É hora de voltar para o prumo.

Ocupei as férias com sessões de cinema, às vezes duas por dia, e a leitura dos livros de Edgar Wallace, da Coleção Amarela, lançada pela Livraria do Globo. Cumpri honrosamente o compromisso de me manter longe dos *rendez-vous*, o que me rendeu um elogio sincero e maternal de dona Hulda, a viúva judia que me aluga um quarto e sala nos fundos de sua casa, na Rua Venâncio Aires, e se acostumou e me ver chegar em casa trocando as pernas.

"Assim, dá gosto de te ver, Paulinho!"

Na primeira segunda-feira de março estou de volta ao trabalho, orgulhoso de mim mesmo pelas metas cumpridas, de ânimo renovado e mente purificada – eu espero. Um gatuno azarado desabou da sacada de um casarão na Rua Gonçalo de Carvalho com os bolsos forrados de joias e uma boa quantidade de notas graúdas, que revoaram durante a queda. Quebrou o braço em dois lugares, foi atendido na Assistência Municipal e agora se encontra no plantão da chefatura com ataduras, tipoia e uma curiosa história para contar. Nada mal para uma tarde abafada, com as chuvas de março prontas para desabar de nuvens escuras e abarrotadas.

O delegado Plínio Brasil Milano tem a fineza de permitir que eu assista ao interrogatório de Dorival dos Santos ou Iracino de Souza, os nomes que constam nos arquivos da Polícia sob o retrato do sujeito – e aí começam as surpresas.

"Devo chamá-lo de Dorival ou Iracino?"

"Nenhum dos dois, *seu* delegado. Nunca fui Dorival e muito menos Iracino."

"Como?", o policial é pego desprevenido. "Então, nas outras vezes que o senhor foi preso, informou nomes falsos."

"Pra despistar, *dotô*."

"Despistar a Polícia?"

"A Polícia e umas candongas conhecidas, por causa de que elas se conversam entre elas, por isso é *preferíver* ter essa carta na manga pra evitar *encomodação* pro meu lado. Pra umas, *sô* Dorival; pra outras, Iracino. Sabe *cumê*?"

"De onde saiu essa ideia de inventar nomes?"

"Iracino me surgiu quando caí na 1ª Delegacia, não sei *donde* tirei, nem sei se existe esse nome. Na segunda vez, disse que me chamava Dorival, nome *dum* cupincha lá da vila que andou me sacaneando. *Mais* agora quero falar a verdade."

"Taí uma boa história, Koetz. O *gato* dos três nomes."

Respondo com um sorriso.

"Tu é bem esperto, hein?", o policial volta-se para o tipo.

"*Sô* bem é trouxa, do contrário não *tava* aqui."

"O crime não compensa."

"Aí, o *dotô* falou uma *cosa* certa. *Sô* a prova. Roubava muito, *mais* vendia *cosas* de valor por mixaria. Minha existência tem sido na mais completa miséria, pura verdade."

"Por que resolveu só agora revelar sua identidade real?"

"Primeiro, precisava saber com quem *tô* lidando. Com o senhor, eu sinto segurança. Por esse motivo, o senhor é o primeiro delegado de Polícia a saber meu nome de verdade", ele fala com solenidade, como se estivéssemos diante de um momento nobre da atividade policial. "Meu nome de batismo é Agenor de Lima, *mais* não tenho certeza se fui batizado."

"Devo sentir orgulho dessa deferência?"

"O senhor pode me *botá* no caminho do bem", Agenor dirige-se ao delegado como um pecador diante de um padre piedoso, mas soa um tanto dissimulado. "*Sô* um ladrão ainda novo e nunca apontei uma arma pra ninguém, *deuzulivre*! Nunca tive *revórver* e, se tivesse, não sabia como usar. Meu canivete não mata nem gato. Se eu fincar no gato, ele sente *cosquinha*. Meus golpes são de *raçocínio,* tudo planejado. Agora, não quero mais essa vida. Chega!"

"Bem, *seu* Agenor, não tenho a tarde inteira. É bom começar a contar tudo direitinho, tim-tim por tim-tim."

O gatuno passa a desfilar um rosário de episódios ousados, pitorescos e arriscados. Relata com detalhes os endereços das mansões, os nomes dos proprietários, a relação dos objetos afanados em cada golpe e os locais onde vendeu o produto do roubo.

"Os senhores se deram por conta que nunca prejudiquei um

pobre? *Nunquinha*! Sempre roubei de quem tem dinheiro. Se pego um relógio, o bacana vai lá e compra outro. Se carrego um colar da madame, no dia seguinte ela já tá com um igual no pescoço ou até melhor."

"Conte sobre ontem, na casa do doutor Theobaldo Maciel."

"Esse caso é sensacional", ele se entusiasma. "Eu já andava de olho naquela casa e sabia que domingo, tempo bom como o de *onti*, dão folga pra empregada, e saem de auto o *dotô*, a madame e os dois gurizotes e vão passar o dia fora."

"Raciocínio, não é?", o delegado Plínio ironiza.

"Como *le* disse", Agenor encosta a ponta do dedo na fronte. "Eles deixam sempre a janela da sacada aberta, ainda mais nesse calorão. Fui subindo, um pé na parede e outro na coluna até a sacada. Entrei pela janela, vi que era o quarto do casal. Fui pegando e jogando dentro saco de estopa que carregava comigo as joias da madame, colar, pulseira, anel, brinco, algum dinheiro da gaveta, uns dois *bolinho* quem nem cheguei a contar. Passei no quarto dos *piá*, *mais* nada me interessou, só uma moeda de mil reis. Por via das dúvidas, dei de mão na *centenária* pra dar sorte. *Pernambulei* pela casa, *ajuntei* umas pratarias na copa, afanei uns charutos no escritório do *dotô*, porque não fumo, *mais* vendo pros pai de santo do batuque e sempre rende alguma *cosa*. Aí, me deu fome. Bati na *frigidér*, tinha ali uns *quejo* fedorentos, uns *presunto esquisito*. Pensei. Bom, tenho que fazer uma boquinha."

"Fizeste um banquete, Agenor?"

"Saco vazio não para de pé, *seu* delegado. Aí, encontro uns vinho, vinho do bom. Sim, porque o bacana não ia consumir esses vinagres que vendem por aí, não concorda comigo? Preparo um prato, boto o *quejo* e o presunto num pão de quarto, abro uma garrafa, não pude dar um golinho pro santo porque ia sujar o chão. E *vô* le dizer: espetáculo de vinho, *seu* delegado!"

Fiquei imaginando o tipo fartando-se na mansão do doutor Theobaldo com essa cara "preparada", como diria minha mãe.

"Acabei com o vinho numa sentada e abri outro, mais delicioso ainda. Que diabo! Só o *dotô* pode? Também sou filho de Deus. Filho bastardo, *mais* filho, Deus me perdoe. Terminei a refeição, guardei tudo no lugar, não deixei uma casquinha de pão na mesa porque sou caprichoso, *seu* delegado. Não faço bagunça. Tudo organizadinho, a cozinha, o escritório, a adega. Aí, *le* digo. Podia ter parado por ali, *mais* na hora de guardar os *quejo* na *frigidér*, enxerguei uma garrafa de champanha geladinha daquelas que a gente vê uma vez na vida, outra na morte, pedindo pra ser aberta, e não ia ser eu a dizer que não, ainda mais nesse calorão. Estourei a rolha, quase acertou no lustre, e me atirei, as bolhinhas entrando pelo nariz, fazendo *cósca*. Depois me deu uma moleza no corpo. Natural. Não vou conseguir descer nesse estado, disse pra mim mesmo. *Resorvi dá* uma encostada, uma horinha só, porque sabia que eles ficam fora o dia todo. Deitei na cama do casal com a boca até as *oreia*."

"Que desfaçatez, *seu* Agenor."

"Que burrada, isso sim. Sou acordado pelo barulho de gente chegando. *Bateção* de porta, criançada, luz acesa. Olho pra janela e me *dô* conta que já é de noite. Escuto barulho de salto, *ploc, ploc, ploc,* vindo na direção do quarto. Que cagaço! E agora, que *qui* vou fazer. *Mergulo* pra baixo da cama."

"Essa conversa tá muito comprida, *seu* Agenor", o delegado está impaciente. "Pra encurtar o assunto. Aí, quando deu uma folga, tu fugiu e, na descida, caiu da sacada, é isso?"

Ele concorda, com cara de vítima. O delegado Plínio dá a conversa por encerrada, mas a história do *gato* de três nomes ainda rende mais um pouco. Consigo permissão para conversar com Agenor por uns minutos antes que ele seja conduzido ao xadrez.

"Só me esclarece uma coisa. Como é que tu conseguiu sair do quarto com a mulher lá dentro?"

Ele abre um sorriso maroto e me bate com o verso da mão esquerda no peito, como se fôssemos velhos amigos.

"O delegado saiu, agora posso contar a melhor parte. Escuta só, *rapá. Tô* eu debaixo da cama, cagado de medo, entra a madame. Senta na cama, chega a *fundar* o colchão que quase encosta em mim. Ela tira os sapatos, depois se levanta. O vestido vai descendo pro chão *beeeem devagarzinho*. Só consigo ver da batata da perna pra baixo. Vai até o *guarda-roupa* e abre uma porta *donde* tem um espelho dentro. Não podia perder. Me arrasto até o pé da cama e espicho os *óio*. Ali, começa o *estripe* na frente do espelho, só eu na plateia. Tira a combinação, peça por peça, anágua, corpete, calçola e fica pelada, nuazinha da Silva, *rapá*", ele faz um biquinho e chupa o ar. "Um corpo bonito, carnudo. Sacode as *teta*, enfia o dedo no *imbigo*, coça a perseguida, vira de costas pro espelho espiando por cima do ombro, rebola, apalpa o próprio traseiro, queria eu tá *apolpando* aquela *busanfa*."

"Que pouca vergonha, Agenor!"

Ele exclama, contrariado.

"*Poca* vergonha? E o que tu me diz dos *branquinho* espiando a empregada tomando banho? *Sô* filho desse entrevero, *rapá!* Minha mãe é preta retinta e eu sou assim, mais clarinho. Pensa que eu sei quem foi o estrupício? Não sei e não quero saber, e se eu *vê* na minha frente, *guspo* nele."

"Tá bom, não fica brabo."

Ele fica um tempo em silêncio, ofendido, mas reassume a expressão zombeteira.

"Menino, as pessoas fazem cada *cosa* quando ninguém tá vendo. Eu vi, *solito*, já com as *ferramenta* tudo de prontidão, *mais* não podia nem gemer. E aquilo durou, e durou", ele estala os dedos. "A madame fazendo poses, fazendo beicinho, se alisando, as tetas sacudindo, o *popô* rebolando, ela se admirando ela mesma, e não *le* tiro a razão. Imagina o meu estado? Tu não pode escrever essa parte, *visse?*"

"Palavra de honra."

"*Tô* eu ali me deleitando, entra o *hômi* no quarto e eu penso: bom, agora, vai se dar. Já imaginei eu debaixo da cama e o colchão sacudindo em cima de mim, *mais* que nada! Quando o marido entrou, ela se tapou toda, vê se pode? Ele fala assim: entrou ladrão aqui em casa", Agenor engrossa a voz, fazendo uma paródia do dono da casa. "Achei uma garrafa de champanha vazia na mesa da cozinha. E eu: puta merda, esqueci da *mardita* garrafa!"

"Que vacilo", comento.

"A dona boa corre até a cômoda, revira as caixinhas", agora ele imita a mulher em falsete, um espetáculo: "Minhas joias! Roubaram as minhas joias." Agora a voz grossa de novo: "Vou chamar a Polícia, diz o marido. Ela veste o roupão e sai na cola dele. É minha hora. Me escapo até a sacada, olho pra baixo, são uns cinco metros, tento descer pela coluna, *mais* tenho que segurar o saco com uma das *mão*. Adivinha?"

"Perdeu o equilíbrio e caiu."

"Na *nervosura, resbalei* e me espatifei no chão. Senti o claque do braço na hora, uma dor dos *diabo*. Dei um grito e vieram todos eles, o *dotô* com um *revórver destamanho*, os *piá* pulando e catando dinheiro que voava pelo pátio como se fosse *barbuleta* e a patroa de robe, tapando os *peitão*. Imagino o que passou na cabeça dela". De novo, o falsete: "Esse aí viu tudo. Não falou, *mais* deve *tê* pensado. No fim das contas, me estrepei."

"Como falou o delegado Plínio, o crime não compensa."

"Olha, *rapá*, dessa vez compensou, com braço quebrado e tudo. O que falei pro delegado é a mais pura verdade. Se me derem chance, vou me regenerar, juro por Deus nosso senhor, *mais* te digo uma *cosa*: se viver até os cem anos não vou esquecer aquele corpão se exibindo só pra mim na frente do espelho. Fecho os *óio* e parece que *tô* vendo."

Escrevo uma notícia bem-humorada sobre o gatuno de três nomes, naturalmente omitindo os detalhes picantes que pudessem provocar constrangimentos, mas vontade não faltou. Dou boas gargalhadas imaginando Agenor debaixo da cama, os olhos exorbitados na nudez negligente da impoluta esposa do doutor Theobaldo Maciel. Sua erótica e malsucedida epopeia acompanha-me ao deixar o jornal. Caminho pela Rua da Praia rindo sozinho, ainda a tempo de pegar um cineminha. Examino as opções da *Pequena Broadway* e escolho o drama *Anjos do Inferno*, no Central. O rugir das nuvens avisa que pegarei chuva quando a sessão terminar e chegarei encharcado em casa, mas a opulenta Jean Harlow vale o sacrifício.

Falta meia hora para começar a fita. Dá tempo para um bolinho de carne e uma cerveja no café ao lado do cinema. Logo à entrada, deparo-me com uma mesa onde estão antigos colegas da turma do Direito, os quais perdi de vista após abandonar a faculdade, e a noite muda de figura.

Quem me acena é o baixinho Lúcio Vergara, uma cópia bem feita, mas um tanto reduzida, do astro Dick Powell. Vergara, que os outros apelidaram de *Meia-foda*, era meu melhor amigo nos tempos de estudante, companheiro inseparável de chopes e festas em que perseguíamos as normalistas. Quando iniciei o namoro extemporâneo com Moira, ele fazia uma troça. Ao me encontrar, passava a mão em meu braço e dizia: me empresta um pouco do teu mel. Não o vejo desde que me procurou, alarmado pela minha desistência do curso. Fez o que pôde para me dissuadir e, acredito, ficou com a impressão de que eu tinha perdido o juízo.

"Junte-se a nós", *Meia-foda* grita.

Vacilo um pouco, porque esses encontros despertam sentimentos desencontrados que não pretendo cultivar. Os outros fazem coro ao convite, de forma que cedo às insistências.

"A quantas anda o emprego na *Revista do Globo*?"

Lúcio pergunta, mas já estou preparado.

"Uma hora dessas sai. Estão comemorando o que mesmo?"

"É só um aquecimento, adivinha pra quê?"

"Imagino algo bem animado."

"Daqui vamos para a noitada da Aurélia!"

Ouvi falar, é claro. As noitadas na Aurélia povoam a mente dos jovens acadêmicos de mistério e lascívia. Nunca se sabe quando elas ocorrem – muitos até duvidam da sua existência. Em algum dia imprevisível, as artistas do Cine-Theatro Variedades, que moram na Pensão da Aurélia, se dão o direito de usufruir da companhia de jovens, geralmente estudantes, como um contraponto refrescante à árdua rotina de lidar com estancieiros abastados, capitalistas bem-sucedidos, *playboys* perdulários e velhas raposas da política, os habituais frequentadores do antigo Centro dos Caçadores, o clube mundano fundado pelo coronel *Lulu*. Decidem organizar a festa de supetão, rapidamente providenciam bebidas, uma delas aciona algum rapaz conhecido e este sai a convidar seus amigos mais próximos. Alguns falam em bacanais e jactam-se de proezas íntimas com alguma francesa, italiana ou argentina, mas eu acho um exagero.

"Pensei que era uma lenda", eu digo.

"Os sortudos que conseguiram a suprema dádiva de estar entre os convivas voltam do paraíso com relatos fantásticos, cheios de detalhes tão borbulhantes quanto às *boteilles* de *champagne* esvaziadas durante a folia. Que achou da descrição?"

"Deve ser algo como o latíbulo das ninfas."

Lúcio pede atenção de todos.

"Ouçam só a definição do Koetz: latíbulo das ninfas."

Os outros aplaudem, francamente excitados.

"Hoje é a nossa vez, e tu vai junto!"

"Bah, hoje me programei para assistir ao filme com a Jean Harlow", aponto com o polegar para o cinema ao lado, "até já comprei ingresso".

"Peraí, peraí! Tu não entendeu, meu chapa. Noitada da Aurélia, com as divas do Variedades! O latíbulo das ninfas, como acabaste de dizer. Uma chance em um milhão! Vai lá e devolve o ingresso. O Koetz vai conosco!"

Não encontro argumento para negar o convite sem ser chamado de trouxa.

"Pois vamos a elas!"

Os antigos colegas brindam. *Meia-foda* anuncia:

"Hoje, aquela ruivinha não me escapa!"

"Quem seria a sortuda?"

"Uma cantora francesa que apareceu há pouco tempo."

"Francesa? Que *chic*!"

"Precisa ver. Um piteuzinho, meu número."

Saindo do Café Central, basta subir uma quadra da Rua General Câmara e virar à esquerda para chegar ao Variedades e, logo a seguir, à tal pensão. No caminho, percebo que estão todos aprumados, chapéus Richmond na cabeça, ternos bem cortados por alfaiates caros, goma no cabelo, água de colônia atrás das orelhas e lenços perfumados no bolso, um abismal contraste com minhas roupas amarfalhadas e meu aspecto de trabalhador em fim de jornada exaustiva. Penso em desistir, porém minha curiosidade se avoluma à medida que nos aproximamos.

O estabelecimento da Aurélia funciona num sobrado de dois andares grudado ao cabaré. Os rapazes vão entrando e são recebidos pelas artistas usando roupas acetinadas, com rendas e transparências, *soutiens*, corpetes, cintas-ligas. Tenho que admitir: estou na antessala do paraíso.

O salão espaçoso tem dois sofás, uma mesa enorme que certamente foi arredada para junto à parede, abrindo uma pista de dança considerável, o janelão para a rua tem as cortinas cerradas, um aparador está repleto de taças e garrafas de *champagne*, uma eletrola moderna aguarda a pilha de discos e um abajur chamativo enfeita a pianola de madeira clara.

A timidez me empurra para uma estreita namoradeira de dois assentos entre as duas aberturas, protegidas por reposteiros roxos com detalhes dourados, um pouco mais afastada dos demais móveis, para dali ver como a coisa funciona. As garotas riem, fazem poses sensuais, flertam com os rapazes e colocam discos animados na eletrola. Em poucos instantes instala-se no salão da Aurélia uma contagiante atmosfera de alegria, música, deslumbramento e alguma libertinagem, pois meus ex-colegas se mostram indóceis.

Examino uma a uma das artistas a imaginar qual eu escolheria, caso essa possibilidade não fosse absolutamente impraticável, até pôr os olhos em uma criaturinha usando vestido curto de *nylon* azul-claro com rendas nas bordas que não para de rir: *mignon*, coxas roliças, traseiro saliente e seios pequenos, mas atrevidos. Tem a pele muito clara, cabelos ruivos e crespos enfeitados com uma fita também azul, rosto ovalado, olhos grandes e expressivos, nariz levemente arrebitado, boca salientada pelo batom vermelhíssimo e algumas sardas salpicadas no rosto e nos ombros. Não é a mais bonita, tampouco a mais exuberante, porém exibe uma vivacidade irresistível e, a partir dali, meu olhar não desgrudará da sua figurinha.

O pequeno Lúcio Vergara chega antes e eu recordo sua frase ao deixarmos o Café Central: hoje aquela ruivinha não escapa. Passa a persegui-la obstinadamente. Abraça, apalpa, tenta beijá-la com afoiteza, mas ela se esquiva de um jeito gracioso e divertido. Talvez para fugir do perseguidor insistente – pelo menos não encontro outro motivo –, ela vem em minha direção.

"*Non* dança?"

"Prefiro ver vocês."

"*Voyeur, hã?*"

"Não tenho muito desembaraço ou não bebi o suficiente."

"*Oh, attendez!*"

Ela mostra a palma da mão pequena, de dedos finos. Vai até o aparador e retorna com uma garrafa de *champagne* e duas taças.

"*Voilá, tout à toi.*"

Estoura a rolha com habilidade e enche as taças.

"*À ta santé!*"

"*Santé, mademoiselle. Vous êtes très gentille*", falo com lentidão para não me atrapalhar.

Ela ri.

"*Jon-ti-lã*", pronuncia a última sílaba com um biquinho memorável. "*Mais, pas mal. Parlez-vous français, hã?*"

"*Comme si, comme ça*", mas logo mudo para o português com medo de passar vergonha. "Na verdade, estou destreinado e preciso de algumas aulas, de preferência com alguma professora que tenha paciência e não ria da minha pronúncia."

"*Oh, pardon. Je suis désolée. Comment vous vous appellez?*"

"Paulo. *Et vous?*"

"Juliette."

Ela aproxima o rosto e me beija nas faces. Alguém coloca *Yes, we have no bananas* na vitrola. Lúcio Vergara está impaciente diante de nós. Juliette afasta-se de mim com um sorriso. A voz de Eddie Cantor domina o ambiente.

Yes, we got no banana
No banana
We got no banana today.
I sella you no banana.
Hey, Marianna, you gotta no banana?

A ruivinha dança com incontida alegria enquanto tenta escapar das carícias mais ousadas do pretendente, como uma graciosa toureira. A certa altura, as coristas juntam-se para dançar o *cancan*. Ao término, ela corre em minha direção, ofegante, antes que *Meia-foda* a alcance.

"*Bravô!*", exclamo, um pouco mais solto.

"*Encore du champagne!*", ela me mostra a taça vazia.

"*Voilà* Juliette!", encho a taça, que ela entorna em um único gole. Senta-se a meu lado e coloca a mão sobre a minha coxa. *Meia-foda* anda em círculos, desconsolado, de certo arrependido por ter me convidado.

"É um bom sujeito", digo em favor dele. "Cheio da nota."

"Não gosto de almofadinhas, esses muito engomados e cheirosos", declara, com um estranho sotaque, mistura de francês e castelhano, com ênfase nos *erres*.

"Ah, quer dizer que só está comigo por causa da fatiota amarrotada, do cabelo desgrenhado, da barba por fazer?"

"*Exactement*", ela responde valorizando cada sílaba.

"Achei que era pela minha boa aparência."

"Você não é feio, mas pra bonito não serve. Sem falar na *grravata*."

"Algum problema com ela?"

"*Horrible!*", ela torce o nariz para minha gravata amarela com quadradinhos pretos. "Parece de vendedor de jogo do bicho."

Seguro a ponta da gravata, ergo acima da cabeça e ponho a língua pra fora, como se estivesse me enforcando.

Ela desata a rir.

"Na verdade, acho que você parece mais esperto do que eles."

Em agradecimento, junto suas mãozinhas nas minhas e começo a beijá-las.

"O que você faz, *mon ami bâcle*?"

"Estudava Direito, mas desisti. Agora sou jornalista."

"Trocou o Direito pelo jornalismo. *Pourquoi?*"

"Eu sei por que, mas não consigo explicar."

"Já sei. Porque quis!"

Tenho que rir.

"Isso mesmo. Porque quis."

"É uma boa razão. Como você veio parar aqui?"

"Por acaso. Encontrei os rapazes no bar e me convidaram para uma noite de orgias e bacanais."

Juliette solta uma gargalhada.

"*Oh, non!* É só uma festa de música, dança, *champagne* e, vá lá, algum *errotismo*. Na verdade, é a primeira vez que participo e estou achando tudo muito divertido."

"Somos dois."

"Mas se está pensando em levar alguma de nós pro quarto, tire seu cavalo da chuva, como vocês dizem."

Finjo indignação.

"Então fui enganado!"

Ela não para de rir.

"*Aurrélia* só tolera a balbúrdia com uma condição: *pas* de homem circulando pela casa na manhã seguinte."

"Aurélia é a mandachuva, Juliette", eu digo. "Um brinde a ela! Quando for a hora, pode me enxotar porta afora."

"Ainda temos um bom tempo."

Os olhos de Lúcio *Meia-foda* são dois morteiros disparando petardos em minha direção. Respondo com uma expressão humilde, simbolizando um pedido de desculpas – não muito sincero, é verdade. Ele dá-se por vencido. Esfrega os dedos no próprio braço como se repetisse o bordão: me empresta o teu mel. Pisca o olho e volta-se para a festa.

"Teu pretendente desistiu."

Juliette vê Lúcio acercando-se de outra garota e faz uma cara divertida de alívio. Mostro a garrafa vazia.

"*C'est fini le champagne!*"

"*Mais non*", ela faz uma cara como se fosse o fim do mundo. Imediatamente, providencia a reposição.

A festa segue num frenesi. O salão é tomado por danças e beijos. Noto que algumas garotas deixam o salão e retornam com a disposição redobrada. Rolhas estouram a todo o momento e taças se batem em brindes infindáveis. O banco é estreito, de forma que ficamos grudados e Juliette mantém a mão sobre a minha coxa. Incentivado pela amiga *champagne,* eu já coloco o braço sobre seus ombros.

"Não lembro de ter visto você no Variedades", ela quer saber.

"Eu chamaria a tua atenção?"

A garota faz uma expressão condescendente.

"*Peut-être.*"

"Nunca fui, na verdade."

"*Pourquoi pas?*"

"Não me deixariam entrar com essa gravata", brinco.

"Então você nunca me viu no palco."

"É um pecado mortal?"

"Lamento informar: você corre o risco de ir pro inferno. Mas vou salvá-lo."

Ela pega meu chapéu, fala algo para uma das garotas, e esta toma lugar diante da pianola. Juliette apaga as luzes, coloca um véu sobre um abajur e põe as mãos na cintura. Aos primeiros acordes de *Ich bin von Kopf bis Fuss auf Liebe eingestellt,* ela faz um sinal para uma colega desocupar a cadeira. Senta-se e abraça uma das pernas.

Ein rätselhafter Schimmer
Ein "je ne sais-pas-quoi"

> *Liegt in den Augen immer*
> *Bei einer schönen Frau*

Vira a cadeira de lado, abraça o espaldar e prossegue, voltada para mim. Imito os gestos do personagem *Immanuel*. As garotas riem.
> *Doch wenn sich meine Augen*
> *Bei einem vis-à-vis*
> *Ganz tief in seine saugen*
> *Was sprechen dann sie?*

Juliette faz uma caricatura agradável de Marlene Dietrich, um *Anjo Azul* mais leve e menos dramático. Encerra aos gritos de bravo! e volta a mim com mais um *champagne*.

"*Fantastique, incroyable*", eu saúdo.

"*Oh, merci*", ela agradece com uma mesura e um rápido beijo na boca.

No momento em que um trovão assombroso anuncia a aproximação de um temporal daqueles, ela crava as unhas na minha coxa, e logo a acaricia se desculpando. Brindamos, rimos, e o avançar da noite torna tudo mais excitante. Eu já me atrevo a sussurrar algumas palavras picantes em francês em sua orelha. Ela não para de rir, como se tivesse nascido para isso. Meus companheiros de jornada estiram-se nos sofás, embriagados, alguns dormitam. Dois ou três ainda circulam pelo salão atrás das garotas, porém elas não lhes dão mais atenção. Preferem dançar e se divertir entre si. Uma delas grita.

"Juliette!"

Ela pula e se engata no alegre trenzinho que dá voltas pelo salão, ao som de Carmen Miranda.

> *Taí, eu fiz tudo pra você gostar de mim,*
> *Ah, meu bem não faz assim comigo não*
> *Você tem, você tem que me dar seu coração*

Cantam alegres, com sotaques variados, acompanhando o disco, às vezes se atrapalham na letra e riem desbragadamente. Ao fim da faixa, o vagãozinho ruivo desprende-se do comboio e prolonga a cantoria na minha frente, rebolando e mexendo os braços em movimentos sinuosos.

"*Você tem, você tem que me dar seu corração.*"

Depois senta-se, ofegante.

"Adoro a Carmen *Mirranda*."

Desliza a mão pela minha coxa e, involuntariamente, apalpa uma inevitável ereção. Ela me arregala os olhos e morde o lábio inferior. Fico sem jeito. Neste exato instante, uma garota cai pesadamente no meio do salão. As outras gritam.

"Mercedita!"

Juliette corre até ela. A garota se sacode em convulsões com o olhar escancarado, uma gosma saindo pela boca.

"Bebeu demais?"

"Cocaína", a francesinha sussurra ao meu ouvido com a cara mais séria desse mundo.

Assumo o controle.

"Tragam água! Alguém aqui sabe noções de Medicina, hein? Vamos lá, pessoal! Vocês devem ter estudado Medicina Legal. Acudam!

Assustados, os rapazes vão deixando o salão sorrateiramente.

"Pelo amor de Deus, alguém chame um médico!"

Passo a sacudir e esbofetear a moça até ela recuperar a consciência.

"*No me bate...*", ela protesta, com a voz pastosa.

Ergo a garota pela nuca.

"Escuta. Tu precisa ficar acordada, viu? Não dorme! Acordada, ouviu bem?"

Juliette traz uma jarra d'água que eu jogo no rosto da garota.

"*Hijo de puta!*"

Conseguimos pô-la de pé. Peço que a levem para vomitar.

"Não a deixem perder os sentidos."

Em poucos minutos, um velhusco portando uma maleta e vestindo uma capa de gabardine sobre o pijama listrado singra o salão em passinhos rápidos e espremidos, acompanhado por uma mulher gordota de cabelos brancos e desgrenhados, vestindo camisola de flanela – de certo, a famosa Aurélia. Indico a porta do corredor. Os dois seguem para lá. Permaneço na poltrona, sem saber como agir.

Passam-se uns bons dez minutos. Percebo: sou o único visitante que resta. As mulheres conversam em voz baixa, preocupadas, algumas reprovando o vício de Mercedita. Finalmente, o médico cruza o salão em sentido contrário, rumo à porta de saída. Aurélia também se retira com cara de poucas amigas.

Juliette vem até mim, ainda trêmula.

"O médico deu uma injeção. Agora, está fora de perigo."

"Que bom, agora eu vou..."

Ela abraça-se em mim. Sinto seu peito palpitando.

"Estou nervosa. Não vou conseguir dormir sozinha. Fique."

Viro-me para a porta por onde Aurélia se retirou.

"Não vai te causar problemas?"

Ela pega minha mão e me conduz em direção a uma das portas. No caminho, faz um gesto para as amigas, com o dedo indicador sobre a boca. Subimos dois lances de escada e seguimos pelo corredor, seu corpo quase indolente move-se à minha frente até um dos quartos com janela para a rua. Entro na peça. A pequena ruiva tranca a porta e logo atira-se sobre mim, seus tornozelos se entrelaçam em torno da minha cintura. Vou perdendo o equilíbrio até desabar de costas sobre a cama, agarrado em suas nádegas carnudas, nossas bocas fustigando-se em beijos desesperados enquanto um temporal barulhento desaba sobre a cidade.

Desperto com alguém me sacudindo o corpo.

"Acorde!"

Abro os olhos enevoados e custo a perceber o que está acontecendo. Aos poucos, as imagens adquirem nitidez: um quarto perfumado, guarda-roupas, pia, cabideiro atulhado de chapéus, lenços e echarpes junto a uma cômoda repleta de bonecas, caixinhas e bibelôs. Meus trajes estão jogados ao chão e o relógio sobre o criado-

-mudo marca cinco horas. Uma ruiva deliciosa vestindo um robe de cetim roxo chacoalha-me pelos ombros:

"Precisa ir *emborra*. Vista-se!"

Estou nu, a não ser por um pé de meia. Juliette deixa o quarto para fazer um reconhecimento do terreno. Recolho as roupas no chão e vou me vestindo ainda sonolento. Passam-se alguns instantes. Ela retorna.

"Está livre. Vamos!"

"Preciso calçar os sapatos."

"Leve na mão!"

"Não encontro a minha gravata."

"Fica de *souvenir*."

"Ué, não achou horrível?"

Ela sacude a mão pedindo pressa.

"*Vien vite!* Se a *Aurrelia* te encontra, eu perco o quarto."

Juliette leva-me pé ante pé através do corredor, descemos as escadas e chegamos à porta da pensão. Quando saio, ela me beija rapidamente a boca. Chove a cântaros. Ela morre de pena.

"*Au revoir.*"

"*Revoir*, quando?"

A ruiva vem até a calçada, repete o beijo um pouco mais demorado e volta risonha para a pensão.

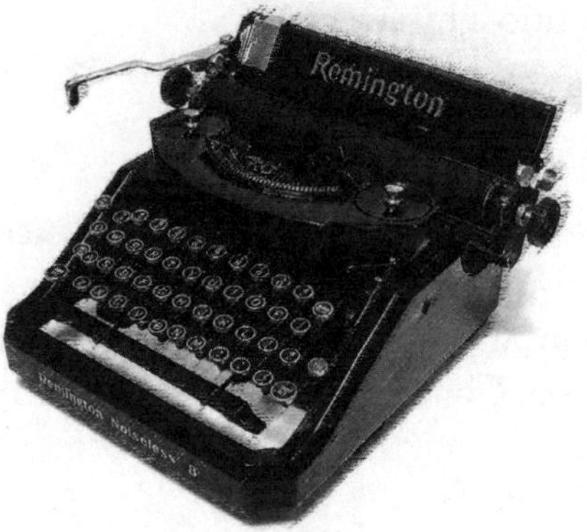
Remington

3

Coisas estranhas e impensáveis alguns anos atrás estão se sucedendo na política gaúcha, e esse é o tema da conversa na sala de Breno Caldas. Cinco anos atrás quem imaginaria Borges de Medeiros aliado aos maragatos, seus adversários de morte durante mais de trinta anos, ainda mais opondo-se aos diletos discípulos Getúlio Vargas e Flores da Cunha, ambos criados na incubadora política do Partido Republicano que ele, Borges, instituiu? E quem poderia supor que Vargas e Flores, unha e carne da Revolução de 30, estariam de relações estremecidas?

São esses os efeitos colaterais da Revolução Constitucionalista de 1932, na qual os paulistas enxergaram, na demora do governo provisório de Vargas para devolver a democracia ao país, a possibilidade de recuperarem o poder. Os maragatos descolaram-se de Vargas e carregaram o velho Borges com mais alguns republicanos descontentes para a Frente Única Gaúcha, irmanados do apoio ao levante de São Paulo. Flores da Cunha, nomeado por Vargas interventor no Rio Grande do Sul, ensaiou uma adesão aos paulistas, mas roeu a corda à última hora, ao perceber que o movimento seria derrotado. Assim, esgotou-se a trégua entre chimangos e maragatos e a política gaúcha envereda por caminhos inesperados.

Em 1934, Vargas derrotou Borges nas eleições via colégio eleitoral e revestiu de legitimidade seu mandato presidencial. Agora, é a vez de José Antônio Flores da Cunha "legalizar" o cargo de interventor que ocupa desde a Revolução de 1930. No dia 12 de abril, a Assembleia Constituinte irá elegê-lo governador do Rio Grande do Sul, e é disso que se conversa na sala de Breno Caldas. O responsável pela cobertura política, Francisco Job, está fazendo uma preleção sobre os acontecimentos que antecedem a votação.

"Flores não necessita dos votos da oposição. Entretanto, para ambições mais altas, incluindo uma eventual candidatura à Presidência da República, lhe faria bem aparecer como o pacificador do Estado, como fez Getúlio."

"Duvido que consiga envolver o velho Borges de Medeiros nesse acordo", opina Mário de Sá.

"Também duvido, entretanto ele confia na disposição para o diálogo dos líderes do teu partido, que estão loucos pra sair das sombras."

"Meu partido, vírgula. Já deixei o Partido Libertador há tempos."

Escuto, sem ainda compreender o que estou fazendo ali.

"Obtivemos em primeira mão cópia do documento que será apresentado pela FUG como condição para negociar um eventual acordo com o governo", revela Job. "Ele contém onze reivindicações, sendo que as cinco primeiras se concentram na área da segurança pública, e por isso te chamamos, Koetz. O ponto mais delicado é a reivindicação de que os quadros dirigentes da Polícia sejam ocupados a partir de concursos públicos e não mais por nomeações políticas, ou seja, tudo que o Flores não deseja. Significaria tirar a Polícia de suas mãos."

"A FUG colocou o governo numa sinuca de bico", Mário de Sá comenta. "Se o Flores negar, estará admitindo que aparelhou a Polícia e não deseja abrir mão dela. Se aceitar, correrá o risco de perder uma parte considerável de seu poderio. Isso está ficando interessante."

"Que acha, Koetz?"

"Todos os delegados que conheço e a maioria dos policiais de menor patente são simpatizantes do governo", eu digo.

"Precisamos de uma comprovação, sentir como a Polícia está avaliando as propostas e depois ouvir o governo e a oposição sobre isso."

Primeiro passo: comparo a relação dos delegados e subdelegados atuantes nos diversos departamentos da chefatura e nas delegacias distritais com a lista do Partido Republicano Liberal. Bingo! Todos, sem uma mínima ressalva, são filiados e a maioria ocupa cargos nas instâncias partidárias.

Saio a campo para ouvir os delegados, contudo nenhum deles se dispõe a dar entrevistas, como se fizessem parte de um pacto de silêncio. Em *off*, ouço um festival de declarações autoindulgentes e críticas ferozes às propostas da oposição, como se tentassem lhes tirar o pão da boca.

Após muita insistência, consigo uma posição oficial, ditada pelo secretário do Interior, João Carlos Machado.

"O general Flores da Cunha considera a proposta apresentada pela FUG despicienda, já que a profissionalização da Polícia está nos planos do governo e será adotada através de um plano de carreira."

"Então, o governo irá aceitá-la?"

"Você não prestou atenção. Eu disse que não é necessário aceitar uma proposta que já vem sendo implementada."

"Existe uma data para sua implantação, doutor Machado?"

"A médio prazo. Mais alguma questão?"

"A FUG também reivindica uma investigação rigorosa sobre supostos ataques sofridos por seus integrantes."

"É uma leviandade. Se concordarmos com essa estultice estaremos admitindo que as investigações sobre os fatos alegados foram falhas, o que não tem o menor fundamento."

Saio dali em busca de uma manifestação dos frenteunistas. Escolho o deputado João Neves da Fontoura, que sempre se posiciona um tom acima em relação ao discurso moderado de seus correligionários. Ele não perde tempo em firulas:

"A postura do governo revela que seus bons propósitos, entre aspas, de unir o Estado são pra inglês ver. Anote aí: o acordo pelo Rio Grande está enterrado. Para sempre."

Termino de redigir a notícia e alguém grita meu nome.

"Koetz! Telefone pra ti!"

"Tô ocupado. Pega recado!"

Ele tapa o bocal com a mão e murmura.

"É mulher, com um sotaque estrangeiro."

Pulo até o aparelho.

"Pois não?"

"Por acaso você não esqueceu uma *grravata* no quarto de uma bela jovem da Rua Andrade Neves?"

A voz sonora me ilumina por dentro.

"Depende. Se é uma gravata muito elegante, importada de Paris, é minha mesmo."

"*Mais non*. É uma *grravata horrible*. Parece de vendedor de jogo do bicho", ela solta uma risada deliciosa.

"Está bem. É bizarra, mas vou ter de buscá-la do mesmo jeito, porque é uma das únicas que eu tenho."

"Você tem três dias, caso contrário será doada aos pobres, mas duvido que eles queiram."

Bato à porta do prédio número 44 da Andrade Neves. Quem atende é a dona da casa, em pessoa.

"*Pujnão?*"

"Dona Aurélia? Bom dia. Bem, já é quase boa tarde. Gostaria de falar com Juliette."

"*Q'queres co'ela?*"

"Ela guardou uma coisa que me pertence. Combinei de vir buscar."

"*Como t'chamas?*"

"Paulo."

"Um '*mento*", vira-se para o interior da casa e grita: "Ô, Juliette! Cá '*stá* um gajo. *Cham'-se* Paulo. Diz *qu'tens* algo *del'*!"

Ouço um gritinho e uma voz conhecida.

"Já vou! Já vou!"

Aurélia me examina da cabeça aos pés.

"'*Escut'*. A *rap'riga* é uma joia rara, *o pa*. Já *sufreu* muito *n'vida*. Não a *m'goes*!"

Fico sem o que dizer, e ela não fica para ouvir. Vira as costas e se afasta arrastando os tamancos. Juliette aparece com um vestido simples, sem maquiagem, mas radiante. Segura-me pelos ombros e beija minhas faces.

"Eu ia trazer flores, mas não achei nada aberto."

"Vale a intenção. Veio buscar a *grravata, hã?*"

"Não preciso mais dela. Comprei outra", aliso a gravata adquirida na Casa Senior pela bagatela de 30 mil réis.

"*Oh, lalá! C'est pas mal!*"

"Achei que poderíamos almoçar juntos, já almoçou?"

"Já", ela responde com tristeza, "mas podemos dar um passeio".

"Será ótimo."

"Mas estou desprevenida", ela baixa o rosto para a própria roupa.

"Está linda!"

"Um batom, pelo menos?"

"Um batom."

"Você precisa esperar aqui fora. A *Aurrélia*..."
"*Pas de problem*. Eu espero."
A espera tem a duração de um cigarro. Juliette reaparece com outro vestido, um chapéu-touca sobre os cachinhos ruivos e um batom vermelhíssimo contrastando com a alvura do rosto. Faz um giro de 360 graus. Eu aprovo com um sorriso. Ergo meu cotovelo e ela enfia o braço sob o meu.

Caminhamos algum tempo em silêncio, retidos por um constrangimento estranho para duas pessoas que, duas semanas atrás, compartilharam uma noite de amor ardente, seguida de uma interminável troca de carícias até pegarmos no sono. Agora, parecemos dois adolescentes inseguros em início de namoro, e isso não chega a ser ruim.

"Queria ter..."
"Eu pensei em..."
Falamos ao mesmo tempo e disso resulta uma boa risada.
"Eu queria ter ligado antes", ela toma a iniciativa, "mas fiquei com receio de que você tivesse ficado com uma impressão errada de mim depois daquela noite."
"A melhor das impressões."
"Não costumo agir assim, digo, na primeira noite... Nunca fiz isso. Eu fiquei nervosa com a crise da Mercedita, tinha bebido, não bebo assim normalmente..."
"Ah, então foi só pela bebida?", eu brinco.
"*Petit con!*"
"Traduz."
"Tolinho! Eu gostei de você, mesmo com aquela *grravata* medonha."

É hora de tomar uma atitude. Coloco-me diante dela e preciso curvar o corpo para beijá-la profundamente. Depois digo:
"Foi a melhor noite da minha vida. Quero muitas noites como aquela e muitos dias também. Lamento informar, *mademoiselle, mais tu ne m'échapperas pas.*"
"Oh, andou estudando, *hã?*"

"Comprei uma *Grammaire française*."
"*Oh, non!*"
"*Oh, oui!*"
Seguimos caminhando a esmo pela Rua Andrade Neves. Lembro-me de perguntar por Mercedita. Seu rosto assume uma expressão grave.

"A portuguesa a mandou embora. Agora, ela está ali", indica o sobrado de número 152, "na pensão de Madame Monique Ledouze. Foi difícil fazer a troca porque nenhuma garota dali queria ir para a nossa pensão. *Aurrélia* tem fama de carrasca, não deixa entrar homem na pensão, enquanto Madame Ledouze é liberal, as garotas fazem o que bem entendem."

Juliette começa a falar de seu mundo. Conta que viveu quatro anos em Buenos Aires como cantora de teatro de revista e recentemente integrou-se à companhia do famoso *cabaretier* Jacques Duchamps. Chegou a Porto Alegre em janeiro e ficará aqui por dez meses, quando termina o contrato entre Duchamps e o Variedades.

"Fazemos números musicais, operetas, revistas, tango, esquetes satíricas e cançonetas francesas e italianas. Você precisa assistir."

"*Monsieur* Duchamps é um privilegiado. Conviver com tantas garotas bonitas não é para qualquer um."

"Típico comentário masculino. Pra isso que sua cabeça maldosa está pensando, ele prefere a companhia de rapazes. Para nós, é como se fosse um pai, nos trata com carinho e preocupação."

"E Aurélia é a mãe?"

"*Aurrélia* é a madrasta", ela cai na gargalhada. Depois, emenda. "Mentira. Ele me trata muito bem, mas é muito rigorosa, para ela é como se nós tivéssemos dez anos de idade."

"E depois, o que tu pretende fazer?"

"Eu tenho ensaio daqui a pouco."

"Digo depois de encerrar a temporada."

"Oh, eu gosto do que eu faço, adoro cantar e dançar, mas para muita gente é como se fôssemos *putes*. Toda noite se acercam, nos assediam, e precisamos repetir sempre a mesma conversa."

"Imagino."

Ela aponta para duas pensões situadas na mesma rua, quase na esquina com a Avenida Borges.

"Aquela é a pensão de Madame Georgette. Do outro lado da rua, a da Madelaine. As moças que moram ali trabalham no Variedades, mas não são artistas, *tu comprends?*"

"*Les putes.*"

"Nos damos bem, de modo geral. Às vezes, há alguma rusga, *pas grave*. O pior é que os fregueses não compreendem essa diferença e nos tratam como *putes*. Estou um pouco cansada. Estou pensando em fazer outra coisa."

"Por exemplo?"

"Dar aulas de canto me fascinaria. Eu me daria bem com as crianças."

"Vamos tratar disso."

Ela sorri, comovida, e me aplica um longo beijo.

"Preciso regressar. Daqui a pouco começa o ensaio."

O palestrante não demonstra o menor sinal de autossuficiência ou afetação. Está de pé e mantém as mãos nos bolsos das calças, pois não sente a menor necessidade de enfatizar com gestos o que expressa sua voz firme e segura, na qual um sotaque fronteiriço marcante se sobressai. O psiquiatra Dyonélio Machado palestra no Salão de Leituras da Biblioteca Pública para um grupo de talvez trinta acadêmicos sobre um tema instigante: *O direito de matar*.

"Decomponhamos o crime em seus elementos constitutivos e veremos que, à base de todo ato criminal, existe sempre uma necessidade. Não é difícil comprovar que, na humanidade primitiva, toda necessidade tendia a satisfazer-se, sem outro embargo que não o resultante das dificuldades externas de realização material. Portanto, o homem primitivo não conheceu limites de nenhuma espécie: moral, legal, ético. Fazia o que tinha vontade."

Gostaria de conversar com ele sobre os contos de seu livro *Um pobre homem*, presente de meu pai, ao completar 18 anos, mas Dyonélio Machado está ali na condição de psiquiatra, não como escritor.

"A vida em sociedade, ao restringir o direito e o arbítrio do indivíduo no interesse do direito do todo, foi o que criou tais limites. Está assim estabelecida a noção do crime e a ideia de infração, e havemos de ver com que violência isso ocorreu. Desde esse momento a inclinação ao ato proibido não passaria de um fenômeno teórico. A persistência do delito, porém, sendo de prática corrente, está a indicar que o homem coloca em sua balança moral o desejo de satisfazer a sua necessidade, de um lado, e o castigo a merecer, de outro. Ao se decidir pelo crime, ele confere à sua necessidade uma significação e um valor maiores em relação ao temor da punição que terá de suportar."

Dyonélio Machado faz um passeio pelas diversas visões expressas pelos teóricos da criminologia – Ferri, Lombroso, Corri, Garofalo – e recorre a Sigmund Freud para estabelecer parâmetros psicológicos presentes nas motivações aos atos criminosos.

"O que caracteriza a ação criminal é exatamente essa desproporção entre a necessidade e o ato. Contudo, a desproporção só existe para quem a contempla. O criminoso julga a sua necessidade sempre superior a todos os riscos."

Ao final da palestra, dirijo-me ao palestrante para cumprimentá-lo, entretanto preciso esperar que ele atenda com gentileza o grupo de estudantes que o cerca, ávidos de estender o contato com o mestre. Ele ouve e responde a todos com paciência e compreensão. Finalmente, fica só, recolhendo os seus pertences.

Apresento-me como repórter policial.

"Espero que o meu modesto trabalho tenha sido útil", ele comenta.

"Não resta dúvida. Uma questão. Nos seus estudos, o senhor desconsidera a pressão do meio social como fonte da criminalidade?"

"Penso o contrário. O crime nunca é resultante de uma situação social. O *não-crime*, este sim é social, pois decorre de uma imposição da sociedade para que ele não seja cometido. A constituição da sociedade não alterou o ritmo de vida do criminoso. Apenas os seus atos, que antes não eram do conhecimento da multidão, passaram a interessá-la. O delinquente percebe essa *intromissão* da sociedade porque, de tempos em tempos, se vê perseguido por seus agentes."

"O crime, portanto, seria um gesto primitivo."

"Sem dúvida. Partamos da psicologia do homem primitivo. Este, enquanto vivia em hordas, não encontrava nenhum limite à satisfação dos seus desejos. A morte do semelhante era uma solução da luta pela existência. Não existia o conceito de crueldade. Com a noção do crime, essa forma de satisfazer sua necessidade se torna arriscada. A vida em sociedade, ao restringir o direito e o arbítrio do indivíduo no interesse do direito do todo, foi que criou tais limites. Assim, se estabeleceu a ideia de infração e da punição. Portanto, é natural que o homem procure evitá-la sistematicamente. É preciso uma força superior a essa tendência para condicionar a realização do crime. Esta força deve ser procurada nas condições anteriores do grupo social. Os que matam, com efeito, são reacionários, indivíduos que buscam restaurar o antigo estado da impunibilidade. Mas só o fazem, porém, acossados pela necessidade, real ou imaginária."

"O crime resulta da necessidade?"

"O exagero é o atributo do criminoso; o excesso, o do crime. É muito difícil resumir em poucas palavras um tema tão complexo como esse. Eu sintetizaria desta forma: o delito, em particular o assassínio, nada mais é do que o resultado, contra um ser semelhante, do excesso que o homem põe na realização de sua luta pela vida. Tá bem assim?"

Aproxima-se a galope o dia em que a Assembleia Constituinte elegerá José Antônio Flores da Cunha governador, e a redação está uma pilha de nervos. Quase todos os que trabalham à minha volta o têm como a encarnação do mal, alguns por divergência política, outros por antipatia pessoal, e todos em função da perseguição cruel que a máquina governamental exerce sobre o jornal.

Até o ano passado, o *Correio* mantinha-se crítico ao governo de forma sóbria, como era de seu feitio, mas irrenunciável. Em represália, tornou-se alvo de uma campanha explícita de *boycott* junto aos anunciantes e assinantes liderada sem o menor pudor pelo próprio Flores da Cunha. 'Não compre o *Correio do Povo*', era anúncio publicado diariamente em destaque em *A Federação*. O *Correio* foi proibido de circular em lugares públicos como a estação de trens e na rodoviária. No dia da votação para a Assembleia Constituinte, em setembro de 1934, toda a edição foi apreendida. Alguns redatores sofreram na pele a fúria do florismo praticada por seus braços clandestinos. Três colegas foram agredidos, incluindo o franzino Sérgio de Gouveia, espancado por três desconhecidos à saída do jornal.

A repressão governamental personificava-se no diretor Alexandre Alcaraz, autor de editoriais explosivos contra Flores da Cunha. Alcaraz não se constrangia de participar de comícios da Frente Única Gaúcha. Por conta dessa desenvoltura, recebia "homenagens" do jornal oficial na forma de adjetivos como cabotino, sórdido, infame, ignóbil e por aí afora, além de ser tratado pejorativamente como "estrangeiro", uma vez que nascera na Espanha, embora tenha vindo ainda menino para o Brasil, assim como sua irmã Dolores, viúva do fundador do jornal Francisco Caldas Júnior e mãe do editor Breno Caldas.

Após a esmagadora vitória do partido oficial nas eleições constituintes, o ânimo oposicionista do *Correio do Povo* esmoreceu e, como naqueles acordos em que ninguém precisa dizer nada e todos entendem o que está em jogo, a pressão sobre o jornal igualmente arrefeceu.

Agora, Flores da Cunha irá se livrar da incômoda posição de interventor e acrescentará ao seu poderio uma boa dose de legitimidade, o que reaviva na redação do *Correio* antigos rancores. Faltando uma semana para a eleição, ao chegar no trabalho encontro um clima de comício, e Mário de Sá é o mais inconformado:

"Vocês se deram conta de que o Flores não precisará nem do beneplácito do Getúlio pra governar. Imaginem o que vai ser este Estado. Isso não é nada. Preparem-se pra ver o *Danton dos Pampas* morando no Catete daqui a dois anos."

"Ora, Mário", contesta o secretário de redação Adil Silva, "já se sabia que isso iria acontecer desde as eleições da Constituinte. Qual a surpresa?"

"E nós, o que fazemos diante desta tragédia?"

"O jornal já fez demais, Mário."

"Poderia ter dado combate, mas se omitiu", Mário de Sá volta à carga. "A família Alcaraz Caldas espera ganhar alguma coisa com essa postura conciliadora? Cair nas bênçãos do Flores?"

Alexandre Alcaraz ingressa na sala a tempo de ouvir a frase de Mário de Sá.

"Tu fala como se o jornal tivesse aderido ao Flores. É menos que isso, Mário. Só queremos que ele nos deixe em paz", ele exclama no mesmo tom.

"Lembra quando o Flores nos mandou para o desterro, Alexandre? Eu, tu e o Ripoll. Logo depois, te exoneraram do cargo de engenheiro do governo por abandono de posto. Quanto tempo ficaste longe da família? E quando aquele delegadozinho te prendeu em plena Rua da Praia, na frente de todo mundo, por causa de um revólver no bolso, que tu tinha autorização pra portar? E aquela covardia contra o Gouveia, um *gentleman* que não faria mal a uma mosca, espancado por três brutamontes na calada da noite? Nos tratam como bandidos, Alexandre, e não como adversários políticos. Essa é a índole dessa gente, e ficamos fazendo média."

"Minha obrigação primordial é manter o jornal vivo, Mário. Muitas famílias dependem disso. E mais: os leitores precisam do *Correio do Povo*! Tu sabe bem disso, já dirigiste um jornal. Quer que aconteça com o *Correio* o mesmo que aconteceu com o brioso *Estado do Rio Grande*?"

"Pelo menos, nós tivemos mais coragem, mais honradez."

"Sem dúvida, foram corajosos. Adiantou alguma coisa? O jornal foi estrangulado, gente na rua, famílias passando fome e, o pior: quase ninguém se lembra dele."

Mário faz um esforço tremendo para se controlar. Alcaraz busca a conciliação.

"Compreendo a tua inconformidade, que não é maior do que a minha, posso te garantir."

"Mas o teu partido está de conchavo com o Flores."

"*Nosso* partido, tu quer dizer?"

"Meu, não! Há tempo que não tenho afinidade com o Partido Libertador, desde que abandonaram o Ripoll à sanha da corja do Flores."

"Não somos nós", retruca Alcaraz. "É o Flores que pretendia um acordo que, pelo visto, não vai vingar."

"Conversa!"

"Nós perdemos, Mário. Te convence!"

Alcaraz dirige-se para a equipe. "Pessoal, vamos trabalhar. Temos um jornal a produzir com o mesmo ânimo e a mesma honestidade de sempre."

Retorna para sua sala e deixa um silêncio sufocante instalado da redação, que começa a ser quebrado lentamente pelo ruído das teclas que logo preenchem o ambiente.

A conversa tem sequência na mesa da diretoria do Bella Gaúcha. Gouveia está inconformado:

"Foste injusto com o Alcaraz, Mário."

"Injusto? Era só o que faltava."

"Ele é teu amigo, teu companheiro, passaram poucas e boas juntos."

"Não aceito a postura do jornal, ponto."

"Pra ti é fácil. Posa de herói e o outro é que precisa aguentar o tirão."

Mário cala-se. Seu corpo todo se agita. Sorve um longo gole de cerveja, ruminando alguma coisa. De repente, sem mais nem menos, investe contra mim:

"E tu, Koetz?"

"Eu o quê?"

"O que acha disso tudo?"

"A família cansou de dar murro em ponta de faca. Se chegaram a esse ponto é que não tiveram alternativa."

"Opinião superficial, sem fundamento."

Reajo.

"O quer tu quer que eu diga? Que as coisas seriam melhores se a Frente Única estivessem no governo? Não tenho tanta certeza."

"Disparate!", exclama, com desprezo. "Está aí um produto típico do varguismo. Um rapazola que não tem capacidade crítica, bota tudo no mesmo saco. Tenha a santa paciência!"

Resolvo contra-atacar.

"Ah, é? Então me convence que o país estaria melhor se a oligarquia paulista tivesse vencido em 32."

"Pelo menos não viveríamos em uma ditadura."

"Deixa o rapaz, Mário", Gouveia intervém.

"Acorda, guri! Te informa, te posiciona!", Mário vocifera.

"Está muito enganado. Minha indignação é por outras coisas."

"Ah, é? Que tipo de coisa?"

"Por exemplo, a forma que tratamos a greve de janeiro: as prisões, as demissões, a lista negra, a morte daquele rapaz médico, até agora não esclarecida. O jornal falou um pouco e depois deixou de lado. É isso que me desgosta."

Creio que me saí bem. Poderia ter falado que procuro mostrar a realidade sombria que a sociedade e os figurões não enxergam, mergulhados na ambição que os move, mas soaria um tanto pernóstico. Mário de Sá ironiza batendo palmas com a mão frouxa.

"Muito edificante", mas logo desiste de mim e retoma o comício. "Preparem-se, senhores. Daqui em diante nosso trabalho será jogar água no moinho desse bandido salafrário, aprendiz de caudilho chamado José Antônio Flores da Cunha, futuro ditador dessa miserável nação chamada Brasil. Quanto a mim, já lhes digo. Não sei quanto tempo eu aguento. Ou melhor, não sei quanto tempo o jornal vai me aguentar, porque não sou feito de argila mole pra me moldarem ao bel-prazer das suas conveniências. Vou embora antes que exploda!"

Mário de Sá retira-se, sem me dar chance de responder ao ataque pessoal.

"Deixa pra lá", Gouveia me consola. "Quando o Mário está assim fica intratável."

Deixo o bar e ingresso na noite quente com o amargo gosto de coisas não ditas. As palavras de Mário de Sá castigam-me: rapazola sem opinião, incapaz de se indignar, produto do varguismo. Desço a Borges de Medeiros em direção ao abrigo dos bondes, no entanto, as luzes do Mercado Público me abrem outras perspectivas. Sigo de porta em porta a vasculhar os pés-sujos, onde me refugiava quando queria me embriagar quieto, sem ninguém para assinalar qualquer eventual exagero. Contorno o Mercado e entro no Café Central, defronte à Avenida Júlio de Castilhos, junto à torre fronteiriça à Praça Parobé.

Encontro uma mesa vaga junto a um *reclame* da cervejaria Continental colado à parede de azulejos. Penduro o casaco no espaldar da cadeira, afrouxo a gravata e peço uma cerveja. O lugar fede a fritura e sovaco. Na mesa junto à porta, um grupo acompanha batendo talheres nos copos os sambas interpretados por uma negra de voz grave e redonda, como uma *jazz singer*. Na cabeceira da mesa, um negro baixo, barrigudo e sorridente tamborila na caixa de fósforo ao ritmo da cantoria.

Bebo rapidamente a cerveja, viro-me para o balcão e peço outra. O movimento cresce. Criaturas de todos os tipos entram e saem: trabalhadores do porto, meretrizes da Rua Voluntários da Pátria, empregados do Mercado, biscateiros, desvalidos de todo tipo batem ponto por ali em busca de uma mísera alegria, ou apenas querendo se embriagar. Na mesa oposta à minha, uma mulher de vestido estampado e maquiagem carregada discute com seu acompanhante, um sujeito loiro e alto, de rosto quadrado e cabelo lambido.

Detenho-me na mesa em torno da *jazz singer*, pois é a única cena interessante para contemplar. Peço a terceira cerveja e relaxo o corpo para apreciar melhor o samba, porém meu pensamento teima em retroagir aos eventos da tarde. O que ele está pensando, me tratar desse jeito na frente dos outros? O que sabe sobre mim? Varguismo, borgismo, florismo, estou cagando e andando para esse jogo de aposta alta, no qual o populacho fica de fora. Na sua falsa irreverência, fala mal da Revolução Farroupilha, porém se ombreou com o movimento da elite paulista sedenta pra retomar o poder.

Quero me afastar disso, mas não consigo, porque Mário de Sá é o jornalista que eu espero ser: loquaz, ágil, tem opinião, fala o que pensa, já caiu e levantou mil vezes, quase sempre mantém o bom humor, exerce uma liderança pelo que escreve e pelo que fez na profissão. Esse sujeito que tanto admiro teve o pejo de me humilhar diante dos outros, não por ter algo contra mim, mas porque sentiu necessidade de atacar alguém para desafogar sua frustração, e aí está uma fraqueza de caráter que não pode passar em branco.

Que merda!

Essa reflexão amarga dura pouco e se deforma, porque no momento o álcool me conduz àquele estágio de transição da sobriedade precária para a embriaguez inapelável. As imagens vão se embaçando. Lá pelas tantas, o loiro de cabelo lambido vira-se para a mulher de vestido estampado e grita para todo o bar ouvir:

"Desinfeta!"

Furiosa, ela vem até mim e pede um cigarro. Curiosamente, transfigura-se numa caricatura malfeita de Myrna Loy, umas das minhas queridinhas. Busco o maço de Astória no bolso da calça.

"Um dia é benzinho pra cá, queridinha pra lá", ela resmunga. "No outro, me trata como uma vagabunda qualquer."

"Quer fogo?"

"Não precisa."

Dirige-se até a mesa onde brilha a *jazz singer* e pede fogo ao gordinho. Dali a pouco, regressa à sua mesa, apanha a bolsa e se retira.

Bebo o resto da cerveja, tenho a sensação de cair de costas no vazio e tomo a sábia decisão de abandonar o boteco. Peço a conta. Lá pelas tantas, sinto falta do batuque na caixinha de fósforo. Olho para a mesa da *jazz singer*, mas o lugar do negro barrigudo está vazio. Visto o paletó com o cigarro nos lábios. Vou até o balcão para pagar a conta. O tipo de cabelo lambido que discutiu com a garota de maquiagem exagerada coloca-se na minha frente de forma brusca. Ao virar o corpo, esbarra em mim. Chamo o cara de filho da puta, mas ele já está deixando o bar.

Pago a conta e cambaleio até a porta. A muito custo, consigo um auto de praça e não recordo como cheguei em casa.

Começo a tarde de sábado na antiga Doca das Frutas, ao lado do Mercado Público e atrás da Praça Parobé, de onde os bombeiros retiram do Guaíba um corpo negro, pequeno e inchado.

"Adalberto Pedroso é o nome do defunto", conta o inspetor Meirelles, meu chapa da 1ª Delegacia, mostrando o documento de identidade encharcado. "Barnabé da Prefeitura, fiscal de não-sei-o-quê. Solteirão, 40 anos. Parece um caso simples. Ontem à noite, bebia num bar, saiu para mijar e caiu no rio."

"Em qual bar?"

Meirelles aponta para o Mercado.

"No Café Cristal. Falei com o garçom. Parece que era habitué daquele pé-sujo."

Miro o cadáver que está sendo colocado na padiola e tento reunir partículas de memória da noite anterior. Surge a imagem do sujeito sorridente, tamborilando um samba na caixinha, o tal Pedroso. O jeito é voltar ao Café Cristal. São três da tarde. Os que almoçaram a gororoba do bar já estão se retirando. Sento-me no mesmo lugar de ontem. Na mesa onde a *jazz singer* dava seu show agora um açougueiro conta o dinheiro para pagar o almoço com um palito entre os dentes.

O garçom aproxima-se.

"De novo aqui? Vai uma cerveja?"
"Agora não."
"Soube do Pedroso?"
"Acabei de ver o corpo."
"Pena, todo mundo estimava o negrinho. Ontem estava bem ali, feliz da vida, de relógio novo, trocando as pernas. De certo, saiu para urinar lá perto do Guaíba, perdeu o equilíbrio e caiu no Guaíba."

Sigo para a redação chateado, pensando da figura simpática de Adalberto Pedroso, a tamborilar com habilidade a caixa de fósforos e a contar piadas, com a dentadura alva à mostra. Sento-me à frente da máquina e vou redigindo a notícia: *Às primeiras horas da tarde de sábado, a presença de um cadáver junto à mureta do cais do porto foi percebida pelos pescadores que ancoravam seus barcos junto à Doca das Frutas. Trata-se de Adalberto Pedroso, funcionário da Intendência. As primeiras apurações da Polícia dão conta de...*

A cena de ontem projeta-se na mente como um filme: o gordinho sorridente tamborilando na caixinha de fósforo, exibindo o relógio de pulseira dourada para a *jazz singer*. Agora, seu corpo afogado jaz em uma gaveta da morgue, não há sorriso e... não há relógio!

Retorno ao Café Cristal, onde os primeiros boêmios já tomam assento. Chamo o garçom.

"Como é mesmo o teu nome?"
"Elpídio!"
"Eu preciso lembrar do que aconteceu ontem, Elpídio."
"Vai ser difícil", ele ironiza. "No estado em que tu *tava*..."
Desconsidero o comentário.
"Preciso reconstituir ponto por ponto, antes e depois da saída do Pedroso, e tu precisa me ajudar. Quando eu saí, o Pedroso já tinha ido embora. Ele pagou a conta?"
"Não. Estranhei que não retornou, mas não seria a primeira vez."

A memória trabalha. O bar cheio, conversas, risos, a cantoria na mesa da frente. Na parede oposta, o sujeito de cabelo lambido bebia cerveja, comia bolinho frito, discutia com a mulher, mas sua atenção dirigia-se para a mesa da *jazz singer*. A mesa de Adalberto Pedroso.

"Eu estava sentado ali", aponto para a mesa de ontem. "Naquela outra, havia um casal, te lembra?"

"Bah! Não me lembro. Tinha tanta gente..."

"O sujeito era um loiro grandalhão e a mulher tinha um vestido estampado, bem chamativo."

"Ela eu vejo seguido por aqui. Putinha da *Volunta*. Vem sempre nas sextas-feiras pegar os estivadores com dinheiro no bolso. Ontem, estava com seu gigolô."

"Gigolô?"

"Imagino que seja."

A mulher me filou um cigarro, porém não deixou que eu acendesse. Foi pedir ao Pedroso e ficou um tempo por ali, meio curvada, papeando com ele. Retornou para a mesa, trocou duas palavras com o loiro, pegou sua bolsa e se foi. Dali a pouco, o Pedroso também sumiu.

"A mulher saiu e o Pedroso foi atrás. O loiro se levantou com pressa. Pagou a conta um pouco antes de mim, até me deu um encontrão, lembra, Elpídio?"

"Não reparei. Espera... Quando fui limpar a mesa, vi que ele deixou a cerveja pela metade."

"O Pedroso vinha sempre aqui?"

"Só enquanto durava o ordenado."

O ordenado! Ontem foi dia 5, dia de pagamento da Intendência. Corro para a 1ª Delegacia. Encontro Meirelles com os documentos molhados da carteira de Pedroso sobre a mesa. Tento conversar, porém ele pede um tempo. No momento, tenta desdobrar um papel molhado, cuidando para não rasgá-lo. É um trabalho lento e exasperante, que o inspetor realiza com enorme paciência, desvelado capricho e me testa os nervos. Finalmente, consegue abrir a folha. Trata-se de uma nota fiscal da Relojoaria Guarani, referente à compra de um relógio de pulso Technos, com data de ontem.

"Tinha dinheiro na carteira?"
"Uns *mirréis*. Mixaria."
"O que deu o resultado na necropsia?"
"A princípio, a *causa mortis* foi afogamento, mas acharam um *galo* bem no topo da cabeça. De certo, ao perder o equilíbrio, o *nêgo* bateu com o coco no chão."
"Cadê o relógio?"
"Qual relógio?"
"Esse aí", coloco a mão sobre a nota.
"No corpo, não tinha relógio nenhum."
"Ele mostrava o relógio pra todo mundo."
"Do que tu tá falando?"
"Ontem eu estive no Café Cristal, Meirelles."
"Que conversa é essa?"
"Depois te explico. Vai ficar mais tempo por aqui?"
"Meu turno encerra à meia-noite. O que tu anda tramando?"
"Daqui a pouco, te ligo."

A esta hora, o tipo de gente que transita pela Rua Voluntários da Pátria muda literalmente do dia para a noite. Saem os empregados e compradores das ferragens, lojas de móveis, farmácias, barbearias, empórios de tecidos e fabriquetas de quinquilharias e chegam os notívagos a zanzar pelos botecos, ansiosos por bebida, música, camaradagem e algum tipo de aventura mais excitante – pelo menos, era isso que eu buscava quando era um deles, isso em outros tempos. Portanto, sei onde procurar o que preciso.

Caminho para os lados da Estação Férrea enfiando a cara nas *baiucas*: Café Oriente, Restaurante Venezianos, Royal, Pensão Mencke, Drink Mimi. Perco umas duas horas indo e vindo, sem resultado, mas não desisto. Preciso de um trago. O Bar Odalisca é o mais ajeitado. Em torno da minha mesa, se sucedem as cenas que estou cansado de ver, olhares libidinosos, sorrisos falsos, promessas mútuas que vão se extinguir em algumas horas, no quarto fedorento de alguma espelunca, quando o sujeito se vestir e deixar o dinheiro sobre a cabeceira, enquanto a mulher fuma um cigarro reparador.

Esvazio a cerveja e me preparo para retomar o périplo quando uma garota adentra o bar, o rosto de Myrna Loy malrascunhado, o mesmo vestido da véspera – imagino que não tenha outro melhor. Escancaro um sorriso aberto e a convido para a minha mesa.

"Já não nos conhecemos?"

"Ontem, no Cristal, te ofereci um cigarro com a maior boa vontade."

Ela demonstra um leve abalo.

"Mentira. Nem me deu bola. *Tô* vendo que se arrependeu."

"E os arrependidos têm vaga garantida no reino de Deus." Grito para o balcão. "Um copo pra donzela!"

"Perdeste o bonde, rapaz. Nessa noite já tenho compromisso."

"Uma cervejinha, que mal tem?"

"Escuta, daqui a pouco o *Alemão* chega. Se me ver com outro, é encrenca na certa."

"Quem é o felizardo?"

"Lá vem ele!"

A mulher afasta-se abruptamente, antes de ser vista comigo, e vai ao encontro do loiro alto de cabelo lambido que adentra o bar como um *cowboy* canastrão dando as caras no *saloon*. O sujeito apalpa seu traseiro com energia, e vão sentar-se a duas mesas de distância da minha. No pulso, o tipo ostenta um relógio com pulseira dourada.

Vou ao balcão e peço para usar o telefone. Disco e espero.

"Inspetor Meirelles, às suas ordens."

"Meirelles? Koetz. Estou no Bar Odalisca, na Voluntários, número 194. Te toca pra cá."

"O que é isso, Koetz? Estou de serviço."

"Nesse momento, estou observando os assassinos de Adalberto Pedroso, o barnabé afogado no Guaíba. Vem logo!"

Passa-se meia hora. O sujeito fala alto, como se mandasse e desmandasse no local. Devora um bife a cavalo, bebe sem parar, interage com os vagabundos das outras mesas e a toda hora afunda o rosto no decote da parceira.

Uma hora de espera. Meirelles não chega. Ligo outra vez.

"O inspetor Meirelles saiu para uma diligência", alguém informa.

"Faz tempo?"

"Acabou de sair."

O loiro traçou o jantar e enxugou as cervejas. Agora, pede a conta. O tempo corre, estou suando, ele coloca a mão no bolso para pegar a carteira onde guarda o dinheiro do Pedroso. Preciso ganhar tempo. Vou até a mesa deles segurando a garrafa de cerveja pelo gargalo. Sento-me sem a menor cerimônia e assumo o papel de bêbado.

"Dá *lizença*? *Zu* conhece a atriz Myrna Loy?", indago a ela.

Eles ficam desconcertados.

"*Zua* namorada é a cara dela", digo ao sujeito.

"A gente se conhece?", ele pergunta.

"Prazer, *Ziginei*. E a *zua* graça?"

"Frederico", ele responde, sem entender nada. Vira-se para a mulher pedindo uma justificativa. Ela dá de ombros. "Estamos de saída. A conversa fica para outra hora, viu Sidclei."

"*Zigiclei*, não. *Zi-gi-nei*. Hã! O que é *eze* relógio? Não, peraí um pouquinho! *Onge zu cosiguiu eza* joia?"

"Não te interessa. Vamos embora!", grita para a mulher.

"Como eu ia *gizendo*, Frederico, ela é a cara da Myrna Loy. Meus cuprimentos. *Archista* de cinema das boas. *Sisti* uma fita dela no Carlos Gomes ou foi no Central? E agora? Bom, a fita *zi* chamava *Uma noige do Cairo*, não viram? Bah! Perderam. Per-de-ram! E *A zeia dos acusados*? Um policial daqueles! Não viu?"

"Escuta aqui, meu chapa. Tu tá sendo quase inconveniente. Arreda daqui!"

"Já vou, Frederico, mas *anchis zu* tem me contar um segredinho", aproximo meu rosto dele. "Qual é a *zenzação* de *fudê* com uma atriz de *zinema*, hein? *Zim*, porque se é parecida, deve *zê* a mesma coisa."

O sujeito aperta no nó da minha gravata e prepara um soco. A garota segura seu braço.

"Deixa pra lá! É um bebum, não tá vendo?"
Ergo o dedo indicador e sacudo diante do rosto dela.
"*Zô* bebum, mas não *zô* cego. *Zu* é a cara da Myrna Loy, guria! Sem tirar nem pôr."
"Cai fora!"
Pelo canto do olho, vejo Meirelles adentrar no bar, acompanhado por dois agentes, e não perco a oportunidade. Abandono o personagem bêbado.
"Eu sei onde tu conseguiu esse relógio, *seu* merda. Afanou de um sujeito honesto e trabalhador, ao contrário de ti, vagabundo *fiá da puta*!"
O soco vem pesado, me esquivo, mas ele acerta meu queixo de raspão e me derruba. Do chão gorduroso de lajotas do Bar Odalisca aponto o dedo para Frederico.
"É esse aí, inspetor Meirelles. É o assassino do Pedroso."
"Custei a conseguir uma viatura", o inspetor se desculpa pela demora, enquanto os agentes seguram Frederico. "E aí, valentão, o que tem a dizer?"
O loiro debate-se, imobilizado pelos policiais.
"Não sei do que tu tá falando!"
"Onde conseguiste esse relógio?"
Em vez de responder ao policial, o tipo me enche de desaforos.
"Ladrão e assassino!", eu contra-ataco. "Roubou e matou, mas tinha que fazer cagada, né? Podia ter deixado o relógio bem guardadinho em casa, pra vender depois, mas não, precisava se exibir, *seu* trouxa. E a moçoila aqui é cúmplice, Meirelles. Atraiu o coitado do Pedroso pra uma armadilha. O que prometeste ao coitado do Pedroso, Myrna Loy? Uma foda rapidinha na beira do cais, enquanto teu gigolô dava uma bordoada na cabeça dele, pegava o dinheiro, o relógio e jogava o coitado no rio?"
A garota treme.
"Tu me paga!"
"Queria uma fita com final feliz, Myrna Loy? Da próxima, arranja um mocinho melhor", exclamo e dou o fora, alisando o queixo

dolorido, mas de alma lavada. A próxima cerveja será em homenagem ao Pedroso, que Deus o tenha – se não Deus, alguns dos orixás de quem era devoto.

Juliette está agitada. Parece ter algo para contar, e a forma solene com que ela fez o anúncio, na porta do cinema, deu a entender que era algo grave.

"Tenho medo que, depois de ouvir, você não queira mais saber de mim."

"Fica tranquila, nada que tu diga irá prejudicar a nossa relação."

Sugiro que falássemos depois da sessão, afinal *Bolero* está saindo de cartaz, e depois conversaríamos, de forma que estamos na plateia do Cine Central e Juliette solta uma gargalhada quando *Raoul*, o personagem interpretado por George Raft, é içado de um palco por um funcionário do teatro usando um cabo de madeira com um gancho na ponta. *Raoul* está determinado a se tornar um astro. Depois de algumas desventuras, cruza o Atlântico e associa-se à talentosa *Leona* – Frances Drake, um tanto caricata. O problema é que ela se apaixona pelo *partner* enquanto ele só deseja aproveitar-se dela para vencer na carreira.

"*Só voltarei a dançar se você disser que me ama*", Leona dá um ultimato, deixa perfeita para o cinismo de George Raft:

"*Eu não misturo trabalho com prazer.*"

A fita tem uma virada dramática quando aparece a heroína *Helen* – Carole Lombard, magnífica – tão ambiciosa quando *Raoul*. Graças ao sucesso da dupla, ele consegue, enfim, estabelecer sua própria casa, *Chez Raoul*. Para a inauguração, eles ensaiam *Bolero*, de Ravel. No dia da estreia, explode a guerra na Europa e *Raoul* interrompe a dança a anuncia que vai se alistar no Exército francês, sob aplausos gerais. O gesto do personagem, contudo, é apenas um truque publicitário, pois ele acredita que o conflito terá curta duração e seu "heroísmo" irá se reverter em bilheteria para o *Chez Raul*.

"*Esperrtalhão, hã?*"
"*Pchiu!*"
Ferido na guerra, *Raoul* retoma os ensaios de *Bolero*, desta vez com a dançarina *Annette*, pois *Helen* largou a carreira para casar-se com um conde. No dia da estreia, porém, *Annette* não aparece. *Helen* está na plateia com o marido e *Raoul* suplica para que ela substitua a dançarina faltante. Com a concordância do conde, ela aceita. A coreografia é irrepreensível, e a cena foi filmada com capricho. *Raoul* e *Helen* dançam em um tablado redondo móvel cercados de percussionistas negros com roupas tribais marcando o ritmo da canção. Juliette está francamente entusiasmada.

O número faz um estrondoso sucesso e o público clama pelo bis. Nos camarins, os dois conversam em aposentos separados. *Helen* diz:

"*Raoul, estou muito feliz, mas também muito triste. Esta será nossa última dança e não adianta insistir*".

Entretanto, no outro quarto, *Raoul* perde os sentidos, resquícios dos ferimentos da guerra, e vai tombando ao chão. *Helen* não percebe e continua falando, sua voz sobre a imagem de *Raoul* morto, com os olhos esbugalhados:

"*Na época, nós amamos isso. Agora acabou. Nós não seríamos felizes juntos. Com Bob eu sou muto feliz. Eu não o magoaria por nada desse mundo. Eu não queria dizer adeus, mas é a melhor solução*".

Seu empresário *Mike* aparece para chamá-los e constata o óbito do irmão. A fita termina com os dois em quadro e o som da plateia ao fundo. *Mike* sentencia:

"*Eles ainda estão aplaudindo*", e logo surge o *The End*.

À saída, minha acompanhante não está nada satisfeita:
"Gosto de filmes com final feliz."
"*Raoul* foi punido por sua ambição, *ma chérie*. Na busca do sucesso, pisoteou quem esteve ao seu lado e arquitetou um plano de se tornar herói engambelando seus fãs."
"Todo mundo merece uma segunda chance."
"É a justiça do cinema americano. Se a vida real fosse uma

fita de Hollywood, sobrariam apenas os bonzinhos e os insossos, enquanto os golpistas e mal-intencionados teriam o destino do pobre *Raoul*."

"Não me acha parecida com a Carole Lombard?"

"Tem mais o jeito da Leila Hyams."

"Hum, ela não é tão famosa."

"É mais bonita, pelo menos para o meu gosto, e fez fitas ótimas: *O fantasma de Paris, A ilha das almas perdidas*."

"Aonde nós vamos?"

Chegou a hora. O ambiente de Café Nacional recende a charuto e calidez, ao som de conversas, bater de copos, risos e uma música de vitrola quase imperceptível. Há apenas um único lugar vago ao fundo do salão, o que nos obriga a uma tortuosa jornada entre as mesas quase encostadas umas nas outras. Vou na frente, desbravando o caminho, até dar de cara com Moira, minha ex-noiva e sua família. Não consigo nem mudar o trajeto porque nossos olhares se encontraram de forma irrevogável.

Juliette surge atrás de mim e todos da mesa concentraram-se nela. Emerge um nítido contraste entre a elegância discreta de Moira e as roupas coloridas, quase extravagantes, da francesa.

"Doutor Pacheco, dona Lourdes, como vão?", dirijo-me aos quase futuros sogros. Os dois reagem com tênues movimentos de cabeça, ele por decepção e ela porque nunca foi com a minha cara.

"Como vai, Paulo. Esse é Rodolfo, um amigo."

Moira pronuncia *amigo* deixando claro que ele é mais do que isso. Rodolfo foi o único a se levantar e me estender a mão. Cumprimento o rapaz e hesito por alguns instantes. A francesa espera por algum gesto de minha parte que não vem.

"Bem, prazer em vê-los", digo e me afasto.

Juliette permanece um instante parada diante da mesa e depois me segue, atônita. Tento agir como se nada tivesse acontecido:

"O que deseja, *ma chérie*?"

"Um café."

"Um café e uma cerveja", peço ao garçom.

"Quem são?"
"Conhecidos."
"Ela é bonita."
"Bem, na verdade, foi minha noiva."
"Hum, não sabia que houve uma noiva."
"Eu também não sei muito da tua vida."

As palavras saem com uma rispidez não programada. Logo percebo e tento retomar a normalidade:

"Bem, sobre o que tu queria conversar, *ma chérie*?"

"*Pourquoi* você *non* me apresentou, *hã*?" Não é uma pergunta, mas uma queixa.

"Foi tudo de surpresa, fiquei um pouco apatetado."

"Pensando bem, o que você diria?", ela tenta ironizar, mas sai uma frase amarga: "Essa é minha namorada, minha amante, minha *n'importe quoi*?"

"Não fala assim."

Meu desconforto é evidente e a espontaneidade de Juliette desapareceu. O garçom traz as bebidas. Ela baixa a cabeça e se mantém em silêncio recolhido e a mão trêmula segurando a xícara junto dos lábios. Depois de um silêncio longo e constrangedor, desabafa.

"Você sentiu vergonha de mim."

A frase me pega com o copo a meio caminho da boca.

"Não!"

"Eu percebi."

"*Je t'aime, ma chérie.*"

"Quem ama não sente vergonha."

"Não foi de propósito", respondo com o melhor bom-mocismo que consigo. "Nem tive tempo de raciocinar..."

"Tempo de raciocinar...", ela repete de um jeito depreciativo.

Paro por aí. Busco uma justificativa para a minha reação. Reluto em admitir: senti vergonha, ou melhor, tive medo de sentir vergonha, o que no fim das contas dá no mesmo. A verdade nua e crua é que estou enrascado. Juliette sorve o café e mantém-se encolhida. Balbucia algumas coisas em francês que não chego a entender.

"Estou louco para ficar sozinho *avec toi, ma petite chérie*", sussurro com malícia, em busca de uma trégua. No entanto, o movimento revela-se desastroso. Ela joga a xícara sobre o pires provocando um pequeno estrondo, põe-se de pé e exclama em voz alta, com fúria.

"*Je sers que pour être nue dans un lit, hã?*" A mágoa torna sua voz embargada, rouca e chorosa. "*Tu ne me présentes pas à tes amis, non? Je ne suis pas une pute, encore moins ta pute, d'accord? Je suis une artiste, tu comprends? Ar-tis-tã!*"*

"*Ma chérie*, senta aqui e deixa eu te explicar", tento dizer, mas ela se afasta esgueirando-se por entre mesas.

Acompanho desolado seus passos decididos até a porta do café. Todos os olhares estão virados para mim. Permaneço sentado à mesa e sou nocauteado pela fingida indulgência de Moira e o gozo de revanche estampado no rosto de sua mãe, a saborear uma espécie de satisfação mesquinha. O drama dura... Bebo o resto da cerveja, pago a conta e saio dali tentando conservar algum trapo de dignidade. Na rua, a caminhar pela noite fria, percebo a extensão da tragédia: a profunda mágoa que causei em Juliette, a única coisa boa que me aconteceu em muito tempo.

---

* *Eu só sirvo para ficar nua na cama, hã? (...) Tu não me apresenta aos seus amigos, não! Eu não sou uma prostituta e muito menos tua prostituta. Eu sou uma artista, você entende? Ar-tis-ta!*

4

Da porta do Theatro São Pedro, Dyonélio Machado acompanha a movimentação *sui generis* que vai alterando a paisagem diante dele de modo surpreendente. Ao cair da tarde, chegam os cavalos da Brigada Militar, relincham inquietos, estalando os cascos nas pedras do calçamento, e soltam lufadas de ar gelado pelas ventas, enquanto soldados tensos equilibram-se sobre eles com uma mão nas rédeas e a outra empunhando fuzis com baionetas. Obedientes aos gritos e à pantomima nervosa de seus oficiais, vão ocupando, lado a lado, toda a extensa calçada da praça diante do teatro.

Dyonélio acende um cigarro e caminha alguns passos até a calçada para obter uma visão mais ampla. Três *viúvas-negras* freiam bruscamente no meio da ladeira entre os prédios quase gêmeos – o São Pedro e o Tribunal de Justiça –, chegando a patinar os pneus. Bandos de guardas civis uniformizados desembarcam e imediatamente formam corredores de paredes humanas nas duas vias de acesso ao teatro. Logo, entram em cena de dois caminhões vermelhos reluzentes e estacionam no lado oposto do prédio. Pelo menos dez bombeiros desembarcam e se posicionam em prontidão como se estivessem na iminência de combater um incêndio.

Já está escuro quando o aparato se completa com a presença de policiais à paisana vindos da chefatura que se espalham diante da porta do teatro. Conheço vários deles das rondas pelas delegacias. Alguns circulam ostensivamente em torno de Dyonélio e lhe dirigem olhares de escárnio. Um agente chega a cuspir no chão diante dele. O médico o encara com severidade, mas não perde tempo com ele, dando a entender que compreende perfeitamente o jogo no qual está metido, e nesse jogo os policiais que o destratam são apenas peças da engrenagem bélica que se forma à sua frente programada para agir com truculência à primeira ordem de comando.

Termina de fumar, olha o próprio pé esmagando a guimba, depois retira os óculos, busca o lenço no bolso do casaco e esfrega suavemente nas lentes. Tomo coragem e me aproximo:

"Doutor Dyonélio, o senhor se lembra de mim? Paulo Koetz, repórter do *Correio do Povo*. Eu o entrevistei por ocasião da sua palestra sobre *O direito de matar*, umas semanas atrás."

Ele repõe os óculos, ajeita o aro com a ponta do dedo e me estende a mão, o sorriso gentil apenas esboçado.

"O repórter policial, lembro, sim. Tivemos uma boa conversa naquele dia, não foi? Pelo visto, teus chefes estão tratando o nosso comício como um caso de Polícia."

Faço um movimento com a palma da mão aberta para o cerco diante do teatro, como se a resposta fosse óbvia. Alguns agentes chegam perto, como se quisessem fiscalizar a conversa. Dyonélio não se abala.

"Não te engana, meu rapaz. O caso é que teus chefes, assim como os chefes do governo e da Polícia, tratam o nosso movimento como um troço perigoso, fora-da-lei, portanto, merecedor de estar nas páginas policiais. E, estando nas páginas policiais, merecerá o desprezo do público."

Indago a ele sobre as ameaças reproduzidas pelos jornais governistas. *A Federação* traz na capa da edição desta sexta-feira: "*A chefatura de Polícia tomou as medidas necessárias para agir com a máxima energia, caso os manifestantes procurem, por meio de provocações ou propagandas sediciosas, alterar a ordem pública.*" O *Jornal da Manhã* foi ainda mais explícito. Recomendou que a população evitasse passar pelas cercanias do teatro, "*visto que a força armada para ali destacada tem ordem de descarregar à menor provocação em grito sedicioso dos manifestantes*".

"Não se esperava outra coisa. Um é o órgão doutrinador do partido do governo. O outro pertence à família do governador. Não são jornais, são veículos de propaganda política. Estão criando um clima de pânico para nos intimidar."

Ele vira-se aos policiais postados diante de nós de forma descarada e protesta com energia:

"Os senhores podem dar licença? Esta é uma conversa particular."

Os agentes se afastam com ares de deboche.

"Hoje à tarde", eu prossigo, "o chefe de Polícia referiu a existência de um boletim da Aliança Nacional Libertadora incitando o povo a transformar o comício em uma jornada sangrenta".

Dyonélio surpreende-se.

"Ele mostrou o tal boletim?"

"Não. Só mencionou."

"Estou surpreso. Não achei que se rebaixassem a tanto. Querem convencer as pessoas de que somos bandidos alucinados e, dessa forma, justificar o uso eventual da violência. Veja, meu rapaz. Passamos o dia reforçando a orientação ao nosso pessoal para ninguém vir armado. Como promoveríamos uma 'jornada sangrenta' sem armas? É um mero pretexto para esse circo todo. Eu desafio o governo a apresentar esse documento. Não mostraram e não mostrarão por um único motivo: ele não existe."

"O senhor não teme que possa ocorrer uma tragédia?"

Dyonélio inclina a cabeça acima das fileiras policiais e mira o Palácio Piratini ao alto do morro, do outro lado da praça:

"Esse exagero todo mostra a importância que Flores atribui ao nosso movimento, e isso nos envaidece. Enfim, a possibilidade de repressão policial preocupa, mas não vamos recuar."

"É provável que a presença ostensiva da Polícia possa afugentar muita gente", comento.

"Veremos."

"Os senhores cogitam cancelar o comício?"

"De forma alguma. Não somos de primeira fervura."

"E se não vier ninguém?"

"O comício sai na hora marcada com quem estiver aqui, mas tenho um palpite de que teremos casa cheia. Agora, se me der licença, preciso me reunir com os camaradas para os últimos preparativos", ele vira as costas e ruma ao interior do prédio.

Dyonélio tem razão. Quando a noite se impõe, o público vai chegando: metalúrgicos, comerciários, tecelãs, gráficos, estivadores do porto, alfaiates, motorneiros de bonde. Por certo, a maioria vai entrar no teatro pela primeira vez na vida. Alguns vestem seus melhores trajes, o que não quer dizer grande coisa. Outros não tiveram tempo de passar em casa e ainda envergam as roupas de zuarte que usam nas fábricas, bonés de lã no lugar de chapéus e conservam no corpo o suor da labuta.

Na caminhada, observam, curiosos, o aparato montado para recepcioná-los, como se uma batalha estivesse a ponto de estourar. Misturados aos operários, estudantes e profissionais liberais mais exaltados protestam com veemência contra a presença da Polícia, insultam o presidente Getúlio Vargas e trocam empurrões com os guardas civis, os quais batem os cassetetes na palma da mão e deixam entre eles um espaço tão estreito que quem passa pode sentir seu hálito e ouvir as ameaças que murmuram.

Alguém começa a cantar o hino da Aliança. Os que conhecem a letra acompanham com energia:
Nosso povo que vive oprimido
Já não pode sofrer tanta dor
É preciso fazer do gemido
Uma voz de esperança e amor
Esse povo que luta e trabalha
Quer justiça, quer terra, quer pão!
Aliança! Aliança!
Contra vinte ou contra mil
Mostremos nossa pujança
Libertemos o Brasil!

Uns poucos, ao se depararem com a força policial, dão meia-volta, mas a imensa maioria segue resoluta. Um cão vira-lata enfrenta sozinho a cavalaria à base de latidos. Cavalos relincham e empinam as patas dianteiras, quase derrubando os soldados. Os manifestantes dão boas risadas. Na porta do teatro, são revistados por policiais à paisana usando casacos escuros, que lhes pedem documentos e recomendam às mulheres que se dirijam aos camarotes superiores para estarem mais seguras em caso de tiroteio.

Um deles, o inspetor Amir, da Delegacia do 4º Distrito, vem até mim:

"Está aqui como jornalista ou agitador?", ele brinca.

"Para vocês, dá no mesmo. Pelo visto, as delegacias estão às moscas. Todos os *canas* que eu conheço estão aqui. Desse jeito, teremos um banquete da bandidagem nesta noite.

"Amanhã pegamos todos eles. Deixa eu te dizer, já encontrei no mínimo três conhecidos da vizinhança. Nem sabia que eram comunistas."

"Tu acha que todos aqui são comunistas?"

"Pelo menos, nos disseram. Não são?"
"Todos, não. Qual é a estratégia?"
Ele me puxa a um canto.
"O plano inicial era dar um cagaço nesses vagabundos."
"Parece que não está funcionando", aponto para os manifestantes que ingressam no teatro às carradas.
O policial concorda, um tanto desanimado.
"E então?"
"Não sei. O delegado Poty Medeiros está vindo para cá."
"O chefe de Polícia em pessoa? O troço vai pegar fogo."
"Aí, vamos ver."
Empurra-empurra no *hall* do teatro, um estudante é jogado sobre um cavalete com o retrato enorme da cantora bielorrussa Berta Singerman, que iniciará sua temporada em Porto Alegre na noite seguinte. Um operário é ameaçado de prisão por se negar a ser revistado. Em sua defesa, surge o advogado Apparício Cora de Almeida, que consegue resgatá-lo das mãos dos policiais.
"Mas *che*, que *bar-baridade*!"
"Não se meta, doutor Cora. Esse sujeito ofendeu a corporação", alega o delegado Amantino Fagundes, um dos veteranos da força policial que comanda a patrulha.
"Me admiro o senhor, um homem experimentado, não saber distinguir um bandido de um trabalhador", protesta o advogado, com sotaque da fronteira.
"Ele desacatou a Polícia."
"Os senhores é que estão desacatando o povo. Esse é um encontro de pessoas livres, *che*! Exijo que se retirem daqui imediatamente."
"Estamos aqui para garantir a segurança e coibir..."
"Segurança uma ova!", o advogado grita, as veias saltando do pescoço. "Estão aqui para amedrontar as pessoas e não protegê-las. Esse ato foi autorizado pelo governador, sabia disso?"
De fato, dois dias antes o capitão do Exército Agildo Barata, na condição de vice-presidente da Aliança Nacional Libertadora, di-

rigiu-se ao governador Flores da Cunha solicitando a cedência do teatro para a realização do *meeting*. Pego desprevenido, Flores da Cunha autorizou. Pelo jeito, se arrependeu.

"Estamos aqui cumprindo ordens", exclama o delegado.

Apparício faz um sinal para que eu me aproxime.

"Koetz, dá um pulo aqui. Quero que a imprensa registre. Estamos promovendo um ato pacífico, pedimos ao nosso pessoal que viessem todos desarmados. Cidadãos honrados estão sendo coagidos pelos meganhas do delegado Amantino. Anote aí: se houver alguma tragédia, a responsabilidade será toda da Polícia, portanto, do governo do Estado."

"Doutor Cora, nós temos ordens...", o delegado não consegue terminar a frase.

"Vou repetir para deixar bem claro, *che*: qualquer incidente que aconteça será culpa única e exclusiva da Polícia!"

O advogado vira as costas levando o operário junto. O delegado comenta, com escárnio:

"Sujeitinho atrevido. Comunista o tipo. Era unha e carne com o tal Waldemar Ripoll. Deviam ter feito o serviço *nesse* também."

Quando percebe que escutei a frase, Amantino tenta emendar: "Ei, ei, Koetz. É só modo de dizer."

Escrevo no bloco o nome *Waldemar Ripoll* para não esquecer e sigo no encalço do advogado, a esta altura engolido pela multidão caótica que se espreme para ingressar no Theatro São Pedro pela porta principal. Percorro o corredor lateral atapetado até a última das portas de acesso ao salão. Ao entrar, Maurecy me acena da escadinha ao canto do palco. Com alguma dificuldade, usando os cotovelos e pedindo "desculpa" e "com licença", consigo vencer a aglomeração e me juntar a ele. Dali é possível ter uma visão ampla do que acontece.

Todas as cadeiras da plateia já estão ocupadas. Os que não conseguiram assentos se esparramam junto às paredes ou superlotam os refinados camarotes do andar superior. Um grupo de tipógrafos do *Correio do Povo* nos acena.

"Desde a greve de 1917 não via o operariado tão vibrante", Maurecy comenta, e eu guardo a frase para, quem sabe, usá-la quando estiver escrevendo a notícia.

Sobre o palco, uma mesa comprida está ornamentada com uma faixa de pano pintada em vermelho "Aliança Nacional Libertadora" e, por trás dela, várias cadeiras posicionadas junto à cortina roxa.

"Vou dar uma espiada lá dentro", aviso o fotógrafo.

Atrás do palco formam-se rodas barulhentas de sindicalistas e estudantes agitados, com a preocupação estampada nos rostos. Pergunto a um deles onde consigo a lista dos oradores.

"Com o Raul Ryff", ele aponta para um rapaz no grupo reunido em torno de Dyonélio Machado.

"A princípio, creio que não cometerão a loucura de invadir, a menos que aconteça algo imprevisto", o médico está falando.

"Eles podem criar o *imprevisto*, doutor Dyonélio", sustenta o advogado Apparício. "Com certeza, infiltraram gente deles para provocar confusão."

Anoto os nomes dos oradores ditados por Raul Ryff – o acadêmico Lúcio Soares Netto, a escritora Maura de Senna Pereira, em nome da União Feminina do Brasil, o gráfico Marciano Belchior e o advogado João Antônio Mesplé –, porém minha atenção está concentrada na conversa dos caciques da ANL.

"Toda atenção é pouca", orienta Dyonélio. "Precisamos ter gente confiável nos corredores, atenta aos movimentos da plateia, para rapidamente coibir os atos de provocação. Quem está liderando a operação policial, alguém sabe informar?"

"Dá licença, doutor Dyonélio", eu me aproximo. "Ouvi de um policial que o delegado Poty Medeiros está se dirigindo para cá."

O capitão Agildo Barata espicha o queixo em minha direção e volta-se para Apparício, cobrando explicação?

"Koetz é jornalista. Amigo nosso."

"Não deveria estar aqui", Agildo afirma, contrariado.

Dyonélio desconsidera:

"Acho bom que a imprensa seja testemunha da nossa disposição de evitar o conflito e proteger o público. Na minha opinião, o Poty vem para segurar os cães raivosos."

"Ou para liderar o ataque", contradiz Cora.

"Ele não iria manchar sua biografia com um ato desses."

"Não esqueça, doutor Dyonélio, quem manda nele é o Flores, e nós sabemos bem do que ele é capaz", o advogado insiste.

O sindicalista Marciano Belchior junta-se ao grupo.

"Foi difícil, mas conseguimos empurrar os *polícia* pra fora do teatro e trancamos a porta. Temos agora na entrada um grupo de vinte companheiros, os da estiva e um pessoal mais parrudo, para aguentar o tirão, no caso de atacarem."

"Pelo menos para segurar os invasores enquanto providenciamos a retirada do público, que será por ali", o capitão Agildo vira-se para uma porta solitária nos fundos da sala.

Trava-se uma breve discussão entre ele e o advogado Cora.

"Uma portinha de nada pra duas mil pessoas?"

"Tem outra proposta?"

"Mas *che*: é um funil!"

"Não existe outra alternativa, Cora. A porta conduz ao terreno junto à Rua Riachuelo."

"Eles certamente estarão no portão do pátio nos esperando."

"Pelo menos, o conflito vai se dar numa área aberta e não nessa ratoeira. Não vamos esquecer que estamos em maioria numérica."

"Mas desarmados."

"Se forem invadir, não usarão a cavalaria, e sim a Guarda Civil."

"Há pouco chegou um caminhão com um batalhão de infantaria da Brigada", informa o estudante Raul Ryff.

"Que *bar-baridade*!", exclama Cora.

"Isso complica um pouco, mas precisamos seguir esse plano, não há outro", segue o capitão Agildo Barata. "No caso de invasão, os companheiros da portaria fazem a primeira barreira, dando tempo para providenciarmos a evacuação do pessoal, o que vai exigir muita calma e disciplina para evitar atropelos. Temos duas vias de acesso ao palco, as duas escadas laterais. A evacuação será das fileiras de trás pra frente. Os companheiros das últimas cadeiras farão uma fila em direção ao palco pelos corredores e daí para a porta de saída, primeiro pela escada da direita, enquanto do outro lado o público vai se aglomerando no palco e esperando a sua vez. Uma vez no pátio, só nos restará resistir."

O jovem Ryff está inquieto.

"O público está indócil, doutor Dyonélio."

"Só mais um detalhe", finaliza Agildo. "Teremos dois companheiros de tocaia na sacada do teatro observando a movimentação da Polícia e ficarão nos trazendo informações de lá."

"Muito bem", Dyonélio bate na mesa. "Vamos limitar o tempo dos oradores a dois minutos. No final, lemos a carta e encerramos o ato. O mais importante é transmitirmos tranquilidade aos companheiros."

Retorno ao meu posto. Vindos dos bastidores, ingressam no palco sob aplausos gerais os principais líderes da Aliança, mais os oradores inscritos previamente, e se acomodam junto à mesa dos trabalhos. Dyonélio Machado vai até a boca do palco e se dirige ao público.

"Camaradas! Boa noite! Este dia 5 de julho tem um significado especial para todos os patriotas que desejam o Brasil livre das oligarquias e do imperialismo. Estamos fazendo uma homenagem aos heróis dos levantes de 1922 e 1924. Hoje, em todo o Brasil, estão ocorrendo atos como este, nos quais a Aliança Nacional Libertadora se apresenta ao povo brasileiro como uma ferramenta em defesa da dignidade dos oprimidos e da libertação dos explorados, apesar das ameaças da reação, que busca com todos os métodos deter a marcha da classe trabalhadora rumo à sua emancipação. Viva a ANL!"

Difícil não se contagiar pela explosão de gritos e aplausos que instala no vetusto ambiente um clima de heroísmo, o qual persistirá durante todo o *meeting*. O primeiro a falar é o advogado Masplé. Com refinada ironia, ele disseca os símbolos do integralismo, Deus,

Pátria e família, arrancando risos do público que entoa o canto de deboche à saudação dos integralistas:
"*Anauê, anauê, bota as pernas pra correr!*
Anauê, anauê, bota as pernas pra correr!"
Na terceira fila, um tipo vestido de fatiota escura ergue-se da poltrona.
"Não apoiado! Vamos, digam, seus frouxos. Não apoiado!"
Passa a ser alvo de insultos e ameaças. Dyonélio vai até a beira do palco e ergue os braços.
"Camaradas! Está na cara que esse sujeito é um pau-mandado da reação. Está aqui para provocar confusão e justificar uma intervenção policial. Não vamos cair nessa armadilha!"
Dirige-se para o tipo:
"O senhor, aí, queira retirar-se do recinto imediatamente ou não poderei garantir pela sua integridade."
O sujeito vai deixando o salão aos empurrões, gritando impropérios.
"Vou atrás", digo a Maurecy. "Sigo até o *hall*, onde está a equipe de segurança. Subo a escadaria que conduz ao restaurante do segundo andar. Rastejo pela sacada até a balaustrada, de onde dois sindicalistas agachados observam as manobras policiais.
Um batalhão de Infantaria da Brigada está postado em posição de ataque no leito da rua. Policiais fardados e não fardados confabulam nervosamente, como se fossem brigar. De repente, todos se voltam para a porta do teatro, de onde o agente provocador é praticamente expelido. O sujeito é rodeado pelos chefes da operação. A postura corporal evidencia uma agitação fora do comum, como se tivesse sobrevivido a uma batalha encarniçada. Tento ouvir o que ele diz.
"...quase fui surrado... clima pesado... dispostos a tudo... ofensas ao doutor Getúlio... estão enfurecidos... tem gente falando em quebra-quebra."
"Chega! A paciência esgotou. Vamos invadir!", afirma um oficial da Brigada, já se dirigindo à tropa.

Um dos operários ouve isso e se arrasta para o interior do prédio.

"Espere, capitão!", reage o delegado Amantino. "Não vamos nos precipitar. O delegado Poty está chegando em minutos de uma audiência com o governador."

A conversa prossegue aos gritos. Retorno ao interior do teatro. O observador conversa com o capitão Agildo em um canto do palco. O gráfico Marciano Belchior Filho está discursando. Lembro de tê-lo encontrado no necrotério, quando da morte de Mário Couto.

"Camaradas! Este ato, tenho certeza, será um divisor de águas no movimento proletário de Porto Alegre. Me sinto na obrigação de prestar uma homenagem ao operário Leonardo Candú, covardemente assassinado não faz um mês, na cidade de Petrópolis, no Rio de Janeiro, ao final de um ato organizado pela ANL em protesto contra a truculência fascista representada pela Ação Integralista Brasileira."

O público bate os pés no chão.

"Anauê, anauê, bota as pernas pra correr!
Anauê, anauê, bota as pernas pra correr!"

"Os tiros que mataram Candú", Marciano prossegue, "são os mesmos que abateram nosso camarada Mário Couto no começo do ano aqui em Porto Alegre. Os assassinos de Candú são da mesma laia dos que ali fora estão cercando o teatro, porque, quando se trata de tolher a liberdade dos trabalhadores, o fascismo e a Polícia são uma coisa só. Não vamos esquecer Mário Couto, não vamos esquecer Leonardo Candú! O sangue derramado desses companheiros será o combustível da nossa indignação e o fermento da nossa disposição de luta. Até a vitória!"

Espontaneamente, os manifestantes entoam o hino:
Camponês, operário, soldado,
Marinheiro, nós somos irmãos!
Caminhemos assim, lado a lado,
Apertando, a cantar, as nossas mãos!
No Brasil há de haver liberdade

Conquistada na rua por nós!
Aliança! Aliança!
Contra vinte ou contra mil
Mostremos nossa pujança
Libertemos o Brasil!

Agildo fala ao ouvido de Dyonélio. Só consigo escutar a resposta veemente do médico:

"Nosso compromisso é ler o manifesto, e ele será lido!"

O advogado Apparício Cora de Almeida tem a incumbência de providenciar a leitura do manifesto da Aliança Nacional Libertadora e o faz com ardor: "*A crise mundial do capitalismo, na sua agravação crescente, leva os imperialistas a tornarem cada vez mais clara a dominação e a exploração dos países subjugados por eles nas colônias e semicolônias como o Brasil. Quem vai negar que somos explorados bárbara e brutalmente pelo capital financeiro imperialista? Dia a dia, novas concessões são feitas. Já não bastam os serviços públicos, os portos, as estradas de ferro, as minas. Extensões enormes do território pátrio são entregues a empresas estrangeiras.*"

As palavras fortes do manifesto atiçam os brios dos presentes, mas também fomentam o receio que perpassa cada fileira do salão barulhento.

"Vão invadir!", alguém grita.

Abre-se um clarão junto à porta principal do salão, sob gritos de pavor. Cora suspende a leitura por alguns minutos. A tensão reinante é palpável. Dyonélio intervém:

"Companheiros, por favor, vamos finalizar o ato sem alarde."

As coisas voltam a uma normalidade, ainda que precária. O orador vai adiante: "*Mas as classes dominantes, que sentem já não poder dominar a vontade de luta das massas, com as armas da brutal reação, que tenham sido até hoje empregadas, dessa tão falada democracia liberal, marcham, ostensivamente e cada dia mais abertamente, para uma ditadura fascista, a forma mais brutal, mais feroz de agir dos exploradores.*"

As folhas tremulam nas mãos de Cora: "*Brasileiros! Todos vós, que estais unidos pela ideia, pelo sofrimento e pela humilhação de todo Brasil! Organizai o vosso ódio contra os dominadores transformando-o na força irresistível e invencível da Revolução brasileira! Vós que nada tendes a perder, e a riqueza imensa de todo Brasil a ganhar, arrancai nosso país da guerra do imperialismo e dos seus lacaios! Todos à luta para a libertação nacional do Brasil! Abaixo o fascismo! Abaixo o governo odioso de Vargas. Por um governo popular nacional e revolucionário!*"

Saudado com vivas, o orador vira-se para Dyonélio com um sorriso emocionado de dever arduamente cumprido. O barulho ensurdecedor reina por alguns instantes até que o presidente da Aliança Nacional Libertadora vai ao centro do palco para encerrar o comício.

"Camaradas! Hoje tivemos uma prova de que o Rio Grande do Sul sente desperta a sua consciência popular revolucionária. Esse é o significado político deste ato. Lá fora, a reação nos espreita. Os jornais governistas disseram que a Polícia atiraria à menor palavra subversiva. Para esses tiranetes a serviço dos exploradores das massas, todas as palavras livres são subversivas. Esperam qualquer deslize nosso para investirem com violência contra os trabalhadores como é de sua natureza. Nós vamos sair daqui de cabeça erguida, orgulhosos do que fizemos esta noite. Sob a mais cruel ameaça, lotamos o teatro, numa demonstração formidável de coragem e consciência política. Agora, vamos sair ordeiramente. Não daremos motivo para a Polícia de Flores da Cunha promover mais um massacre contra os trabalhadores. A partir de hoje, cada um de nós é um agente revolucionário da luta sem tréguas que irá libertar o Brasil da tirania. Que ninguém esqueça: neste Estado nasceu Luiz Carlos Prestes."

Ele ergue o punho esquerdo:
"Viva Prestes!"
Todos imitam seu gesto:
"Viva!"
"Viva a Aliança Nacional Libertadora!"
"Viva!"

"Viva o povo brasileiro!"
"Viva!"
Dyonélio e seus companheiros de direção tomam a dianteira e se posicionam na frente do teatro, encarando as forças policiais como um frágil escudo, enquanto, por trás deles, os manifestantes se retiram do local a passos lentos, conforme a orientação recebida, entoando o hino:
Aliança! Aliança!
Contra vinte ou contra mil
Mostremos nossa pujança
Libertemos o Brasil!

"Voltamos pro jornal?", convida Maurecy.
"Vai indo na frente. Vou ver como isso aqui termina."
Quando já não há quase ninguém nas cercanias, o chefe de Polícia desembarca de um automóvel preto estacionado diante do Tribunal de Justiça e se dirige ao grupo da ANL, acompanhado de seus auxiliares.
"Os senhores caminharam no fio da navalha, doutor Dyonélio."
"Da próxima vez, traga também o Exército, doutor Poty", atalha o advogado Cora, transbordando de sarcasmo. "Mas já lhe aviso que não vai adiantar, *che*. Nosso povo é valente e destemido."
"Foi um ato extremista. Desta vez, relevamos, mas na próxima..."
"Não vamos tergiversar", Dyonélio fala com energia. "Essa noite só não aconteceu uma desgraça porque nós, da Aliança, tomamos todos os cuidados. Pedimos que ninguém viesse armado. Havia duas mil pessoas aqui revistadas ilegalmente e seus agentes não encontraram um canivete sequer. Portanto, o crédito pela boa ordem deve-se a nós, e não a vocês. Os senhores queriam um banho de sangue. Em troca, assistiram a um banho de civilidade e consciência política."
O chefe de Polícia sente-se afrontado diante de seus subordinados.

"Mais respeito!"

"Na próxima virá mais gente ainda. O povo cansou do cabresto imposto pelo caudilhismo. Acostumem-se, doutor Poty. A Aliança Nacional Libertadora veio para ficar."

"Eu não teria tanta certeza."

"Os senhores têm a força, mas nós temos a razão. Em algum momento, a razão vencerá a força. Agora, se nos dá licença, temos muito a comemorar. Passe bem."

O chefe de Polícia bufa. Indago a ele sobre o número de agentes utilizados na operação, contudo a pergunta soa anacrônica para o momento. Ele nem se digna a responder. Vira as costas e entra no automóvel. O delegado Amantino me aperta o braço.

"Vê lá o que vai escrever!"

Livro-me com um safanão:

"Não vou escrever nada que não tenha acontecido."

São dez da noite. Desço a Rua Riachuelo em direção ao jornal. No alto da Rua Caldas Júnior, as luzes e as garotas do Club Mignon atraem o movimento da sexta-feira gélida. Já formo frases. "*Grandioso ato marcou o início das atividades da Aliança Nacional Libertadora.*" Não, é melhor começar pelo clima: "*Mesmo diante do enorme aparato policial, milhares de pessoas acorreram ao Theatro São Pedro...*" Devo usar aparato repressivo? Ingresso na redação fervilhante com a matéria na cabeça.

Quem me aguarda, ansioso, é o editor Breno Caldas.

"O que houve?"

"Vigorou o bom senso", respondi. "O doutor Dyonélio conduziu tudo com muita habilidade."

"Não se deixe levar por simpatias de ocasião. O tema é delicado."

"*Tô* dizendo o que eu vi."

"Já pra máquina! Nossa matéria será sóbria, sem puxar para um lado ou para o outro. Quero um texto objetivo, desprovido de literatura ou epopeia, compreendeu? Quem falou, o que falou, sem frases muito apimentadas e sem ênfase nas ações de repressão."

"Vai ser difícil. A Polícia estava lá em peso."

"Pois então. Nosso papel é salientar a presença preventiva das forças policiais no bom andamento dos fatos."

"O senhor vai me desculpar, mas não foi exatamente isso o que aconteceu. Em dado momento, quase houve uma tentativa de invasão. Sou testemunha."

"Meu jovem, não temos tempo para conversas aleatórias." Caldas está impaciente. "Agora anda, já estamos fechando o jornal. Quando terminar, leva à minha sala."

Deixo a redação passado das onze da noite. A reportagem épica que imaginava escrever foi miseravelmente reduzida a um relato frio e insosso, como se a grandiosa manifestação popular realizada sob uma cortina de ameaças e temores – o fio da navalha, conforme o chefe de Polícia – não passasse de um convescote do Rotary Club ou um chá de senhoras beneméritas.

Não bastasse o frio que se aguça, uma fumaça aquosa desceu sobre a cidade. As calçadas úmidas refletem em estilhaços as luzes dos postes, dos automóveis e das fachadas dos cinemas. Diante do Cine Guarany, quase sou atropelado por um batalhão de casais elegantes comovidos com o *Sonho de uma noite de verão* a que acabaram de assistir. Posso sentir a fragrância da água de colônia dos cavalheiros contraídos em seus sobretudos escuros e o perfume adocicado das damas, radiantes em seus casacos de pele, um contraste gigantesco com o odor acre dos trabalhadores que lotaram o Theatro São Pedro.

Sigo a turba grã-fina. Alguns embarcam em seus autos estacionados na calçada da Praça da Alfândega e acendem os faróis fustigados pelos chuviscos. Outros se dispõem a prolongar a noite agradável no aconchego dos cafés.

Um tremor me faz encolher os ombros e encostar o queixo no nó da gravata. Estou mal-agasalhado – apenas terno de lã fina já úmido sobre camisa de cambraia. O juízo ordenaria que eu pegasse o bonde e me refugiasse no minúsculo quarto e sala da Rua Venâncio Aires, onde jantaria o que tivesse – provavelmente, pão dormido com sardinha –, tomaria um banho quente e, depois de derrubar um ou dois cálices de conhaque, me deitaria sob cobertores grossos com o rádio ligado na programação musical da Difusora até pegar no sono. Mas o juízo não é algo a ser levado em conta numa noite de sexta-feira, ainda mais em início de mês, com o ordenado no bolso, a excitação no comício ainda latejando nos miolos e a frustração no jornal dizendo *presente*!

Atravesso a rua e me deparo com as gargalhadas da turma que deixa o Cine Central, ao fim de *Hollywood party*. Para o meu gosto, risos exagerados. O filme não é tão engraçado assim e Jimmy Durante é um canastrão de marca maior. Há uma boa pantomima da dupla Laurel & Oliver com a exuberante Lupe Velez, porém a participação deles é menor do que eu esperava. Gostei de algumas cenas sensuais de coristas tomando banho sugerindo nudez – ah, Juliette – e achei interessante a combinação de filmagem e desenho animado, nas cenas em que aparece o ratinho Mickey Mouse. E só.

Espio pela janela o interior do café-confeitaria dos irmãos Medeiros ao lado do cinema. Uma pequena orquestra formada ao redor do pianista Paulo Coelho capricha um *foxtrot*, que se impõe aos risos, às conversas em voz alta e aos ruídos de copos e talheres, mas não há uma santa mesa vaga e nenhum conhecido onde me encostar. Ainda lateja a lembrança da cena desastrada de um mês atrás, Juliette afastando-se furiosa, deixando-me a falar sozinho. Olho com saudade para a ladeira da Rua General Câmara e não resisto. Subo uma quadra e viro à esquerda. Juliette está lá dentro do Cine-Theatro Variedades, dançando em trajes menores ou fazendo companhia a algum ricaço que fará tudo para levá-la para um dos compartimentos secretos da casa, projetados exatamente para essas situações.

Não me julgo preparado para revê-la e dou meia-volta. Desço a ladeira pisando firme para não escorregar, com o propósito de afastá-la da minha mente e da minha noite, e isso significa encher a cara.

O frio aperta. Sigo pela Rua da Praia. Os estalos das bolas de bilhar e o irresistível aroma de tabaco me sugam para o interior do Taco de Ouro. Ali, encontrarei o indispensável para uma boa sexta-feira: cerveja preta, queijos, bolinhos de peixe e boas tacadas.

A turma do *Diário de Notícias* ocupa uma das mesas, mas não me dá a menor atenção. Peço uma cerveja, acendo um cigarro e fico por ali no aguardo de um convite. Duas mesas adiante, enxergo o veterano comissário Amílcar, meu amigo do plantão da chefatura, praticamente um sósia do ator Bela Lugosi. Eu o havia visto de relance nas confusões à porta do teatro. Vou até ele. Procuro encetar uma conversa cuidadosa sobre os eventos da noite, mas ele não demonstra a menor disposição de dar seguimento.

"O trabalho ficou lá fora, Koetz."

Após alguma insistência de minha parte, ele responde com impaciência:

"Só digo uma coisa: aquele bando de comunistas não sabe o risco que correu. Por muito pouco não aconteceu uma desgraça. Alguns queriam invadir. Em determinado momento o delegado Poty subiu até o palácio para falar com o governador."

"E?"

"E nada. Permanecemos de prontidão até o fim do comício. Tiveram muita sorte."

Espero que o policial prossiga o relato. No entanto, ele se cala. Esfrega o giz na ponta do taco e fica a estudar as alternativas que a distribuição das bolas na mesa lhe oferece.

"Amílcar, há horas quero te perguntar uma coisa."

"Sobre trabalho? Pode esquecer."

"Sobre o caso Waldemar Ripoll."

Ele não responde de pronto. Curva-se sobre a mesa, posiciona o taco e acerta em cheio na bola 5, a qual trepida nas laterais da caçapa, mas não cai. Amílcar solta um palavrão, busca o cigarro no cinzeiro e dá uma longa tragada.

Permanece alguns segundos em silêncio apoiado no taco, enquanto seu adversário aproveita o seu erro e começa a limpar a mesa com habilidade. Achei que ficaria sem resposta. No fim, ele acaba falando sem tirar os olhos da mesa de sinuca.

"Não me diz que tu pretende furungar o caso Ripoll?"

"Ouvi alguém mencionar o nome dele e fiquei curioso."

Ele me olha com o rosto grave:

"Quer um conselho? Tira da cabeça."

Dito isso, dá o assunto por encerrado.

5

No sábado à noite, após um dia de ressaca pelos exageros da sexta-feira, um cadáver me aguarda em um matagal espesso aos fundos do Parque de Exposições do Menino Deus, junto à Travessa Arlindo. Faz um frio de rachar. Caminho ao lado do fotógrafo Maurecy por um trecho embarrado cheirando a bosta de cavalo e mato úmido até o grupo que se encontra agachado em uma pequena clareira. Ao pôr os olhos no corpo iluminado pelas lanternas de luz amarela dos policiais, sinto um engulho. Viro o rosto e me afasto alguns passos da cena do crime, a tempo de enrijecer o pescoço e conseguir deter a golfada de vômito que subia pela garganta. Já vi outros defuntos, muitos, mas nada parecido, o rosto carcomido e a cabeça praticamente separada do tronco.

O repórter do *Diário de Notícias* Eliseu Neumann faz troça do meu quase fiasco, mas os inspetores João Gabriel e Scherer, da 5ª Delegacia, não ligam. Seu interesse profissional, temperado com alguma morbidez, está concentrado no corpo caído. É uma mulher jovem e branca pela textura da pele do rosto que sobrou do ataque das ratazanas. O vestido é simples, de tecido azul com bolsos laterais e um cinto de cetim com um tope às costas. Está descalça, apenas com carpins brancos, e não há por perto qualquer vestígio sobre sua identidade.

O inspetor Scherer descreve e eu anoto, evitando encarar o cadáver da infeliz. O corpo foi encontrado ao final da tarde por dois irmãos que faziam um trabalho de capina e sentiram o cheiro forte vindo da área abandonada no fundo do parque, onde pastam os cavalos da Brigada. Estava semicoberto por um punhado de grama, dando a entender que o assassino pretendia ocultá-lo, porém desistiu no meio da tarefa.

"Pelo estado do corpo, já está aí há vários dias."

Seu colega José Gabriel conta que esteve em todas as casas da redondeza.

"Ninguém sabe de nada, ninguém viu nada."

O cadáver é removido para o rabecão da Polícia. Maurecy e eu ainda permanecemos alguns instantes, aguardando o motorista do jornal que foi abastecer o automóvel. O fotógrafo vasculha o local ermo de mato cerrado. Os poucos casebres da Travessa Arlindo situam-se a mais de cinquenta metros, na área mais próxima à Rua José de Alencar, mas ainda assim é difícil acreditar que ninguém tenha visto o corpo durante todos esses dias.

Busco no bolso um pequeno cantil metálico e bebo um bom gole de uísque. Maurecy reaparece com um sorriso excitado e um objeto nas mãos.

"Encontrei ali diante, há uns quinze metros."

É um pé de calçado baixo coberto de barro seco, que parece ser de cor encarnada com um friso cinzento, bonito na sua simplicidade e um tanto gasto. Depois de limpá-lo com uma flanela que carrega na bolsa, Maurecy coloca o sapato sob a luz do poste mais próximo, ajoelha-se e começa a fotografá-lo. Quando se dá por satisfeito, aceita um gole de uísque.

"Temos que entregar o sapato à Polícia."

"Amanhã", digo.

"Espertinho!"

O *Correio do Povo* de domingo estampa na página 5 a reportagem *Monstruoso assassínio – Quem é a moça do sapato vermelho?* Traz uma foto do sapato editado no meio do texto: "*Dois rapazes encontraram por acaso, nos fundos dos terrenos ocupados pelos pavilhões que têm servido a diversas exposições, um corpo de mulher já em adiantado estado de putrefação, apresentando um aspecto horrendo. Do misterioso assassínio que teve por cenário rubro as matas próximas à Travessa Arlindo restou, como único ponto de partida para a identificação da inditosa vítima, um pé de sapato vermelho com tiras cor de prata encontrado por nossa reportagem a poucos metros de onde jazia o corpo da jovem.*"

A ausência de Juliette atirou-me de volta à boemia mais rasteira. Lembro do trecho do conto *Um pobre homem*, de Dyonélio Machado: "*A fatalidade do homem é o alcoolismo, que constitui o aspecto de eleição para o seu desvirtuamento. O da mulher é a prostituição.*" Passaram-se quatro semanas miseráveis, de solidão, vazio e porres colossais. Faltei duas vezes ao trabalho e tive que alegar doença, mas era assim que eu me sentia. Um sujeito física e moralmente dilacerado. Mil vezes, a cena do Café Nacional se repetiu na minha cabeça e mil vezes eu a imaginava com outro desfecho. Eu diria à família Pacheco: essa é Juliette, a criatura que ilumina a minha vida. E me afastaria de mãos dadas com a francesinha.

Domingo é dia de folga, porque o *Correio* não sai às segundas, mas eu tenho assuntos a resolver. Para evitar aborrecimentos maiores, acordo cedo e entrego no plantão da 5ª Delegacia o pé de sapato vermelho embrulhado num saco de papel. Dali, sigo determinado para a Rua Andrade Neves, 44. Bato à porta, espero, bato outra vez e insisto até que alguém atende.

"*Q'queres, o* gajo?"

"Desejo falar com a Juliette."

"Está a dormir."

"Acorde, por favor."

"Já não *mach'caste a rap'riga o q'chega, o pá?*"

"A senhora não entende. Foi uma conversa que ficou pela metade. É preciso esclarecer algumas coisas."

"Lastimo, não *pos'judá-lo.*"

Aurélia vai fechando a porta.

"Pelo menos diga a ela que estive aqui."

"Vou *p'nsar.*"

Ergo a cabeça e tenho a impressão de ter visto um vulto à janela do quarto do segundo andar. Recuo até o meio da rua e enxergo apenas a cortina balançando.

Esperava-se que a divulgação do crime pudesse ajudar a, pelo menos, saber quem era a vítima. Ninguém apareceu para identificar o corpo, nenhum desaparecimento de alguma jovem com essas características foi registrado na última semana. Durante toda a segunda-feira, acompanho os agentes do 2º Distrito em varreduras pelos locais próximos ao local do crime, dezenas de pessoas interrogadas, sem resultado. Em uma dessas andanças encontro o repórter do *Diário de Notícias* furioso:

"Escondendo provas, ô Koetz?"

Finjo que não entendo. Eliseu Neumann insiste:

"Que história é essa do sapato vermelho?"

"O que tu quer saber?"

"Não te faz de desentendido!"

"Era só procurar. Foi o que eu fiz. Reportagem é assim mesmo, a gente precisa prestar a atenção em todos os detalhes, procurar o que está oculto. Já entreguei para o delegado."

"Isso não é honesto!"

"Há pouco tempo ouvi de um colega mais experiente: além de fazer o meu trabalho, tenho que fazer o teu? Te vira, ele disse. Aprendi a lição."

"Filho da puta", ele murmura entre os dentes.

Ao final da tarde, o delegado João Martins Rangel não tem nada a exibir, a não ser o desânimo.

"Estamos na estaca zero. A condição do cadáver inviabilizou a necropsia. Os legistas não conseguiram definir a idade da morta, nem mesmo a data precisa do crime."

"Deve ter alguma referência aproximada."

"Ela usava um vestido leve, portanto, o crime deve ter acontecido em um dia mais quente. Em junho, só fez algum calor entre os dias 20 e 24. Provavelmente, o crime ocorreu nesse período."

"É só o que temos."

"Pelo menos se sabe que a *causa mortis* foi por degolamento."

"É o mais provável, mas nem isso o exame cadavérico confirma. Ela poderia estar morta antes de ser degolada. Acionamos todas as delegacias para ver se existe registro de alguma jovem desaparecida de um mês para cá. Nenhum."

"Estranho."

"A verdade é que lidamos com problemas de estrutura. Precisamos de uma Polícia mais aparelhada, com possibilidades mais amplas."

Recordo a ostentação do aparato policial mobilizado para o comício da Aliança, mas não digo nada.

"Por exemplo", ele prossegue a choradeira, "há mais de três meses foi adquirida uma central de radiopatrulha para se comunicar com as viaturas e tornar mais ágeis as investigações, uma obra de vulto".

"Custou caro...", eu digo.

"Se custou! Por falta de duas ou três peças, ela ainda não está funcionando, vê se pode... Metade das *viúvas-negras* está parada por falta de manutenção e a gasolina é cada vez mais escassa para os serviços policiais. Muitas vezes, os presos são transportados a pé pelas ruas da cidade, uma humilhação para eles e, principalmente, para os nossos agentes."

Rangel percebe que estou anotando e alerta.

"Epa! Fique claro que tudo que estou falando não é para publicar."

"Não se preocupe."

"Vê lá, hein!"

Castigo febrilmente as teclas da máquina: *Quase 48 horas são decorridas desde a descoberta macabra no mato da Travessa Arlindo, agora transformado em cenário para onde convergem todas as atenções da cidade, e o caso permanece inalterado, malgrado todos os esforços desencadeados pela Polícia para encontrar uma pista que conduza à verdade. Desta vez, a vítima indefesa sacrificada à fúria homicida trata-se de uma jovem desconhecida que, arrastada decerto pelo drama sombrio da vida, tombou ali às mãos de seu algoz sem que deixasse nenhum sinal de sua passagem pelo mundo que pudesse identificá-la, a não ser um sapato vermelho. Nem amigos nem parentes deram pela sua falta. Ninguém reclamou a sua ausência, como se ela não significasse nada para ninguém, não merecesse carinho e atenção daqueles entre os quais convivera.*

Faço uma pausa, vou ao banheiro, bebo um gole de uísque, limpo a boca com a manga do casaco e sento à máquina, com o gosto de bala gazosa na boca. Comento as deficiências técnicas da Polícia que dificultam a investigação do caso e finalizo: *Flor sem nome, talvez brotada entre a lama, desabrochou e desvaneceu sem que ninguém tivesse notado a sua aparição ou percebido o seu desaparecimento. Florzinha triste, cresceu entre a miséria e as privações e dali foi arrastada pelo primeiro sedutor que, vendo-lhe a penúria, iludiu-a com palavras falsas, prometendo paraísos encantadores. Conseguindo seus objetivos perversos, seduzida a menor entregue aos caprichos satíricos de um Don Juan depravado, fácil era atirá-la à vala miserável para a qual resvalam inexoravelmente todas as criaturas sem destino. E quando a encontraram morta, entre a vegetação de um recanto afastado, a impressionante interrogação emergiu em todos os lábios: Quem é ela? Por que a mataram? Quem a matou?*

O caso da "moça do sapato vermelho" causa impacto, a ponto de rivalizar com as notícias sobre os preparativos para a exposição de setembro. Na terça-feira, estou de volta à Delegacia para acompanhar as diligências dos agentes encarregados.

"Aonde vamos hoje", indago ao inspetor José Gabriel.

"Nós, vírgula. O delegado não quer saber de jornalista nos acompanhando."

"Como é que é?"

"O que tu ouviu: nada de imprensa."

Entro no prédio do comissariado, mas sou barrado na porta do gabinete do delegado.

"Desejo falar com o doutor Rangel."

"Hoje ele não vai conversar com os jornalistas", informa o amanuense.

Insisto em falar com ele, forma-se uma pequena balbúrdia na antessala, até que o delegado aparece à porta e faz um sinal para o subordinado. Entro na sala e vejo o *Correio do Povo* aberto sobre a mesa. Exaltado, Rangel sequer me cumprimenta:

"Me criaste um problemão, *seu* Paulo Koetz."

"Não faria jamais uma coisa dessas, delegado."

"Mas fez", ele carimba a palma da mão sobre a reportagem.

"É meu trabalho."

"Se não me engano, tínhamos combinado que as declarações sobre as deficiências da Polícia não seriam publicadas."

"Não estão publicadas como declarações suas."

Ele ri com escárnio.

"Alguém aqui é otário?", esbraveja.

"Escrevi como observações minhas, nem dei maior destaque."

"Ah, não? Recebi um telefonema do chefe de Polícia: Que história é essa, seu Rangel. Expondo as mazelas da Polícia no jornal? Além da carraspana, me deu um ultimato: espera o caso resolvido num prazo de 48 horas. *Tá* satisfeito?"

Fico sem saber o que falar. Ele se mantém na ofensiva.

"Sem falar no jeito que tu escreveu, cheio de sentimentalismo barato." Pega o jornal abruptamente e lê: "*Flor sem nome brotada na lama*. Que papagaiada é essa? Minha mulher chorou lendo a notícia e até ela está me pressionando para resolver o caso de uma vez."

"Tenho certeza de que o senhor se dedicaria ao crime com ou sem notícia de jornal."

"Vou me dedicar, sim", exclama com os dentes rilhados, "mas sem imprensa. A partir de agora as investigações serão confidenciais. Teus colegas dos outros jornais estão furiosos com o problema que criaste! Imagino que tua popularidade vai às nuvens."

"Ora, doutor Rangel. O senhor sabe que a cobertura da imprensa é importante, estimula as pessoas a fornecerem informações que vão ajudar a Polícia."

O delegado ergue-se da cadeira e caminha em círculos pela sala, mexendo as pernas como se estivesse dando pontapés e sacudindo os braços.

"Ajudar a Polícia? Não apareceu uma viva alma para identificar o corpo desta pobre infeliz, ninguém reconheceu o *sapatinho vermelho* tão decantado na reportagem. Só me aparecem aloprados de toda espécie com teorias disparatadas, delírios, elucubrações. Outra coisa", ele se aproxima e finca o dedo no meu peito: "De onde tiraste que houve violência sexual?"

"Especulação. Nesses casos, é comum."

Ele começa a fincar seu dedo indicador no meu peito.

"Essa é a diferença, seu jornalistinha. Vocês escrevem o que vem à cabeça, sem nenhum compromisso com a verdade. Se a informação estiver errada, amanhã desmentem com a maior cara de pau ou nem se rebaixam a tanto. Violência sexual... Da forma como está escrito parece que é informação oficial e eu fico tendo que responder. Enfim, está decidido. Nada de imprensa! Agora, por favor, me deixa trabalhar."

"O senhor está se precipitando. Em qualquer lugar, a imprensa tem sido aliada da atividade policial. Esse *boycott* não se justifica."

"*Boycott* o caralho! Escuta aqui, seu..."

O inspetor Scherer adentra esbaforido o gabinete. Rangel protesta.

"Não se bate mais na porta do delegado antes de entrar?"

"Chefe, acho que temos uma pista."

"Desembuche!"

Scherer não sabe se fala na minha presença.

"*Seu* Paulo Koetz, já encerramos nosso assunto. Tenha a bondade!", Rangel indica a saída.

Contrariado, deixo a sala. Permaneço no pátio da delegacia aguardando o que irá acontecer. Não se passam dois minutos e o delegado deixa o prédio apressado, com seus dois auxiliares de arrasto. Sem que ele veja, o inspetor Scherer vira-se para mim e mexe os lábios como se dissesse:

"Che-fa-tu-ra."

O auto do jornal não consegue acompanhar a velocidade da viatura da Polícia. Quando chegamos ao prédio da chefatura, procuro o comissário Amílcar e pergunto pelo grupo do delegado Rangel.

"Subiram ao segundo andar no Departamento de Medicina Legal."

Faço menção de subir as escadas, mas ele me retém.

"Tenho ordens de não deixar ninguém subir."

"Só me diz o que está acontecendo lá."

"Não estou autorizado a dar informações", retruca o policial.

Jogo verde.

"Parece que apareceu alguém para reconhecer o corpo. Só quero saber quem é."

Amílcar cede:

"Vi subir um sargento da Brigada, mas não adianta ficar esperando. O delegado não vai permitir que ele fale com a imprensa."

Vou à rua empurrado por um palpite. Visto da fachada, na Rua Duque de Caxias, o edifício da Repartição Central de Polícia tem dois pavimentos. Porém, a parte lateral à Rua Marechal Floriano é uma ladeira íngreme, de forma que o prédio ganha mais dois andares inferiores na parte dos fundos. No meio da descida, existe uma entrada secundária usada somente pelo pessoal de serviço. Diante dela, há uma viatura da Brigada Militar estacionada. Vou até o motorista sentado ao volante.

"Tem fogo, por favor?"

O soldado risca o fósforo. Ofereço um cigarro. Ele aceita.

"Está acompanhando o sargento?"

Ele confirma com a cabeça.

"Parece que ele conhece a vítima, não é?"

"Qual é o seu interesse?"

"Sou jornalista, estou acompanhando o caso."

"Seria bom o senhor falar com ele, mas acho que não vai adiantar. O sargento Bartholomeu não quer conversa."

"Seria alguma conhecida dele?"

O soldado vacila antes de falar:

"Ontem, levei ele ao comissariado do 6º Distrito para registrar o desaparecimento de uma parente. Olha, ali vem ele."

"Sargento Bartholomeu. Paulo Koetz, do *Correio do Povo*, gostaria de uma palavrinha..."

"Pergunte ao delegado", ele rebate, já entrando na viatura.

Subo correndo a lomba e consigo ver o automóvel que leva o delegado Rangel se afastando a toda velocidade. Entro no auto do jornal.

"Sigo o delegado?"

"Não. Pra redação."

Tenho um conhecido na Delegacia do 6º Distrito, o inspetor Moraes. Certa feita, ele prendeu uns gatunos que roubavam os armazéns da redondeza. Fiz uma matéria caprichada e ele ficou eternamente grato. Foi a primeira vez em mais de vinte anos de Polícia que o inspetor apareceu no jornal com fotografia e tudo. Ligo para ele:

"Moraes, meu velho. Aqui é Paulo Koetz, do *Correio*."

"Salve, Koetz. Que que manda?"

"Me faz um favor. Ontem, um sargento da Brigada registrou o desaparecimento de uma pessoa aí na tua área, pode ver pra mim?"

"Preciso do nome da pessoa desaparecida."
"É isso que eu quero saber."
"O nome de quem registrou o desaparecimento, então?"
"Sargento Bartholomeu, com *th*."
"Bartholomeu de quê?"
"Não sei o sobrenome, mas não deve ter muitos."
Ele pede para aguardar. Passam-se uns minutos e ouço sua voz.
"Aqui está. Bartholomeu Cardoso, sargento da Brigada lotado no quartel das Bananeiras. Registrou o desaparecimento de sua irmã, Otília Cardoso, de 18 anos."
"Está sumida há quanto tempo?"
"Afirmou que não tem contato com ela há mais de duas semanas."
"Tem um endereço?"
"Da mãe dela, que se chama Felisberta. Anota aí: Rua Federação, 1612."
"Rua Federação? Nunca ouvi falar."
"Fica em Taquara."
"Taquara? Puxa vida. Grato, te devo essa."
"Imagina."
Telefono a seguir para o inspetor Scherer, da 2ª.
"Não posso falar agora. Te ligo daqui a pouco", ele responde.
Passa-se uma hora. Ligo outra vez.
"Poxa, Koetz, assim tu me compromete. O delegado quer te ver pelas costas e tu fica me ligando. Se ele sabe, levo um gancho do tamanho dum bonde. O homem está uma fera."
"Só preciso de uma confirmação."
"Se eu te disser alguma coisa, vai sobrar pra mim."
"Sim ou não, pô! O que que custa?"
"Vamos lá."
"O sargento Bartholomeu Cardoso reconheceu a irmã Otília?"
"Como é que tu sabe?"

"Sim ou não?"

"Nem sim nem não. Disse que o tamanho e o cabelo combinam, mas não podia garantir pelo estado do corpo. Agora, me dá licença." E desliga.

O prédio da estação de trens, situado na confluência das ruas Conceição e Voluntários da Pátria, parece um pequeno castelo medieval em função das inúmeras janelas em forma de arcos e, especialmente, da torre quadrada que se ergue por mais um andar acima do segundo pavimento. O trem para Taquara sai às 9 da manhã e a viagem dura um pouco mais de uma hora e meia, com paradas em Novo Hamburgo e São Leopoldo.

"Bebeste ontem?", pergunta Maurecy quando nos acomodamos.

"Uma cerveja no bar da esquina e fui dormir cedo."

"Uma só?"

Não estou disposto a ouvir recriminações:

"Duas ou três, qual o problema?"

"Vi muito sujeito como tu acabar na sarjeta, bebendo desse jeito, tô falando sério."

"Não exagera", a conversa me aborrece.

"Exagero? Teu cantilzinho de uísque já é famoso na redação."

"Ah, *tá*. Sou o único?"

"Todos bebem, mas têm uma vida regrada, esposa, família."

Solto uma gargalhada.

"Tu é novo, tá em tempo", ele insiste. "Vai por mim. Nas últimas semanas, tu tem deixado muito furo. A chefia faz que não vê, mas a coisa tá ficando feia pro teu lado."

Passamos alguns minutos de silêncio e ele volta à carga:

"Continua saindo com a vedete?", a ironia transborda, porém não tenho a menor disposição de falar sobre minha vida com Juliette.

"Esporadicamente."

"Não é mulher pra ti."
"Nos divertimos e, além disso, treino o meu francês."
"Acredita mesmo que aquela polaquinha é francesa?"
"Finjo que acredito. E ela finge que acredita que eu acredito."
Maurecy ri.
"Isso não tem futuro. Precisa de uma mulher de hábitos recatados, pra te botar nos trilhos."
"Logo quem falando, um solteirão empedernido."
"Mas não tenho a tua *pinta*."
"Não te deprecia, amigo. Imagino quantas noivas não passaram pela tua vida."

Agora, ele está na berlinda.

"Mulheres, muitas. Noivas, quase nenhuma. Minto, teve uma sim. A Doralice. Eu trabalhava no laboratório do *Correio*, ainda não era fotógrafo, tinha mais ou menos a tua idade, boêmio, putanheiro, beberrão, mais do que tu. Aí, conheci a Doralice num baile do Círculo Operário. Uma santa criatura, doce, carinhosa, um rosto angelical e um corpo de fechar o comércio. Paixão à primeira vista. Joguei todas as fichas. Abandonei a noite, o trago, os amigos de farra, duas ou três amantes mais ou menos fixas que eu visitava. Larguei tudo! Só queria saber dela, cinema no sábado, passeio de mão dada na Redenção no domingo. Finalmente, tinha achado a minha outra metade. Fazia planos. Jurei que quando ganhasse aumento de ordenado que tinham me prometido, saía o casório. Tudo nos conformes."

"Porém?"

"Sempre tem um *porém*. Um belo dia fui à casa dela meio de surpresa, morava lá no Partenon. Bati na porta, atendeu a mãe. Eu: boa tarde, dona Gertrude! Como vai a senhora? A velha: visita de surpresa, Maurecy?" Ele imita voz de velha. "E eu: pois é, vinha passando... Ela: espera um pouco, a Doralice está lá nos fundos afogando uns gatinhos no tanque. Já chamo."

"Afogando uns gatinhos no tanque?"

"Foi o que eu perguntei: afogando gatinhos? A velha: pois

é, a gata deu ninhada. Seis. É muito bicho, então precisamos nos livrar deles."

"Que tétrico!"

"Imagina a minha cara... Dei uma desculpa: não quero atrapalhar, falo com ela outra hora e fui saindo, a sogra insistindo que eu esperasse. Nunca mais apareci. A Doralice ligava pro jornal e eu mandava dizer que não *tava*, até que parou de telefonar, imagino a tristeza da guria, mas fazer o quê? A cena ficou na minha cabeça um tempão. Não que eu tenha especial apreço por gatos, nem gosto muito, mas imaginar a meiga Doralice afogando filhotes recém-nascidos no tanque, segurando o bichinho debaixo d'água até ele parar de borbulhar", ele treme o corpo como se tivesse levado um choque.

"Talvez não fizesse por maldade."

"De certo que não. Essa crueldade sem maldade é que assusta. Tirei uma lição: todo mundo tem seu lado obscuro, que se revela nos gestos mais corriqueiros. A partir daí, cada moça que aparecia e eu me interessava, vinha à minha mente a dúvida fatal: quais os gatos que essa aí afoga? E assim fui descartando as pretendentes. Agora, me encontro nesse estado, quase velho e sozinho, mas não me queixo."

O riso débil disfarça a tristeza que subitamente se instala no semblante do fotógrafo contra a sua vontade. Ficamos em silêncio o resto da viagem, ele futricando a máquina fotográfica, de certo pensando em Doralice, e eu perdido na paisagem de jovens loiros de chapéu de palha arando a terra nas margens da ferrovia com uma disposição inabalável.

Estranhamente, o comboio cumpre o trecho final até Taquara, cerca de um quilômetro, de marcha à ré até a estação que ocupa um vasto galpão de madeira na rua principal da cidade. São 11 horas. Perguntamos a um funcionário da estação pela Rua Federação.

"Não é longe. Essa aqui é a Tristão Monteiro. A segunda à direita é a Federação. É uma pernada, umas seis quadras, mas dá para ir a pé."

Decidimos enfrentar a empreitada. Por sorte, a Rua Federação tem um leve declive que favorece a caminhada.

"O brabo vai ser a volta", Maurecy comenta.

No trajeto, passamos por uma pequena funilaria que parece ser o único negócio de toda a rua. Finalmente, alcançamos um casebre de madeira pintado de amarelo, atrás de um pátio bem cuidado, com grama aparada e uma floreira colorida junto ao portão. Alguns filhotes brincam entre si e testam a paciência da gata-mãe, estirada ao chão. Quando ela percebe a nossa presença, ergue a cabeça, as orelhas em estado de alerta.

Maurecy aponta para a ninhada.

"Se a Doralice passasse por aqui, não sobrava um vivo", e sou obrigado a rir com ele.

Bato algumas palmas. Da porta onde está pregado o número 1612, surge uma mulher de meia-idade, o rosto arredondado um tanto aflito.

"Pois não?"

"Dona Felisberta? Gostaríamos de ter uma palavrinha com a senhora."

"O que seria?"

"É sobre a Otília."

Felisberta arma uma cara de pavor.

"Aconteceu alguma coisa com ela?"

Explico a ela que somos jornalistas e que soubemos do desaparecimento, o que não melhora em nada a situação.

"O que está acontecendo?"

"Calma, só queremos algumas informações que ajudem a localizá-la. Podemos entrar?"

A sala de dona Felisberta é pobremente mobiliada – mesa com quatro cadeiras, uma cristaleira modesta e um balcão de parede –, mas conserva uma limpeza digna. De outra peça, vem o cheiro irresistível de galinha assada e aipim cozido.

"Os senhores chegaram justo na hora do almoço."

"Não se incomode, não vamos tomar seu tempo."

Maurecy apanha um retrato sobre o balcão que mostra uma menina com um sorriso encabulado.

"É a Otília?"

"Essa fotografia já tem uns cinco anos."

"Ela mudou muito?"

"O rosto afinou um pouco", Felisberta responde com os olhos aquosos de quem tem chorado com frequência. "O que aconteceu com ela? Ninguém quer me contar! Onde ela está?"

"Seu filho Bartholomeu registrou o desaparecimento dela. Nós queremos encontrá-la e contamos com a sua colaboração. Quando foi a última vez que a senhora a viu?"

"Ela veio pros meus anos, mas faz uns dias que voltou a Porto Alegre."

"Quanto tempo?"

"Uns três fins de semana atrás."

"Ela estava bem?"

"Um pouco preocupada. Tinha medo de perder o emprego."

"Onde ela trabalhava?"

"Era arrumadeira no Hotel Brasil, em Porto Alegre."

"Por que ela perderia o emprego?"

"Houve um incidente. O Arildo apareceu por lá e armou uma cena na frente de todo mundo."

"Quem é o Arildo?"

"Otília estava de casamento marcado com um rapaz chamado Arildo, operário da funilaria do Pedro Schmidt, aqui mesmo na rua, mais pra cima, vocês devem ter visto se vieram da estação. Um pouco antes do casamento, ela mudou de ideia, e o Arildo não se conformou. Vivia perseguindo Otília, pedindo que voltassem. Na minha opinião, ela deveria ter aceito, mas não quis mais ele, que que se vai fazer? Resulta que a Otília não aguentou a insistência do Arildo e o falatório todo. Resolveu se mudar para Porto Alegre. Foi morar na casa do meu filho, mas eu sabia que não daria certo."

"Por quê?"

"Os dois nunca se deram bem. Bartholomeu é bem mais velho, do tipo mandão. Quando meu marido morreu, ele assumiu o papel de pai. Otília não obedece e eles vivem brigando. Um dia, disse que tinha conseguido emprego em um hotel e que pousaria lá. Trabalhava no hotel, até que aconteceu esse incidente com o Arildo."

"Qual incidente?"

"Arildo descobriu, acho que o Bartholomeu contou, não devia ter feito isso, e foi atrás. Chegou lá e armou um escarcéu. Chegou a dar um tabefe na Otília. Resulta que ela veio para o meu aniversário. Ficou uns dias, sempre sobressaltada, vivia com medo que ele aparecesse. Então, retornou à capital para ver se conseguiu se manter no emprego. Depois disso, não tive mais notícias. Pedi para o Bartholomeu ir atrás dela."

"Bartholomeu foi atrás dela e..."

"Ficou sabendo que ela foi demitida do hotel e ninguém sabia dela. Deixou passar uns dias e, como ela não apareceu, me disse que ia registrar o desaparecimento. Agora, estou com o coração na mão."

"A senhora acha que o Arildo faria mal a ela?"

"Já fez! Foi lá e prejudicou a Otília no trabalho."

"Eu digo algo mais grave. Ele é um rapaz violento?"

"Nunca foi. Um moço simples, trabalhador. Seria um bom marido, mas ela não quis mais, paciência. Ele ficou envergonhado, humilhado até, era louco por ela. No fim o normal é que a criatura acabe se acostumando, não? A minha preocupação é com Otília, lá em Porto Alegre, sozinha. Vocês vêm de lá, jornalistas, para saber dela. Não é normal. Alguma coisa aconteceu. Por favor, me digam!"

"Ela tinha um par de calçados de cor encarnada?"

"Que eu soubesse, não. Mas... por que essa pergunta?"

Deixamos a casa de Felisberta com a promessa de mantê-la informada, mas não adiantou. Quando ela fechou a porta, dava pra escutar o choro compungido lá de dentro. Subimos a rua. No galpão da funilaria, o maçarico solta faíscas no rosto de Pedro Schmidt, porém, ele parece não se importar. O trabalho é barulhento e só na terceira vez que o chamamos pelo nome é que ele percebe a nossa presença. Cessa a soldagem e retira os óculos de proteção sem disfarçar sua desconfiança.

"Jornalistas? De qual jornal?"

"Do *Correio do Povo*."

"*Correio do Povo* na minha funilaria? Quanta honra!"

Não ficamos sabendo se falou com ironia ou não.

"Queremos saber de um funcionário seu de nome Arildo."

"E o que fez o Arildo para despertar a atenção do *Correio do Povo?*"

"Só falando com ele para saber."

"O Arildo não trabalha mais aqui. Pediu as contas e sumiu do mapa."

"Alguma razão?"

"Assuntos dele."

"Teria o endereço do Arildo?"

"Tenho, mas não vai adiantar. A casa está vazia."

"O senhor não faz ideia de onde ele está?"

Ele ergue o beiço e sacode a cabeça para os lados. Depois, fica em silêncio nos encarando, com a clara disposição de encerrar a conversa por ali mesmo. Eu insisto.

"Ele possui família aqui na cidade?"

"São de Rolante, mas eles também não sabem do seu paradeiro. Um irmão esteve aqui na semana passada querendo saber dele."

"Estranho ele deixar o trabalho e a cidade tão repentinamente, o senhor não acha?"

Pedro Schmidt solta um longo suspiro, deixando claro que vai falar contrariado.

"Arildo só tinha dois interesses na vida: o trabalho e a noiva, uma moça chamada Otília. Quando ela rompeu o noivado, ele ficou desatinado. Vivia atrás dela. Chegou ao ponto de Otília se mudar para Porto Alegre para fugir da insistência dele. Arildo não se conformou. Além de perder a noiva, percebia que o pessoal fazia troça, falavam mal dele pelas costas. Ele sentia raiva e vergonha ao mesmo tempo. Até que um dia veio falar comigo, pediu as contas e disse que iria embora da cidade. Insisti para que ele ficasse, porque era um bom funcionário e eu tinha estima pelo rapaz, mas não teve jeito. É o que eu posso declarar. Agora, se me dão licença...", ele começa a colocar os óculos de proteção.

"O senhor ouviu falar da moça assassinada em Porto Alegre?"

"A do sapatinho vermelho? Li no jornal."

"Suspeitamos que seja a Otília."

Pedro Schmidt retira os óculos.

"A noiva?"

"O estado do corpo não permitiu uma identificação, mas Otília está desaparecida há mais de duas semanas. Coincide com a data em que teria acontecido o crime."

"Os senhores suspeitam que o Arildo... Não, de forma alguma. Ele não faria isso."

"Segundo suas palavras, ele sentia raiva."

"Isso mesmo. Um dia, brigou num *bolicho* com um sujeito que fazia troça dele. Chegou a dar uma garrafada no tipo. Agora, chegar a esse ponto com Otília, que ele amava de paixão?"

"O amor exagerado pode se transformar em ódio."

"A ponto de matar? Não seria capaz, pode esquecer."

"Ninguém parece capaz de matar, até que um dia mata. Sabe lá o que se passa na cabeça das pessoas."

"O Arildo? Não, não..."

Pedro Schmidt coloca os óculos e continua repetindo "não", cada vez com menos convicção.

Depois de um almoço intragável no armazém ao lado da estação ferroviária, conseguimos lugar no trem das três da tarde para Porto Alegre.

"Temos vítima e suspeito, Maurecy?"

"Ao que parece", o fotógrafo responde, mas sem muito entusiasmo.

"Não tá convencido?"

"Pensa comigo. Arildo amava Otília loucamente e, quando ela o deixou, passou a odiá-la. Nos casos passionais, esse ódio se manifesta no momento do crime de forma exagerada. Imagino: Arildo suplica mais uma vez, ela o rejeita de novo e ele perde a cabeça. O normal seria algo do tipo cinco tiros, dez facadas..."

"Foi um crime brutal!"

"Em outro sentido. Um único corte frio, mortal, um degolador experiente. Não combina com o desespero do pobre bom rapaz enjeitado e sofredor."

Chegando à estação do Castelinho, tomamos um auto de praça até o jornal, eu pensando em como tratar o assunto. Seguimos pela Rua Voluntários da Pátria. De relance, enxergo o letreiro Hotel Brasil e o sexto sentido me captura.

"Pare aqui!", ordeno ao chofer. Viro-me para Maurecy: "Vai revelando as fotos que em seguida te encontro no jornal."

O Hotel Brasil funciona em um prédio acanhado de dois andares a cem metros da estação de trens. Pela localização, imagino que seja a primeira opção de hospedagem para quem chega à cidade. O quadro de chaves ao fundo da portaria indica que o hotel dispõe de mais ou menos vinte quartos. O recepcionista de cabelo coberto de brilhantina veste um terno que foi vistoso em algum tempo remoto sobre uma camisa engomada, mas levemente puída nas mangas. Mesmo assim, age com a pose de quem trabalha no Waldorf Astoria. No momento, ele preenche a ficha de hospedagem de um sujeito com duas malas pesadas aos pés, a indicar que sua estada na capital será duradoura. Posiciono-me atrás dele e aguardo, sem a menor paciência. Finalmente, o rapaz desliza a ficha para o novo hóspede assiná-la. Feito isso, alcança-lhe uma chave grossa presa a um pedaço de madeira e vira-se para mim.

"Pois não?"

Não há muito tempo a perder. Indago sobre Otília Cardoso.

"Não trabalha mais aqui", ele responde, um tanto curioso pelo meu interesse.

"Há quanto tempo?"

Ele vacila por alguns instantes, pondo a memória a funcionar.

"Umas três semanas, não é, Marieta?", indaga à jovem com um lenço branco na cabeça, ocupada em espanar o sofá de dois lugares do pequeno *hall* junto à portaria.

"Três semanas o que, *seu* Amaro?", ela tenta se situar na conversa.

"Que a Otília foi demitida."

A moça estremece ao ouvir o nome da antiga colega, e eu percebo.

"Mais ou menos isso", ela concorda e retoma a sua tarefa.

"Foi demitida por alguma razão?"

O tal Amaro estranha a pergunta.

"Qual seria o seu interesse?"

"Sou jornalista. Paulo Koetz, do *Correio do Povo*."

Ele retoma a pose de Waldorf Astoria.

"Bem, houve um incidente. Um sujeito a procurou, seria o noivo, armou um escândalo. Implorou que ela se reconciliasse e, como a guria não atendeu, passou a xingá-la de tudo quanto é palavrão. Chegou a dar uma bofetada na moça na nossa frente. Depois disso, viajou pra terra dela. Quando voltou, o senhor Schneider receou um novo escândalo e a despediu."

Escuto o que ele fala, mas a esta altura estou mais interessado na moça. Abandono o recepcionista e vou até ela.

"Marieta, não?"

Ela faz que sim com a cabeça.

"Era amiga da Otília?"

O *era* saiu como ato falho.

"Sou" ela corrige, "mas não sei de nada".

"De nada o quê?"

"Desses problemas dela com o noivo."

"Não tem ideia para onde ela foi?"

Ela aperta os lábios e sacode a cabeça para os lados.

"Tem certeza?"

"Não sei onde ela está."

"Infelizmente, é provável que ela esteja morta. Vocês não viram no jornal a história da moça morta nos matos do Menino Deus?"

Amaro arregala os olhos, mas Marieta não demonstra qualquer perturbação. Insisto com ela:

"Otília tinha um par de sapatos vermelhos?"

"Não é ela."

"Ah, não? Como é que tu sabe?"

"Porque eu *tive* com ela no fim de semana passado."

"Com ela? Co-como assim?"

Estou claramente desconcertado. A jovem abaixa a cabeça e arranha as próprias unhas, como se estivesse a ponto de tomar uma grave decisão. Eu espero.

"Otília decidiu se esconder do noivo com medo das ameaças. Tinha receio de que ele fizesse uma loucura."

"E onde ela está?"

"Não posso revelar."

"Preciso de uma prova de que ela está viva."

Marieta deixa o espanador sobre o sofá e se embrenha pelo corredor. Em poucos minutos, retorna com um envelope na mão.

"Esta é a carta que Otília escreveu à mãe para garantir que está tudo bem com ela, que não se preocupe."

"Posso ver?"

Enquanto leio as palavras amorosas e tranquilizadoras de Otília para a dona Felisberta, o recepcionista passa uma descompostura na arrumadeira.

"Por que você não contou ao sargento quando ele esteve procurando pela irmã?"

"Otília me fez jurar que não contaria para ninguém."

"Nem para o irmão?"

"Muito menos para ele. Eles se odeiam."

"O senhor Schneider vai saber disso", ele ameaça.

Devolvo a carta a Marieta.

"Eu já deveria ter posto no correio, mas não encontrei tempo", ela parece desculpar-se. "Vou botar amanhã."

Coloco a mão no ombro do recepcionista.

"Escute, Amaro. Não faz nada que prejudique a Marieta, viu? Ela só quis proteger a amiga. Vamos esquecer o que aconteceu aqui, está bem? Prometo elogiar o atendimento do hotel *pro* pessoal do jornal."

Amaro faz uma cara de quem considera o acordo justo.

Na redação, conto a Maurecy as aventuras do Hotel Brasil e deixo transparecer minha frustração. Ele, ao contrário, abre um sorriso.

"Ótima notícia! Ei, que cara é essa?"

"Estamos sem matéria."

"Pensa na alegria da dona Felisberta ao receber a carta", ele diz, um tanto decepcionado pela minha reação.

"Dona Felisberta está livre da tragédia, felizmente, mas alguma outra mãe está sofrendo com essa situação", tento corrigir.

"Se essa tal mãe se importasse, já teria aparecido", ele argumenta e se afasta.

Afundo o rosto nas mãos. No que estou me transformando?

A tarde cai. Telefono para a delegacia e peço pelo inspetor Scherer.

"O que foi agora, Koetz?"

"Alguma novidade por aí?"

"Vou falar rápido. Estamos seguindo a pista da irmã do brigadiano. O delegado aguarda uma manifestação do regimento de Taquara."

"Esqueçam. A tal Otília está viva."

"Que história é essa?"

"Ora, o Rangel me expulsou de campo. Tive que me virar. Fui a Taquara e falei com a mãe."

"A menina está com ela?"

"Não, mas escreveu uma carta para a mãe dizendo que está bem."

"O delegado apostava nessa possibilidade, por falta de outra opção."

"Paciência. Não surgiu nenhuma outra moça desaparecida?
"Nada. A moça do sapato vermelho não deixou rastros."
"Isso é estranho!"
"Se é..."
Escrevo: *"A menor Otília, cujo paradeiro era ignorado por seu irmão, o sargento Bartholomeu Cardoso, não é a moça do sapato vermelho. Assim, para alívio de sua família, ela está bem em um lugar seguro. A Polícia, então, passa a perseguir outras pistas que possam revelar a identidade da vítima e, a partir daí, conduzir ao cruel assassino da jovem."*

O resto do texto é um compilado de informações requentadas e uma crítica sutil ao delegado Rangel em função do *boycott* à imprensa. Estou cansado. Espero que o editor termine a leitura do texto insípido para dar o fora quando o contínuo da redação aparece com um pedaço de papel dobrado, um bilhete escrito com uma caligrafia rudimentar.

Uma mulher deixou aqui, de tarde.
"Como ela era."
"Uns 30 anos, esquelética."
Leio: *"Senhor repórter. Procure um par de sapatos vermelhos na Travessa São João e você encontrará as respostas."*

A Rua da Azenha é uma fieira de residências entremeadas por armazéns, tinturarias, lojas de miudezas, sapatarias, alguns restaurantes que atendem aos trabalhadores locais e fábricas de lápides, pela proximidade com a Lomba do Cemitério. Uma parte da rua próxima à ponte do Arroio Dilúvio já se encontra pavimentada com paralelepípedos. São dez da noite. As casas estão às escuras e os estabelecimentos comerciais já cerraram suas portas, excluindo três ou quatro bares pé-sujo, que se concentram próximos à esquina da Azenha com a Travessa São João, a primeira ruazinha depois da ponte.

Desço do auto de praça e acomodo-me junto ao balcão do Recreio Ideal, um dos bares mais apresentáveis da redondeza, o que não significa muita coisa. Quem atende é um gordo peludo com cara de quem é o dono do estabelecimento e não vê a hora de passá-lo adiante.

"Uma Hércules não muito gelada", peço.

Uma mulher me lança sorrisos insinuantes. Pego a cerveja preta que o gordo acaba de colocar na minha frente, peço mais um copo e vou ao encontro dela. Tudo lhe parece exagerado: o rosto muito branco colorido por uma quantidade excessiva de *rouge*, a boca ampliada pelo *baton* que ultrapassa seus limites e os olhos salientados pelo contorno de rímel igualmente desproporcional, sem falar do par de seios quase inteiramente à mostra.

"Galã novo. Nunca te vi por aqui", ela me oferece o melhor sorriso que consegue.

"Prazer, Paulo."

"Alcenira."

Sirvo os copos e ergo um brinde:

"Saúde! E... o que se faz, Alcenira?", forço um olhar elogioso para o decote, na borda do qual é possível enxergar um pedaço do sutiã preto sob a blusa amarela.

"Pois então, não quer brincar no meu parquinho de diversões?", ela fala com uma voz que se pretende sensual e desce a mão desde o colo até o meio das pernas.

Dou corda.

"E o que tem de bom nesse parquinho?"

"Bah, tudo de bom: montanha-russa, tiro ao alvo, túnel do amor, trenzinho, algodão-doce, o que tu nem imagina...", ela faz um biquinho e suga os próprios lábios.

"Uau, um convite tentador."

"Serviço caprichado e diversão garantida."

"Fiquei interessado, juro, mas vou ter que aceitar o convite um outro dia. Hoje, vim aqui para rever uma moça que conheci um tempo atrás. Talvez tu possa me socorrer."

"Qual o nome?" Alcenira pergunta, um tanto decepcionada.

Imito a careta de Stan Laurel.

"Veja que tonto eu sou. Quero muito reencontrar a moça, só que não consigo lembrar o nome dela."

"Em qual casa?"

"Também não lembro, têm tantas por aqui."

"Não sabe o nome da mulher que comeu, nem lembra onde foderam. Tua situação tá difícil, meu chapa", ela ri como se tivesse dito algo muito engraçado.

"Sei que ela usava um par de sapatos vermelhos, com friso prateado, muito bonito, que me chamou a atenção."

"Ah, eu queria tanto esse sapato. *Tava* à venda na Sapataria do Povo, sabe onde é? Na subidinha da Marechal Floriano. Mas quando fui comprar tinham vendido tudo. Disseram que vinha um novo estoque, *tô* no aguardo."

"Que pena. Viu algum por aqui?"

"Duas gurias aqui na rua têm sapato assim. Digo gurias porque são bem novinhas."

"E quem são essas gurias?"

"Duas *antepáticas*. A Jacira e a Ivonete."

Meu coração acelera.

"Talvez uma delas seja a moça que eu procuro. Onde encontro?"

"Faz dias que não vejo. Sei que elas "se viram" no muquifo da Samanta. A Jacira é filha de uma cafetina, a Zefa, mas parece que *tão* de mal."

"E onde fica a Samanta?"

"Lá na outra ponta, bem no comecinho da rua."

Ergo-me da cadeira com alguma afoiteza.

"Obrigado, Alcenira. Outro dia apareço pra brincar no teu parquinho."

"Se não encontrar a fulana, estarei por aqui. O parque funciona até de madrugada."

A Travessa São João é estreita e curta – não mais de trezentos metros –, mas reúne uma considerável balbúrdia em torno dos cortiços parcamente iluminados por luzes propositadamente pálidas, como se a escuridão fosse cúmplice dos negócios escusos que ali se praticam. Dois tipos alcoolizados ensaiam uma briga. Um tenta soquear o outro, porém se desequilibra e cai ao chão. O que fica de pé lhe cospe e profere desaforos com uma voz pastosa. O que está caído abraça a perna do rival e o derruba no chão arenoso. Um gato desfila com um camundongo na boca. Uma mulher solta uma gargalhada.

Examino as casas simplórias, com mulheres de várias idades revezando-se nas janelas, com seus decotes despudorados. Às vezes, na falta de quem entre, saem às calçadas para uma abordagem mais ostensiva. Uma delas segura meu braço.

"Vamos fazer neném? Pra ti, eu faço de tudo..."

"Procuro a casa da Samanta."

"Lá só tem bagulho. Vem comigo."

Desvencilho-me com um safanão e aperto seus ombros.

"Onde fica a casa da Samanta, pô!"

Ela assusta-se e estica o dedo para um sobrado em petição de miséria, quase na esquina com a Rua Marcílio Dias. Ando até lá. Deve ter mais de cem anos e dá a impressão de que durante todo esse tempo ninguém se preocupou em cuidá-lo. Empurro a porta entreaberta, o que provoca um chiado arrepiante. A sala malcheirosa está quase às escuras. Aperto os olhos e vejo um casal engalfinhado em um sofá. Pergunto por Samanta. A mulher move a cabeça na direção de um corredor escuro. Atravesso o corredor tateando a parede e arrastando os pés para me precaver de algum degrau inesperado. O assoalho range a cada passo. Vejo, ao fundo, um risco de luz no chão. Bato à porta e escuto uma tosse seca e intermitente.

Penetro no aposento com cuidado. No segundo passo, sinto um estalo sob a sola do sapato. Ouço uma voz rouca.

"Uma barata a menos pra me atazanar."

A lamparina sobre a mesinha de cabeceira ilumina uma mulher de idade indefinida, deitada na cama, enrolada em cobertas fedendo a urina. Tem os cabelos desgrenhados e as olheiras mais fundas que já vi na vida.

"Samanta?"

"O que restou dela."

"Procuro por Jacira ou Ivonete. Me disseram que eu poderia encontrá-las por aqui."

A mulher ergue o tronco e coloca mais um travesseiro nas costas.

"Ivonete morreu, não sabe?" A voz tenebrosa sai com um hálito da bebida barata. "É a moça que está no jornal, a do sapatinho vermelho."

Ela oferece uma poltrona com um buraco enorme no assento de onde se desprende uma ponta de mola envolta em um tufo de palha. Sento-me com cuidado. Quando vai falar, a velha sofre outra longa crise de tosse. Eu espero.

"Minha casa já foi mais chique, seu moço", ela tenta resgatar uma migalha de autoestima do fundo de si, mas eu duvido que aquilo seja verdade. "Era bem cuidada, as pessoas tinham prazer de vir aqui. De uns anos pra cá fiquei entrevada. Não posso nem passar uma vassoura."

"O que a senhora tem?"

"É mais fácil responder o que eu *não* tenho. Bem, o troço foi degringolando e está desse jeito. Hoje, mulher da rua só traz homem aqui quando os outros quartos da quadra estão ocupados."

"Lamento."

"Tem alguém na sala?"

"Um casal."

"Menos mal. Quando vão embora, deixam um dinheirinho no vaso de metal que tem em cima da mesa, e é como eu vivo. Polícia?"

"Sou jornalista. Paulo, do *Correio do Povo*."

"Tu que escreveu as reportagens da moça do sapato vermelho, Paulo? Eu sei uma boa parte da história dela. Quer ouvir, Paulo?"

Faço que sim.

"Fiquei tão triste ao saber que ela morreu. Gostava daquela guria. Pode escrever: eu conhecia Ivonete melhor do que ninguém."

A história contada num tom sinceramente compungido por Samanta, interrompida por crises de tosse exasperantes, é de partir o coração. Ivonete casou-se aos 15 anos, e logo separou-se do marido por absoluto desinteresse por ele. Por causa disso, a família não quis mais saber dela. Ficou sozinha no mundo, passou fome, foi estuprada, surrada, enganada por espertalhões que se aproveitaram dela de todas as formas e acabou caindo na perdição dos *bas-fond* da Azenha. Frequentava antros imundos e compartilhava os leitos dos bordéis com indivíduos perigosos, bêbados, ladrões e toda a galeria de tipos da escória humana.

"Ela costumava aparecer por aqui?"

"Quando precisava de dinheiro. Era uma menina quieta e desconfiada, mas quando bebia, falava pelos cotovelos, Paulo."

A velha pronuncia meu nome a todo momento, como se essa espécie de intimidade lhe fizesse bem. Entro no jogo.

"Ela bebia, Samanta?"

"Era o único jeito de se deitar com os homens. De formas que a gente conversava muito. Gosto de conversar, Paulo. É o único prazer que me resta nessa merda de vida. A verdade é que me tornei uma espécie de segunda mãe dela. Tinha carinho pela guria e ela não guardava segredos comigo. Confiava em mim", conta com uma ponta de orgulho.

"Ela tinha algum amante?"

"A Ivonete?" Ela solta uma risada que descamba num novo ataque de tosse desesperador. Ela puxa o catarro de dentro do peito e o cospe no urinol. "Essa bronquite vai acabar comigo. Espero que seja logo. O que eu estava falando, Paulo?"

"Perguntei se Ivonete tinha amantes."

"Ela tinha pavor de homens. Só fodia com eles pelo dinheiro. Sua paixão era a Jacira. Eram corda e caçamba as duas. Tornaram-se tão inseparáveis que até os vestidos e calçados eram iguais."

"Jacira também frequentava a sua casa?"

"Muito pouco. Ivonete não gostava nem um pouco que a Jacira deitasse com homens. Sentia um ciúme danado. Quando acontecia, era por necessidade, e a Ivonete ficava num mau humor do cão."

"Quando foi a última vez que ela esteve por aqui?"

"A Ivonete? Deve ter sido na noite que mataram ela, Paulo."

"Veio acompanhada?"

"Chegou sozinha mais ou menos às oito da noite. Papeamos um pouquinho, depois ficou ali pela sala. Não vi ela sair, presa nesta cama. Lá pela meia-noite, eu no décimo quinto sono, me apareceu a Jacira querendo saber da amiga. Respondi a verdade. Que ela esteve aqui, mas foi embora."

"E onde está a Jacira agora?"

"Depois que a Ivonete desapareceu, me contaram que regressou para a casa da mãe, a Zefa, boa bisca, não sei se é verdade, porque cada uma inventa uma coisa."

"Ela tinha saído da casa da Zefa?"

"Vou chegar lá, Paulo. Me serve um pouquinho disso aí", indica a garrafa sobre a cabeceira.

Ela toma um gole e tenho que esperar mais um longo acesso de tosse.

"Logo que as gurias se conheceram, Jacira convidou Ivonete para morar com ela na casa de sua mãe, mas a relação entre elas não era bem aceita por Zefa. Essa mulher é um estrupício. Obrigava a filha a dormir com os homens. Agora me fala, Paulo: como pode uma mãe prostituir a própria filha?"

"Absurdo!", falo só porque tenho que dizer alguma coisa, ansioso para ouvir o resto da história.

"Quando Ivonete percebeu o esquema, ficou revoltada. Era discussão todo o dia. A Zefa chamou ela de tudo. Ivonete era quieta, mas não levava desaforo pra casa. Chegou no limite quando a bruxa viu as duas brincando em cima da cama, nuas", ela narra com certa picardia. "Ficou possessa, disse que era uma pouca-vergonha e correu Ivonete de casa. Jacira foi atrás. Alugaram um quarto na pensão de uma mulher chamada Maria Francisca, ali na Marcílio Dias, mais *pros* lados da Azenha. A dona não permite putaria na pensão dela, de formas que usavam meus quartos."

"Acredita que Zefa pode ter assassinado Ivonete?"

"Gorda daquele jeito? Só se mandou alguém fazer o serviço por ela, e eu não duvidaria."

Meu interesse já se encaminha inteiro para a casa da Zefa.

"Tu sabe que será procurada pela Polícia, Samanta?

"Mais cedo ou mais tarde isso ia acontecer. Que venham duma vez, vou falar o que eu sei."

"A casa da Zefa fica longe?

"Pertinho. Tudo acontece aqui perto. Número 170. Se pegarem essa megera, será bem feito!"

"Obrigado. Te cuida, viu, Samanta?"

"Tu também, Paulo. Quando sair, faz favor de depositar algum trocado na jarra", ela não pede, manda.

Deixo a mulher acompanhada de sua tosse. Do corredor, escuto gemidos, respirações arfantes e ruídos de colchão de mola vindos de um dos quartos. A sala está vazia. Enfio duas notas na jarra de metal e saio. O número 170 é uma casa igual às outras, com uma porta central aberta e dois janelões que servem de molduras para mulheres apoiadas no parapeito com os seios quase de fora. Antes de entrar, preciso fazer uma coisa. Corro ao Recreio Ideal. O telefone de parede está ao lado de um cartaz com o desenho de um negro forçudo saindo da espuma de um gigantesco copo de cerveja preta, tendo acima escrito *Hércules* e, abaixo, *Cervejaria Continental*. Dali, faço um sinal para o aparelho. O gordo peludo concorda com visível má vontade. Busco a caderneta no bolso do casaco. Enquanto procuro o número da 5ª Delegacia, percebo que Alcenira encontrou alguém interessado em seu parque de diversões. Estão, imagino, na fase de combinar o preço do ingresso. Pisco o olho para ela e faço a ligação.

Feito isso, sigo para a casa de Zefa. Entro na sala avermelhada pela luz do abajur postado na mesa de centro. O cheiro de umidade das cortinas desbotadas e do perfume barato das mulheres disputam a hegemonia no ambiente composto de dois sofás de três lugares, mais cadeiras e poltronas em número demasiado, dando a entender que o local teve seus dias de movimento. Agora, restam duas mulheres usando apenas roupas de baixo cobertas por robes de cores berrantes. Pela idade que aparentam, nenhuma delas parece ser a

Jacira. Demonstram alguma animação pela minha presença, mas a noite avança e não estou disposto a perder tempo em conversa fiada.

"Quero falar com a Jacira", eu digo.

Uma das mulheres faz uma careta de desdém.

"A Jacira é uma mosca-morta. Vem comigo pra ver o que é bom", ela sacode os seios.

"Pode chamar a Jacira para mim, faz favor?", faço o possível para não dar escândalo.

"Está dormindo."

"Acorda ela, pô!", eu grito.

"A Jacira anda indisposta. Não anda fazendo programa."

"Se a Jacira não aparecer logo na minha frente, juro que eu chamo a Polícia."

Ela se assusta. A outra passa por nós apressada e some por um corredor. Quase atropela a jovem sonolenta, magra, nem bonita nem feia, que acaba de sair do primeiro quarto, vestindo camisola até os joelhos.

"Jacira?"

"O que está acontecendo?", ela parece em transe.

"Jacira? Vim saber de sua amiga Ivonete."

A garota olha-me com estranheza. Uma mulher balofa vem do fundo do corredor, arrastando os chinelos. Zefa, seguramente.

"O que está acontecendo aqui? Quem é esse sujeito?"

"Jornalista. Estamos conversando sobre Ivonete."

Ela intromete-se entre mim e Jacira.

"Não sabemos nada sobre essa moça."

Contorno o corpanzil da velha, pego a moça pelo braço e a conduzo até a porta do quarto de onde ela saíra.

"Me solta!", Jacira reclama.

"O que é isso?", Zefa protesta.

A peça pequena possui apenas uma cama revirada, um guarda-roupa de duas portas e uma penteadeira.

"Onde tu guarda os sapatos?"

Jacira está estonteada:

"Ali", sua mão frágil aponta para baixo do guarda-roupa.

Zefa ingressa no quarto e me enxerga ajoelhado diante do armário:

"O que pensa que está fazendo. Ponha-se daqui para fora!"

Remexo uma pilha de sapatos e sandálias até encontrar o que procuro.

"Esse par de sapatos é teu, Jacira?"

Ela mostra-se atônita.

"Saia já da minha casa!", berra a velha.

"São iguais aos que foram encontrados junto ao cadáver da tua amiga Ivonete, mas isso vocês já sabem!"

Jacira solta um grito de pavor. Zeferina pragueja, nervosa.

"Fora daqui, seu filho da puta! Se *arretire*, antes que eu chame a Polícia."

"Já chamei. Devem estar chegando."

"Você não tem direito de entrar na minha casa e intimidar a minha filha desse jeito."

Não desgrudo os olhos da jovem.

"Tua amiga está morta, Jacira. Assassinada. Degolada. Quero saber quem a matou!"

A velha puxa a filha pelo braço.

"Não temos nada a ver com isso!"

Ouve-se um alvoroço vindo da sala.

O vozeirão do delegado Rangel domina a cena.

"O que temos aqui?"

"O senhor chegou bem na hora, delegado", eu digo. "O nome da moça morta é Ivonete. Ivonete de que mesmo?"

"Flo... Flores", Jacira complementa, soluçando.

"Ivonete Flores. Era unha e carne com a mocinha aqui", digo e mostro o par de sapatos. "Essa senhora é a mãe dela, e odiava Ivonete de morte."

Zefa bufa.

"Esse estranho entrou na minha casa e..."

Rangel ignora Zefa e posta-se diante de Jacira.

"Pois bem, guria, o que tem a declarar?"

"Ela não vai falar nada!", a mãe intervém.

Rangel faz um gesto e o inspetor Gabriel empurra Zefa para fora da peça, sob gritos e xingamentos.

"É melhor contar a verdade!", o delegado insiste.

"Eu não sei o que houve com ela! Eu não sei!"

"Fala de uma vez!"

O delegado sabe quando falar manso e quando gritar.

"Há mais ou menos quinze dias, estávamos na pensão..."

"As duas moravam numa pensão na rua ao lado", informo ao delegado.

"Quebrou o vidro do lampião", Jacira conta. "Eram mais ou menos nove da noite. Ivonete saiu para ver se ainda achava alguma loja ou armazém aberto. Saiu e não voltou mais."

"Tu não estranhou o sumiço dela?"

"Fiquei preocupada. Passou-se uma semana, sem notícias. Achei que tinha ido embora. Daí, voltei pra cá, pois não tinha mais o que comer."

"Não desconfiou que ela era a moça morta no Menino Deus? Nem pelo sapato igual ao teu?"

"Não! Não pode ser ela! Por favor, digam que não é ela!"

Seu desespero soa um tanto teatral. O delegado vai até a sala. Enquanto ele bate boca com Zefa, eu vasculho as gavetas da penteadeira. Jacira tenta me impedir, mas não dispõe de energia para tanto. Encontro duas fotografias. Uma mostra Jacira com outra moça, que obviamente é Ivonete, ambas sorridentes vestindo roupas iguais à frente do chafariz da Praça Parobé, tendo o Mercado Público ao fundo. Na outra, tirada no mesmo dia, Ivonete está sozinha com o mesmo traje e uma expressão assustada, como se estivesse com medo do fotógrafo.

"Ei! Você não pode mexer nas minhas coisas!"

"É ela?"

Antes que ela responda, o delegado reaparece no quarto. Sub-repticiamente, coloco o retrato no bolso.

"Vista-se! Vamos levar as duas para a delegacia."
"Vou junto", digo.
"Não. Tu não vai junto, não vai meeesmo!", o delegado é peremptório.

Mal consegui dormir. No dia seguinte, encontro o fotógrafo Maurecy impaciente no pátio da delegacia.
"*Tô* te esperando há uma hora."
"Saí tarde do jornal."
"Foi *pro* bar, garanto."
"Fiquei sem sono."
"Parabéns", o inspetor Scherer me cumprimenta com o jornal aberto na página policial do *Correio*: *Uma réstia de luz entre as sombras de um crime tenebroso* é o título em seis colunas.
"O delegado está mais calmo?"
"Ficou até as quatro da *madruga* interrogando a Zefa e a filha, mas não conseguiu nada. A velha é esperta, pula que nem tainha, e a guria só chora. Agora, ele e o João Gabriel deram uma pausa."
Um rapazola passa por nós carregando duas panelas de vianda, se dirige à porta da delegacia, e é interpelado pelo inspetor Scherer.
"Ei, ei, onde tu pensa que vai?"
"Vim trazer comida para a minha mãe e a minha irmã."
"As que foram presas ontem?"
O menino confirma com a cabeça.
"Como é teu nome?"
"Jonas."
"Entra ali, Jonas, fica sentadinho e espera por mim."
"Queremos tirar uns retratos das duas", Maurecy solicita.
O inspetor hesita.
"Vamos lá, Scherer, só cinco minutos."
"Cinco minutos. Rápido, antes que o chefe apareça."
Na primeira sala, Zefa está sentada a um canto olhando para o teto. Ao me ver, arma uma careta de ódio.

"Foi esse que inventou tudo. Seu cafajeste!"

"Inventei que a Ivonete morreu? Inventei que a senhora rogava praga contra ela?"

"Isso que estão fazendo comigo e com a minha filha não vai adiantar de nada. Quem está montado na razão não precisa de espora."

"Vai precisar de muito mais que espora. Toda a Travessa São João sabia que a senhora odiava Ivonete, vai negar?"

Maurecy prepara a máquina.

"Eu não gostava daquela lambisgoia, mas nunca ameacei!"

"E por que não?"

"Ela foi falsa comigo e me colocou contra a minha filha."

"Quando a senhora soube que ela desapareceu?"

O inspetor Scherer reclama ao meu ouvido:

"Pô, Koetz, combinamos que era sem perguntas", mas Zefa já está respondendo:

"Há dez dias, a Jacira pediu para voltar a morar comigo. Respondi que sim, porque serei sempre mãe dela, mesmo com as ingratidões que me fez, mas que viesse sozinha. Só aí é que eu soube que Ivonete tinha sumido."

Enquanto fala, Zefa é alvejada pelo clarão do *flash* de magnésio disparado por Maurecy.

"Epa! O que é isso? Não! Vocês estão malucos! Para que retrato? Não quero tirar fotografia, a conversa está encerrada."

"É o costume. Não tira pedaço", argumenta o fotógrafo.

"Não quero, ninguém pode me obrigar! Não sou criminosa!"

"Pelo jeito, o delegado pensa o contrário", comento.

"Koetz!", protesta o inspetor.

"Ninguém acredita em mim e eu tenho que ficar penando neste banco", Zefa resmunga. "Olha aqui, seu jornalista de merda! Amanhã tu vai escrever no *Correio do Povo* que não tenho nada a ver com esse caso. Não sei nada do desaparecimento dessa rapariga. Nada, tá entendendo?"

Deixamos Zefa falando sozinha e vamos à sala ao lado. Jacira está pálida, cabeça baixa, esfregando as mãos entre os joelhos. Enquanto Maurecy fotografa, eu puxo assunto e ela repete a história de que viu Ivonete pela última vez quando saiu de casa para comprar um vidro para o lampião de querosene.

"Nunca mais a viu?"

"Não."

"Tua mãe não aprovava o seu relacionamento com Ivonete?"

"Achava uma *poca-vergonha*", Jacira responde. Depois murmura: "Logo quem falando."

"Ela faria mal a Ivonete?"

A jovem emudece.

"Jacira, tu é nova ainda", eu apelo. "Pode recomeçar tua vida. Tem uma culpa dentro de ti que está te fazendo sofrer. Essa culpa não é tua. Te livra dela. Tua mãe está bastante encrencada, de forma que tu escolhe o que vai ser: ou se enreda com ela ou conta o que sabe."

Agora, o inspetor Scherer deixa a coisa andar. Jacira medita alguns instantes. O rosto dela vai se contorcendo. Jacira prepara-se para uma viagem sem retorno:

"Querem que eu fale? Pois eu vou falar", a moça tímida e encolhida deu lugar a um poço transbordante de rancor. "Desde menina sou maltratada pela minha mãe, me surrava por qualquer coisinha. Quando fiquei moça, obrigava-me a deitar com homens, uns miseráveis fedendo a cachaça e suor. Me causavam repugnância. Não contente, ficava com todo o meu dinheiro. Quando eu queria comprar alguma roupa, um sapato, tinha que implorar. Não suportava mais."

"Onde entra a Ivonete nessa história?"

"Conheci ela ali na rua mesmo. Ficamos amigas. Como ela não tinha onde ficar, levei pra morar conosco, mas logo começou a bronca. Ivonete não achava certo uma mãe obrigar a filha a dormir com os homens por dinheiro e se queixava. Por isso, minha mãe ficava me buzinando nos ouvidos, fazendo futrica contra a Ivonete. Quando viu que não adiantava, expulsou ela de casa. Resolvi ir junto, não sei como tive coragem..."

"Tá bem, mas o que aconteceu depois? Tua mãe não se conformou e resolveu se livrar dela, foi isso?"

A jovem emudece.

"O que aconteceu na noite em que Ivonete sumiu, Jacira?"

"A gente não tinha o que comer. Eu disse que buscaria comida lá na minha mãe, mas a Ivonete não deixou. Ficamos discutindo. Ela saiu porta afora dizendo que ia trazer dinheiro. Achei que Ivonete ficou de mal comigo e foi embora, mas tinha esperança que ela voltasse. Os dias foram passando, e nada. Tive que ir pra casa da minha mãe para não morrer de fome."

"Foi a tua mãe quem matou Ivonete?", pergunto de chofre.

"Não foi ela."

A pergunta é do inspetor Scherer.

"Então, quem foi?"

"O Januário", ela murmura.

"Quem?"

"O Januário!", agora ela grita. "Um tipo asqueroso que vivia lá em casa, acho que tinha sido amante da minha mãe, muitos anos atrás. Ultimamente, aparecia para almoçar e fazer uns consertos na casa. Foi ele quem matou Ivonete!"

O delegado Rangel aparece na sala e me lança um olhar de fúria.

"Que esculhambação é essa?"

"A moça está denunciando o assassino, chefe, um tal Januário", o inspetor Scherer responde.

O delegado assume as rédeas e pede para o inspetor tomar notas.

"Tem certeza?"

"Absoluta", diz Jacira, as lágrimas pulando de seus olhos. "Ele tramou com a minha mãe para matar a Ivonete. No domingo, a Nair leu no jornal a história da moça morta e veio falar comigo."

"Quem é Nair?"

"Uma mulher que trabalhava para minha mãe. Leu e se deu conta de que era a Ivonete por causa do sapato vermelho e veio me falar. Chorei o que podia. Aí, Nair contou tudo. Uma noite, quando ainda trabalhava na casa, passou pela porta do quarto da minha mãe e ouviu ela e o Januário conversando sobre a Ivonete, mas não entendeu direito. No dia seguinte, minha amiga desapareceu. Fiquei desesperada, não sabia onde me meter."

"Por que tu não procurou a Polícia quando soube da história?"

"Não sabia o que fazer. Fui falar com a minha mãe. Perguntei sobre o que ela e o Januário conversaram naquela noite. Ela jurou que não tinha nada a ver com aquilo e me proibiu de tocar nesse assunto com quem quer que *seje*. Mas não posso mais. Faz dois dias que não consigo dormir, o remorso *tá* perturbando a minha alma, minha vida não tem mais sentido. Tenho pesadelos horríveis com o cadáver da Ivonete."

"Abre teu coração, Jacira", o delegado assume uma postura paternal. "Vai te fazer bem. O que mais tu sabe?"

"Januário matou Ivonete com a faca do batuque."

"Que faca? Que batuque?"

"Jonas viu ele retirar a faca da caixa do *santo*."

"Quem é Jonas?"

Scherer faz um sinal com o polegar em direção à porta.

"O irmão dela, tá ali fora, delegado. Trouxe as refeições para as duas."

"Vá buscá-lo! E procurem essa Nair também."

Jonas é trazido para a sala e percebe o peso da atmosfera reinante.

"O que você sabe sobre a morte da Ivonete?"

"Nada, ué."

"Nada? Garanto que sabe que Januário matou Ivonete com a faca do *santo*."

Jonas lança um olhar assustado para a irmã.

"Já contei tudo, mano", ela esclarece.

"Agora é tua vez. Conta essa história direitinho, guri!"

Jonas começa a relatar. Na noite do desaparecimento de Ivonete, ele caminhava pela rua e a curiosidade o conduziu ao batuque que funciona nos fundos de um dos bordéis. Lá dentro, viu

Januário entrar no quarto dos fundos e retirar uma faca da caixa de oferendas. Depois, deixou a sessão escondendo-a no bolso interno do casaco. Jonas ficou intrigado, mas permaneceu no batuque até o final da sessão.

"Januário roubou a faca do batuque para matar Ivonete, depois ele devolveu?"

"Essa história está mal contada. Porque ele colocaria de volta a arma do crime? Poderia ter se livrado dela em qualquer lugar."

"Nããão!", Jonas arregala os olhos. "A faca não pode sair dali. Pertence ao *santo*. Eles usam para matar galinhas e cabritos durante as sessões, mas têm que botar de volta, senão a pessoa *periga* cair em desgraça. O Januário sabe disso. Ele é de religião."

"E o que mais, guri? Se sabe mais alguma coisa, fala!"

"Na mesma noite, resolvi rondar pela rua antes de ir pra casa. Passei na frente da casa da Samanta e enxerguei pela janela o Januário com a Ivonete. Ela já tava grogue e ele continuava dando cachaça para ela. Esperei mais um pouco e vi os dois saindo em direção à Cascatinha, ela já trocando as pernas."

Jacira ergue-se da cadeira.

"Isso tu não me disse!"

"Achei que tu não ia gostar."

"Continua, Jonas!"

"Pensei em ir atrás, mas fiquei com medo. Depois, quando a Ivonete sumiu, comentei a história com a minha mãe. Ela disse pra não me meter onde não sou chamado."

A faca encontrada na caixa do *santo* ainda continha minúsculos resquícios de sangue. Rangel mobilizou a Polícia na caça a Januário e agora está ouvindo a outra testemunha. Nair é uma mulher mirrada, em cujo rosto ainda é possível encontrar resquícios de algum encanto nos olhos grandes e fundos realçados por sobrancelhas grossas e nos lábios carnudos que ela esfrega um no outro diante do delegado.

"Já sabemos que a senhora ouviu Zefa e Januário combinarem o assassinato de Ivonete, portanto, não vamos perder tempo, dona Nair. Fale o que sabe!"

"Tem um cigarro?"

Tiro o maço do bolso e estendo o penúltimo Astória a ela.

"Trabalhei na casa da Zefa por mais de quinze anos e me arrependo: quinze anos perdidos. Ela é grosseira, nos destrata na frente de todo mundo. Eu devia ter saído dali enquanto ainda era moça, mas fui ficando. Agora, já não sou tão jovenzinha. Às vezes, passava três, quatro dias e não conseguia nada, e ainda tinha que pagar 5 mil réis a ela todo o santo mês. O que sobrava mal dava para me vestir. Já fui solicitada, sabia? Não era qualquer uma que..."

"Vamos ao que interessa. Conta de uma vez o que sabe sobre o crime!"

Nair dá uma tragada atrás da outra.

"Um dia, passei pelo corredor e escutei os dois conversando no quarto da Zefa. Não consegui ouvir direito, só pedaços da conversa. Falaram da Ivonete e eu espichei o ouvido. Lá pelas tantas, ela disse em voz alta: A guria tem que sumir! Isso eu ouvi claramente. Fiquei com medo de que me vissem e saí de perto. Na noite seguinte, Ivonete sumiu. Então, decidi: pra aquela casa não volto nem morta. Quando li no jornal a história da moça do sapato vermelho, logo vi que era ela e fiquei apavorada."

"Por que não procurou a Polícia?"

"Meu marido não deixou."

"Puta com marido, era só o que faltava", murmura com desprezo o inspetor João Gabriel, e recebe uma expressão de censura do delegado.

"Sou puta por necessidade, não porque eu gosto!", ela grita para o inspetor.

Rangel tenta retomar o foco da conversa.

"O que mais você sabe?"

"Só isso."

"Tem certeza? Olha que a senhora pode ser processada por dificultar o trabalho da Polícia."

"Tem mais um cigarro?", ela volta-se para mim.

Entrego o último Astória e amasso a carteira vazia.

"Na noite seguinte, eu vi o Januário e a Ivonete passando na frente da minha janela, em direção à Cascatinha. Ela *tava* bêbada e chegou a dar um abaninho para mim."

"Ele não te viu?"

"Acho que não."

"Foi no dia do crime?"

"Só pode", Nair desata a chorar. "Sinto tanto remorso. Se eu tivesse feito alguma coisa, a guria poderia estar viva, como ia saber?"

O delegado libera a mulher, mas adverte que ela deverá ser interrogada novamente. Ao sair, ela se aproxima de mim.

"É o jornalista?"

"Sou."

Nair arma uma expressão de cumplicidade que na hora não chego a compreender.

Januário foi capturado no entorno do Mercado Público sem muita dificuldade. Seu ingresso lento e pesado na sala do delegado Rangel, repleta de policiais e jornalistas, provoca espanto geral. Para muitos de nós, o mestiço atarracado, cabelo sebento, cicatrizes variadas na testa saliente, nariz achatado entre duas maçãs perfuradas por sulcos profundos, barba rala e lábios grossos se chamava Manuel, um cego que circulava pelas ruas centrais pedindo "uma esmolinha, por amor de Deus". Os andrajos encardidos são os mesmos, porém a expressão é outra: o pobre coitado de olhos espremidos simulando a cegueira ressurge como um frio assassino que sorri deslumbrado por ser o centro das atenções, como se um demônio sádico tivesse se apropriado do inofensivo pedinte.

"É o Manuel, o ceguinho do Mercado", o inspetor cochicha ao ouvido do delegado.

"Januário ou Manuel?", pergunta o delegado.

"Januário Tavares. Manuel é um *personagi* que eu criei."

"Personagem?"

"Que nem *qui* no cinema, *dotô*. O sujeito vai lá e finge que é outra pessoa pra ganhar dinheiro."

"Vejam só, o senhor gosta de cinema?"

"Nunca fui, mas sei como funciona, não sou burro nem nada. Imagina se o artista fosse fazer o filme como ele é de verdade? Ninguém via. A mesma *cosa* que eu. Se não fingisse de cego, quem é que ia me dar dinheiro?"

"Um miserável impostor, isso que tu é. Idade?"

"Mais de sessenta, menos de setenta", ele ri para a plateia, como se aquilo tivesse graça.

"Desembucha!"

"Nem sei por que motivo me trouxeram aqui."

"Sabe sim. Está aqui na condição de suspeito pelo assassinato de Ivonete Flores. O senhor nega a acusação?"

"É natural. Não fui eu que matei a moça."

"O senhor a conhecia?"

"De vista."

"Vamos abreviar as coisas. Sabemos que o senhor assassinou Ivonete com um corte no pescoço..."

"Epa! Quem falou uma mentira dessas?"

O delegado deixa as boas maneiras de lado.

"Escuta aqui: tu pensa que alguém aqui é trouxa? Primeiro, se faz de cego pra passar bem, depois vem aqui na minha delegacia atochar com essa cara de tanso? Nós temos depoimentos de gente que te viu tramando com uma mulher chamada Zefa a morte da moça Ivonete. Vai dizer que não?"

"Intriga de alguém que quer ver a minha caveira."

"Vai negar que conhece a Zefa?"

"Conheço. É crime?"

"Na véspera, o senhor combinou com ela uma quantia para fazer o serviço. Depois de combinar o crime, o senhor foi ao batuque pegar emprestada a arma do crime. Matou a guria e depois devolveu a faca ao *santo*."

"Sou um homem de religião, *dotô*, não faria uma *cosa* dessas.

"Quanto ela lhe pagou?"

"Nada."

"Tem gente que te viu carregando Ivonete em direção ao

local onde o corpo foi achado. Então, vamos parar com essa lenga-lenga."

"Não sei do que o senhor está falando", ele ergue o beiço e sacode a cabeça para os lados."

"Ouve bem o que vou te falar. Daqui tu vai direto *pro* Cadeião. Já temos provas suficientes de que mataste a guria. Confessando ou não, tu *tá* fodido, meu chapa. Sabemos que Zefa é a mandante, mas não temos provas, de forma que a coisa fica desse jeito: tu vai preso e ela fica solta. Em vez de dividir a responsabilidade com ela, a bronca fica toda nas tuas costas e ela escapa de lombo liso, lépida e faceira. Tá bom assim?"

Januário cala-se para meditar. Depois de um tempo, começa a falar um tanto vacilante, dando a impressão de que ainda não sabe até onde deve ir.

"Deixa eu *le* contar uma *cosa*, seu delegado. Frequento a casa de Zefa faz muito tempo. A gente teve um chamego, anos atrás. Agora, não dá mais, né? *Tô véio*, não dou mais no couro e, ela, gorda daquele jeito, quem vai encarar, não é mesmo? Só vou lá quando não tenho o que comer. Aí, conserto um troço ali, bato um prego aqui em troca do almoço. Num dia que eu *tava* por lá, deu-se o furdunço entre ela e as duas moça. Foi uma gritaria. Zefa correu Ivonete de casa e a Jacira chispou atrás."

"Isso já se sabe. Me fala do crime!"

"A Zefa não se conformou. Não pensa que ficou triste porque a filha foi embora. Nããããão! Aquela mulher não tem amor por ninguém, posso *le afiançá*. Conheço bem a tipa. A preocupação dela era os *pila* que deixou de entrar. Os sujeitos que iam lá só queriam a Jacirinha. As outras, coitadas, ninguém dava bola. Pra trazer a Jacira de volta ela tinha que se livrar da outra."

"Da Ivonete."

"Entendeu a jogada? Ela começou a insistir comigo para que eu desse cabo da Ivonete. Sempre recusei, porque me dava com a guria e não tinha interesse nenhum na morte dela. Nunca me fez nada. Aí..."

"Aí o quê?"
"A Zefa prometeu um pagamento."
"Quanto?"
"50 mil réis."
"E tu aceitou."
Januário faz um gesto como se a resposta fosse óbvia.
"Quem não gosta de dinheiro, *dotô*? Eu *tava* precisado."
"Conta tudo de uma vez!"
"Não disse nem que sim nem que não. Na noite seguinte, fui ao batuque me benzer. Aí, veja só que interessante. *Tô* eu lá na sessão, os tambor tocando, aquilo crescendo, o *santo* baixando nas pessoa, todo mundo possuído, eu atordoado, sem raciocinar direito. Um impulso foi me empurrando pra sala do *santo, cosa* mais esquisita. Parecia que não era eu. Aí, a caixa se abriu, como por mágica, e dentro *tava* o punhal. Foi o sinal!"
"A caixa abriu sozinha? Que conversa é essa?"
"Juro por Deus! É como se o *santo* determinasse: a moça precisa ser sacrificada pras coisas se normalizarem. Que nem quando carneiam uma cabrita. Saio pra rua encasquetado e a primeira pessoa que eu vejo, quem é?"
"Imagino."
"A Ivonete, ela mesma, acredita? Pensa bem. Primeiro, a história da caixa do *santo*. Saio da sessão com um monte de *bobage* fervilhando nos *miolo* e a primeira pessoa que eu vejo é a guria. Ia pra casa da Samanta. Fui atrás. Ivonete entrou e foi lá pros fundos conversar com a velha. Espiei pela janela. No meio tempo entrou uma mulher com um sujeito. Esperei. Ficaram um pouquinho se arreganhando no sofá e logo se foram pro quarto. Aí, a guria veio, pegou uma garrafa de cachaça no armário e ficou ali sozinha, enxugando a garrafa, de certo esperando freguês pra levantar um troco. Foi quando eu entrei na casa. Ele se ofereceu, mas eu disse que só queria conversar. Ficamos ali tomando cachaça, a Ivonete já enrolando a língua."
"Estavam sozinhos?"

"A velha *tava* de cama, tá sempre de cama, não sei como ainda não morreu, a desgraçada. Fiquei com medo que o casal voltasse do quarto e convidei *prum* passeio. Tive que amparar a guria porque ela já se achava bem zonza. Fomos caminhando pela Cascatinha até aqueles matos atrás do parque, uma boa pernada. Andamos um bocado até chegar num lamaçal. A guria ainda atinou de tirar os calçados e ficou carregando nas mãos pra não sujar, parecia que o sapato era de ouro. Ali, ela deixou cair um dos sapatos no lodo e ficou cambaleando: meu sapato! Meu sapato! Pego depois, eu disse. Carreguei no colo para atravessar a lama. Nos embrenhamos por uma estradinha dentro da mata perto da Travessa Arlindo. Aí, teve um acesso, porque perdeu o outro pé de sapato. Não sei o que tinha essa porra de sapato. Parecia amalucada. E aí, eu fiz."

"Fez o quê?"

"O serviço que a Zefa encomendou."

O delegado Rangel faz um esforço danado para manter a serenidade.

"Conta para nós o que tu fez."

"Parei numa clareira. Fiquei assustado e joguei ela ao chão. A pobre já não atinava mais nada. Ainda vacilei um pouco, fiquei olhando, tinha uma lua bonita que iluminava o rosto dela. Era engraçadinha a guria, *dotô*."

"Violentaste a menina!"

"Vontade deu, a pele macia, o peitinho subindo e descendo. Há muito tempo não encostava numa mulher, cheguei a pensar numas *bobagis*, mas o corpo *véio* não respondeu a contento."

O delegado espreme uma mão na outra como se estivesse esganando o interrogado. Januário, agora, parece falar consigo mesmo, o olhar vidrado em algum lugar longe da sala:

"Logo ela se acalmou. Ficou quietinha, acho que foi pegando no sono. Ou desmaiou. Se estivesse acordada não sei se teria coragem. Me ajoelhei do lado dela, firmei a mão na testa pra deixar a garganta exposta e peguei a faca. A faca do *santo*. Aí, dei o golpe, assim", faz um gesto rápido com a mão de dentro para fora. "Um talho só, de fora a fora. Espirrou sangue por tudo quanto é lado. Me esquivei pra não manchar a roupa e fiquei olhando ela se estrebuchar. O sangue jorrava aos *borbotão* até que a guria parou de se mexer."

"Um talho só", o delegado murmura com a expressão de quem vai vomitar.

"Eu sei degolar, *seu* delegado", exclama, vaidoso. "Degolei muita gente boa, pode acreditar. Aprendi na lida da Revolução de 93, quer que eu lhe conte?

O delegado tem os dentes rilhados.

"Sentiu prazer em degolar a moça?"

"Nããããão! Que Deus me castigue por esse crime, *seu* delegado", agora entra em cena o falso arrependido. "Só consigo sentir remorso pelo que fiz. Não é brinquedo, a lembrança daquela cena roendo os *miolo* por dentro. A guria tão moça, tão bonita, por isso eu preciso me desimpedir. Não poderia mais viver desse jeito. Tinha que contar. Foi a Zefa, aquela desgranida, a causadora de tudo. Bandida! Assassina! Ela um dia há de me pagar."

"O que o senhor fez depois de assassinar Ivonete."

"Peguei umas folhagem e fui tapar a guria. Depois, *vortei* pelo mesmo caminho por onde tinha penetrado na mata e me dirigi até a casa da bruxa para avisar que tinha feito o serviço. E cobrar meu pagamento."

"Ela pagou?"

"Que nada! Disse que precisava de um tempo pra *ajuntar* o dinheiro e desde lá vem me engambelando. Ela me tungou! Prometeu pagar e não pagou. Ela é que deveria ser degolada."

"Tem raiva dela?"

"Não é pra menos! Então, faço um trabalho daqueles e ela não me paga? O senhor acha certo?"

"Levem esse traste daqui!"

O delegado Rangel dá o interrogatório por encerrado e deixa a sala. Antes que conduzam Januário ao xadrez, Maurecy pede para bater umas chapas:

"Rapidinho, Scherer. Não custa nada. Faz uma pose, Januário!"

"Vai tirar retrato de mim?", o tipo mostra os dentes apodrecidos.

"Faz de conta que tu é ator de cinema."

A princípio, ele limita-se a olhar para a câmera com as mãos nos bolsos, mas aos poucos vai se soltando, conforme as orientações do fotógrafo. A curiosidade me assalta.

"Como é essa história de ser degolador?"

"Tinha dois *degolador* no batalhão, o *Chico* e o *Gambito*", conta, enquanto alterna as poses. "Eu ficava só observando como procediam. Era gurizote ainda. Aí, numa noite de tempestade, *relampiava* que nem sei, depois *dum* combate encarniçado, trouxeram um negro malcriado, metido a valente. Ele ria diante da faca, debochando. Fiquei olhando qual dos dois ia degolar, o *Chico* ou o *Gambito*. Aí, me deram a faca: é contigo, Januário, bota o 'colarinho' no preto, o sargento mandou. Senti um calafrio na espinha, mas *tava* na presença dos bambas da faca, não podia fazer feio. Encarei o negro como que me *adesculpando*: paciência, *ordis* são *ordis*. Sabe o que o desaforado respondeu? Então atarracha logo essa faca, tá com medo, *seu* pau no cu? Atravessei a ponta da faca afiada no pescoço dele, abrindo uma brecha. O crioulo ficou dando pinotes até que apagou."

Enquanto Januário fala, me vem à lembrança a conferência de Dyonélio Machado que assisti em abril, quando ele caracterizou o *criminoso nato*: ausência moral, a não repugnância pela ideia de matar, a ausência de remorso, a imprevidência, a imprudência, a impulsividade, o homem primitivo.

"Você sentia prazer em degolar?"

"É como um ofício que se aprende. Fui me aperfeiçoando, cada vez caprichando mais. Logo, logo, formamos a 'trinca de ouro', como chamavam. Era o *Chico*, o *Gambito* e eu. A soldadesca nos respeitava. Quanto tinha degola, *ajuntava* gente pra ver. Alguns infelizes suplicavam, chegavam a se mijar nas calças. Outros eram metido a valentão. A gente queria mais e mais gargantas. Quando não tinha, o negócio era passar a faca nos cachorros pra não perder a perícia."

"Tu sente orgulho disso?"

"Era época das *cosas* ruim, meu chapa. A gente não pensava muito, acabava pegando o hábito."

O *criminoso por hábito*, conforme o doutor Dyonélio, começa com delitos ocasionais até alcançar as manifestações da criminalidade nata, através de um processo de degeneração adquirida.

"Depois da revolução, degolou mais alguém?", minha pergunta é meramente provocativa.

"Isso é *cosa* que só se faz em tempo de guerra", responde com alguma malícia."

"Como foi tua vida depois disso?"

"Fui tropeiro, marceneiro, um monte de *cosa*, mas nada deu muito certo. Depois da Revolução, uns se deram bem, tão aí cheios da nota, com a cara mais inocente desse mundo; outros caíram em desgraça, feito eu."

Maurecy está concluindo seu trabalho:

"Mostre as mãos! Agora, vira de lado. Isso! Levanta o queixo. Assim. Finge que tá degolando. Um sorriso agora."

Revolta o estômago ver o homem que assassinou friamente uma garota indefesa fazendo poses como se fosse alguém famoso. Agora, diante dos *flashes*, Januário deu-se conta de que está no seu dia de glória. Ele exulta, saboreia o seu momento único e derradeiro antes de desparecer numa masmorra.

Mais tarde, na redação, enfio a folha no rolo da máquina e descrevo com detalhes a trágica história de Ivonete e seu carrasco. Depois de preencher seis ou sete folhas, finalizo: *Januário é filho bastardo das piores ignomínias já verificadas neste solo, regado a sangue. Degolador na Revolução de 93, quando os habitantes desse chão se trucidaram e se vilipendiaram das formas mais ultrajantes, o assassino da jovem Ivonete é um criminoso nato, um homem que tem em todos os seus instintos a bestialidade tigrina. Um réprobo sem limite. Negou, a princípio, que houvesse assassinado Ivonete, mas quando assumiu o crime falou com naturalidade, como se estivesse narrando um fato corriqueiro como uma partida de* football *ou um passeio de domingo pelos*

Campos da Redenção. Um miserável fanfarrão que fingia-se de cego para explorar a caridade alheia, quem sabe porque a vida só lhe tivesse dado esmolas, como as que lhe alcançavam os passantes para se livrar de sua insistência ou por piedade sincera do cegueta que tudo enxergava.

Neste rosto hediondo não há, entretanto, nenhum sinal de dor ou de arrependimento pela brutalidade que cometeu, tampouco nenhum laivo de terror sobre a sorte que lhe espera. Sua única preocupação diante da máquina fotográfica é "posar" com uma expressão vaidosa de encantamento.

Prossigo, depois de um bom gole de uísque: *Januário vai mostrando suas facetas – o pobre diabo digno de pena, o espertalhão que engana as pessoas, o debochado, o falso arrependido, o doido, o degenerado, o imperturbável degolador de 93. Sua expressão é de fascínio. Seu riso revela o veneno do assassino entregue ao prazer satânico de recordar seus crimes. Depois fecha-se com os músculos contraídos como se estivesse purgando suas culpas, mas logo se distensiona, pois o remorso não combina com sua frieza. Um ser grotesco a quem não sabemos se devemos castigar pelos crimes que pratica ou lamentar pela sua inconsciência. Um primata. Mas o degolador ri, francamente.*

Mostro ao editor Rafael Saadi. Após ler, com os olhos brilhando, ele bate com o indicador nas laudas e comenta:

"Queria eu ter escrito. Um primor!"

6

    Da janela do bonde que desliza sobre os trilhos da Avenida João Pessoa observo a aglomeração em torno das obras, como se o Campo da Várzea tivesse se tornado um formigueiro, isso que ainda faltam quatro meses para a abertura da exposição. Saboreio a deliciosa ironia... A cidade toda vem sendo adestrada pela máquina da propaganda oficial, a cultuar a Revolução Farroupilha como uma façanha onde se sobressaíram as melhores virtudes dos gaúchos. Porém, hoje todos estão lendo no jornal, abismados, um cruel relato que brota dos resquícios esquecidos de outra revolução, a de 1893, a mais infame de todas as guerras ocorridas neste costado. Por divergência de ideias, os gaúchos mataram-se aos borbotões com requintes selvagens, cujo símbolo será para sempre o deplorável ato da degola, do qual o torpe Januário é um produto mal-acabado.

O crime do *sapato vermelho* está esclarecido. Ao ser acareada com Januário, Zefa resistiu o que pôde, até ser vencida pela habilidade do delegado Rangel, o qual soube engendrar as armadilhas adequadas para obter sua confissão. Descobriu-se, também, que Januário cometera outros crimes, dois em Santo Ângelo e um em Cachoeira do Sul, em troca de pagamento. Além disso, para não perder a prática, oferecia-se para sacrificar os cachorros vira-latas recolhidos pela carrocinha da limpeza pública, e o fazia pelo método da degola.

Hoje, sexta-feira, o delegado receberá formalmente um voto de louvor da chefia de Polícia pelo zelo e perspicácia com que conduziu as diligências. Soube pelo inspetor Scherer que meu nome foi mencionado durante a comemoração da equipe pela solução do caso. Um tanto ébrio, Rangel teria dito: "Ajudou, não resta dúvida, mas também criou problemas." E mais não disse. Paciência... Vou repassando os vários episódios e, subitamente, me vem o estalo. O olhar enigmático de Nair ao deixar a delegacia. Claro. Foi ela quem escreveu o bilhete: "*Senhor repórter. Procure um par de sapatos vermelhos na Travessa São João e você encontrará as respostas*".

Desembarco no abrigo de bondes da Praça XV, coroado com uma estrutura metálica onde se lê "camas e fogões Wallig", que se iluminará de neon ao entardecer. Entre os passageiros que entram e saem dos vagões, famintos com pouco dinheiro almoçam pastéis ou coxas de galinha com gazosa ou suco de laranja recostados nas bancas fedendo a fritura. Alguns experimentam a nova coqueluche patriótica da cidade, o "sanduíche farroupilha", feito de pão de forma recheado com queijo, mortadela e alface representando as cores da bandeira gaúcha.

Na esquina da Praça XV, um homem sorridente de boné gira a manivela do realejo e extrai um som nostálgico e rascante que alegra os assistentes adultos, enquanto as crianças estão mais interessadas na divertida performance cheia de trejeitos do sagui em seu uniforme vermelho com um minúsculo barrete na cabeça. Soube que, em Nova Iorque, o prefeito proibiu os realejos por causarem aglomerações e problemas no trânsito. Paciência... A modernidade se instala e as cidades perdem sua essência.

Busco na banca de jornais à frente do Edifício Malakoff a nova edição da *Revista do Globo*, ainda cheirando a tinta. A capa exibe uma ilustração de Joana d'Arc de corpo inteiro envergando armadura prateada sobre um fundo azul-marinho e tendo flores aos pés que, na minha ignorância botânica, parecem ser copos-de-leite. Atravesso o largo desviando do caos de gentes, bondes e automóveis. Um guarda de trânsito todo de preto, quepe e uniforme com duas filas de botões prateados, tenta organizar aquela barafunda toda com os braços em pantomima ensaiada e um apito estridente.

Sigo pelo quadrante do Mercado Público fronteiro ao Paço Municipal em busca do Restaurante Gambrinus. O meio-fio está tomada por carroças que descarregam queijos, pães, caixas de uva e barris de vinho em plena calçada, em meio a uma conversalhada com sotaque italiano. Espio através da janela envidraçada do Gambrinus. O salão está lotado e já se forma junto à caixa registradora uma fila aguardando mesa que irá demorar, pois os sortudos que conseguiram lugar recém estão examinando o menu.

Não tenho pressa, só entro no jornal às quatro, mas não gosto de esperar. Ingresso no prédio pelo portão central e já escuto os protestos estridentes das galinhas e perdizes engaioladas como se estivessem prevendo o futuro. Sigo em zigue-zague a multidão de homens encasacados e senhoras usando mantas e vestidos de lã entre bancas fartas de frutas e verduras, feijões e erva-mate, acondicionadas em esteiras ou balaios com os preços escritos em papelão, e linguiças e réstias de cebola penduradas em traves de arame.

Pessoas sorridentes amontoam-se no cruzamento central saudosas do sol, que reaparece para secar a umidade que o inverno instalara nos prédios, nos pisos, nas roupas e nas almas das criaturas. Alguns já se atrevem aos sorvetes ou aos sucos gelados da banca

40. É um ótimo lugar para não se fazer nada durante o horário de meio-dia, mas acordei tarde e estou faminto.

Açougueiros com aventais manchados de sangue raspam o sebo das carnes vermelhas e degolam galinhas mortas usando seus facões afiados com destreza de cirurgiões legistas. Os peixes só podem ser vendidos até a uma da tarde por ordem das autoridades em nome da boa saúde do povo, de forma que ao se aproximar o prazo fatal os preços vão caindo – e a qualidade dos produtos também. Os fregueses se aproveitam, apalpam e cheiram com desconfiança as tainhas, as carpas e os linguados restantes, e escolhem o que vão levar com olhares de entendidos.

Sigo até a torre fronteira à Praça Parobé e subo ao segundo andar de onde, através da balaustrada, pode-se avistar uma quantidade de gatos de todas as pelagens a caminhar languidamente sobre os telhados de latão à espera das sobras dos açougues e peixarias. Com alguma sorte, consigo uma mesa individual no concorrido Restaurante Provenzano. Enquanto espero a presença do garçom, ocupo-me da *Revista do Globo*. Até chegar à matéria de Joana d'Arc, tenho que vencer páginas de anedotas e frivolidades, recheadas de propagandas: regulador Sian para os distúrbios do útero e dos ovários, pasta dentifrícia Odol, goiabada Peixe, leite de magnésia de Phillips, caneta alemã Haro e as Pílulas Vitalizantes, que "não só expulsam os vermes intestinais, como também dão excelente apetite aos enfastiados, fazem engordar os magros, acabam com a palidez e a preguiça dos anêmicos e fortificam extraordinariamente as pessoas fracas", conforme promete o anúncio de uma folha inteira, entre fotografias de pessoas, as quais, pelo aspecto de exibem, necessitam, urgentemente, do tal tônico miraculoso.

O garçom Dinarte aproxima-se de casaco branco, gravata-borboleta, rosto redondo sorridente e os olhos faiscando de curiosidade.

"Primeiro, parabéns pelo trabalho! Acompanhei tudinho."

"Grato."

"Que coooisa... Pobre da guria! Quer dizer que o assassino era o ceguinho? Vivia por aqui achacando a freguesia, esse biltre."

"Precisava ver a desfaçatez..."
"O quêêêê!"
"Esse não incomoda mais. Vai ficar um bom tempo enjaulado."
"Mais ou menos 30 anos, com a quantidade de agravantes."
Dinarte começa a bater nos dedos. "Crime praticado à noite ou em lugar ermo, premeditação, motivo reprovado ou frívolo, superioridade em sexo, força ou armas, abuso de confiança, traição, surpresa ou disfarce, o que mais? Ah, sim, muito importante, mediante paga ou promessa de recompensa e crime ajustado entre dois ou mais indivíduos, ele e a tal da Zefa. Tá rindo?"
"Pô, Dinarte. Estudei dois anos de Direito e tu sabe mais do que eu!"
Ele sorri com o elogio.
"Nasci pra isso."
"Um dia ainda vou te ver advogando."
"Deus te ouça! Tu, não. Tua vocação é outra. Jornalista da gema. O que vai hoje, guri? Um mocotó cai bem nesse frio."
"Prefiro o *da casa*."
"E uma cerveja?", ele já sabe.
"Preta."
Dinarte traz a cerveja primeiro e serve no copo com capricho para evitar o excesso de espuma. Retomo a leitura. Enfim, alcanço a matéria principal, ilustrada com fotografias da superprodução alemã cuja estreia em Porto Alegre ocorrerá para o final do mês, no Cine Guarany. "*Joana d'Arc é uma das figuras mais impressionantes da história*", o texto começa épico. "*Seu nome tem um prestígio mágico. É um toque de clarim, uma bandeira que tremula. Os religiosos o pronunciam com fervor. Os guerreiros o invocam com entusiasmo. Os poetas o murmuram com suave encantamento.*" Fico sabendo: além do filme, o propósito da matéria é anunciar o livro *A vida de Joana d'Arc*, escrito por Erico Verissimo, que a Livraria do Globo lançará em breve. Boa pedida!
A leitura sobre a simplória camponesa transformada em heroína e incinerada na fogueira sob acusação de feitiçaria, perante a in-

gratidão dos que ela havia salvo, me remete, não sei por que, à figura da infeliz Ivonete Flores. Não o seu corpo dilacerado sob o matagal do Menino Deus que me persegue em pesadelos horripilantes, e sim a menina desconfiada do retrato que surrupiei na gaveta de Jacira. Ivonete não protagonizou nenhuma guerra e não salvou ninguém, nem a si própria. Não conheceu outra coisa em sua curta existência senão infortúnios e incompreensões, com exceção, quem sabe, dos momentos de afeto proibido com sua querida Jacira. Talvez fosse essa a "feitiçaria" que a conduziu ao destino trágico na ponta da faca do *santo* manejada com mórbida destreza pelo falso cego Januário. A imagem de Ivonete vai se afastando, mas deixa claro que aparecerá outras vezes.

Tento pensar em algo mais alegre e fulgura na memória o frescor de Juliette, a minha francesinha, a quem planejo reconquistar neste fim de semana, para me redimir do papelão que protagonizei no nosso último encontro. Ela dança nua na minha mente quando Dinarte pousa o prato na mesa: bife, arroz, feijão, ovo frito e algumas rodelas de tomate.

"Escuta, e aquela moça que tu trouxe outro dia. Que guria mimooosa!"

"Pensava nela agora mesmo."

"Eu vi o jeito que tu olhava pra ela, todo derretido. Não deixa ela escapar, hein?"

"Pode deixar."

Seguro seu braço, esvazio o copo com um longo gole e peço outra cerveja. Enfrento o almoço com um apetite voraz. Ao final, tento voltar a Juliette, porém conversa impositiva da mesa ao lado entre dois advogados conhecidos, notórios getulistas, empurra sua lembrança para longe.

"Esses *enfants terribles* julgam-se capazes de salvar a pátria. Quem pensam que são? Para eles, tudo é irremediável, todo o esforço honesto e criterioso é inútil."

"É muita pretensão", o outro concorda.

"Veja que não ostentam aquele ar enfastiado dos céticos de

antigamente. Nããão, mostram-se ativos e esperançosos, mas sua esperança reside no absurdo e no impossível. Primeiro, buscaram guarida no Integralismo. Agora, mais pitoresca ainda, se dirigem para a tal Aliança Nacional Libertadora."

"Isso é curioso. Muitos jovens integralistas aderiram à ANL, que, como se sabe, é chefiada pelo Luiz Carlos Prestes. Não sabem que os maiores inimigos dos integralistas são os comunistas do Prestes?"

"Um contrassenso! De certo, cansaram da monotonia da camisa verde e resolveram se distrair com um brinquedo mais excitante."

"E o que me diz dos conhecidos nossos ligados à Frente Única, esses que abandonaram o Raul Pilla e ingressaram com armas e bagagens nesse novo brinquedo da política nacional?"

"Dá pra fazer uma lista: o Cora de Almeida, o Desplé, até o Dyonélio..."

O sujeito percebe que estou ouvindo e vira-se para mim:

"O amigo jornalista não concorda?"

"O doutor Dyonélio é um homem decente", respondo, meio sem jeito por ter sido flagrado bisbilhotando conversa alheia.

"Sem dúvida, não discuto, mas na política não passa de um borgista recalcado que virou comunista. O Ripoll, lembram do Ripoll?"

"Era o mais radical de todos", o outro comenta.

"Carbonário! Se estivesse vivo, estaria na ANL com toda a certeza, bradando o seu ódio contra o Flores, o doutor Getúlio, contra os ricos."

"Quanto tempo vai durar esse brinquedo?"

"A ANL? Nas mãos desses *enfants terribles*, bem menos que eles imaginam..."

Fazem uma pausa para enfiar a comida na boca e aproveito para afastar o quanto posso os sentidos daquela conversa. Concentro-me em vencer o almoço, contudo a menção do nome de Waldemar Ripoll pede atenção. A frase do delegado Amantino, na porta do Theatro São Pedro após o atrito com Apparício Cora de Almeida, ainda reverbera: deviam ter dado cabo *nesse* também. A quem ele se referia? Quem deu cabo de Waldemar Ripoll?

Bebo o resto da cerveja, giro o dedo sobre o prato vazio e acendo um cigarro. Dinarte traz a conta. Enquanto busco a carteira no bolso, ele comenta:

"Soubeste que fecharam a ANL?"

"Quando foi isso?"

"Deu no *Diário Oficial* de hoje."

O advogado falastrão escuta e olha triunfante para seu colega.

"Acabei de comentar", fala em voz alta.

Dinarte acompanha-me até a porta:

"Não sou de me meter em política, me fala se eu *tô* errado: proíbem a ANL, mas a Ação Integralista continua funcionando?"

"Coisas do doutor Getúlio", eu respondo.

Deixo o Mercado às pressas e sigo pela Rua Voluntários da Pátria. O movimento de transeuntes carregados de pacotes me obriga a correr pelo meio da rua desviando dos autos e dos bondes. Ao fim da primeira quadra dobro à direita na Rua Vigário José Inácio. O prédio 308 tem um painel de metal sobre a porta que ocupa toda a fachada, no qual está pintado em tinta vermelha: *Aliança Nacional Libertadora*.

O salão do andar térreo tem as paredes forradas de cartazes: *Pão, Terra e Liberdade, Abaixo o Fascismo, Leonardo Candú – Vítima do Integralismo*, sobre um retrato do operário morto no Rio de Janeiro, e um painel com matérias recortadas do jornal *A Manhã*. Alguns jovens extravasam sua revolta pronunciando vitupérios contra as altas figuras da República. Pergunto pelos dirigentes.

"Sobe a escada", responde um dos rapazes.

Antes de entrar no que deve ser a sala da diretoria, ouço os brados do advogado Apparício Cora de Almeida:

"Que *bar-baridade*. Tudo orquestrado, *che*. O Filinto Müller dá uma entrevista ao *Correio da Manhã* esculhambando a ANL e no mesmo dia o Getúlio baixa um decreto."

"O Filinto é café pequeno", retruca o capitão Agildo Barata. "Isso é coisa do José Gomes e do Newton Cavalcanti."

Dyonélio quer saber se alguém conseguiu contato com o Diretório Nacional.

"Enviaram uma mensagem circular às sedes dos estados", informa o estudante Raul Ryff. "Pedem pra todos se manterem mobilizados. Acham que é possível reverter."

"Não acredito", comenta o médico.

Ao me ver na porta, Apparício faz sinal para que eu entre e oferece um cumprimento.

"Peço desculpas pela intromissão. Eu soube do decreto e vim ouvir uma opinião dos senhores. Seria bom mostrar a versão da ANL pro leitor não ficar só com a palavra deles."

"Uma opinião?", Dyonélio fica alguns segundos formando frases na cabeça. "Pois bem. Esse tenebroso atentado à democracia já vinha sendo gestado há seis meses, desde a aprovação da famigerada *Lei Monstro*. Nesta decisão, estão visíveis as impressões digitais dos protointegralistas encastelados no governo do doutor Getúlio e o verdadeiro caráter do chefe da Nação que subiu ao poder apoiado pelo povo e agora trai esse mesmo povo, recusa-se a cumprir as promessas e atira-se nos braços dos opressores, das oligarquias, dos entreguistas e dos imperialistas. Ao contrário do que possa parecer, esse ato não é uma manifestação de força, e sim uma prova de fraqueza de um governo que se direciona cada vez mais pelo caminho da ditadura. Não acabarão com a ANL por decreto. O povo brasileiro saberá dar a devida resposta a este inominável ataque à democracia e aos interesses nacionais. É o que eu tenho a declarar no momento."

Antes de sair, vou até Apparício.

"Sei que não é o melhor momento, mas alguma hora dessas eu gostaria de falar com o senhor sobre Waldemar Ripoll."

"Claro que sim, *che*. É do meu maior interesse."

Deixo a sala ouvindo as palavras de Dyonélio:

"Vamos recolher o que for importante, documentos, listas, relatórios, endereços, tudo o que não pode cair em poder da repressão, e levar para um lugar seguro, de preferência na casa de algum camarada que não seja muito visado. Tenho pressentimento que a Polícia do Flores vai querer cumprir o decreto o mais rápido possível."

Corro para o jornal, subo à redação e procuro Breno Caldas.

"Tenho uma declaração do Dyonélio Machado sobre o fechamento da ANL"

Ele não se empolga.

"Esse assunto tá com a Política."

"Eu sei, mas como conheço o doutor Dyonélio fui até lá e consegui uma declaração dele."

"Faz o seguinte. Passa a limpo e encaminha pro Job."

"Eu pensei que poderia juntar a declaração com a transcrição do decreto, tentar falar com alguém do governo e redigir a notícia."

"Faz o que eu te disse. Entrega pra editoria de Política, que eles saberão o que fazer."

Concluída a tarefa, vou ao banheiro e bebo um longo gole de uísque para suavizar meu desapontamento – mais um. Retorno à mesa e não tenho que pensar muito no que fazer. O telefonema do inspetor Meirelles me impulsiona para o cais do porto, e levo Maurecy de arrasto.

"O que vamos ver?", ele quer saber.

"Um sujeito se atirou no Guaíba e tentou arrastar a esposa junto, mas ela conseguiu se safar."

O caso que nos espera ocorreu próximo à usina termoelétrica, o que significa uma longa caminhada desde o portão central, driblando guindastes, caixas de mercadorias e estivadores forçudos em manga de camisa, apesar do frio – a maioria, negros.

Lá adiante, longe do movimento, o inspetor Meirelles está ao lado de uma garota muito nova para ter marido e nem um pouco abalada para quem acaba de perdê-lo. Mostra-se apenas exausta. À medida que me aproximo, o rosto vai se tornando familiar.

"Essa é a moça, Koetz."

"Dercília!"

O nome me vem numa faísca da memória e ela reage com um tímido sorriso, feliz por eu ter lembrado. "O que houve aqui?"

"O sujeito se atirou no Guaíba e tentou carregar a guria junto. Por sorte dela, não conseguiu", o inspetor informa.

No rio, dois bombeiros tentam resgatar um corpo boiando.

"É o Jesualdo?"

Ela faz que sim, apertando os lábios em um dos cantos.

"Acabou o suplício."

Maurecy ajeita a máquina para iniciar seu trabalho.

"Me conta o que aconteceu contigo, Dercília."

"Esse tempo todo? Bom, depois das facadas, fiquei no hospital mais de uma semana. Uns dias depois, me aparece o Jesualdo. Tinham soltado ele, o senhor acredita?"

O inspetor faz cara de quem se exime de qualquer responsabilidade. Maurecy, por sua vez, exibe um sorriso triunfante, como se dissesse: não te falei? Dercília continua seu triste relato.

"Disse que *tava* arrependido, que queria começar uma nova vida, prometeu mundos e fundos. Que tinha parado de beber. Eu não aceitei na hora, daí ele passou a me visitar, trazia flores, bombons, parecia outra pessoa. Foi tanta insistência que mais uma vez eu, trouxa, caí na conversa do *negão*."

"Depois de três facadas?"

"Minha mãe foi contra, ficou de mal comigo, mas eu bati pé. Foi mais porque não queria ficar nessa situação de mulher separada. A gente fica malfalada, tudo que é *hômi* quer se aproveitar da gente. Agora, não faz diferença. Bom, daí fui morar com ele, tudo ia muito bem no começo, até que um dia ele pediu pra eu retirar a acusação das facadas. Disseram que não podia. Foi quando me dei conta: foi pra isso que o danado quis voltar. Burra!"

"Em casos de homicídio ou tentativa de homicídio, o Ministério Público é obrigado a abrir ação penal, mesmo que a vítima não queira processar ou desista", esclarece o inspetor Meirelles.

"Sei que o *nêgo* ficou fulo da vida e em seguidinha *tava* me tratando mal de novo. Acordava cedo para entregar jornal, bebia e na volta me xingava por qualquer coisinha."

"Batia em ti?"

"Se batia? Uma vez, apanhei tanto que fui parar na Assistência. Eu disse pra ele: se tu não largar o trago, eu me mando. Primeiro, ele jurava que ia mudar. Depois, nem isso. *Zi zu* for embora, vai *ze* arrepender *amargabente*", ela arremeda a voz do marido bêbado. "Então, quando saía pra trabalhar, ele passava a chave na porta. Três meses de suplício, seu repórter. Não podia sair de casa e tinha que aguentar a peste. Me destratava, mas de noite ainda queria coisinha comigo. Daí, minha mãe ficou sabendo, foi lá no barraco tirar a limpo. Viu a porta trancada e ficou uma fera. Disse pra eu juntar meus trapo e me ajudou a pular a janela. Jesualdo foi atrás de mim que nem louco. Minha mãe disse assim pra ele: se aparecer de novo, chamo a Polícia."

"E o Jesualdo?"

"Não se conformou. Começou a me perseguir escondido e descobriu que eu trabalhava numa casa de família na Rua Bento Martins. Não *poso*. Chego de manhã, faço faxina, preparo o almoço, lavo a louça. Quando termina o serviço, mais ou menos às três da tarde, pego o bonde na Rua da Praia e vou pra casa, tô morando com minha mãe pros lados da Azenha. Hoje, quando cheguei na parada, encontrei a criatura lá me esperando. Tentei escapar, mas ele jurou que só queria conversar."

"E tu aceitou?"

"Por medo que ele fizesse alguma loucura. Saímos caminhando pela Rua da Praia, eu fazia questão de só andar em rua movimentada. Todo o tempo, o Jesualdo insistia que eu voltasse, fazia mil promessas, as mesmas coisas de sempre, eu respondia que não acreditava, que já tinha caído na lábia dele uma vez, não caía mais. Daí, ele inventou que precisava encontrar um irmão dele aqui no porto e pediu que eu viesse junto. Depois, me levaria ao ponto do bonde e sumiria da minha vida. Eu, burra, acreditei. Viemos vindo, ele com aquela ladainha toda. Caminhamos pelo porto e nada de aparecer o tal irmão. Chegamos aqui nesse lugar afastado do movimento, ninguém por perto, eu morrendo de medo. Ele começou a falar alto, parecia cada vez mais descontrolado. Eu repetia: não, não e não. Daí, ele pegou a sombrinha que eu carregava e jogou no Guaíba. Fiquei assustada!"

"Não tentou escapar?"

"Tentei, mas o Jesualdo agarrou meu braço e veio me puxando pela manga do casaco até a beirada, de frente pra mim e de costas pro rio. Tu vai ser minha viva ou morta, gritava. Não sei se era de verdade ou ele só queria me assustar. Ele me puxou, eu via a fúria nas vista dele e tentava me livrar. Chegou aqui na beirinha e aí ele *resbalou*. Levou um susto, tentou se equilibrar usando os braços e nisso, por sorte, acabou me soltando. Caiu sozinho na água e ficou se debatendo por um tempão, afundava e reaparecia gritando, a correnteza levando ele, até desaparecer de vez."

"Tu não fez nada?", o inspetor Meirelles pergunta.

"Fiquei olhando."

Nossa atenção é atraída pela a lancha a gasolina na qual os dois bombeiros trazem o corpo encharcado de Jesualdo. Maurecy segue pelo cais paralelamente ao trajeto do bote. No caminho, cruza com Joana, mãe de Dercília, que corre em nossa direção, desabalada.

O policial insiste: "Durante o tempo em que ele se debatia, tu não tentou pedir ajuda?"

Dercília não responde. Seu olhar acompanha o percurso da lancha até a escada do cais e a retirada do cadáver encharcado de Jesualdo.

O inspetor Meirelles tenta de novo, num tom mais alto:

"*Tô* falando contigo, guria! Enquanto ele se afogava, tu não pediu socorro?"

Ela vira o rosto cansado para o policial e murmura:

"Não."

7

Ao examinar a minha indumentária pra lá de despojada, o encarregado da chapelaria desmancha o sorriso funcional com que recebe os frequentadores do Cine-Theatro Variedades e recolhe com algum desprezo a gabardine puída e o chapéu gasto que coloco sobre o balcão. Quando ingresso no faustoso salão de espetáculos, minha situação não melhora em nada. Dou-me conta tarde demais de que poderia ter caprichado na apresentação, mandado passar a ferro o terno, talvez recorrido à caríssima água de colônia importada que ganhei de Moira e, desde o rompimento, se mantém tampada, ou poderia ter colocado um pouco de gomalina no cabelo, mas me consolo nas palavras de Juliette, na Pensão da Aurélia: não gosto desses muito engomados e cheirosos.

Penso nela e fico a imaginar o que a noite me reserva.

Comentam que o Variedades entrou em decadência desde que seu fundador mudou-se para o Rio de Janeiro, há quatro anos. Fico imaginando como seria o auge, pois, para mim, tudo parece luxuoso e elegante. Decididamente, ali é lugar da grã-finagem e não de remediados como eu, a menos que se disponham a alguma extravagância pela qual, literalmente, pagarão caro. Meu caso. Estou disposto a tudo para recuperar a pequena e graciosa ruivinha, custe o que custar.

O salão tem pista de dança ladeada por mesas de dois e quatro lugares com vasos de flores sobre toalhas lilases que combinam com o estofamento das cadeiras. As paredes de madeira de lei estão decoradas com cartazes de casas noturnas famosas de vários lugares do mundo e rostos de artistas de cinema em poses sensuais. No teto, destaca-se o traçado de uma gigantesca estrela pontilhado de pequenas lâmpadas, tendo uma luminária em cada vértice e um imponente lustre ao centro, mais quatro ventiladores ligados em modo *slow*, apenas para dissipar a fumaça dos cigarros e charutos.

No pequeno palco, a canto do salão, uma *jazz band* de primeira anima a chegada dos fregueses, alguns já de braços dados com garotas belíssimas em trajes diminutos – *les putes*, imagino – que os aguardavam no vestíbulo e, obviamente, não me deram a mínima quando cheguei.

Vários desses endinheirados atravessam o salão e se enfiam por uma porta em forma de túnel. Faço o mesmo. A passagem dá para um ambiente esfumaçado ainda maior, equipado de roleta, mesas cobertas por toalhas de feltro verde e um guichê para trocar dinheiro por fichas. Nesse momento, os sujeitos que entornam copos de uísque sem parar olham aflitos para as cartas que têm à mão e praguejam a cada fim de rodada porque estão perdendo fortunas no *bacarat*, justificando o apelido que persegue o Variedades desde quando se chamava Centro dos Caçadores: *palácio das lágrimas*. Outra peça ampla dispõe de mesas de *snooker*, nas quais os *players* também apostam dinheiro grosso.

Na sala de espetáculos consigo a custo uma mesinha bem afastada do palco. Um garçom me examina com indiferença, quase desprezo, e estende o menu, com cara de quem duvida que eu disponha de dinheiro no bolso para fazer frente aos preços ali contidos. Passo os olhos no que está descrito no cardápio e tenho que lhe dar razão.
"Uma Negrita. A que horas começa o show?
"Os números musicais iniciam à meia-noite. Algo mais?"
"Por enquanto, não."
O tempo custa a passar. Atrás do palco onde a *jazz band* se desdobra com empolgação há uma porta que, por certo, deve conduzir aos camarins. Em dado momento, penso ter visto a cabeleira ruiva de Juliette, que logo desaparece. O garçom assedia-me a todo momento.
"Mais uma Negrita?"
"Ainda não."
Não posso me apressar pelo preço da bebida e porque devo estar sóbrio quando reencontrá-la. Assim, a cerveja choca no copo. Se pudesse, o sujeito me agarrava pelo cangote e me jogava no olho da rua, ou talvez seja apenas a minha recorrente baixa autoestima em ação.
Alguns casais ensaiam passos de dança acompanhando os *foxtrots* e os *dixielands*. Faltam quinze minutos para a meia-noite, o garçom reaparece e praticamente me constrange a pedir outra cerveja. Não tenho saída. Quando ele se afasta, aparece diante de mim a figura morena de Mercedita, com um sorriso de gratidão no rosto. Levanto-me para cumprimentá-la.
"Quero agradecer ao meu salvador", ela fala com sotaque espanhol e me beija o rosto.
"Está te cuidando?"
"Estou tentando, *pero nos es fácil*. Quer *hablar* com Juliette?"
"Ela deve estar ocupada. Mais tarde."
O salão fica às escuras. Um facho de luz ilumina o *cabaretier* Jacques Duchamps em suas apresentações iniciais cheias de mesuras, carregando no sotaque. Então, anuncia:

"*Veuillez accueillir, mesdames et messieurs, Juliette Foillet!*"
Aos primeiros acordes da banda, ela aparece, o rosto esbranquiçado de pó de arroz, olhos delineados a lápis e o costumeiro batom vermelho. Usa uma touca de onde parte uma pluma enorme, um vestido bege decotado e aberto nas costas, que termina nos tornozelos em várias camadas de rendas e uma abertura na frente que deixa à mostra as pernas e o *short* brilhante da mesma cor.

Un soir, j'étais en pleine eau.
Tout comme un maillot, j'avais la peau,
Nul ne pouvait me voir
Que le ciel noir.
La lune soudain vint s'exhiber,
J'allais lui dire: Ta bouche, Phoebé!

A pequena Julliette agiganta-se no palco, esbanja graça e humor como a moça ingênua e descuidada que toma banho nua no lago, mas percebe que está sendo observada por um atrevido *voyeur*.

Quand j'entendis près d'moi un cri d'émoi.
Y avait un homme sur un rocher, pas assez haut.
L'homme a fait "Ah!" et moi, dans l'eau,
Moi, j'ai fait. Oh!
Il m'a vue nue, toute nue,...

Estou embasbacado. Juliette modula a voz límpida e sonora para as passagens divertidas e sensuais com esplêndida versatilidade. Domina o palco com leveza, manipula o colar de pérolas, brinca com o público, cobre o corpo com as mãos como se realmente estivesse nua, corre aos pulinhos de um lado a outro conforme o ritmo animado da cançoneta, tapa o rosto sugerindo que está envergonhada, porém logo encerra o número com uma expressão maliciosa que arranca aplausos frenéticos, assovios e bravos consagradores.

Do modesto canto em que me encontro, sou invadido por uma espécie de orgulho comovido que me leva às lágrimas. Porém, devo confessar que, convivendo com ela há quatro meses, não tinha ideia da dimensão de seu talento, o que me causa uma certa vergonha.

As apresentações sucedem-se em ritmo vertiginoso por mais meia hora. O *cabaretier* Jacques Duchamps agradece o entusiasmo da plateia e anuncia um intervalo de 15 minutos. Algumas artistas saem do camarim para confraternizar com os presentes. Espero em vão que ela apareça. O tempo passa rápido e os shows recomeçam. Juliette faz vários solos e participa como coadjuvante dos números coletivos. Na cena final, ela entra vestindo fraque, chapéu e gravata, com um *short* brilhante e meias arrastão.

Si supieras que aún dentro de mí alma,
Conservo aquel cariño que tuve para tí

Canta *La Cumparsita* com uma voz grave e sonora, dramatizando cada palavra como se fossem partículas de uma dor irremediável.

Quién sabe si supieras que nunca te he olvidado,
Volviendo a tu pasado te acordarás de mí

Ao final, Mercedita entra no palco com um vestido colante e uma rosa no cabelo para acompanhá-la. As duas envolvem-se em um tango sensual e sugestivo, no qual Juliette faz o papel do homem, que atinge o clímax com um rápido beijo na boca entre as duas, para o delírio da assistência. Jacques Duchamps surge no palco e chama uma a uma as artistas de sua companhia, deixando Juliette Foillet para o fim. Nova enchente de aplausos desaba sobre a figurinha ruiva, que sorri.

São duas horas da manhã. Os números musicais terminaram. O movimento da casa agora direciona-se inteiro à sala de jogos. Cochilei duas vezes no canto solitário. Na segunda vez, ao despertar, a enxergo em uma mesa com duas colegas e *monsieur* Duchamps. Ela sequer me olha. Pelo visto, o ódio não se dissipou. Sinto a amarga sensação de que minha presença ali não faz o menor sentido, talvez seja um incômodo para ela. Minha autoestima rasteja pelo impecável assoalho do Cine-Theatro Variedades e não há muito que eu possa fazer.

Levanto-me lentamente da cadeira. A bebida não me privou do discernimento, porém torna meus movimentos mais lerdos. Atravesso o salão, dirijo a Juliette um último e deplorável olhar de cachorro abandonado e me encaminho vagarosamente para a chapelaria, desejando que o cajado de algum anjo justiceiro me golpeie sem perdão. Enquanto aguardo que o funcionário me traga a capa e o chapéu, ouço atrás de mim.

"Você não sabe quem eu sou, não sabe o que passei na vida!"

Viro-me.

"Eu saberia se tu me contasse."

"Por que você veio, *hã*?"

Seguro seus ombros:

"*Parce que tu es le petit interrupteur de lumière qui illumine ma vie. Sans toi, ma vie est dans l'obscurité sans fin*"*, recito lentamente para não errar a frase mil vezes decorada, porém sincera.

Juliette conserva a mesma expressão impassível, mas seus olhos fixos em mim vão se enchendo de lágrimas.

"*Que veux-tu de moi?*"

"*Juste un clique.*"

Ela dá um passo decidido e me abraça, a cabeça dela recosta-se no meu peito. Embrulho-a com meus braços, meu rosto enfiado na sua cabeleira crespa. Aguardo o fim do abraço para ver o que vai acontecer, mas ele se prolonga. Juliette está decidindo o que fazer. Espero saboreando aquele momento ao máximo. Finalmente, afasta o rosto e diz:

"Me espere. Tenho que me vestir. Não vá embora! *Restez ici*, *hã*?"

"Eu espero, *ma chérie*. Eu espero, sim."

---

* "Porque você é o pequeno interruptor de luz que ilumina a minha vida. Sem você, minha vida é uma escuridão sem fim."

Vamos para a minha casa. Deitamos juntos e somos vencidos pelo cansaço. Antes de pegar no sono, saboreio a agradável sensação de ter me redimido de um erro e, quando isso acontece, o erro se desbota, perde a dramaticidade e dá lugar a uma enternecedora paz de espírito.

Na manhã seguinte, saio da cama com cuidado para não acordar Juliette. Começo a vestir as calças.

"Aonde vai?"

"Tenho que dar uma saída, mas não demoro."

"*C'est dimanche*", murmura com o rosto afundado no travesseiro, apenas um olho entre os cachos ruivos.

"Eu sei, *ma chérie,* mas tenho uma entrevista às dez horas. É assunto de trabalho. Eu saio, faço a entrevista e volto para o almoço. Fique dormindo."

Quando estou saindo do quarto, escuto:

"*Il m'a vue nue, toute nue*"

Olho para a cama. Com um movimento ágil ela afastou as cobertas e agora começa a mover sinuosamente sobre o lençol o corpo curvilíneo coberto de sardas até o meio das costas. Fico desnorteado.

"Juliette, isso não se faz."

"*Cinq minutes, hã?*"

"Cinco minutos", eu desabotoo a calça.

Não foram cinco minutos. Chego com meia hora de atraso à imponente residência da família Almeida na Rua Riachuelo. O próprio Apparício Cora de Almeida atende a porta vestindo um chambre sobre o terno e ostentando um sorriso compreensivo. Sua fisionomia lembra o ator Walter Pidgeon.

"Perdão, não costumo me atrasar", sinto necessidade de me desculpar. "Houve um contratempo e perdi a hora."

"Se o contratempo foi por um motivo nobre, está desculpado. Considero motivo nobre situações como salvar a mãe da forca, levar comida aos órfãos do Pão dos Pobres ou prolongar uma noite de prazeres em boa companhia."

"Acho que meu motivo se enquadra nesses casos", eu rio, encabulado.

"Desse modo, não carece lamentar que perdeu a hora. Foi uma hora ganha, *che*."

"Meia hora."

"Que valeu por muitas", ele retruca, com malícia. "Tenha a bondade. Não se sinta culpado, pois eu me encontrava na companhia do *tovarich* Leon", aponta para o livro de Tolstoi sobre a mesa de centro da biblioteca. "Gosta dos russos?"

"Tchekov, com certeza. Não sou especialista, mas me fascina de modo especial o dilema proposto por Dostoievski em *Crime e castigo*."

"Para nós, da advocacia criminal, é uma matéria-prima inestimável. Desististe mesmo do Direito, Koetz?"

"A advocacia não perdeu grande coisa."

"Há males que vêm pro bem. O jornalismo ganhou um ótimo repórter. Tenho acompanhado o teu trabalho. Excelente, *che*! E o que foi essa história da menina do sapato vermelho? Que *barbaridade*. Agora, teu texto sobre o degolador de 93 foi um soco no conservadorismo. Um primor!"

"Não chegou a tanto."

"Ora, se chegou. É só no que se fala. As degolas são pedregulhos no sapato da nossa elite metida à besta. Muitas biografias ditas impolutas e muitas fortunas brotaram de gargantas ensanguentadas. Cada vez que o assunto vem à baila, eles ficam com urticária. Receba meus parabéns! *Bueno, che*, vamos ao nosso assunto porque a manhã avança. Tu queria falar sobre o Waldemar Ripoll. Primeira questão: qual o teu interesse no assunto?"

"Conheci Waldemar Ripoll de vista ainda na Faculdade de Direito, aliás, conheci vocês dois, eu ingressando e vocês saindo. Em 1930, tentava convencer a todos nós de que Getúlio Vargas salvaria o Brasil do atraso. Dois anos depois o amaldiçoava."

Apparício atalha. "Não fizemos a revolução para implantar uma ditadura, ele bradava indignado."

"No dia do comício da Aliança, após aquele incidente, quando queriam prender o operário e o senhor..."

"Senhor está no céu para quem acredita", ele brinca. "Não é meu caso. Me chama de tu. Não esquece. Sou *dê* Quaraí, *che*."

"O delegado Amantino disse mais ou menos isso, referindo-se a ti: esse aí era unha e carne com o Ripoll. Deveriam ter dado cabo *desse* também."

"Falou isso?"

"O sentido era esse. Bem, quando mataram o Ripoll eu viajava de férias para o Rio. Na volta, já tinham abafado o assunto. Conversei com o Mário de Sá. Ele me contou detalhes que eu não sabia e que não foram publicados, o que só aumentou minha curiosidade, mas não havia como retomar o caso."

"Sujeito fantástico o Mário, de uma inteligência arguta e um sarcasmo inigualável. Um tanto temperamental, o que não tira seu brilho. Depois que deixei o Partido Libertador, nossos encontros se tornaram esporádicos. Era muito ligado ao Ripoll, fizeram o jornal *Estado* juntos, eles dois e o Mem de Sá, irmão do Mário. Como todos nós, ele padece de um certo remorso. A verdade é que Ripoll se encontrava isolado quando foi morto. Por variadas razões, e de forma involuntária na maioria dos casos, nós o abandonamos. *Bueno*, eu tenho muito a falar sobre isso, mas preciso saber mais da tua disposição de levar a história até o final? Digo isso porque pode haver implicações ou até riscos."

"Minha disposição é total e absoluta."

"Segunda: como é que tu te situa na conjuntura política?"

A interpelação do advogado deixa-me desconcertado.

"Não é uma questão determinante", ele acrescenta. "Vou ser franco. O caso Ripoll é um tema delicado e necessito saber até onde posso ir contigo. Não quero atestado ideológico, mas quero ter uma ideia sobre o que pode nos unir quando o negócio ferver, e vai ferver."

"O que nos une é o interesse comum de buscar a verdade."

"Vou te dar um exemplo: a anta que governa o nosso Estado

afirmou um dia desses a um jornal carioca que se tivesse que escolher entre comunistas e integralistas, vestiria a camisa verde. O Flores disse isso, acredita, *che*?"

"Não me considero comunista, pois não tenho conhecimento teórico suficiente para me posicionar dessa forma. Porém, me considero antifascista", vejo uma edição do jornal *A Manhã* sobre a escrivaninha. "E aprecio muito o jornal de vocês, especialmente as crônicas do Álvaro Moreyra e do Rubem Braga. Gostaria de escrever como eles."

"Bom sinal", ele considera a resposta satisfatória e discorre alguns minutos sobre a sua amizade com os dois citados. "O Álvaro conhece todos os segredos da sátira e do deboche e dedica especial atenção ao Flores da Cunha. Quando ele escolhe o Flores pra Cristo é um deleite. O Rubem é um jovem com uma inteligência arguta para desencavar os assuntos importantes de interesse do povo e tem talento suficiente para tratá-los buscando pontes com o senso comum. Vamos fumar, *che*?"

Cora acende nossos cigarros com um isqueiro prateado.

"Eu sou comunista, Koetz, não é novidade. Evoluí de uma postura liberal para uma posição extrema. Os acontecimentos na política recente no Brasil mostraram que a via institucional defendida pela Frente Única Gaúcha, da qual eu fazia parte, é absolutamente insuficiente. No fundo, o assassinato do Ripoll me abriu os olhos. Não sou comunista de ocasião. Me convenci que ali está a verdade."

"Ripoll era comunista?"

"Fazia uma transição acelerada para o comunismo, mas a pedra no caminho era sua obsessão em derrotar o Flores. Vamos deixar isso para mais adiante. Só para fechar o parênteses sobre minha inclinação política. Agora, *che*, vejo vários ex-correligionários do Partido Libertador participando dessa empulhação fascista criada pelo nosso arcebispo Dom João Becker, a tal Ação Social Brasileira, que busca *salvar* o operariado das garras do comunismo. Me dói ver o meu mestre Raul Pilla, um homem brilhante, de mente privilegiada, metido com essa corja e buscando acertos com o Flores. Quanto a mim, estou convencido de que as transformações virão pela politização do povo. Me assumo leninista, *che*. Hoje, além de combater Getúlio, estamos empenhados em evitar o avanço do fascismo, representado pela Ação Integralista, e não só ela. De forma sub-reptícia, o nazismo vem se instalando entre nós e já conquista uma parcela dos trabalhadores de origem alemã, com falsas ilusões de orgulho e progresso.

Cora gesticula enquanto fala, como se estivesse no tribunal.

"Bom, acho que estou divagando e nossa conversa não avança. Deixa eu te situar como era a minha relação com o Ripoll. Eu e ele tínhamos a mesma idade, ambos nascemos em Quaraí e éramos amigos de infância, praticamente irmãos. Crescemos juntos, chegamos a Porto Alegre mais ou menos na mesma época, estudamos no Colégio Militar na mesma aula, fomos colegas de faculdade e mais do que isso: tínhamos afinidade política. Atuamos juntos no movimento estudantil, criamos no Centro dos Estudantes um programa de moradia aos alunos carentes. Nossa casa do estudante funciona ali na Demétrio Ribeiro, administrada pelos próprios alunos em forma de autogestão."

"Eu acompanhei. Um trabalho extraordinário."

"Éramos *maragatos* de família, nos filiamos ao PL e apoiamos a Revolução de 30, mesmo com desconfianças em relação ao Getúlio. O Ripoll teve maior engajamento, tanto que acabou ganhando um cargo de diretor nos Telégrafos no Estado. Nessa época, ele já dava mais atenção à política do que ao Direito, e o fazia por meio do jornalismo. Em 1932, apoiamos a Revolução Constitucionalista de São Paulo, abaixo a ditadura, aquela coisa toda. Aqui, o PL e mais alguns remanescentes do antigo Partido Republicano, até o velho Borges, pra surpresa geral, formamos a Frente Única Gaúcha, mas isso tu também sabe."

Confirmo com a cabeça. Ele prossegue:

"O Flores da Cunha tinha rompido com Getúlio. Continuava interventor, porém posicionou-se do nosso lado no início da revolução. Quando os paulistas foram cercados por tropas leais a Getúlio, esperávamos que o Flores assumisse a vanguarda do movimento.

Nesse momento crucial, ele refugou. Alegou que os tenentes haviam acertado um conchavo com Getúlio, que o movimento seria facilmente derrotado, mas nós nunca engolimos essa desculpa."

Cora espreme o cigarro no cinzeiro.

"Estou fazendo todo esse preâmbulo para que se compreendam as motivações do Ripoll. Quando fracassou a Revolução Constitucionalista, todos nós dirigimos nosso ódio ao Flores, o grande traidor. O Ripoll, principalmente, pois tinha o temperamento mais exaltado. Isso é um complicador na política. O ódio pessoal pode se tornar uma venda que nos impede de enxergar a conjuntura com clareza."

Toca o telefone.

"Me dá licença, Koetz."

"Claro."

"Alô! Doutor Dyonélio... Bem, e o senhor?..." O advogado fica um bom tempo escutando, com uma expressão grave. "Eu já lhe disse minha posição. Acho que o momento requer cautela... Eu compreendo, mas não podemos ignorar que a repressão está atenta e agora eles têm a 'Lei Monstro', que serve para qualquer barbaridade... Peço que pondere... Ouça, podemos conversar pessoalmente... Amanhã à noite? Está ótimo. Chamamos o Barata, o Mesplé, o Ryff, conversamos em *petit-comité*... Pois não... O senhor é que sabe. Aguardo seu contato... Tenha um bom dia."

Ele desliga o telefone com uma expressão preocupada.

"Voltando ao nosso assunto. Bem, os principais líderes foram presos e exilados. Não foi meu caso. Eu era um personagem secundário, praticamente só fazia articulações políticas periféricas, mais por fidelidade partidária, pois no fundo não acreditava que aquilo fosse dar certo. Uma leva foi para a Europa, Raul Pilla, o embaixador Batista Luzardo, o João Neves da Fontoura e o Ripoll. Em pouco tempo, regressaram e se instalaram na Argentina e no Uruguai, cheios de planos. Constituíram um comitê revolucionário com quatro membros: Firmino Paim e Marcial Terra, pelo antigo Partido Republicano, Raul Pilla e Waldemar Ripoll, pelo PL."

"Ripoll ficou na fronteira?"

"Sim. Luzardo e João Neves eram responsáveis pelo Comitê de Buenos Aires e faziam contatos com os movimentos revolucionários argentinos. Raul Pilla ficou em Montevidéu e Ripoll respondia pelo Comitê de Rivera, junto com Glicério Alves e Leonardo Ribeiro. Fui ao encontro dele e me engajei, por uma questão de lealdade."

"Foi a última vez que o viu?"

"Houve outro encontro, mas eu chego lá. As divergências eram explícitas. Na visão do doutor Pilla, só teria sentido um movimento de âmbito nacional aglutinando os antigos aliados de 1932. Ripoll, talvez movido pelo ódio a Flores da Cunha, defendia que era possível promover um levante apenas aqui no Estado, que depois se espalharia pelo Brasil como um rastilho. Enquanto os demais exilados ainda vacilavam, faziam contatos, mantinham reuniões secretas com emissários de outros estados, Ripoll tomava iniciativas. O levante tinha uma data: junho de 1933. Essa parte garanto que tu não sabe."

"Não tinha ideia."

"Mapeamos doze zonas revolucionárias instaladas no interior do Estado, que seriam articuladas por equipamentos de radiotransmissão. Ripoll ficou encarregado de mobilizar os militares desgostosos e coordenar a logística armamentista, ou seja, confiscar armas dos quartéis, coordenar a fabricação de explosivos, granadas e munição. Tudo andava a contento, até que o movimento sofreu uma baixa. E não foi qualquer baixa."

"Pra mim, é novidade."

"O doutor Pilla percebeu que as antigas lideranças de São Paulo vinham sendo cooptadas pelo Getúlio e convenceu-se de que uma revolução localizada não tinha futuro. Então, enviou uma mensagem ao partido em que afirmava textualmente, eu até decorei: *'Tal é o ódio existente contra Flores que muitos companheiros nossos se lançarão sem refletir em qualquer movimento contra ele, sem considerar que isto criará para nós uma situação ainda pior da que existe'.*"

"Ele se referia especificamente ao Ripoll?"

"Os dois entraram em rota de colisão. Àquela altura, Ripoll procurava apoio entre as organizações de esquerda do Uruguai, no que o doutor Pilla não concordava. Entendia que a ligação com grupos extremistas espantaria o apoio de grupos mais conservadores. Aceita um café, *che*?

Faço que sim.

"Forte ou fraco?"

"Forte."

"É dos meus."

Cora vai até a porta e pede dois cafés à empregada.

"Estou te aborrecendo com esse longo relato?" Antes que eu responda, ele justifica: "É necessário para o que vou te contar depois. Onde estávamos?"

"No rompimento entre Ripoll e Raul Pilla."

"Perguntaste se o Ripoll era comunista. Ele teria sido portador de uma proposta feita por comunistas argentinos, que ofereciam 30 mil contos de réis ao movimento em troca da garantia de que, após a derrubada do Getúlio, haveria plena liberdade de propaganda e organização comunista, além do restabelecimento de relações com a União Soviética. Nunca soube se isso era verdade."

A empregada deixa a bandeja prateada sobre um canto da mesa. O advogado serve as xícaras.

"Açúcar?"

"Puro."

"Aí, discordamos. Existem dois prazeres na vida que me levam à perdição, meu caro: mulheres e açúcar, nessa ordem, às vezes a ordem se inverte", ele declara, colocando três colheres no café.

"No meu caso, minha mãe era uma doceira de mão-cheia, de forma que comi açúcar demais durante a infância. Tomei um fartão."

"*Bueno*, vamos adiante. Não foi por isso que perdemos, *che*. Um pouco antes da deflagração do movimento, Flores da Cunha foi alertado e iniciou uma violenta campanha de perseguição contra opositores em todo o Estado, inclusive com a prisão de suboficiais da Brigada e do Exército. Os planos foram adiados. Eu mesmo tive que me esconder alguns dias na casa dos meus pais, em Gramado, até que as coisas se acalmassem. Ao mesmo tempo, Vargas enviava emissários para negociar com os exilados em Buenos Aires e Montevidéu, propondo acordos políticos que incluíam a anistia dos revoltosos de 1932, pois sabia que muitos não tinham recursos para se sustentar no exterior."

"Eu recordo que muitos aceitaram."

"O Ripoll era refratário a qualquer negociação e acabou se isolando. O movimento estava natimorto. Pilla, Luzardo e outros líderes assinaram um documento reprovando a possibilidade de levante só no Rio Grande do Sul. Foi a pá de cal! Ripoll não se conformou e ainda tentou se rearticular com militares de baixa patente e alguns remanescentes inexpressivos do PL, mas era um projeto suicida."

Cora olha o relógio:

"Meu caro Koetz, chegamos à parte mais delicada da nossa conversa. Lamento. Infelizmente, preciso interromper por hoje. Tenho um compromisso de almoço e podemos continuar uma outra hora, que tal?"

"Não há problema. Podemos deixar marcado?"

Ele consulta uma caderneta com capa de couro preto sobre o birô.

"Tenho um júri complicado na quarta-feira, até lá estarei envolvido. Podemos retomar na quinta, às nove horas, lá no meu escritório, pode ser?"

Volto para casa lembrando de um problema a administrar. Quando aluguei o quarto e sala onde moro há um ano, a proprietária Hulda Goldstein impôs uma regra. Aquela era uma casa de respeito e ela não queria saber de moças circulando por ali. A esta altura, meio-dia, ela já deve ter percebido a presença de Juliette.

Ao chegar, vejo as duas sorridentes na janela da casa principal.

"*Vien*, Paulo. Dona Hulda nos convidou para almoçar com ela."

Tenho que rir.

Estrutura da construção de um dos prédios da
Exposição do Centenário Farroupilha
Fonte: Faculdade de Arquitetura da UFRGS

8

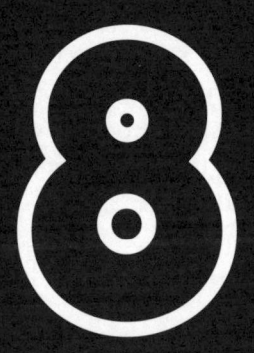

Em dois anos e meio de jornal, conversei quase diariamente com o editor Breno Caldas sobre assuntos de trabalho, pautas, enfoques de notícias, mas esta é a primeira vez que ele me chama individualmente à sua sala.

"Fique à vontade, Koetz", ele indica a poltrona diante de sua mesa. "Em primeiro lugar, te chamei para elogiar o teu trabalho. Não é do meu feitio. Sou dos que pensam que elogio leva à acomodação, portanto, procuro evitar."

Eu sei o que ele quer dizer: os chefes gostam de que seus subordinados estejam em permanente defasagem em relação a eles.

"Faço o possível", limito-me a responder.

"O Saadi está muito satisfeito contigo, vive dizendo que tu tem a verve, isso é importante. Temos aqui gente talentosa, culta, textos fabulosos, mas tu tem a verve, e isso não se compra no armazém da esquina. Devemos ter a mesma idade, não é Koetz? Quantos anos tu tem?"

"Vinte e quatro."

"Dois anos de diferença, quase nada. Há quanto tempo estás aqui?"

"Vai fazer três anos em outubro."

"Já? Tu vê... Três anos e nunca tivemos a oportunidade de conversar pessoalmente, fora das lides diárias, nós que temos vários pontos em comum. Começamos no Direito e pulamos pro jornalismo, talvez por razões parecidas. A diferença é que eu me formei, e tu, não."

"Temos outras. O senhor é herdeiro de um jornal..."

"Quando estivermos a sós, me chama de tu, por favor. É verdade, sou herdeiro, mas é um jornal quase falido. Corrijo: um jornal que estamos fazendo um esforço gigantesco pra manter de pé. Fomos obrigados a uma trégua com o Flores da Cunha antes que ele nos aniquilasse, isso causou umas incompreensões. Bem, tu acompanhaste tudo o que aconteceu. Eles estrangularam nossa viabilidade através dos anúncios. Ainda nos seguramos com as vendas, e uma das razões que vêm contribuindo para isso é o noticiário policial. Essa nunca foi uma vocação do *Correio*, meu pai deve estar se revirando no túmulo. Nesse momento vem a calhar, e está dando certo. Vem daí o elogio que te faço, especialmente por essa última reportagem, da guria e do degolador, que teve uma repercussão extraordinária."

"Grato."

"Imagino também que deve passar pela tua cabeça a vontade de sair do setor da Polícia e ir para outra área, digamos assim, mais nobre do jornal."

"Não é sangria desatada."

"Fique tranquilo. Isso vai acontecer mais cedo ou mais tarde, mas ainda precisamos da tua verve investigativa. Por isso te chamei. Conhece o delegado Plínio Brasil Milano?"

"Claro, um jovem delegado que está despontando. Uma estrela em ascensão na Polícia."

"Pois, além de amigo, colega de faculdade, é meu cunhado, casado com a minha irmã Lúcia, aliás, fui eu que apresentei os dois. Plínio é sério, reservado, não fala muito comigo sobre o seu trabalho, por razões óbvias. Assim, temos um acordo tácito. Conversamos bastante sobre outros assuntos, especialmente cavalos, nossa paixão em comum. Mas, um dia desses, ele deixou escapar que está em curso uma investigação sigilosa a respeito de uma organização secreta de origem judaica, envolvida com tráfico de pessoas, especialmente prostitutas que eles trazem daquelas regiões longínquas da Europa, mais extorsão, contrabando, coisas desse tipo."

"Esquisito. Judeu explorando judeu."

"Quero tua atenção nesse assunto."

"Parece estimulante..."

"Isso mesmo. Estimulante. Por isso te chamei. Estou te contando essa conversa não é para sair por aí apurando, mas para ficar atento, ir vendo o que de fato existe, tudo com muita discrição. Quero que, quando o assunto estourar, estejamos na frente. Neste momento, o Plínio não deve ser procurado, ou melhor, nem pode saber de uma eventual disposição nossa de apurar essa história."

"Pode deixar. Algum ponto de partida, um nome...?"

"Um tal de Aaron Fleischer. Oficialmente, ganha a vida como comerciante ligado à importação de mercadorias, bebidas, cigarros. Aliás, a conversa começou por aí. Estávamos numa roda no Jockey Club, um amigo pediu indicação de um bom contrabandista de uísque e alguém sugeriu esse Fleischer. Vi que o Plínio ficou incomodado, mas não falou nada. Quando saímos, ele me disse pra ficar longe do tal sujeito. Confidenciou que ele está na mira da Polícia por essas coisas todas que te falei. E mais não disse."

"Certo, vou ver o que consigo."

"Eu gostaria de acompanhar de perto, eventualmente receber alguma informação quando o assunto avançar. Não gosto de me meter no trabalho dos outros, porém esse caso é um tanto delicado pelo parentesco com o Plínio."

"Compreendo."

"Pois bem, estamos conversados. Outra coisa, Koetz. Duas ou três vezes por semana saímos do jornal e vamos jantar no Provenzano. Um dia, deverias vir conosco."

"Será um prazer."

Na quinta-feira, chego ao escritório de Apparício Cora de Almeida no horário combinado para retomar a conversa sobre Waldemar Ripoll e fico sabendo por seu sócio, Genez Porto, da tempestade que se abateu sobre o que restou da Aliança Nacional Libertadora. Durante a madrugada, Dyonélio Machado foi preso quando chegava em casa. Apparício está no Tribunal de Justiça tentando libertá-lo. Corro para lá e o encontro no saguão, metido em uma conversa nervosa com o juiz Nésio de Almeida, o qual ainda carrega sua pasta, dando a entender que o advogado o interpelou na chegada ao prédio.

"Doutor Nésio, a prisão foi efetuada à revelia de todas as formalidades legais. Uma *bar-baridade*. Foi cometida uma violência, *che*, uma indignidade. A Polícia extrapolou inclusive os limites da Lei de Segurança Nacional, essa lei criada para perseguir os cidadãos, para sufocar o direito de pensar diferente, para esmagar a democracia."

"Doutor Cora, veja que..."

"Mesmo a 'Lei Monstro', que dá poderes exorbitantes à repressão política e constrange até a ação dos magistrados, mesmo ela está sendo desrespeitada. Olhe aqui no artigo 113: *'Ninguém será preso senão em flagrante delito ou por ordem escrita da autoridade competente, nos casos expressos em lei'*. Neste caso, não houve flagrante delito, nem foi mostrada ao preso qualquer ordem escrita.

Ele foi apenas levado, como um marginal, *che*. Um homem honrado, respeitado por todos. Não dá pra aceitar."

"Eu sei de tudo isso, mas não se trata aqui de uma questão de mérito, e sim de competência. A prisão aparentemente foi motivada pela Lei de Segurança Nacional, portanto, não está no âmbito estadual. Eu o aconselho a apresentar o pedido de *habeas corpus* à Justiça Federal. Tenho certeza de que, se for como o senhor está me expondo, o *habeas* será concedido."

O juiz afasta-se e o advogado comenta:

"*Che*, tô sentindo que vai começar o jogo de empurra."

Ele pede que eu o acompanhe até a sede da Justiça Federal. No caminho, relata o que ocorreu. Na véspera de quarta-feira, o gráfico Bernardino Garcia foi preso à tarde, no interior das oficinas da Livraria do Globo, quando distribuía panfletos defendendo uma greve. Cora me alcança uma cópia. Leio.

Aos companheiros gráficos.

O governo brasileiro, títere manejado ao sabor do imperialismo internacional, do clericalismo, dos magnatas nacionais do dinheiro, dos latifundiários e reacionários de todos os matizes, para conseguir esmagar a ação libertadora das massas, desfechou o esperado golpe de violência contra a Aliança Nacional Libertadora, ordenando o fechamento de todas as suas sedes e o cancelamento de sua inscrição como partido na Justiça Eleitoral.

É a vitória da força bruta sobre a consciência do povo livre! É o arbítrio do explorador sobrepondo-se à vontade das massas exploradas e oprimidas!

Companheiros gráficos!

Respondamos com um só gesto a essa agressão fascista! Oponhamos à força bruta a força da inércia! Cruzemos os braços solidários com as vítimas da plutocracia gananciosa do Brasil mancomunada com os imperialistas estrangeiros! Mostremos aos algozes e seus lacaios que eles poderão romper os elos da poderosa corrente de ação da ANL, mas jamais terão forças para deter a corrente das ideias que marcharão impávidas até a vitória final.

Companheiros!
À greve geral de protesto pelo povo, por pão, terra e liberdade!
"Ontem à noite, nos reunimos", ele prossegue. "Fiquei de produzir uma medida judicial para soltar o Bernardo, mas alertei que seria difícil, pois ele fora preso em flagrante. Pela uma da manhã, fui acordado por um telefonema de dona Adalgisa, a esposa do doutor Dyonélio, informando que ele havia sido preso na porta da casa. Ele ainda conseguiu avisá-la que os agentes não mostraram nenhuma ordem de prisão e que ela me procurasse. Passei a noite redigindo o pedido de *habeas*."

"Acha que o Bernardo acusou o doutor Dyonélio?"

"De certo foi obrigado. Eu o havia alertado sobre essa greve suicida, tentei demovê-lo, argumentei que uma ação agora, em cima do fechamento da Aliança, seria arriscada, porém ele não me ouviu. Não podemos deixar por isso mesmo."

Na sede da Justiça Federal, Cora entrega o *habeas* ao juiz Wiedmann. Este não lhe dá muita conversa.

"Vou analisar e despachar o mais rápido possível.

"Doutor Wiedmann, a prisão foi flagrantemente ilegal. Peço que o senhor considere a situação de profunda injustiça a que está sendo submetido um homem honrado, benemérito, com uma extensa folha de serviços prestados ao povo gaúcho."

"Certamente, irei considerar."

Dali, seguimos até a Repartição Central de Polícia, mas Dyonélio não está mais por ali. Informam que, após o interrogatório, foi conduzido para o 9º Batalhão da Brigada Militar, na Praia de Belas, onde ficará preso.

"Foi um ato traiçoeiro, de covardia, como se eu tivesse praticado um crime abominável, que não poderia aguardar a luz do dia", ele exclama ao nos receber em sua cela. "Na calada noite, no inverno porto-alegrense, na porta da minha casa. Um absurdo!"

"Uma *bar-baridade*", concorda o advogado.

"Não fiz nada escondido. Chego em casa e vejo as sombras dos policiais, dois animais saltando sobre a presa. Queriam me levar imediatamente, não deixariam sequer que eu avisasse a família. Ponderei que tinha esposa, dois filhos pequenos e uma mãe doente e precisava tranquilizá-los. Não queriam permitir, mas entrei em casa assim mesmo sob a mira dos revólveres."

"Doutor Dyonélio..."

"Já sei o que tu vai dizer. Que eu deveria ter te ouvido, que fui imprudente..."

"Jamais lhe diria uma coisa dessas. A urgência do momento é tirá-lo daqui. Tentei um *habeas* no Tribunal de Justiça, porém o processo foi remetido para a esfera federal. O juiz Wiedmann prometeu uma resposta em breve. O senhor prestou alguma declaração?"

"Fui interrogado nessa madrugada pelo delegado Argemyro Cidade, do Departamento de Ordem Política e Social. Antes, eles me mostraram as declarações prestadas pelo Bernardino."

"O que ele disse?"

"A verdade. Contou que foi convidado por mim para participar de uma greve dos gráficos. Disse que eu o apresentei ao Marciano Belchior, que seria responsável pelos panfletos, e que o Belchior pediu que ele organizasse um comitê de greve na Livraria do Globo. Quando terminei de ler, o delegado Argemyro indagou se as declarações eram verdadeiras. Eu respondi que sim, com exceção de dois pontos. Que o responsável pelos folhetos era eu e não o Belchior e que o convite para organizar um comitê na Livraria do Globo também partiu de mim. Trocando em miúdos, procurei preservar o Belchior de qualquer responsabilidade maior, não sei se eles vão engolir."

O advogado permanece alguns instantes pensativo, tentando disfarçar o abatimento.

"Escuta", pondera o médico. "Estou ciente de que ficarei preso um bom tempo. Conto contigo para garantir total apoio à minha família. A Adalgisa é uma mulher forte, mas ainda assim precisa de amparo."

"Já estamos tomando providências."

"Eles não estão de brincadeira. Foram muito rápidos em prender o Bernardino e a mim, acredito que já devem ter prendido o Belchior também. A partir de agora, todo o cuidado é pouco. Ninguém deve se expor, especialmente o Agildo, que é mais *espoleta* e, além de tudo, militar. Por certo, está na mira deles. Não queremos mais gente presa."

"Vamos estar atentos, *che*. Marcamos uma reunião hoje à noite e vou repassar ao pessoal as suas orientações. Espero que até lá o senhor já esteja solto."

"Não creio. Eles tentarão me manter aqui pelo maior tempo possível. O objetivo da Polícia é sufocar a Aliança. A hora, agora, é de cautela absoluta. Eu, aqui, me seguro."

Regressamos ao Centro. Cora estaciona na frente do jornal:

"Vou te pedir uma coisa, Koetz. Por enquanto, o que conversamos deve ser tratado com reserva, viu, *che*? Terei que preparar a defesa e não tenho ainda ideia do que é conveniente ou não ser divulgado."

Ao final da tarde, recebo um telefonema de Apparício. Após receber cópias dos interrogatórios da Polícia, o juiz Ney Wiedmann decretou a prisão preventiva de Dyonélio e do gráfico Bernardo Garcia, com base no artigo 19 da Lei de Segurança Nacional: *Induzir empregadores ou empregados à cessação ou suspensão do trabalho por motivos estranhos às condições do mesmo.*

O presidente da ANL está sujeito a uma pena de seis meses a dois anos de prisão.

Chego em casa chateado. Recebo um beijo de Juliette e ligo o chuveiro.

"Algum problema?"

Conto rapidamente a ela o que aconteceu e recebo um olhar solidário.

Ao sair do banho, vejo Juliette nua sobre a cama. Ela olha para meu membro, que cresce pendendo para a esquerda.

"*Ton pennis est gauche!*"

"Não espalha. Ele é comunista", falo, como se dissesse um segredo.

"Oh! Um comunista saliente e perigoso, *hã?* Temos que ficar de olho nele."

"O que tu tá fazendo?", surpreendo-me com o movimento dela.

"Interrogando o comunista."

Solto um suspiro.

"Assim ele confessa até o que não fez."

"Tenho meus métodos."

Passam-se vários instantes de puro deleite.

"Já confessou?", pergunto com a respiração acelerada.

"Ele é durão. Não podemos deixá-lo solto. É muito arriscado. Precisamos prendê-lo *tout de suit.*"

"Boa ideia! E onde o prenderíamos?"

"Tenho uma cela aqui embaixo."

Inverto as posições.

"Mas é uma cela *très petite, ma chérie!*"

"Uma solitária. O que você está fazendo?"

"Preparando a cela para receber o preso."

"Não tenha pressa", ela suspira, com um sorriso nos lábios.

"Que estranho... Tem uma campainha aqui. Quando encosto a língua, ela aumenta de tamanho."

"*Huuum*, pode tocar à vontade."

"Acho que agora a cela está em condições."

"Não está muito úmida?"

"A umidade fará bem ao comunista."

Juliette monta em cima de mim e faz um encaixe suave e lúbrico.

"Pronto! Agora, ele começou a cumprir a pena."

"Tomara que seja prisão perpétua. O preso pode se exercitar?"

"É recomendável. A cela também vai se exercitar", ela se movimenta em cima de mim.

"A cela se exercitar? Tu tem cada uma!"
Ela gruda sua boca na minha e não consigo falar mais nada.

A dimensão que o Centenário Farroupilha adquire começa a preocupar as autoridades. Todos os hotéis estão com as reservas esgotadas até o final do ano. A Intendência resolveu estimular a construção de novos hotéis e pensões na cidade, oferecendo isenção de impostos. Contudo, os capitalistas com estofo – ou seja, dinheiro – suficiente para essa empreitada alegam que o prazo é muito exíguo e temem a ociosidade ao final da exposição. Assim, o comissariado responsável pelos festejos apela aos clubes, escolas e instituições para que cedam seus alojamentos para abrigar os forasteiros, prometendo as mesmas isenções de tributos e já cogitando fazer a mesma proposta para famílias com quartos vagos.

Ingressamos em um setembro ensolarado depois de sobrevivermos a um inverno dos mais rigorosos de que se tem lembrança. Somente na última semana de julho oitenta porto-alegrenses *bateram as botas,* conforme apurei junto às autoridades sanitárias, sendo vinte e dois deles vitimados por tuberculose ou doenças do aparelho respiratório, mais quinze por pneumonia ou broncopneumonia e cinco ainda em função dos resquícios da *influenza*.

Reencontro com Apparício Cora de Almeida na Confeitaria Woltmann e, antes de qualquer coisa, ele está ansioso para saber sobre as mudanças prenunciadas no jornal.

"Estive conversando com o Alexandre Alcaraz esses dias e ele me confidenciou que, em breve, será substituído na direção do *Correio do Povo*, procede?"

"É o que se fala."

"Assumiria o Breno, filho do Caldas Júnior, é isso?"

"A bem da verdade, ele já dá as cartas."

"Vocês já avaliaram o que isso significará?"

"O Alcaraz imprimia um viés político ao *Correio*, enquanto o Breno vai se dedicar exclusivamente a viabilizar o jornal."

"Acho que nessa troca o Flores sai ganhando."

"O *Correio* arrefeceu as críticas, mas Breno é orgulhoso e não morre de amores pelo governador, nem um pouco."

"*Bueno, che*, voltemos a Waldemar Ripoll. Vamos recapitular. Falei da última conversa que tivemos em Rivera?"

"Foi aí que paramos."

"*Bueno*, estive com Ripoll no final do ano para demovê-lo ou pelo menos que adotasse um recuo tático. Propus que aceitasse a anistia, e então começaríamos de novo. Mas ele não conseguia mais ouvir, transtornado. Mais ou menos nesse período começaram a circular boatos de sequestros, atos terroristas, planos para eliminar o Flores da Cunha. Resulta que, na madrugada de 29 de janeiro de 1934, Ripoll foi assassinado a machadadas em Rivera, enquanto dormia. Uma *bar-baridade*! Chego a me arrepiar quando lembro."

O garçom traz dois cafés e uma fatia de torta para o advogado.

"Pedro Borges, o assassino, era um pobre-diabo que apareceu na casa de Ripoll vendendo frutas e se apresentou como combatente maragato na Revolução de 23. Assim, conquistou a confiança dele e foi morar num quarto dos fundos de sua casa. Foi tal a retumbância que o próprio chefe de Polícia da época, o Dario Crespo, foi à fronteira para investigar, provavelmente à revelia do Flores da Cunha, que se encontrava no Rio de Janeiro. Em poucos dias, Crespo concluiu que o mandante do crime fora Camilo Alves da Silva, chefe da Polícia Aduaneira e homem de confiança de Chico Flores, irmão do interventor. Logo após assassinar Ripoll, o Pedro Borges havia se refugiado na estância desse Camilo e lá acabou morto. As provas por certo conduziriam aos irmãos Flores da Cunha."

A conversa é interrompida por um sujeito estranho que se acerca de Apparício.

"Doutor Cora, precisamos falar daquele assunto."

"*Che* Guilherme, não *tá* vendo que eu *tô* aqui conversando com um amigo?"

"Muito prazer, Guilherme Noronha."
"Paulo."
Cora tira algumas notas da carteira.
"Toma aqui e não incomoda, *tá* bom?"
"Vou aceitar, mas não esqueça daquele nosso assunto, hein?"
O advogado acompanha a retirada do sujeito.
"Conhece esse aí?"
"Vejo pela rua."
"Um mitômano, *che*. Agora, resolveu alugar a minha paciência com umas histórias sem pé nem cabeça. No fundo, quer me achacar. No meio da investigação, inexplicavelmente, Crespo retornou a Porto Alegre. Coincidiu com o regresso do Flores. Fizemos o possível para manter o caso vivo no noticiário como forma de pressionar as autoridades. O Mário de Sá se empenhou bastante lá no *Correio*, mas a repercussão foi arrefecendo e o crime foi abafado. Agora vem a parte obscura do episódio, que tem, como figura central, Benjamin Vargas, o *Bejo*."
"Irmão do Getúlio."
"Antes de chegar ao *Bejo*, necessito referir uma coisa: quando foi abandonado pelos caciques, o Ripoll acabou se envolvendo com alguns elementos desqualificados, oportunistas e até espiões. Um desses sujeitos se chamava Serafim Rodrigues, que, depois viemos a saber, era preposto do João Carlos Machado, conhece?"
"Secretário do Interior."
"Da catrefa íntima do Flores. Esse Serafim infiltrou-se entre os exilados e se prontificou a fazer o trabalho de mensageiro. Antes de levar as cartas aos destinatários, elas passavam pelo crivo do governo. Uma delas deveria ser entregue ao coronel Manoel de Passos Maia em Santa Catarina, mas foi parar na mesa do Flores. Dizia mais ou menos isso: a única maneira de nos vermos livres do Flores da Cunha é a sua eliminação por qualquer modo, tiro, veneno na comida ou bomba de dinamite."
"Escrita pelo Ripoll?"
"Aí é que não se sabe, é provável que sim, porque, como te

disse, ele andava possesso. Então, sucedeu-se a seguinte cena: o Benjamin Vargas vai ao Palácio e encontra o Flores confabulando com seu irmão, o Chico. Ao vê-lo, Flores mostra a tal carta e o interpela: o que você faria no meu lugar? *Bejo* sai pela tangente, considera que é assunto de foro íntimo e cada um deve resolver de acordo com sua consciência, algo assim. O Flores vira-se para o Chico e exclama: Vou mandar matar!"

"Disse isso?"

"Espera, *che*. Em seguida, mandou chamar o major Rolim, seu ajudante de ordens, e trancou-se com ele no gabinete. Na sequência dos acontecimentos, o Rolim seguiu para Livramento. Fui conferir nos documentos oficiais e não há nenhuma justificativa para a viagem, e o Flores viaja à capital. No dia seguinte, matam o Ripoll."

Cora faz um silêncio para que eu consiga concatenar os fatos.

"Dali a dois dias", prossegue, "o Benjamin Vargas está no Rio de Janeiro em conversa com o Oswaldo Aranha. Presta atenção, *che*. Lá pelas tantas, o Oswaldo diz: sabia quem mandou matar o Ripoll? Quem?, indaga o *Bejo*. Foi aquele moço loiro que mora no Edifício Victor. O Flores tem um apartamento nesse prédio e se hospeda lá quando vai ao Rio. O *Bejo* se fez de desentendido. Quem é o moço loiro? Oswaldo respondeu: o Flores."

"Como ele sabia?"

"Oswaldo Aranha acompanhava as movimentações do Ripoll e dos outros exilados na fronteira através de uma rede de informantes que ele tinha. Bom, o Benjamin Vargas ouviu aquilo e se dirigiu ao famoso Edifício Victor para conversar com o governador. As acusações sobre o crime estão pesando contra o senhor, disse o *Bejo*. Quem me acusa?, reagiu o Flores. Benjamin responde: o Oswaldo. Flores teria feito uma cena, aos gritos, isso é uma mentira, uma infâmia, não tenho a ver com isso, esse crime aconteceu no estrangeiro, vou cortar relações com esse sujeito. Resumo da ópera: o Flores só não foi responsabilizado porque o *Bejo* ficou quieto."

"Imagino que ele só abriria a boca com autorização do mano."

"E o Getúlio só autorizaria no caso de um rompimento definitivo com o Flores, que, aliás, está se desenhando. Mas o Benjamin relatou essa história a uma pessoa de confiança e essa pessoa, que por enquanto não posso declinar o nome, me confidenciou com todos esses detalhes. Tenho a história, mas preciso recheá-la com provas concretas. Por isso estou trabalhando no maior sigilo, *che*. Vou te mostrar uma coisa."

Ele abre a pasta e retira alguns recortes. Uma edição do jornal *Tribuna Libre*, de Rivera, com data de 7 de março de 1934, mostra o título *Depois do 'servicinho'* sobre uma gravura com três personagens em caricatura. Um deles, pelas costeletas compridas, é Flores da Cunha, armado até os dentes. O outro seria Camilo Alves lhe fazendo continência, e o terceiro, um negro segurando um machado ensanguentado. Abaixo, o seguinte diálogo:

Homem: Comandante, estão cumpridas as suas ordens.
Comandante: Louvado Seja Nosso Senhor Jesus Cristo.
Negro: Que Deus le tenha na glória.
Homem: Amém.

"Como o crime aconteceu no lado uruguaio, foi realizada uma investigação em Rivera que também foi abafada pela ditadura de lá. Mas os grupos de esquerda se mantiveram na ofensiva e acusaram diretamente o Flores, como se pode ver nesses jornais. Esse aqui, *Tribuna Popular*, editado em Montevidéu, trata o Camilo Alves como '*celebérrimo contrabandista y bandoleiro.*' Mais adiante, refere o depoimento de um castelhano chamado Vitalino Sosa sobre uma conversa que manteve com Pedro Borges quando esse se escondia na estância de Camilo Alves, antes de ser morto. Dá uma lida."

Leio em voz alta.

"*Dijo que había asesinado a Ripoll por mandato de Camilo Alves, quien a su vez le había manifestado que tenía órdenes terminantes al respecto de parte del interventor del Estado de Rio Grande do Sur, José Antônio Flores da Cunha."*

"Se aqui o assunto tinha morrido, no lado uruguaio se falava abertamente na participação do Flores como mandante."

"O que houve com o processo?"

"Quando o delegado Crespo se afastou ou foi afastado, a investigação foi assumida pela Polícia local, manipulada pelo Chico Flores. Camilo e seus jagunços acabaram inocentados por falta de provas. Aliás, a desfaçatez foi tal que esse Camilo foi reconduzido ao cargo de chefe da Polícia Aduaneira. *Bar-baridade*, não é? E outra: até esse caso, o tipo era uma figura inexpressiva, mas enriqueceu de uma hora para outra, passou a frequentar a sociedade local, costuma dar festas para os grandalhões de lá, anda sempre em auto do ano."

"O que tu pretende fazer?"

"Pois olha, *che*. Tenho um compromisso moral com a memória do meu querido Waldemar Ripoll de não deixar impune esse bárbaro crime. Como te disse, é preciso muita cautela. Tenho algumas pistas que pretendo seguir nas próximas semanas."

"Pode contar comigo."

"Sei disso, *che*. Por isso te contei essa longa história, mas, por enquanto, posso agir sozinho. Sabemos do que a truculência do Flores é capaz. De qualquer forma, te mantenho a par. Nada do que falamos deve sair daqui, sob nenhuma hipótese."

Nos despedimos na porta da Woltmann. Tomo o rumo do jornal, mas alguém me puxa pelo braço.

"Paulo Koetz, do *Correio*, hein? Claro que te conheço, escreveu aquela história da guria do sapatinho vermelho. Que história! E o cego, hein? Eu falava pra todo mundo: esse aí não é cego porcaria nenhuma."

"Bem, prazer em conhecê-lo."

"Só vou te contar uma que envolve até um colega teu. Sabia que existe uma confraria secreta aqui em Porto Alegre, hein? Aposto que tu não sabe. São entre uns quinze ou vinte. Gente graúda. Tem de tudo: advogado, médico, empresário, até um juiz. Tem um jornalista do *Correio*, que não vou revelar quem é. Não, não posso. Sabe o que eles fazem, hein? Se vestem de mulher. Se reúnem num casarão lá perto do Asilo, todos vestidos de mulher. As roupas, as maquiagens, tá tudo lá. Chegam e vão se arrumando."

"Com que objetivo?"

"Ficou interessado, hein? Só vou dar uma pista. Os encontros acontecem sempre que chega um navio grande. Tem um sujeito no porto que recruta os marinheiros. Alguns vão porque são pederastas, outros porque tem dinheiro no meio, muito dinheiro. Então, as festas são assim, os figurões travestidos e os marinheiros. Dançam, bebem e depois vão foder, é claro. Que achou, hein?"

"Olha, *seu* Guilherme. Não é o tipo de assunto que interessa ao jornal."

"Eles têm um código de honra entre eles. Imagina, honra, hein?", ele dá uma risada desagradável. "E só pegam marinheiro porque depois o navio vai embora e ninguém fica sabendo. Vai por mim. Eu sei. Já fui numa dessas festas, mas fui só por curiosidade. Sou curioso. Ih, sei cada história que te deixaria com cabelo em pé..."

"Escuta, preciso voltar pro jornal...", tento me desvencilhar, mas o sujeito está agarrado na manga do meu paletó. Viro o rosto e enxergo a figura graciosa de Juliette caminhando em sentido contrário, do outro lado da rua. Mais um motivo para escapar do tal Guilherme, mas ele me retém.

"Só vou te falar mais uma coisa, presta atenção. Tenho alertado o doutor Cora sobre a alemãzinha com quem ele está saindo", ele baixa o volume. "É *secreta* da Polícia. Tenho até o número da identidade funcional dela. Isso é sério, hein? Ele não sabe o risco que corre, mas não adianta. Eu falo, falo e ele não me ouve."

"Está bem, vou comentar com ele."

Dou um safanão no sujeito e procuro Juliette com os olhos. Ela atravessou a rua. Apresso o passo. Quase à altura da Rua Uruguai, quando estendo a mão para tocá-la, sou abalroado por uma madame que está saindo da loja carregada de pacotes.

"Não olha onde anda?", ela grita.

"A senhora me desculpe!"

Ajudo a mulher a recolher os pacotes com o olhar em Juliette, que dobra a esquina. Vou atrás a passos largos movido pela ideia deliciosa de pegá-la nos braços e beijá-la. Entretanto, um pensamento obscuro me atravessa o crânio e vai se apossando das minhas vontades, a ponto de travar meus passos. Onde ela estará indo? Sucumbo à curiosidade. Deixo que se abra entre nós um vão considerável e só então recomeço a andar, desfrutando o prazer ignóbil de persegui-la sem ser visto – um ato que, eu bem sei, irá me envergonhar mais tarde, mas que agora me domina por completo.

Mantenho distância de uns dez metros, cuidando para não ser visto. Ela não olha para trás. Caminha decidida, como quem tem algo importante a fazer. Atravessa o cruzamento da Rua Sete de Setembro e segue pela Uruguai. Na esquina com a Rua Siqueira Campos, tem que esperar o sinal mudar no semáforo. Sou obrigado a disfarçar.

Abre o sinal e ela segue resoluta até a entrada central do Edifício Bier Ullmann. Tenho que apressar o passo para não perdê-la. No pequeno *hall* do prédio há uma fila à espera do elevador, mas ela não está ali. Olho para cima e consigo ver de relance o vestido roxo se movendo entre os dois lances de escada. Subo atrás dela pulando os degraus de dois em dois. Ao final do segundo lance, reduzo o ritmo. Há um corredor largo nos dois sentidos. Espicho a cabeça. Do lado esquerdo, a uns quinze metros, enxergo Juliette parada diante de uma porta. Recuo o rosto para não ser visto. Espero alguns segundos e olho de novo. Não está mais ali. Cheio de cuidados, vou até a porta sem placa, apenas com um número 21. Desço ao térreo e confiro no painel ao lado da portaria. O espaço reservado ao nº 21 está em branco. Recorro ao porteiro.

"É o escritório do doutor Abraão", ele responde.

"O que ele faz?"

"Negociante. Sei que trabalha com importação."

Preciso sair dali antes que ela desça. Atravesso a rua e me posiciono a uma boa distância, que me permite acompanhar o entra e sai do prédio sem ser visto. O cérebro funciona febrilmente em busca de hipóteses, mas descamba para alternativas obscuras. Um amante? Algum negócio escuso?

Passam-se menos de dez minutos. Juliette deixa o edifício e toma a direção do Mercado Público. Vou atrás dela, porém a perco de vista no meio da multidão.

À noite, sou recebido em meu apartamento com um beijo apaixonado e a mesa posta, com uma garrafa de vinho, duas taças e um prato fumegante.

"Bacalhau ao molho de limão e *endrro*."

"Que surpresa!"

Durante o jantar, não consigo me conter.

"*Ma chérie*, eu estava na Rua da Praia conversando com um amigo e te vi passando do outro lado da rua. Fiquei com vontade de te acompanhar, mas não podia interromper, era uma conversa de trabalho."

Sinto uma leve tensão em seu semblante.

"Fui ao Mercado", ela responde, e faz um gesto mostrando o jantar.

"Que pena, eu poderia ter te acompanhado nas compras, mas era uma conversa de trabalho."

"*Pas de problème.*"

"*Hum,* está delicioso. Queria que todos os dias fossem segunda-feira. Como é o nome do prato?"

"*Non* sei."

"O prato não tem nome?"

"É uma receita polonesa. Aprendi de uma senhora polonesa que conheci. Não está bom? Oh, você não está gostando..."

"Está ótimo!"

"Só ótimo?"

"*Magnifique! Incroyable! Fantastique!*"

O rosto dela ilumina-se.
"*Agorra* sim! Mais vinho?"
"Claro. Um brinde à minha *cuisinière* favorita."
Juliette ergue a taça e se dissipam os caminhos tortuosos que a conversa poderia trilhar. Expulso os maus pensamentos e concentro toda a minha energia para uma confortante noite de amor.

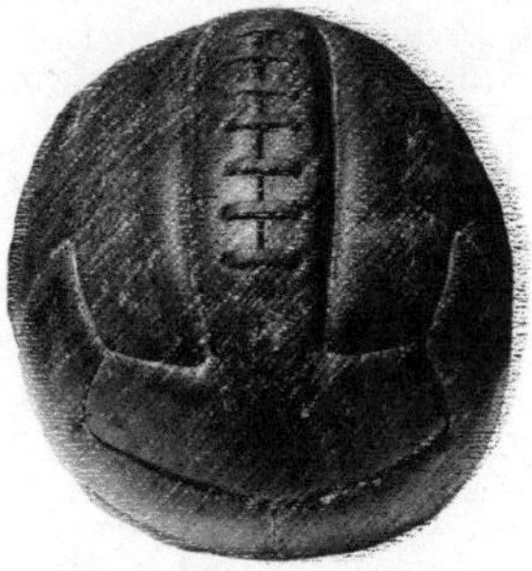

9

O menino de boné azul não para quieto. Balança o corpo de pura empolgação. A cabeça gira em todas as direções, pois não quer perder nada do que acontece à sua volta. Se capta alguma coisa interessante ou pitoresca, pede a atenção de seu pai, puxando-lhe a manga do paletó. Espicha o dedinho para o alto-falante, para o pipoqueiro, para as arquibancadas apinhadas que emolduram o quadrilátero verde recheado de poças d'água, resultado de três dias de chuva inclemente. Pacientemente, seu pai faz o que pode para responder à insaciável curiosidade do guri.

Daqui a pouco entrarão no campo embarrado as esquadras do Grêmio Football Porto-Alegrense e do Sport Club Internacional para decidirem o campeonato da cidade. Ao vencedor, caberá a glória eterna: campeão do Centenário Farroupilha. O evento é grandioso, antecipa os festejos da exposição e testa ao limite os nervos dos aficionados. Breno Caldas sabe disso, tanto que mandou todos os repórteres disponíveis ao Estádio da Baixada.

"O que eu vou fazer lá?", indaguei, tentando me livrar da chateação. "Mal sei o nome dos jogadores e nem lembro as regras direito."

"Tenho certeza de que tu vai encontrar alguma boa história para escrever."

De formas que estou zanzando em um mundo desconhecido habitado por milhares de sujeitos contagiados por uma espécie de êxtase coletivo, enquanto eu só procuro a "boa história", na condição de paisano descompassado e amante contrariado, pois domingo é dia de gozar as delícias da vida com a buliçosa Juliette.

Finalmente, um rosto amigável no pavilhão social. Apparício Cora de Almeida passa por mim, na condição de prócer colorado, e me aperta a mão:

"Tu por aqui, *che*? Não sabia que apreciava o *football*."

"Não gosto muito, estou aqui a trabalho."

"Não gosta? Meu caro, veja o jogo como um teatro de paixões e emboscadas, no qual os atores não sabem o que os outros vão fazer e, portanto, devem estar preparados para tudo. Às vezes, a diferença entre a conquista e o revés é um mero gesto de arrojo na hora adequada; em outras, não passa de uma obra fortuita do acaso. Quer metáfora melhor sobre a vida humana, meu caro Koetz?"

"Vendo dessa forma poética... Vinha com meu pai quando eu era menino, mas depois passei a me interessar por outras coisas."

"O problema dos adultos é subestimar as alegrias da infância. Quando percebem o que perderam, é tarde demais. Gremista ou colorado?"

"Gremista, herança do falecido pai."

"Pudera, *che*, com esse sobrenome."

"Qual o teu prognóstico, Apparício?", provoco. Ele assume uma pose de *expert*.

"*Che*, o Grêmio é um *team* mais experiente, mas já não tem o *élan* de antes, e vai sentir falta do seu melhor jogador, o Luiz Carvalho, que foi vendido pro Vasco da Gama. Se o Inter neutralizar o Foguinho, é meio caminho andado. Nossa esquadra é mais jovem, alguns jogadores estão alcançando destaque. Presta atenção no Tupã, um bugre que trouxemos de Bagé, tem a agilidade de um bailarino e a habilidade de um artista de circo. E contamos com os petardos do Tijolada, um apelido, aliás, deveras adequado. Além do mais, o colorado joga pelo empate. Não quero comemorar antes do tempo, mas acho que essa taça está no papo. Sabe se o Lara joga?"

"Ué, ele não é ídolo da torcida?"

"Corre à boca pequena que ele está muito doente."

"Não diga!"

"Alguns meses atrás, quando foi tratar de uma lesão do tórax causada por choque com um atacante adversário, os médicos diagnosticaram um problema cardíaco e recomendaram que deveria imediatamente encerrar a carreira."

"Uau!"

"Para agravar a situação, contraiu tuberculose, acredita, *che*? Estava hospitalizado até hoje de manhã. Os diretores do Grêmio estão mantendo o assunto em sigilo. O bom senso mandaria que ele fosse poupado, mas em se tratando do Lara, acho que não vinga. Taí um índio valente barbaridade e de caráter. Bem, vou procurar a minha turma."

"Boa sorte!"

As duas equipes adentram o tapete gramado. Os alto-falantes reproduzem a entrevista do árbitro Francisco Azevedo, jogador do Esporte Clube Pelotas, para a Rádio Sociedade Gaúcha: "Ao povo de Porto Alegre, prometo atuar nesta partida com bom senso e imparcialidade!"

Viro os olhos para o menino de boné azul. Ele está de pé, ri, sacode o corpo inteiro, pula e bate palmas – e eu percebo: o guri sou eu, quinze anos atrás, trazido ao campo da Baixada pela mão do funcionário público Armindo Koetz para ver um Gre-Nal. O mesmo estádio, na época com arquibancadas mais modestas, os mesmos rivais em campo, a idêntica excitação reinando ao redor. Dos 22 jogadores que agora correm no mesmo lugar, saltam, encostam um joelho no peito, depois o outro, e elevam os pés o mais alto que podem, Eurico Lara é o único que estava em campo naquele *match* inesquecível no qual meu pai me apresentou a magia do *football*.

"É o nosso novo *goalkeeper*", ele apontou para o rapagão alto e forte, de camisa preta, diferente dos outros que vestiam traje azul. "Veio de Uruguaiana."

"Onde é que fica Uruguaiana, papai?"

"Ih, longe daqui, perto da Argentina, dez horas de trem."

"E o que é *goalkeeper*?"

"É o que fica debaixo das traves, o único que pode usar as mãos para a evitar o *goal* dos adversários. Guarda esse nome, meu filho: Eurico Lara."

Quando a lembrança de meu pai me ronda, eu costumo espantá-la sobrepondo a ela versões indulgentes nas quais me refugio para contornar os dramas de consciência ou o quinhão que me cabe em nosso silencioso afastamento. Agora, isso é impossível, pois o menino e seu pai que estão diante de mim reavivam uma possibilidade de afeto que, no meu caso, perdeu-se no tempo, na troca de palavras e olhares que muito cedo deixou de acontecer.

Recorro ao *professor*. Bebo um gole generoso do *Teacher's* guardado no cantil, o que me afrouxa as defesas e permite que as agulhas da memória me fustiguem por todos os lados. Fecho os olhos e o jogo de 1920 emerge como um filme projetado no interior de meu crânio. A bola rolava de pé em pé e meu pai me explicava o significado dos termos ingleses sob os quais o jogo se desenvolvia – *toss, foul, hand, free kick, driblings, corner, offside, goal*. O *team* de vermelho aproximava-se da meta de Lara. Ele arrojou-se aos pés do atacante do Inter, mas não conseguiu evitar o *goal*. O pai consolou o filho com os dedos suaves roçando o cabelo castanho-claro, sou capaz de senti-los.

Um afago premonitório, pois o Grêmio marcaria dois *goals* e Eurico Lara tornaria sua meta inexpugnável pelo resto da tarde, assegurando uma vitória que, para o guri que eu era, afigurou-se heroica. Não consegui dormir à noite, com a mente povoada pelos gritos, a correria, os chutes, as redes balançando, o sorriso aberto entre as bochechas coradas do velho Armindo Koetz, nossos abraços bem mais calorosos do que os do cotidiano, mesmo dos natais e aniversários.

Os programas futebolísticos ainda se repetiram por três ou quatro anos, mas o guri e o pai foram se distanciando nos labirintos da vida. A falta de aptidão para praticar o *football* produziu uma inapelável frustração que foi minando minha vontade de frequentar o estádio. Desapontado comigo mesmo, ia inventando desculpas para rechaçar os convites do pai, o qual, por algum tempo, continuou frequentando o estádio, sozinho, até que deixou de ir – e foi como se lhe tivessem arrancado um pedaço da alegria.

Quinze anos depois daquela tarde inesquecível, Lara está de branco, é um homem quieto, o único que se mantém inerte. Não é mais o herói musculoso, de peito estufado e postura ereta, e sim um homem tão esquálido e abatido que dá a impressão de ter encolhido de tamanho. O menino agora é um adulto assombrado por fantasmas e o pai não está por ali, nem no estádio nem no mundo.

Sou sacudido pelo apito estridente do *referee*. Passam dez minutos das quatro da tarde quando o *center forward* do Internacional empurra a bola para seu companheiro ao lado e dá a início ao jogo. Duas fileiras abaixo de mim, o sujeito consegue manter o filho sentado a custo. Minha atenção alterna-se entre o menino, as renhidas disputas pela posse da bola no campo lamacento e a figura mítica de Eurico Lara. Meu pai gostaria de estar ali se uma doença terrível não o tivesse levado, e penso que eu devo guardar o que está acontecendo para depois contar a ele, numa outra dimensão, na qual não acredito, mas o devaneio me conforta.

1935

Quando o jogo está longe, Lara se mantém dentro da goleira, com as mãos segurando as redes por cima dos ombros. Dali, lança olhares panorâmicos para a torcida, sai a caminhar pela pequena área, recosta-se à trave, bate nela com a sola da botina para desgrudar o barro, produto de dias e dias de chuva incessante, e aguarda o momento de entrar em ação, mergulhado em uma espécie de nostalgia antecipada. Experimenta, eu imagino, a sensação de que tudo aquilo está perto de acabar e, melancólico, vai se despedindo do seu mundo, como se depois de hoje a vida lhe reservasse um eterno vazio, tal como o senhor, *seu* Armindo, doente sobre o leito, aguardando a hora final, eu na cabeceira, a mudez sepulcral entre nós.

Atenção! Um atacante do Inter – Tijolada, eu suponho – é acionado pelo lado direito próximo à área. Sem adversários a perturbá-lo, ele mira a goleira onde se encontra Lara. Adianta um pouco a pelota e corre atrás dela com o braço esquerdo espichado para a frente. Quando chega perto, gira a cintura, prepara um movimento de estilingue e, com um golpe seco, seu pé direito acerta em cheio o balão de couro, impulsionando-o com uma potência extraordinária. Tudo se passa em uma fração de segundo, *seu* Koetz. A esfera revoa veloz como um pássaro determinado na direção do arco gremista. Oito mil pares de olhos acompanham sua trajetória irrefreável, os torcedores do Inter erguem-se de seus assentos, o senhor colocaria as mãos na cabeça. Eurico Lara não perde de vista a bola que viaja até ele, ameaçadora. Seus companheiros gritam de desespero, os rivais esboçam o grito de *goal*. Duas fileiras abaixo, o menino treme como se ingressasse em um pesadelo medonho.

O homem combalido e solitário ajusta a posição do corpo, meio passo para o lado, ergue as mãos à altura do tórax e espera com uma fria serenidade. É possível escutar o estrondo da pelota ao atingir o peito adoentado de Eurico Lara. Justo no momento do impacto, ele a captura com as mãos, uma por cima, outro por baixo, e desaba para a frente com a dor estampada no rosto, tendo a bola presa sob seu corpo. Permanece nessa posição pela eternidade de alguns poucos segundos, observado por todo o estádio num silêncio desesperador. Finalmente, se levanta com dificuldade, respira fundo, olha para a vastidão do campo, faz quicar a bola duas vezes e dá um chutão pra bem longe. A torcida vibra em frenesi, como se fosse um *goal*. O menino pula de felicidade. Eu imagino a sua expressão de puro regozijo, pai, e encontro a minha boa história.

Ela, contudo, ainda terá desdobramentos imprevisíveis.

Half time, zero a zero, superioridade do Internacional, ansiedade nas hostes tricolores. Armindo Koetz me levaria ao bar, onde tomaria uma cerveja e me pagaria um guaraná. Já tenho idade, meu velho, e vou beber uma em tua homenagem.

O menino está de pé, fala sem parar, imita chutes e defesas. Não sou mais um peixe fora d'água. Os *teams* retornam ao gramado e, surpresa! Em vez de Eurico Lara, surge um *goalkeeper* de quase dois metros de altura, um autêntico pau de virar tripa. O zum-zum toma conta da arquibancada. O que houve com a minha história?

A ausência do ídolo provoca um murmúrio que perpassa toda a arquibancada principal e se espalha como um rastilho pelos demais quadrantes. O menino nota, pergunta incessantemente ao pai, que não sabe o que dizer, e o senhor não está aqui pra me tranquilizar. O que teria acontecido com Lara? Quando os *players* estão posicionados para reiniciar o jogo, ele reaparece na borda do campo vestindo um abrigo grosso e faz um gesto para a plateia. Recebe em troco uma ovação indescritível. A "minha história" ganha fôlego, pai.

O jogo desenvolve-se encarniçado por nervosos 40 minutos, qualquer um pode ganhar, e o empate nos desfavorece. Quando o jogo se encaminha para o fim e o pai dirige palavras de conformismo ao filho, o grandalhão Foguinho olha fixo para a pelota quicando à sua frente e acerta um *shoot* admirável que faz estufar as redes adversárias. Atônito, procuro o menino do boné azul. Ele está abraçado ao pai como se nunca mais fosse soltá-lo. Eu abraço com força um sujeito que nunca vi na vida e nunca mais verei, mas o abraço é para o senhor, meu pai. Reponho os olhos incrédulos no campo e vejo o parrudo Foguinho trafegar célere conduzindo a bola amestrada a seus pés entre os desnorteados *player*s colorados. Perto do arco adversário, em vez de chutar, encosta a bola à feição para seu companheiro empurrá-la para o *goal* vazio.

Viro-me para o sujeito eufórico ao meu lado.

"Quem marcou, papai?", pergunto, como nas primeiras vezes em que íamos ao campo de mãos dadas e eu ainda não guardara os nomes dos nossos jogadores.

"Lacy", o sujeito ao lado responde em seu lugar, meu pai.

Não haverá mais tempo para nada. Lara invade o campo e pula como criança. Seus colegas o carregam nos ombros. A torcida invade o campo em regozijo. Entre a turba ensandecida, chego a enxergar o sorriso escancarado que Armindo Koetz guardava para momentos como esse. Agora sou eu que rio e choro: pelo meu pai, pelo menino, por Eurico Lara e por mim mesmo, imerso na exaltação coletiva, as emoções desencontradas vazando por todos os poros.

Minha história!

A tarde cai e os jogadores deixam o gramado, exaustos. Na porta do vestiário do Grêmio, que só encontro após percorrer um verdadeiro labirinto, mostro a carteira profissional do *Correio* ao funcionário que protege a porta rígido como uma estátua. Imaginava que o ambiente de júbilo se prolongasse no reservado, porém a alegria é ofuscada por uma inquietação que abarca a todos. A razão eu fico sabendo quando pergunto por Eurico Lara.

"Estão levando para o hospital", responde alguém.

"Qual hospital?"

"Beneficência Portuguesa."

Na calçada, consigo enxergar dois sujeitos ajudando Lara a embarcar num automóvel. Corro até ele.

"Lara! Uma palavrinha sobre o jogo", peço através da janela.

"Não tenho palavras pra descrever", responde, com um voz débil.

"E a tua saúde?"

"O importante era vencer! Agora, vamos tratar disso."

O auto abre caminho, serpenteando entre os veículos que começam a se movimentar no entorno do estádio. Penso em segui-lo, mas é impossível conseguir uma condução naquele ajuntamento de gremistas eufóricos que contrastam com o colorados resignados. Fico estático, vendo o automóvel subir a lomba da Mostardeiro em alta velocidade, carregando um heroico passageiro que começa a se transformar em mártir.

O desenho do pórtico de acesso à Exposição Farroupilha dá a impressão de que, ao atravessá-lo, estaremos ingressando no futuro. A estrutura, construída com beleza e arrojo, abriga dezesseis bilheterias, sete entradas para pedestres e duas para automóveis na construção com mais de oitenta metros de largura, tendo ao centro duas torres de forma arredondada, com quatro andares em cada uma, onde funciona a estrutura administrativa do evento. E toda a cidade mostra disposição de participar dessa aventura. Automóveis vindos de todos os lados disputam vagas nos locais de estacionamento à base de buzinaços. Bondes apinhadíssimos despejam ondas de povo provenientes dos mais diversos bairros que convergem ansiosos, olhares brilhantes para os prédios majestosos feitos de estuque e madeira, sem falar dos turistas que desembarcam às carradas no cais do porto e na estação férrea, oriundos do interior, de outros estados e dos países platinos.

Os organizadores obtiveram da mãe natureza, como suprema dádiva, o dia perfeito para a inauguração da Exposição do Centenário Farroupilha: clima primaveril, céu límpido, com uma brisa refrescante a acariciar os rostos que miram, fascinados, o conjunto arquitetônico exótico e moderno como Porto Alegre não conhecia.

Felizmente, consegui no jornal um *voucher* com direito a acompanhante, de forma que não precisamos sofrer nas filas para ultrapassar o pórtico futurista.

Logo diante, uma banda da Brigada Militar anima o público com temas marciais. Juliette está curiosa:

"Por que tantos militares? Estão em guerra?"

"Eles gostam de se exibir."

Abertura da Exposição do Centenário Farroupilha
Fonte: Faculdade de Arquitetura da UFRGS

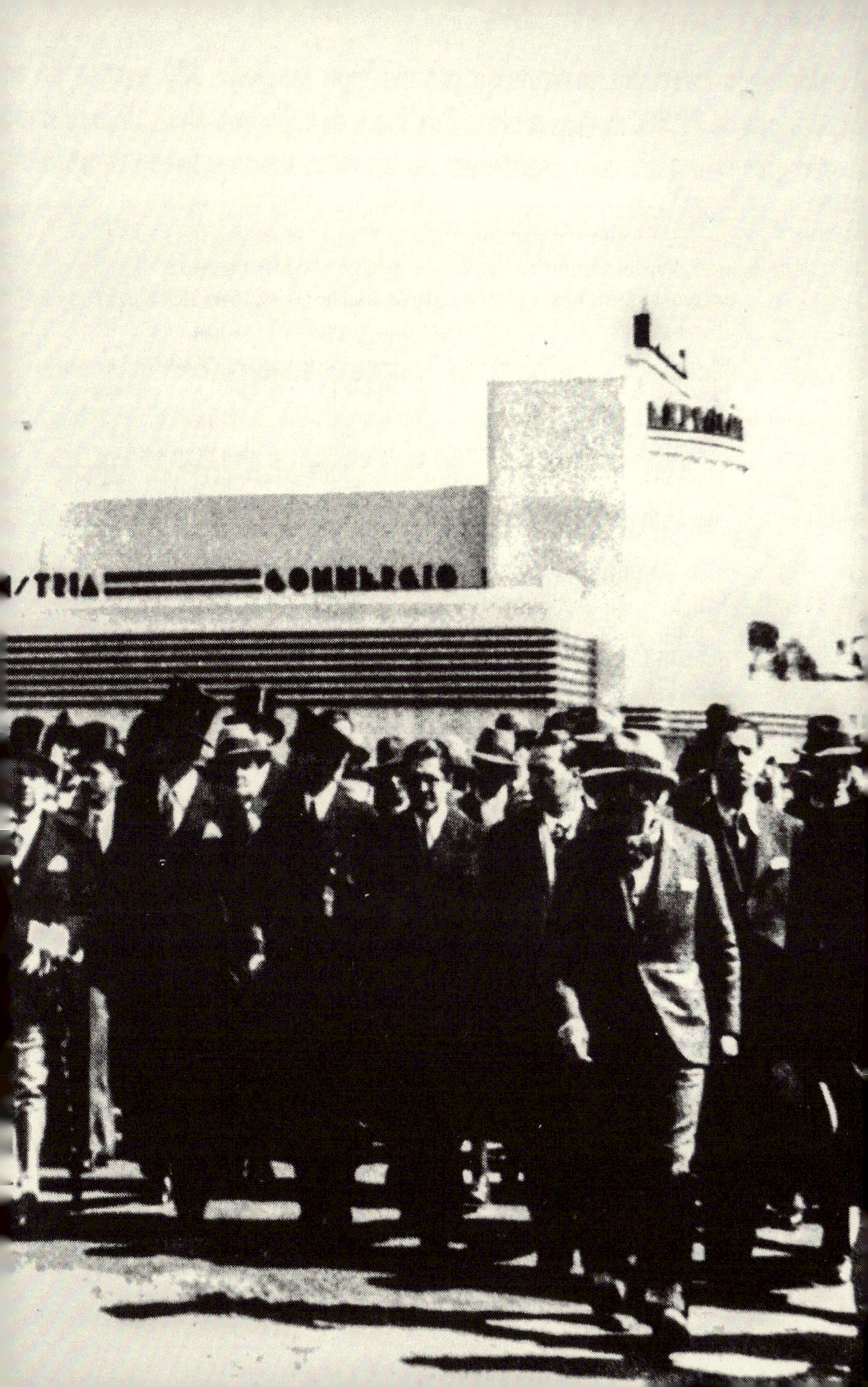
COMMERCIO

Juliette faz a pantomima divertida de uma marcha ao ritmo do rufar dos tambores e consegue arrancar boas gargalhadas de três meninas vestindo roupinhas iguais: saias curtas, pulôver de lã leve e toucas de *crochet*. Logo, elas viram-se aos gritos para um rapazinho de boné branco que carrega um cesto da palha cheio de pacotes de pipoca. Num instante, o sorridente moleque é cercado por todos os lados."

"Quero pipoca!", minha acompanhante pede como se fosse criança.

"Recém tomamos café, *ma chérie*."

Ela está impaciente.

"A que horas vai começar?"

"Faltam dez minutos", espicho o dedo para o relógio da Casa Masson montado sobre um cavalete gigante no início da esplanada que conduz ao pavilhão principal.

Ela olha o relógio, retesa o corpo e vira bruscamente o rosto e eu percebo. Logo atrás do relógio tremula uma bandeira com a cruz suástica, que se destaca na fila de bandeiras dos países que possuem estandes na exposição.

Seguro seu rosto com as duas mãos e lhe aplico uma boa quantidade de beijos, até sentir seu corpo relaxar.

"Cadê o meu sorriso?"

"Aquela bandeira *horrible*..."

"Deixa pra lá. Olha, está chegando o presidente."

Juliette fica na ponta dos pés e meneia a cabeça entre o público para enxergar melhor. Aponto o dedo para o sujeito de fraque que acena a cartola no banco traseiro do automóvel conversível e recebe uma chuva de aplausos e "vivas" da multidão. Ela franze o cenho, um tanto desapontada.

"*Mais il est très petit, hã?*"

"Logo quem falando", eu implico.

Ela faz uma careta.

"É menor que eu."

Olho para ela de cima a baixo.

"Talvez do mesmo tamanho."

"Bobo!", ela finge que me estapeia.

O *petit* Getúlio Vargas desembarca do *Stuk* reluzente e se encaminha junto com as autoridades para o palanque oficial montado a um canto do início da esplanada. Seguimos a turba que se aglomera para escutar os pronunciamentos.

"O que está ao lado dele é o governador Flores da Cunha."

"Você não disse que eles são inimigos?"

"Inimigos é exagero. Digamos que eles eram muito amigos, mas perderam a confiança um no outro."

"Se perderam a confiança, deixaram de ser amigos."

"*Ma chérie*, na política, o conceito de amigos e inimigos é muito variável. Na verdade, a amizade não conta muito."

"Ah, *non*? O que conta, então?"

"A política é movida por ambições, algumas legítimas, outras nem tanto."

"*Oh,* imagino que esses dois sejam ambiciosos, *hã*?"

Tenho que rir.

"Pode apostar que sim."

"Você não gosta deles?"

"Não gosto muito do que eles fazem. Vamos ouvir."

Flores da Cunha esmera-se na entonação e na verborragia tecendo as devidas loas aos propósitos do movimento, à coragem dos revolucionários farroupilhas e, naturalmente, às realizações de sua própria administração. As crianças, entediadas, tentam puxar os pais e apontam para o parque de diversões instalado junto ao pórtico. Os adultos reagem aplicando-lhes croques, palmadas e safanões.

"Vive no fundo de todos nós a alma gaúcha, espólio sagrado que nos legara a geração de 35. E havia, assim, na urdida sutil dos nossos sentimentos, o orgulho dos avoengos famosos que, na hora oportuna, havia de despertar para a congregação solene e definitiva."

O discurso estende-se por quase uma hora. Noto um leve aborrecimento no semblante de Vargas. A meu lado, Juliette está entediada. Sacode meu braço, balança o corpo, distrai-se com o comportamento das pessoas, exatamente como agem as crianças ao redor. Em dado momento, Flores da Cunha menciona os nomes e os feitos dos líderes farrapos:

"Vê passar diante de ti a escolta de teus mortos, meu Rio Grande: honra-os e enobrece-os com teu afeto de gratidão."

"Por que falam tanto nos mortos?"

"Talvez porque seja mais fácil falar bem dos mortos do que dos vivos", tentei que soasse como uma ironia, mas ela levou a sério.

"*C'est vrai.*"

Finalmente, o *Danton dos Pampas* dá sinais de que vai concluir sua peroração:

"É o emblema vivo de um povo, a glória de uma tradição. O fulgor imperecível de uma história."

Juliette arma uma expressão divertida de alívio.

"Calma, tem mais gente a falar."

O pronunciamento do professor Othelo Rosa dura quase o mesmo tempo, pontilhado por palavras rebuscadas e construções gramaticais sem a menor sombra de dúvidas inextricáveis para boa parte dos presentes – e não falo só das crianças. Se o arrojo das construções nos remete ao futuro, o palavrório dos oradores nos transporta para um passado cheio de dubiedades e idiossincrasias. Juliette está visivelmente aborrecida e me olha como se eu fosse culpado. Finalmente, chega a vez da fala presidencial. Minha acompanhante demonstra alguma curiosidade, mas logo retoma a expressão tediosa.

"Mais uma hora."

Contudo, com a sabedoria que quem conhece o povo, Getúlio Vargas percebeu o fastio reinante entre a multidão:

"Meus senhores e senhoras, está inaugurada a exposição comemorativa ao primeiro centenário da epopeia farroupilha. Eu não quero demorar mais tempo no conhecimento desse certame que a maior homenagem que o Rio Grande pode prestar aos heróis farroupilhas."

Encontramos o colega Arlindo, encarregado da cobertura da inauguração. Ele me cumprimenta e beija a mão de Juliette.

"Tudo nos conformes?"

"Que nada... *Tá* se armando uma confusão monumental! O presidente vai visitar o pavilhão central e vários estandes não ficaram prontos. Sei que o Alberto Bins está fulo e o Mário de Oliveira não sabe onde se enfiar."

"Tempo tiveram", comento.

"O pior tu não sabe! Viste que o Bento Gonçalves não chegou a tempo?"

"Ele viria? Então, o Mário de Sá tinha razão quando previu que iriam ressuscitar o homem."

Arlindo vira-se para Juliette.

"Ele é sempre assim, engraçadinho?"

"Se não fosse, não estaria comigo."

"*Tô* falando da estátua que o Caringi projetou, o Bento montado a cavalo, que seria instalada na frente do pórtico. Os italianos não conseguiram terminar a tempo. Disseram que só vai chegar em janeiro."

"Que maçada!"

"Pois é. Agora, deixa eu seguir a comitiva do doutor Getúlio. Bom feriado!"

"Vamos visitar a exposição?"

"Lamento, *ma chérie*, mas a abertura para o público será de tarde."

"Então, vamos pro parque de diversões."

"Boa ideia. E depois um passeio de barco."

No caminho, Juliette me surpreende.

"E quando eu for embora?"

"Vou atrás de ti."

"A qualquer lugar?"

"Nem que seja no inferno", digo com uma entonação épica.

"O que eu iria fazer no inferno?"

"É modo de dizer, *ma chérie*."

"Modo de dizer tolice, *hã*? Não é coisa que se diga para uma *dame*. Você é que deveria ir pro inferno", diz e me bota a língua.

"*Pardon,* não fica brava."

"Vou ficar brava sim, mas só por cinco minutos. Depois passa! Olha ali!", ela aponta para um homem sem os braços que toca violão com os pés com impressionante destreza. "*Mon dieu!*"

O tipo executa uma valsa beliscando as cordas com os dedos do pé direito e deslizando o outro pé sobre o braço de violão que tem entre as pernas. Quando encerra o número, Juliette abre a bolsinha, tira uma nota de 5 mil réis e deposita no chapéu ao lado do músico. Cochicho ao ouvido dela.

"É muito dinheiro, *ma chérie.*"

"*C'est un artiste,* Paulo!"

O violonista sem braços agradece.

"Deu lhe pague! A senhorita é um anjo."

"Viu só", ela abre o sorriso brincalhão. "Você me manda pro inferno e o artista sem braços me chama de anjo. Preciso trocar de namorado com urgência."

Antes que eu diga algo, ela olha maravilhada para o gigantesco tobogã, rodeado por uma multidão de gente em busca de emoções fortes. Não é meu caso. Ficamos um bom tempo na fila da bilheteria vendo adultos e crianças escorregarem, aos gritos, de uma altitude considerável por uma pista ondulada. Quando chega a nossa vez, peço à moça do guichê.

"Um ingresso."

"Dois", Juliette corrige.

"Eu não faço questão, *ma chérie.* Não me dou bem em lugares muito altos. Prefiro ficar aqui no chão, que é mais seguro."

"*Oh,* você tem um problema. Vamos resolver e é pra já!"

Pagamos os *tickets* e nos alcançam dois sacos de aniagem vazios. Até o topo da geringonça são mais de cem degraus que a ruivinha vence com uma disposição incomum. Subo atrás dela sem olhar para baixo, pois isso poderia provocar vertigem, desequilíbrio ou até um vergonhoso desmaio. Lá em cima, necessito de um tempo para regular a respiração.

"Velho!"

"Estou fora de forma."
Ela faz um sinal para eu ir na frente.
"*Ladies first*", respondo, pois ainda preciso tomar coragem.
"Medroso!"
Ela precipita-se lá de cima como uma criança, com os braços abertos, o vestido esvoaçando. Chega a minha vez. Respiro fundo, acomodo-me sobre o saco de aniagem e dou impulso com as mãos. Na primeira ondulação, perco o equilíbrio e a partir daí será uma descida caótica e desonrosa, que termina com o vivente enrolado no saco de aninhagem. Juliette assiste a tudo com os olhos arregalados e a mão tapando a boca.
Ergo-me, como se nada de anormal tivesse acontecido.
"Machucou?"
"Nem um pouco."
O tobogã não é nada perto na montanha-russa. Seguro a barra de proteção com se quisesse espremê-la e armo um sorriso de dentes trincados que tentarei manter durante todo o tortuoso sobe e desce, enquanto Juliette solta gritos estridentes a cada declive. No globo da morte, encontro minha vingança. Ela fecha os olhos diante da exibição de três motociclistas cruzando-se em alta velocidade dentro de uma esfera metálica e só os reabre quando cessa o barulho dos motores.
"Terminou? Ninguém se feriu?"
Dali, ingressamos no *Tanagra, o Teatro Misterioso* para assistir às proezas do Professor Kraus. Na entrada, um cartaz anuncia a principal atração: A Cabeça Decepada. Abaixo, uma advertência: "Proibida a entrada de pessoas impressionáveis ou que sofrem dos nervos." Não fico sabendo se a mensagem é, de fato, preventiva ou se busca atrair mais gente. Juliette indaga:
"Você é impressionável?"
"*Ih*, já vi tanta coisa na vida."
"Até cabeça decepada?"
Lembro-me da infeliz Ivonete, o talho do degolador Januário que quase lhe seccionou o pescoço.

"Pode acreditar."

Ao fim de alguns números convencionais de ilusionismo, chega o momento mais aguardado. O truque é realizado com requinte, sob uma ambientação cuidadosamente programada para criar uma atmosfera de mistério e favorecer a ilusão de ótica: fundo escuro, uma tênue fumaça e um jogo de luzes impecável. De qualquer forma, impressiona. Lá pelas tantas, o personagem cai sobre uma cama e sua cabeça lentamente separa-se do corpo, atravessa todo o palco e vai se acomodar no lado oposto, sobre um armário. O Professor Kraus surge em cena, diz palavras assustadoras com sotaque castelhano e simula dar um choque no sujeito, que logo desperta, levanta-se e caminha decapitado até uma mesa, onde passa a redigir uma carta ditada pela própria cabeça bem no lado oposto ao palco. Não deixei de considerar uma metáfora da política nacional: as cabeças pensantes decidem e o povo descerebrado obedece.

Finalmente, às duas da tarde, o Pavilhão do Rio Grande do Sul é instantaneamente ocupado por uma multidão que se espalha na infinidade de corredores demarcados pelos estandes da indústria gaúcha.

Juliette tem um comentário para cada expositor.

"Você precisa de um fogão novo. Olha esses chapéus! Que tecidos lindos! Gostei daquele casaco, *très charmant*. Olha ali, a *Revista do Globo,* não é onde você vai trabalhar?"

Ao cair da tarde, estamos no barco a deslizar mansamente pelo novo lago da Redenção, que espelha os últimos raios de sol. Eu remo e ela recosta-se sobre mim. Não recordo de nenhum outro momento mais terno em toda a minha vida. Juliette, então, murmura:

"Já estive no inferno. Não quero voltar pra lá."

10

"Era só o que me faltava!"

Mário de Sá solta uma gargalhada no meio da redação, sacode uma página do jornal oficial e pede atenção de todos:

"Ouçam esta aqui". Ele lê com uma entonação épica temperada com pura picardia. "Diz assim: '*E ao som daquelas clarinadas que não cessam nunca, e que continuam tangendo a alma do gaúcho, o Rio Grande vive em Flores da Cunha todo o idealismo magnífico, toda a pujança, toda a bravura, toda a munificência de Bento Gonçalves.*' O título do artigo é *O homem novo*. Vocês devem lembrar do que eu disse no início do ano lá no Bella Gaúcha! O Sérgio estava lá, o Arlindo também, o Adil, talvez o Koetz. O que eu falei? Não se surpreendam se eles ressuscitarem o Bento Gonçalves. Taí, dito e feito. O líder farrapo redivivo na pele do Flores."

"Os amigos d'*A Federação* estão se superando", Adil reforça. "No outro dia, tascaram: *O homem do momento*. Semana passada vieram com essa: *O estadista que o Brasil precisa conhecer.*"

"Candidatíssimo em 37. Falei também naquela noite. Preparem-se pra aturar nosso aprendiz de caudilho no Catete."

"Contra a vontade do Getúlio."

"Vai apoiar quem, Job? Qualquer um que ele indicar, o Flores bota no bolso."

"Isso se o próprio baixinho não se candidatar."

"Pela Constituição, não pode."

"*Hã!* Na hora, inventa um pretexto."

Adil pede que todos se aproximem:

"Informação de cocheira. Quando esteve aqui pra inaugurar a exposição, queixou-se aos mais próximos do assanhamento do Flores. Está fulo! Diz que o aprendiz de caudilho tem mania de tentar dirigir a política federal e se meter nos assuntos de outros estados. Além disso, naquele discurso da exposição, o Flores falou mais de uma hora e não citou uma ação sequer do governo federal em apoio ao Estado. Vocês lembram o que aconteceu? O Getúlio tinha um discurso pronto no bolso, mas quando chegou sua vez, disse meia dúzia de trivialidades."

"Eu vi. Estava irritadíssimo", diz Arlindo. "Em compensação, no Pavilhão de São Paulo, fez um longo discurso bajulando os paulistas."

"O pior vocês não sabem. Ele andou acusando o Flores de controlar sua correspondência telegráfica com o Rio."

"Isso é grave."

"Gravíssimo."

"Quando as mensagens seguiam pela estação do palácio, o telegrafista solicitava ao diretor regional as cópias dos telegramas que o almirante Protógenes dirigia a ele e entregava pro Flores."

Mário debocha:

"Flores espionando o Getúlio. Nada como um dia depois do outro."

É a primeira vez que vejo os principais jornalistas da cidade reunidos no mesmo lugar, no caso, o Restaurante Taverna Azul. Agregam-se ao grupo alguns intelectuais da província, trabalhadores gráficos e integrantes da Aliança Nacional Libertadora, de forma que todos os assentos estão ocupados e eu não tenho onde me sentar. No momento, o jornalista Rivadávia Corrêa faz a saudação ao homenageado, o jovem cronista Rubem Braga, que se encontra acomodado na mesa central, tendo a seu lado o advogado Apparício Cora de Almeida.

"Rubem Braga surgiu há não muito tempo subscrevendo crônicas admiráveis, lidas simultaneamente no Rio, São Paulo, Recife e Porto Alegre", discursa Rivadávia. "Ele faz parte do Brasil intelectual sem nunca ter feito literatura. O que ele faz diariamente é jornalismo autêntico. Jornalismo copiado da vida! Por isso, aproveitando sua estada na capital para presenciar a Exposição Farroupilha, reconhecendo nele um autêntico 'rato' de redação, estamos oferecendo esse almoço íntimo, modesto e proletário, como entendemos que seja de seu feitio, para que se sinta em casa, entre amigos que admiram seu talento e sua simplicidade."

Quando o orador encerra a saudação, Apparício me faz sinal e pede ao garçom uma cadeira sobressalente.

"Rubem, este é Paulo Koetz, teu colega jornalista, na minha opinião o melhor repórter de Polícia da cidade."

"Bondade sua", eu agradeço.

"Então somos mais do que colegas, porque eu também faço reportagem policial no *Diário de Pernambuco*", responde Rubem Braga.

Rivadávia encerra seu discurso sob as palmas dos presentes e convida Rubem Braga para a se manifestar.

"Vou te pedir um favor, *che*", Apparício fala ao meu ouvido. "Eu havia combinado de levar o Rubem para visitar o Dyonélio no quartel, mas tenho uma audiência no tribunal agora de tarde. Por isso, te peço que acompanhe o nosso visitante nessa empreitada."

"Claro, será um prazer."

Rubem Braga esbanja simpatia:

"A ideia desse encontro nasceu numa sala de redação, entre uma notícia a cozinhar, um *suelto* a redigir, uma reportagem a escrever, um telegrama a traduzir, uma legenda e um título, um comentário e uma entrevista, assim nasceu a ideia. Não entendo como uma homenagem a mim, e sim uma reunião de colegas. Reunião de gente que trabalha no mesmo ofício, faz força no mesmo batente, tem o vício na mesma cachaça. Vejo que aqui também estão pessoas que não são de jornal."

Aparício murmura ao meu ouvido:

"Não gostaria que o Rubem fosse ao encontro do doutor Dyonélio acompanhado de algum dos teus colegas reacionários."

"Não há problema", eu respondo.

"Vejo, à minha frente, companheiros de profissão e companheiros de ideias. Falarei como jornalista, porque fiz do jornal a minha mania, o meu ofício e, agora, a minha arma. Cada um de nós há de ter sua arma, ter algo para defender e algo para atacar."

As palmas, agora, provêm com mais intensidade do grupo de gráficos, que parecem os mais politizados.

"Não escrevo só para ganhar a vida, mas também para dar meus palpites acerca das encrencas do mundo. Quando acho que uma coisa não está direita, escrevo que ela está torta. Esse é o nosso ofício, às vezes aborrecido e perigoso. Porém não tem preço a gente ver uma paisagem malpintada e comentar em alto e bom som: essa paisagem não presta! Se a gente não diz nada, aquela irritação fica escondida no crânio, roendo a alegria da vida. O único jeito de não acumular mau humor, de salvar a pureza da alma é dizer: não presta! Eu acho que o Integralismo não presta, é uma paisagem malpintada, carregaram muito no verde, não respeitaram as cores da vida."

Rubem Braga recebe aplausos entusiásticos e vem até nós.

"Antes do almoço, eu falava ao Rubem da ideia de criar aqui em Porto Alegre uma sucursal do nosso Centro de Defesa da Cultura", Aparício tenta me situar na conversa.

"Excelente iniciativa", respondo.

"Eu falava que o desenvolvimento cultural do nosso país sempre encontrou entraves inseparáveis por parte do imperialismo e do latifúndio, interessados em manter a nossa população num baixo nível cultural para submetê-la mais facilmente à exploração dos reacionários."

"É verdade", concorda Rubem. "Veja o meu caso. Como quase todo homem de imprensa, minha vida sempre foi errante e atrapalhada, sempre fui repórter ou cronista do trabalho apressado, e não deu tempo de me formar em Cultura. A culpa não é minha, e sim dos que restringem a Cultura no Brasil de hoje ao privilégio de um grupo, dos que aprisionam a arte em algum salão de luxo, em alguma biblioteca para os ricaços, em algum laboratório."

"É o que pretendemos, *che*. Tirar a Cultura dos salões e torná-la acessível ao povo."

"Nós, intelectuais, artistas, escritores, jornalistas, os que não queremos nos transformar em instrumento de opressão, somos colocados à margem pelos que monopolizam a imprensa, as editoras, os teatros, as instituições científicas."

"Desgraçadamente, meu caro Rubem, não estamos muito longe do que acontece nos regimes de Hitler e Mussolini, que extirparam todas as liberdades, queimaram obras de valor inestimável e perseguem os intelectuais sinceros que têm causas em comum com o nosso povo, não concorda, Koetz?"

"Basta ver o que fizeram com o doutor Dyonélio", eu digo.

"Também aqui se preparam fogueiras para queimar nossas melhores obras, que descrevem o sofrimento das massas populares."

"Pretendo constituir um centro que faça a ligação entre os intelectuais e a massa. Deve ser um centro antifascista!"

"Sem dúvida, Cora. Um centro de Cultura que não for antifascista será um centro de suicídio da Cultura!"

Após o almoço, enquanto Rubem se despede dos presentes, Apparício me confidencia.

"Sobre aquele nosso assunto, tenho algumas novidades interessantes. O coronel Barcellos Feio, sabe quem é?"

Faço que sim.

"Era comandante da Brigada em Livramento na época e ficou muito contrariado com a forma com que o assunto foi abafado. Soube que anda com um drama de consciência terrível. Marquei uma conversa com ele para a próxima segunda-feira. Não quero alimentar expectativas, mas por certo ele sabe de coisas que, uma vez tornadas públicas, podem mudar o rumo dos acontecimentos ou pelo menos criar um imbróglio do tamanho de um bonde que gere desconfianças em torno da participação de Flores da Cunha."

"Podemos ir?", Rubem Braga aparece diante de nós.

"Para o quartel da Praia de Belas", peço ao *chauffeur*.

"Soube que os jornalistas gaúchos não têm uma associação de classe."

"Houve tentativas que não vingaram. Não existe união, porque as redações reproduzem o sectarismo político do Estado. Os jornalistas se veem mais como rivais do que colegas. Entre nós, o único ponto de encontro dos homens de imprensa é o bar. Ali é onde eles repartem suas frustrações e compartilham as mazelas da profissão."

"Acredite, Koetz, o jornalista boêmio é um espécime em extinção. Era um tipo interessante, cheio de espírito, vai continuar existindo, mas socialmente está condenado. Não há mais lugar para o romantismo *blasé*. O jornalista de hoje está diante de dois mundos bem delimitados, tem contato tanto com as cenas mais humildes quanto com as mais suntuosas. Portanto, ele conhece o jogo e sabe, ou deveria saber, qual é o seu lugar."

"Por aqui, não existe essa compreensão. Os jornalistas praguejam, resmungam, porém o seu trabalho prático se resume a bajular os mais poderosos e influentes, de acordo com a orientação do jornal."

"Triste sina a nossa, meu caro Koetz. Nós, da imprensa, sabemos mais do que escrevemos, enxergamos atrás dos bastidores, onde são tramadas as mais obscuras patifarias. Sabemos que o malandro com vinte entradas no xadrez é um anjo perto do ilustre cavalheiro que tantas vezes entrevistamos para as páginas nobres dos jornais, mas uma força maior nos impede de mostrar."

O auto estaciona diante do quartel. Na entrada há uma guarita, ocupada por um brigadiano fardado e um sujeito de terno, cuja postura ostensiva o denuncia como um *secreta*. Somos revistados e mostramos nossos documentos ao soldado, que anota nossos nomes em uma planilha, enquanto o policial civil copia em seu bloco. Depois de uma rigorosa verificação de identidades e dos motivos da visita, finalmente nos levam ao encontro de Dyonélio Machado. Ele está sentado a uma mesa, usa terno escuro de lã sobre uma camisa simples, sem gravata. Quando entramos na sala, ele fica de pé e abre um sorriso.

"Quanta honra, não é todo o dia que recebo uma visita tão ilustre. Imaginava alguém mais velho."

"A gente, que lida com os males do mundo, envelhece cedo", Rubem responde. "É uma honra conhecê-lo pessoalmente. Ouvi falar muito do senhor, do seu desassombro, da sua abnegação, da sua coragem. O senhor já é uma lenda. Olha, tenho trabalhado com muitos homens admiráveis pela cultura, pela honestidade, pelo espírito de luta, e o senhor certamente é um dos mais notáveis."

"Além de talentoso, o rapaz é um cavalheiro, não concorda, Koetz?"

"Eu atesto as palavras do Rubem. Existe um sentimento geral de que o senhor está sendo vítima de uma gigantesca injustiça."

"Fizeste boa viagem, Rubem?"

"Impagável. Viemos de navio desde Recife, num grupo de cinco jornalistas, acompanhados de uma *jazz band* lá de Pernambuco. Quando chegamos só arranjaram hospedagem nos hotéis para cinco integrantes do conjunto, mas no total são vinte. Então, conseguimos uma pensão, aliás, uma pensão shakespeariana, porque o dono se chama Romeu e a empregada, Julieta. De resto, vou sendo mimado de todas as formas. Ontem, almocei com os escritores da Fundação Eduardo Guimaraens, certamente com muitos amigos seus."

"A começar pelo patrono. Convivi muito com o Eduardo, um magnífico poeta, culto, gentil, infelizmente nos deixou muito cedo."

"Agora, viemos, eu e o Koetz, de um almoço com os jornalistas e vários companheiros da Aliança."

A conversa segue movida pela curiosidade mútua, o que me deixa numa posição de coadjuvante, da qual não me queixo. Rubem mostra a Dyonélio o manifesto assinado por intelectuais pela sua libertação.

"Ouça este trecho: *Dyonélio Machado não é hoje apenas um psiquiatra e um romancista, cujo valor enriquece de maneira poderosa o patrimônio cultural de seu Estado e do país. Dyonélio Machado é um homem que o povo de sua terra cerca de admiração e respeito. Ele conquistou essa confiança da massa pela sua capacidade de luta e desassombro. Processado por uma lei que nasceu podre, criminoso em face do código miserável da reação, réu perante uma justiça imoral, Dyonélio Machado é, para nós, um padrão de civismo e dignidade. Vemos no Rio Grande esse espetáculo: um Flores da Cunha no Palácio e um Dyonélio Machado na prisão. Isso exprime todo o sentido da pantomima nacional.*"

"Só pode ser coisa do Álvaro."

"São os primeiros a assinar, Álvaro e Eugênia Moreyra. Mas todos os que valem a pena subscreveram: Carlos Lacerda, Rubem Braga, Oswald de Andrade, Caio Prado Júnior, Di Cavalcanti, Noêmia Mourão, Lydia Freitas, Apparício Torelly, Edgard Sussekind de Mendonça, Jorge Amado. O Jorge falou do seu livro premiado com muito entusiasmo."

"O Jorge é muito atencioso."

"Aliás, quero cumprimentá-lo pela conquista do Prêmio Machado de Assis. *Os ratos* é seu primeiro livro?"

"O doutor Dyonélio tem um livro de contos excelente, chamado *Um pobre homem*", intervenho.

Dyonélio surpreende-se:

"Vejam só, encontrei um leitor!", ele brinca.

"É um livro excelente."

"Gostaria de tê-lo", declara Rubem.

"Saiu pela Livraria do Globo, mas eu tive que pagar os custos.

O livro não teve saída, embuchou, mas me trouxe uma série de ensinamentos. Para fazer um livro não basta escrevê-lo. É preciso dar a ele um tratamento gráfico, torná-lo atraente nas prateleiras. E isso vai encarecendo. Depois, uma boa distribuição e contar com uma crítica favorável, o que depende de muitos fatores, desde a amizade, que não é o mais adequado, até a disposição e o preparo de quem vai avaliar o livro. Aqui em Porto Alegre, não é muito fácil. Os críticos preferem falar das obras que vêm de fora, dá mais prestígio, enfim..."

"Ah, os críticos... De que trata *Os ratos*?"

Dyonélio conta que a história gira em torno de um funcionário público de classe média, que tem um filho pequeno e está sem dinheiro para pagar o leiteiro, portanto, corre o risco de perder o fornecimento. Depois de muitas peripécias, ele consegue o dinheiro, porém passa uma noite angustiante com medo de que os ratos possam roer o dinheirinho obtido.

"Um dia, expus essa ideia ao Erico Verissimo enquanto tomávamos um café. Ele me encorajou a escrevê-la e comentou sobre esse concurso da Academia Brasileira de Letras, mas o prazo de inscrição era curto. Vê só: eu trabalho como psiquiatra no Hospício São Pedro e ainda, nas poucas horas vagas, atendo no meu consultório particular. Só me restava o período noturno. Desta forma, *Os ratos* foi produzido em vinte noites, durante o mês de dezembro passado, a tempo de inscrever no concurso. A ironia é que o Erico também inscreveu um romance que ele tinha pronto e foi um dos ganhadores."

"Prêmio sempre é bom. Melhor ganhar do que não ganhar."

Dyonélio ri.

"Mas vou confessar uma coisa: não sou de deslumbramentos. Sem demagogia, para mim, valeu mais o elogio da moça que datilografava o livro. Primeiro, perguntava todos os dias se o personagem iria morrer no fim, quase implorando que não. Quando chegamos ao final, ela disse: incrível como o senhor conhece a alma das pessoas. Fiquei desconcertado. Respondi: minha filha, trabalhando todo o dia no hospício, tenho obrigação de entender o que as pessoas sentem ou pelo menos estudar o comportamento delas."

"Vou aguardar com ansiedade. Bem, além da visita eu tenho a missão de entrevistá-lo para o nosso jornal sobre a sua prisão."

"Meu advogado, o Apparício, havia me alertado que convocar uma greve política seria 'Lei Monstro' na certa. Eu entrei na luta com quase 40 anos, Rubem. Não é idade para maiores aventuras, mas neste caso, me senti na obrigação de agir. Foi um risco calculado, mas considero a forma como fui preso um ato de traição, com todos os agravantes: na calada da noite, inverno porto-alegrense, madrugada fria e chuvosa. O que fiz eu de tão monstruoso para que a ordem de prisão não pudesse esperar até o clarear do dia?"

"As ideias estão sendo criminalizadas. Eu fui preso duas vezes, primeiro na Revolução de 32 e agora, há questão de três meses, pelo envolvimento com a ANL. Nas duas, fiquei pouco tempo, e concordo que a sensação da falta de liberdade é cruel."

"Sem dúvida, é preferível um combatente solto do que preso. Do ponto de vista prático, eu me dou bem sozinho. A Adalgisa, minha esposa, tem mais ciúme da minha solidão do que de qualquer outra mulher. Além disso, existe a ideia um tanto romântica de que a prisão funciona mais ou menos como um atestado de caráter que o inimigo confere a quem encarcera. Nesses casos, o preso adquire mais nobreza que o carcereiro."

"Um consolo, sem dúvida. Como a sua família está enfrentando essa situação?"

"A Adalgisa se foi pra Quaraí, nossa terra natal, com as duas crianças. Julgamos mais seguro, e lá estarão amparadas pela família. Ela até já conseguiu alunas para as aulas de piano. As visitas vinham se tornado desgastantes para ela. A Polícia faz questão de criar um ambiente de terror para as pessoas que vêm me ver. Agentes ficam na porta do quartel anotando os nomes e batendo fotografias dos visitantes."

"Esse tipo de atitude não tem amparo legal."

"A coisa tá assim, e não podemos duvidar da truculência da Polícia do Flores. Em janeiro, mataram um colega meu, o Mário

Couto, médico e militante comunista, dentro de um carro da Polícia durante uma greve dos motorneiros de bonde."

"Fiquei sabendo."

"No ano passado, atravessaram a fronteira para assassinar o Waldemar Ripoll."

A menção de Ripoll captura a minha atenção.

"Acompanhei o caso. O rapaz assassinado a golpes de machado, não?"

"O caso foi abafado quando as suspeitas se aproximavam do Flores da Cunha", eu digo, "mas há suspeita de que pelo menos o irmão dele, um fazendeiro chamado Chico Flores, estava envolvido".

"O que choca, meus caros, é a arbitrariedade, essa violência espúria nascida da mentira que transforma bandidos privados em bandidos públicos. O carrasco de antigamente podia fazer cair a lâmina sobre o pescoço do condenado ou enforcá-lo porque agia com delegação duma autoridade. Mas o que dizer do carrasco não oficial que desfere machadadas sobre o rosto de um jovem idealista que dormia? A sentença de morte, no caso, não foi proferida por um juiz, e sim por um mandante que dispunha naquele momento da força governamental. Esse foi o crime hediondo que roubou tragicamente a vida de Waldemar Ripoll."

"O ponto comum nesses casos é a impunidade", opina Rubem. "Simulam uma investigação que se detém em determinado ponto, bem antes de chegar aos culpados."

"Estou cada vez mais convencido, meu caro Rubem, de que só um governo nacional, popular e revolucionário pode tirar os trabalhadores das fábricas, das oficinas, dos escritórios, das usinas, da situação em que se encontram, sob a opressão e a ganância de alguns brasileiros e estrangeiros podres de ricos."

"Bravo! Por fim, doutor Dyonélio, preciso de uma palavra sua sobre a Aliança para publicar no nosso jornal."

O médico assume uma postura mais formal.

"Aqui no Estado, a Aliança só funcionou praticamente um mês. Nesse curto prazo e sob a mais feroz das opressões, o trabalho teve resultados formidáveis. Foi um verdadeiro milagre o que se passou nas massas. Nossa velha tradição de luta disse aos gaúchos que eles não poderiam ficar de fora da causa suprema de libertação nacional. Enfrentamos a mistificação dos políticos e o caudilhismo, e realizamos um comício extraordinário sob a intimidação policial, que ameaçava produzir um banho de sangue.

"Eu soube e isso foi muito comentado pela turma d'*A Manhã*."

"Uma precipitação de algum deles, um gesto impensado de um dos nossos e teríamos um massacre com gente morta, sem dúvida. Olha que foi difícil segurar a turma, o clima de revolta era visível. O Koetz viu tudo, não foi assim?"

"Foi por pouco."

"Procuram de todos os meios impedir a propagação de ideias libertadoras, mas as sementes estão lançadas. Aqui e ali, algumas categorias têm obtido melhores condições de trabalho. Temos ainda muito a lutar e estamos dispostos. Isso tu pode escrever. Que nossos adversários não se enganem com os gaúchos. Estamos cansados de gastar heroísmo para o bem de alguns poucos exploradores e pelo mal da maioria do povo. Os gaúchos já foram demasiadamente explorados na generosidade e na sua bravura. Agora, querem lutar por eles mesmos, junto com todas as multidões do Brasil."

Um soldado da Brigada ingressa na sala.

"Temos outros visitantes ali fora. Mando entrar?"

Rubem antecipa-se.

"Vou deixá-lo com seus amigos, doutor Dyonélio, mas saio daqui com uma impressão positiva da sua resistência e a admiração redobrada pela sua firmeza de caráter."

11

Chego ao Cemitério São Miguel e Almas a tempo de escutar as frases carregadas de dor e inconformismo proferidas pelo advogado José Antônio Masplé diante do caixão onde jaz o corpo de Apparício Cora de Almeida: "Relembro a coincidência infeliz de ter ouvido as palavras inflamadas do companheiro morto quando há pouco tempo nos despedíamos, neste mesmo recinto, de Waldemar Ripoll. Não choremos os mortos, porque não morreste, Cora. Continuas marchando conosco, fronte sobranceira, braço erguido, punho fechado. Gloriosamente!"

Recebe uma salva de palmas da enorme assistência, na qual distingo vários advogados conhecidos, muitos jovens, provavelmente moradores da Casa do Estudante, e alguns antigos integrantes da ALN, e são esses que erguem o punho fechado ao final do discurso

"Camarada Cora! Presente!"

A viúva Lúcia mantém-se quieta, de cabeça baixa, um véu rendado cobrindo o rosto, enquanto os funcionários enfiam o caixão em uma das gavetas da galeria. À saída, tento conversar com os familiares, porém ninguém se dispõe a falar, a não ser seu sócio, Genez Porto.

"Paulo Koetz, não é?"

"Sim."

"Eu lhe vi certa feita no escritório. Sei da estima que o Cora tinha por ti. Vivia comentando: o rapaz é bom, presta atenção no trabalho dele."

"Tivemos uma boa relação nesse curto espaço de tempo. Na verdade, já o conhecia da Faculdade, ele saindo e eu entrando."

"Ah, advogado também?"

"Não, deixei o curso pela metade. Estou, naturalmente, perplexo, mas preciso ouvir uma palavra da família."

"Nem a viúva nem o pai dele estão em condições de falar. Lúcia está traumatizada, você há de compreender. Além da perda do marido, pesa essa circunstância de ele estar acompanhado de uma mulher quando ocorreu o fato. Pode escrever que a família aguarda uma investigação rigorosa sobre o caso, que vá além das aparências."

"Os senhores suspeitam que talvez não tenha sido acidente?"

"Existem circunstâncias muito estranhas em torno do caso e dá a impressão de que a Polícia não está dando a devida atenção a elas."

"E quais seriam?"

Genez medita um pouco e propõe:

"Olha, tenho que acompanhar a família. Vamos fazer assim: amanhã conversamos lá no escritório, sabe o endereço, não é?"

"Sei."

"Dez horas?"

Escrevo a notícia ainda impactado. Minha primeira reação ao saber da morte de Apparício Cora de Almeida, ocorrida na noite de domingo, em um restaurante afastado do Centro, foi relacioná-la à investigação que ele realizava sobre o assassinato de Waldemar Ripoll. Talvez estivesse chegando perto da verdadeira história do crime que vitimou seu amigo, e por causa disso foi também executado. A suposição perdeu força ao saber das circunstâncias da tragédia: ele jantava com uma mulher chamada Olga Wagner – provavelmente, sua amante – e teria dado um tiro na própria cabeça, de forma acidental, segundo dizem. De qualquer forma, estou curioso para conhecer as *circunstâncias estranhas* referidas por seu sócio."

Às dez horas em ponto estou no segundo andar do prédio 365 da Rua Doutor Flores. A secretária de meia-idade, ainda chorosa pela morte de um dos patrões, enxuga o rosto com um lenço e pede que eu aguarde.

O homem que aparece à porta do escritório e me estende a mão tem a elegância e a sobriedade de um Fredric March.

"Por obséquio", Genez Porto convida.

Lá dentro, encontra-se um homem grisalho afundado em uma poltrona com a amargura instalada em todo o corpo.

"Quero lhe apresentar o doutor Israel Almeida, pai do Cora."

"Minhas condolências."

Israel agradece com um gesto discreto.

"Bem, Paulo", Genez toma a iniciativa da conversa, "como lhe adiantei existem questões que não estão plenamente esclarecidas. Em verdade, a família está inconformada com o rumo das investigações e eu partilho deste sentimento".

"Estou à disposição."

"Para início de conversa, a morte teria ocorrido pouco depois das nove da noite e a família só foi avisada duas horas depois, quando o corpo já se encontrava no necrotério."

Israel parece absorto em pensamentos sombrios.

"Desde que meu filho ingressou nas fileiras da Aliança Libertadora Nacional, passei a ter a sensação de que ele iria morrer", fala com uma voz pausada e rouca. "Já tínhamos o exemplo do Waldemar Ripoll, um guri que eu vi crescer, o irmão que o Apparício não teve, e que morreu daquela forma medonha. Infelizmente, meu filho seguiu-lhe os passos. Política é bom para quem está no governo, meu rapaz. Quem está contra, corre um risco enorme, ainda mais nesta terra de tantas disputas e tantas mortes."

"O senhor acredita que Apparício foi assassinado?"

"Não tenho a menor sombra de dúvida. Foi alvo de uma cilada. No domingo, ele passou a tarde no Prado e retornou cedo para casa. Segundo a minha nora, ele atendeu a um telefonema e disse que precisava dar uma saída para resolver um problema. A partir daí, sucederam-se diversas situações incongruentes com a personalidade do Cora, mas temo que eles não irão investigar. Para falar claro: se dependermos da Polícia, o caso fica por isso mesmo."

"Por isso te chamamos", retoma o advogado. "O doutor Israel pediu que eu fosse à Polícia obter mais informações. Ontem, telefonei ao delegado Poty Medeiros e este se prontificou a nos receber em seu gabinete após o enterro. O delegado Armando Ferreira, responsável pela investigação, se fazia presente. Declarou que, após tomar os depoimentos das testemunhas, firmara a convicção de que era caso de suicídio ou de morte acidental."

"Insisti que gostaria de ter maiores esclarecimentos sobre o caso", atalha Israel, "nem que para isso tivesse que procurar o governador Flores da Cunha, de quem sou amigo pessoal."

"Poty respondeu que não seria necessário", continua o advogado. "Entregou uma cópia do inquérito e nos autorizou a realizar as investigações que julgássemos necessárias. Ali mesmo, ordenou que o delegado Armando fornecesse os nomes e os endereços das pessoas ouvidas no inquérito. Disse mais: se houvesse dificuldade com alguma testemunha, poderíamos acioná-lo. Após a nossa conversa de ontem, no cemitério, achei que você podia nos ajudar nessa empreitada."

"Os senhores pretendem que eu noticie esse encontro com o chefe de Polícia?"

"Não, não", os dois respondem ao mesmo tempo.

"Pelo contrário", esclarece o advogado. "Queremos o assunto

fora dos jornais enquanto não surgirem fatos novos. Deves imaginar: a circunstância incômoda de ele estar com aquela moça."

"Meu filho sempre teve esse problema com mulher. Um rabo de saia! Quando se casou, aquietou-se por pouco tempo. Minha nora, além da perda, sente-se humilhada. Ninguém fala, mas ela sabe que todos os que vão consolá-la estão com isso na cabeça. Um baita constrangimento para todos nós."

"Bem, se não querem notícia, não entendo como posso ajudá-los."

"Gostaríamos que você nos acompanhasse nessa investigação complementar, vamos chamar assim. Nossa intenção é reunir informações que obriguem a Polícia a reabrir o inquérito. Por eles, o assunto morre aqui", Genez bate com a palma da mão em uma pasta de cartolina sobre a sua mesa. "Que lhe parece?"

A proposta pega-me de surpresa.

"Não sei bem o que dizer."

"Diga que sim."

"De minha parte, não haveria problema, mas tenho tarefas no jornal, horários a cumprir."

"A princípio, podes usar horários fora do expediente. Se o assunto avançar, me disponho a falar com o Breno. Somos amigos do Jockey Club. Creio que ele não vai se opor, já que é só por poucos dias. É claro que prevemos uma remuneração por este trabalho."

"Não faria por dinheiro. Considerava Apparício um bom amigo."

"Se vamos nos valer do teu trabalho, é preciso remunerá-lo. Vamos conversar e lhe fazer uma proposta. Contamos contigo?"

Faço que sim com a cabeça – sem muita convicção.

"Ótimo", ele me alcança a pasta de papelão. "Dê uma boa lida no inquérito. Gostaria de começar amanhã com uma visita ao local do crime. Podemos marcar às nove horas?"

À noite, chego em casa, abro uma garrafa de vinho e começo a leitura do inquérito. O primeiro depoimento, de apenas uma folha, é de Olga Wagner, qualificada como "branca, solteira, com 20 anos de idade, de profissão doméstica, residente a Rua Sete de Setembro, 617." Ela contou à Polícia que aproximadamente às 19 horas de domingo encontrou-se com Apparício Cora de Almeida, a quem conhecia há alguns meses, para passearem de automóvel. Foram até um restaurante fora da cidade no qual ocuparam a primeira mesa. Pediram frios e duas cervejas. Segundo declarou, os dois conversavam quando subitamente Cora tirou o revólver da cintura e apontou para ela ameaçando matá-la. Olga teria empurrado a mão dele pedindo que não brincasse com armas. Cora, após retirar quatro balas do tambor do revólver, virou a arma para o próprio ouvido, passando a comprimir o gatilho várias vezes até que o revólver disparou e ele caiu ao chão. Logo surgiram a dona do restaurante e as duas filhas.

    Anoto no bloco: "*1) por que não foi perguntado a ela sobre a natureza de suas relações com a vítima?; 2) quem escolheu o local, ele ou ela?; 3) por que ela não pediu ajuda quando Apparício a ameaçou com a arma?*"

    Ana Schwienhorst, a dona do restaurante, foi a segunda a ser ouvida. Disse que o casal chegou ao local por volta das oito da noite e ocupou a única mesa da saleta da frente. Mais ou menos às nove e meia, estava com as filhas na cozinha quando ouviram o som de um disparo e os gritos da moça. Correram à sala e encontraram o homem caído com a arma na mão. Disse que tirou-lhe o revólver, temendo que fosse disparar outra vez, e gritou por socorro. Logo aparecerem o jornalista Anton Hugger, que aluga um quarto no chalé aos fundos da casa, e seu amigo José Patliner, acompanhados pela enfermeira Ilse Knoof, também inquilina. Hugger e Patliner saíram a procurar um telefone na vizinhança para avisarem a Polícia.

    Pulo para o depoimento de Francisca, a filha mais velha de Ana. Foi ela quem abriu a porta para o casal. Disse que Olga estava na frente e Apparício logo atrás. Eles se acomodaram na saleta da frente e fizeram o pedido: duas meias-cervejas Hércules e um prato de frios. Cerca de uma hora depois, eles pediram mais uma meia-cerveja. De resto, corrobora a versão da mãe. O delegado nem se deu ao trabalho de repetir as questões que fizera a Ana Schwienhorst. Maria, a filha mais nova, limitou-se a confirmar o que fora dito pelas duas. As três mulheres da casa juram que não conheciam nem Olga nem Cora.

Anoto: interrogatórios pífios.

Anton Hugger, jornalista do *Deutsche Volksblatt*, que aluga um quarto no chalé atrás da casa principal, contou que conversava com seu amigo Patliner e a vizinha Ilse, outra inquilina, quando foram chamados aos gritos por Maria. Entraram na casa pela porta de trás e encontraram as mulheres na saleta: Ana, suas duas filhas e a moça que, viria a saber, seria a acompanhante da vítima, em volta do homem caído, com uma perfuração atrás da orelha direita, e o revólver se encontrava sobre o aparador.

Na manhã de quarta-feira, o automóvel de Genez Porto está na frente do meu prédio no horário combinado. Ele percebe minha cara de sono, mas é gentil em não comentar. No terceiro bocejo, sinto que preciso dizer algo.

"Desculpe. É que não costumo acordar tão cedo. Saio muito tarde do jornal, às vezes custo a pegar no sono. Ontem, cheguei em casa e ainda fui ler o relatório."

"Bocejar faz bem, distensiona os músculos e faz o sangue circular melhor", ele ri. Depois, fica sério: "Cora era meu sócio e melhor amigo. Um sujeito arrebatado, que empolgava a todos com a sua paixão, sua energia, seu compromisso com os mais desfavorecidos. Era a alma do nosso escritório. Na verdade, eu era apenas um coadjuvante e agora terei de assumir o papel principal, sem o talento e o prestígio dele."

"Não diga isso. Tenho as melhores referências de seu trabalho."

Ele emite uma interjeição de modéstia.

"Ao mesmo tempo, tenho que lidar com os assuntos da família, e não falo só das questões burocráticas, falo desse constrangimento. Conheceste a viúva?"

"Sei que é uma senhora muito distinta."

"Ele tinha esse fraco por mulher, mas, paradoxalmente, era

apaixonado pela esposa, dá para acreditar? Ele a reverenciava, mostrava-se um marido atencioso, propagava seu amor aos quatro ventos. Lúcia sabia do passado dele, mas julgava que ele estava regenerado. Por isso, se sente humilhada. Desonrada é o termo. Isso é muito doloroso e vai custar a passar."

"Imagino."

"O que achaste do relatório?"

"Não resta dúvida de que o inquérito foi feito às pressas, já com uma ideia preconcebida."

"É isso que me intriga. Os interrogatórios são primários, sem a menor preocupação de obter informações, muito menos de buscar detalhes."

"O estranho é que o delegado Armando é um policial experiente. Mesmo que os indícios indicassem para o suicídio, ele teria obrigação de cogitar outra possibilidade, nem que fosse para fortalecer sua convicção inicial. No dia do enterro, o senhor falou em circunstâncias estranhas. Quais seriam?"

"Existem algumas peças que não se encaixam. Suicídio está descartado. Não havia o menor vestígio no comportamento do Cora que apontasse para isso. Sempre foi um homem apaixonado pela vida e procurava vivê-la na plenitude. No aspecto pessoal, ele e a esposa planejavam um filho para o ano. Profissionalmente, trabalhava em vários casos com muito entusiasmo, especialmente na defesa do doutor Dyonélio, uma pessoa a quem dedicava uma profunda reverência."

"Acidente?"

"Conheço o Cora há quase dez anos. Não imagino ele fazendo qualquer tipo de exibicionismo com um revólver. Tinha pavor de armas de fogo. Esse revólver, ele deixava guardado na gaveta da escrivaninha. Ultimamente passou a carregá-lo na cintura em função do clima político. Julgava que vinha sendo seguido."

"Isso era real?"

"Ele tinha essa necessidade de se gabar por algumas coisas. Ser perseguido pela Polícia era uma delas. Há uns dez dias, estávamos no automóvel dele indo não lembro para onde. Ele olhou no retrovisor e me disse: Está vendo aquele *Buick* ali atrás? É da Polícia. Vivem atrás de mim. Vamos ver se são espertos. Cora acelerou, entrou na Garagem Comercial por uma quadra e saiu pela outra. Olhou pelo retrovisor e percebeu que o auto mantinha a perseguição. Lembro que ele comentou em tom de blague: não vou, por troça, ficar gastando mais gasolina. Não sou dado a teorias conspiratórias, mas naquele dia me convenci de que o Cora era alvo. Na conversa que tivemos com o chefe de Polícia, o pai dele mencionou esse aspecto. Foi a única vez que o delegado Poty saiu do sério."

"Negou, evidentemente."

"Com veemência. Disse que nem que quisesse poria alguém no encalço do Cora, pois está com falta de pessoal e até para o policiamento da exposição precisou recorrer à Guarda Civil."

"Eu sei que ele pretendia reabrir o caso Waldemar Ripoll."

"Era uma de suas obsessões. Os dois eram muito amigos. Quando mataram o Ripoll, Cora ficou inconformado e encasquetou que era culpa do Flores."

"O que o senhor acha?"

"É bem provável que sim, mas seria muito difícil encontrar uma prova cabal. Todos os caminhos que poderiam levar à responsabilização do Flores foram fechados. Cimentados, eu diria."

"Apparício possuía novas informações e perseguia algumas pistas. Talvez isso incomodasse a Polícia. Olga era, de fato, amante dele?"

Genez solta uma das mãos do *guidon* e tira do bolso um retrato.

"Encontrei na gaveta do Cora."

A fotografia de meio perfil com o ombro em primeiro plano mostra uma mulher atraente, no meio do caminho entre Barbara Stanwyck e Irene Dunne: rosto em forma de diamante onde se salientam o queixo atrevido, a boca com o lábio inferior mais carnudo, o nariz perfeito e um par de olhos negros e insinuantes o suficiente para conduzir qualquer homem à perdição, tudo isso sob uma cabeleira loira reluzente.

"Sedutora."

"Ele não falava muito comigo sobre esses assuntos, me considerava muito conservador para questões como aventuras extraconjugais, e sou mesmo. Mas alguns dias atrás, me confidenciou que uma alemãzinha se declarava apaixonada por ele e vinha criando problemas, ameaçava contar tudo à família se ele a deixasse."

"Olga?"

"Tudo leva a crer. Olha, chegamos."

A entrada do Restaurante Três Estrelas é demarcada por duas sólidas colunas feitas de tijolos e cimento com caixas de vidro no topo para proteger as luminárias. Adiante do portão, uma alameda corta ao meio uma vivenda magnífica, cercada de canteiros, jardins e árvores frutíferas de pequeno porte. Andamos uns cinquenta metros até chegarmos à casa principal, construída em alvenaria com telhado triangular.

Genez estaciona junto à parede lateral da casa, coberta por floreiras baixas de vários tipos. É possível enxergar, nos fundos do terreno, outro *chalet* construído em estilo bem diferente, indicando que os dois prédios não são da mesma época. Duas mulheres estão no pátio mexendo nas roseiras. Uma delas, que vem em nossa direção, tem um pouco de Miriam Hopkins. É uma mulher de traços marcantes, de rosto quadrado, as maçãs do rosto altas e salientes, e um belo conjunto de olhos claros, nariz perfeito e boca carnuda.

Quando o advogado se apresenta e anuncia o motivo da visita, é possível notar um leve incômodo no semblante dela:

"Prazer, Francisca."

"Imagino os transtornos que vocês estão enfrentando."

"Nisso tudo, fomos nós as mais prejudicadas, além da família dele, é claro", alega, protegendo-se do sol com uma das mãos. "Meu padrasto está viajando e minha mãe está uma pilha de nervos."

Ana Schwienhorst se aproxima. Aparenta ser uma réplica envelhecida da filha e está muito zangada.

"*Mutti*, esses senhores vêm de parte da família do falecido."

"*Agorra* não *querro* mais restaurante. Acabou o negócio. Quando voltar, *marrido* faz o que bem entender. Eu não faço mais nada. Não *querro* mais nada", e se afasta praguejando em alemão em direção à casa.

"Minha mãe fala mal o português e nem queiram saber o que ela está passando. Bem, o que eu poderia declarar está no meu depoimento."

"Queremos só verificar alguns detalhes que não ficaram muito claros."

"Não há problema. Os senhores querem entrar?"

"Onde ficou o auto de Apparício?", indago.

"Mais ou menos onde está o de vocês."

No canto próximo ao pátio, um pequeno *hall* protegido por um alpendre conduz à porta de entrada. A primeira peça é uma saleta em L que formaria um quadrado somada a área do *hall*. Possui talvez cinco metros por quatro de largura. Nela, cabem uma mesinha sextavada coberta por uma toalha de mesa feita de crochê; duas cadeiras estofadas de couro marrom, uma de costas para a janela que dá para o *hall* e a outra no lado oposto, encostada a uma viga; mais um sofá de dois lugares quase encostado à parede da frente, junto à mesa. Completa o mobiliário, ornamentado com um vaso de margaridas, um aparador colado à parede contrária que permite uma pequena passagem a quem entra e se dirige à peça contígua.

"Vamos recapitular", eu proponho. "Eles tocaram a campainha. Quem atendeu?"

"Eram mais ou menos sete e meia da noite. Nós estávamos na cozinha preparando o jantar e não escutamos a campainha. Só quando os cachorros latiram é que eu vim olhar e ouvi a sineta."

"Quem veio na frente?"

"Olga."

"Você a conhecia?", pergunto.

"Não. Nunca tinha visto antes."

"Me pareceu que você pronunciou o nome dela como se conhecesse."

"Conheci naquela noite. Aqui eles ficaram. Ela sentou-se aqui", Francisca indica a cadeira postada junto à janela. "Apparício, ali."

"Na outra cadeira ou no sofá?"

"Na cadeira."

"Um de frente pro outro?"

"Isso. Pediram duas meias-cervejas pretas e um prato de frios, queijo, fiambres, azeitonas. Eu trouxe e deixei os dois a sós."

"O que eles faziam? Conversavam, discutiam?"

"Conversavam."

"Sobre o quê?"

"Não sou de ficar ouvindo conversa dos fregueses", ela demonstra uma leve irritação.

"Você trouxe o pedido e...?"

"Voltei à cozinha. Passou-se uma hora, se tanto. Passou uma hora e retornei para saber se queriam mais alguma coisa. Pediram outra meia-cerveja."

"Quem pediu? Ele ou ela?", indaga Genez.

Ela pensa um pouco.

"Foi ele, tenho quase certeza."

"Não houve nenhuma discussão entre eles?"

"Quando eu estive perto, não. Ficamos lá na cozinha perto do fogão. De lá não se escuta nada."

"E então?"

"Passaram-se uns dez minutos, eram mais ou menos nove horas quando escutamos um barulho."

"Um tiro?

"Parecia um tiro, digo parecia porque nunca tinha ouvido de verdade, só no cinema. Na hora, não percebemos. Logo depois, o grito da moça. Quando chegamos, o homem estava morto."

Genez puxa assunto sobre o funcionamento do restaurante e saio a andar pela casa. A sala de jantar contígua é bem maior do que a saleta onde ocorreu o crime. Depois dela, em direção ao interior da casa, há uma ampla peça que funciona como copa, tendo ao fundo um janelão de onde se pode ver o *chalet*. Entre as peças internas não há portas, e sim aberturas largas, protegidas por reposteiros. Ao lado da copa, na lateral do prédio, está a cozinha, com dois metros de largura e um comprimento que vai da frente até os fundos da casa.

Ali encontro Maria, a outra filha, lavando pratos. Não deve ter mais de quinze anos. Ao me ver, interrompe o serviço e seca as mãos no avental.

"Tudo bem com sua mãe?", pergunto após as apresentações.

"Ela anda atacada dos nervos."

"Com razão."

Os armários com pratos e talheres estão no lado que corresponderia à parte dianteira, enquanto o fogão, a *frigidaire* e a pequena despensa situam-se nos fundos. Ali, há uma janela de onde se vê uma escada de madeira para o segundo andar, onde, imagino, ficam os aposentos da família.

"Estou tentando reconstituir o que aconteceu naquela noite, tu me ajuda?"

Ela responde com um movimento de cabeça enfático, que revela uma espécie de excitação.

"Onde vocês se encontravam, precisamente?"

"Ali", ela mostra o canto da cozinha onde está o fogão a lenha e indica os bancos onde cada uma estava acomodada.

Vou até lá e não consigo mais escutar a conversa entre Genez e Francisca, embora ela tenha uma voz que se faz ouvir.

"O que aconteceu?"

"Ouvimos um barulho assim: *pec*! Nenhuma de nós tinha ouvido tiro na vida."

"*Pec*?"

"Como um martelo batendo num metal."

"Então, correram para lá."

"Não imediatamente. *Mutti* falou: o que foi isso? Ficamos nos olhando. Aí, escutamos o grito da moça."

"Ela gritou logo depois do tiro ou demorou um pouco?"

"Custou um pouquinho. É como eu lhe disse. Ficamos uns momentos sem saber o que fazer. Depois do grito, fomos até lá."
"Encontraram ela junto ao corpo?"
"Não, aqui do lado, na varanda."
Caminho até a varanda e faço um sinal para ela me acompanhar.
"Aqui?"
Maria faz que sim com a cabeça.
"Ela veio em nossa direção."
"O que ela disse?"
"Não sei exatamente as palavras: ele brincou, brincou e a arma disparou, uma coisa assim. Então, corremos para a sala e vimos o corpo caído."

Procuro contar mentalmente o tempo entre o tiro, o grito de Olga, a vacilação das mulheres na cozinha, o caminho dela até a copa, através do espaço estreito entre a mesa e o sofá, o encontro das quatro mulheres na copa, o breve relato de Olga sobre o que aconteceu e, finalmente, a chegada das mulheres na sala.

"*Mutti* pediu para que eu chamasse o senhor Hugger", Maria prossegue. "Fui até a janela da varanda e gritei por ele. Em pouco tempo vieram todos."

Na saleta, Francisca está contando que o restaurante pertence ao seu padrasto, que atualmente se encontra na Alemanha, a negócios. Ela e Maria trabalham no Centro e ajudam a mãe nos fins de semana. O sustento vem basicamente do aluguel dos quartos no *chalet*. São quatro, mas só três estão ocupados, um pelo jornalista Hugger, outro pela enfermeira Ilse e um terceiro por um funcionário da Tubos Mannesmann que está hospitalizado. Existem mais três quartos na casa principal que normalmente ficam vazios, a não ser no verão, quando famílias de origem alemã passam o fim de semana ou temporadas mais longas. O restaurante praticamente é desativado no inverno.

"Durante o tempo que os dois estiveram aqui, a janela ficou aberta?", Genez Porto quer saber.

"Perguntei se queriam que eu fechasse. Olga respondeu: pode deixar aberta."

"Tem certeza de que foi ela quem pediu para deixar a janela aberta?"

"Tenho. Fui ali e fechei."

"É possível entrar gente no terreno sem que vocês percebam?"

"Normalmente, trancamos o portão, mas chuviscava. Então, esperamos que o casal fosse embora pra fechar."

"E a porta da casa, ficou aberta?"

"Não me recordo."

Olho para o chão, no caminho entre a porta até o refeitório.

"Onde se encontrava o corpo, precisamente?"

Elas apontam o espaço entre a cadeira de Olga e o aparador. Alcanço meu bloco e a caneta para o advogado e deito-me ao chão. Todos olham-me com espanto. Francisca deixa transparecer uma leve contrariedade, mas Maria parece divertir-se.

"Mostrem como o corpo se encontrava. Anote por favor, doutor Genez."

As duas vão orientando a minha posição, quase em jogral: o corpo caído em decúbito dorsal, braço direito dobrado sob o tórax, o braço esquerdo distendido para fora, a perna esquerda em ligeira flexão e a perna direita também estendida.

"O revólver estava embaixo do corpo?"

"Sim. Minha mãe cometeu essa imprudência. Tirou o revólver da mão do falecido", conta Francisca.

"Não se deu conta que ele tinha morrido e ficou com medo que atirasse de novo", complementa Maria.

Eu e Genez trocamos olhares e concordamos que a visita pode terminar por aqui.

"Muito bem. Grato pela atenção e pela boa vontade", ele agradece, de uma forma diplomática.

Genez manobra o automóvel fazendo o retorno nos fundos do terreno. Quando passamos de volta pelo prédio, Francisca dá um leve abano e ingressa na casa. Ao final da alameda, um homem magro, aparentando trinta anos, está podando um limoeiro com um tesourão de jardinagem em notável destreza. Desço do auto e vou até ele.

"Boa tarde!"
"Sim, senhor."
"Prazer, Paulo Koetz."
Ele limpa a mão na camisa de flanela.
"Tinoco Barbosa, seu criado."
"Trabalha na casa, Tinoco?"
"Cuido do jardim, sim, senhor."
Olho ao redor.
"Pelo jeito, serviço é que não falta."
"Graças a Deus. O inverno foi rigoroso, de formas que deu trabalho. São da Polícia?", ele pergunta um tanto ansioso.
"Não, somos da parte da vítima."
"Eu não *tava* aqui quando a desgraceira aconteceu. Domingo, saí de tardezinha pra ir no Cine Gioconda."
"Ah, é? Gosta de cinema, Tinoco?"
"Gosto, mas não era filme. Tinha luta de boxe. Duas lutas. Na primeira, o Polo Norte, conhece?, deu uma surra num chileno desconhecido, muito fraco, acho que nem lutador é. Na outra, o Maldonado ganhou do Leão de Santa Maria no terceiro *round*. Achei marmelada. Dinheiro posto fora."
"Saiu daqui a que horas?"
"Mais ou menos às seis da tarde. A luta começava às sete, até chegar lá..."
"O casal não tinha chegado?"
"*Inda* não."
Já estou desistindo do jardineiro, quando ele diz:
"Tinha um auto, mas não era deles."
"Um auto? Onde?"
"Ali", ele aponta para um canto junto ao muro.
"Meio escondido, não é?"
"Não é normal."
"Ficou curioso?"
"Não me meto onde não sou chamado."
"Bem que tu faz. A que horas tu voltou?"

"Depois da luta fui tomar uns tragos. Cheguei passado da meia-noite e o estrago *tava* feito."

"Esse auto, tinha alguém dentro?"

"Não consegui ver. Quando saí de casa, já *tava* escurecendo."

"Que marca era?"

Ele dá de ombros.

"São tudo parecido."

"A cor?"

"Escuro. Preto ou marrom."

"Quando tu voltou, ainda estava ali?"

"Não. Tinha outro auto encostado na casa, mas vim a saber que era do falecido."

"Já prestou depoimento na Polícia?"

"*Inda* não, mas a senhora já me disse que eles vão *vim* falar comigo. *Tô* só esperando."

"*Tá* bom, Tinoco. Obrigado."

"Não por isso."

No retorno, o advogado se mostra inconformado.

"Um monte de peças que não se encaixam. Além da função da arma, tem a história da cerveja. Cora não bebia há mais de dois meses em função de um tratamento médico."

"Uma recaída, talvez."

"Não creio. Ele estava no final do tratamento e obedecia à prescrição médica rigorosamente porque queria curar-se logo. Era uma infecção na próstata, muito incômoda. Outro detalhe que não combina com ele: a janela aberta. Cora não suportava o frio. Caía um pouco a temperatura e ele já fechava todas as janelas. Domingo à noite fazia muito frio. Pior: um frio com chuvisqueiro. Ele jamais permitiria manter a janela escancarada. O que disse o jardineiro?"

"Conta que saiu às seis da tarde, Apparício e Olga ainda não tinham chegado, mas havia um automóvel no pátio do restaurante."

"Outro automóvel? Ora veja! Que auto misterioso seria esse?"

"Talvez da Polícia."

"Nesse caso, já sabiam que os dois iriam para lá."

Fico em silêncio. É cedo para expor uma teoria que vai se enraizando na minha mente como erva daninha. Eu sugiro:
"Vamos encarar a outra alemãzinha?"
Aquela parte da Rua Sete de Setembro reúne as principais concessionárias de automóveis da cidade. Ali estão as lojas da Fiat, da Chevrolet, da Ford e importadoras de pneus Goodyear e Firestone. A pensão da Franklina, onde mora Olga Wagner, situa-se na mesma quadra do *Correio do Povo*, só que do lado oposto. Batemos com insistência à campainha no número 617, mas ninguém atende.
"Espere aqui", eu digo.
Atravesso a rua, ingresso no escritório da Heliolux, uma empresa especializada em luminosos a gás neon, e peço para usar o telefone. Busco no bloco o número fornecido pelo delegado Armando. No terceiro toque, uma voz de mulher atende.
"Quem fala?"
"Franklina."
"Por favor, abra a porta da frente. Queremos falar com Olga Wagner."
"Quem deseja?"
"Somos da parte da família de Apparício."
"Ela não tem nada pra falar."
"Se a senhora não abrir a porta, a Polícia chega em cinco minutos."
"Vou abrir", ela anuncia, após alguma hesitação.
Entramos na sala e encontramos Franklina e um menino de uns dez anos.
"Te manda, Julinho!", ela ordena e o guri retira-se para o interior da casa.
Genez apresenta-se.
"Estamos fazendo investigações complementares sobre a morte de Apparício Cora de Almeida. Precisamos conversar com Olga Wagner. A senhora pode chamá-la, por obséquio?"
"Ela não *tá* com disposição de falar. O que tinha que dizer já disse à Polícia."

"Nós temos autorização da Polícia para proceder a essas averiguações, de forma que ela tem duas escolhas: ou fala conosco aqui na sua casa ou virá uma viatura da Polícia para levá-la à chefatura. Por favor, dê esse recado a ela."

"Ele não *tá* boa. Quem sabe os senhores voltam outra hora?"

"A senhora não entendeu", eu me intrometo. "Se ela não aparecer agora, uma *viúva-negra* da Polícia virá buscá-la e talvez leve a senhora junto!"

Olga Wagner surge na sala com cara de poucos amigos.

"Eu nem sei quem são os senhores."

"Meu nome é Genez Porto, sócio do Apparício. Ele é Paulo Koetz, jornalista que está nos ajudando. Alguns aspectos do crime, ou, vá lá, do acidente, se é que foi mesmo acidente, ainda não estão plenamente esclarecidos, de forma que a família obteve autorização do chefe de Polícia para proceder a novas averiguações."

"Eu conheço meus direitos. Só falo na Polícia ou em Juízo."

"Conhece seus direitos? Pelo jeito, já esteve envolvida em algum caso policial anteriormente", eu provoco.

"Nunca!"

"Alguém lhe deu essa orientação sobre os seus direitos."

"Um conhecido."

"Outro amante?"

"Um amigo."

"Pode-se saber o nome do sujeito tão zeloso pela amiga."

"Não vem ao caso."

"Teu advogado?"

"Não interessa!"

"Talvez tenhamos que falar com ele se as coisas ficarem ruins pro teu lado."

"Por que ficariam?"

"Por exemplo, se o caso tomar outra direção."

"Outra direção? O Cora se matou na minha frente. Eu vi!"

"Vamos deixar de rodeios", pede Genez. "Conte para nós como vocês se conheceram."

"Um dia, eu *tava* com uma amiga..."
"Como se chama a amiga?"
"Olga, também."
"Estavam onde?"
"Na Confeitaria Woltmann. Ele chegou, cumprimentou minha amiga, que já conhecia, e pôs o olho em mim. Sentou em outra mesa e mandou um cartão pelo garçom para a minha acompanhante."
"Um cartão?"
"Do escritório. No verso tinha uma mensagem."
"Escrito o quê?"
"Li tanto que até decorei: *"Olga. Espero que esse sorvete te faça bem. Quem é essa alemãzinha que faz contigo, moreninha da praia, um duo admirável?"*
"Continua."
"Ela nos apresentou e ali mesmo combinamos um encontro."
"Onde?"
"Aqui."
"Nesse encontro, mantiveram relações sexuais?", indago e Genez desvia o rosto.
"Sim."
"Quanto tempo faz isso?"
"Três meses."
"Depois, houve outros encontros?"
"Vários."
"E sempre acabavam na cama?"
"Às vezes sim, outras não."
"Qual foi a última vez que tiveram relações sexuais?"
"No sábado."
"A que horas?
"Final da tarde. Depois, marcamos um novo encontro para o dia seguinte, às sete da noite."
"Quem sugeriu o lugar, tu ou ele?"
"Ele disse que conhecia um bom lugar pra comer uns frios, perto do Morro Sabiá. Na hora combinada, veio me buscar."

"Não foi tu quem telefonou pra ele?"

"Nem sei o número da casa dele. Chegamos no lugar, *tava* chovendo, ele parou o auto na porta e eu corri para o alpendre, enquanto ele estacionava."

"Quem bateu na porta?"

"Ele. Demoraram um tempo pra atender."

"Ouviu cachorros latindo?"

"Não tinha cachorro nenhum."

"Ele entrou primeiro?"

"Sim."

"Durante o tempo em que estiveram ali, a janela ficou aberta ou fechada?"

"Ele pediu para que ficasse aberta."

"Naquela noite, sobre o que conversaram?"

"Não me recordo."

"Ora. Isso faz apenas três dias", insisto.

Ela faz o possível para manter o controle.

"Nada importante. Ele falou que as flores do pátio eram iguais às da casa de veraneio que possuía em Gramado, que lá tinha muitos cravos, azaleias, como ali. Eu falei que na casa da minha família em Taquara também tinha muitas flores, coisas desse tipo."

Deixo escapar uma interjeição irônica:

"Francamente, Olga! Conversaram sobre flores durante uma hora e meia? Tu tá nos subestimando."

"Não lembro de outro assunto. Acho que ficamos um tempo sem conversar."

"Nenhum assunto amoroso? Seria normal, eram íntimos, não?"

"Não que eu me lembre."

"E então, vocês pediram cerveja e frios. Ele tomou cerveja?"

"Sim."

"É estranho, porque ele não vinha bebendo. Você sabia que ele estava em tratamento de saúde?"

"Ele bebeu, sim! Depois, até pediu mais uma."

"O que aconteceu depois?"

"O Cora veio para junto da janela, ficou de pé na minha frente, pegou o revólver no bolso e me apontou. Vou te matar, ele disse."

"Assim, sem mais nem menos?"

"Eu empurrei a mão dele e disse que com arma não se brinca. Ele abriu o revólver, tirou quatro balas e botou no bolso. Aí, levantou a arma junto à própria cabeça e começou a apertar o gatilho."

"Quantas vezes?"

"Três ou quatro, sei lá, várias, até que a arma explodiu. O corpo dele foi caindo vagarosamente por cima do aparador. Então, eu gritei."

"Gritou na hora do tiro ou quando o corpo caiu?"

"Não sei! Gritei e corri para a outra peça. A senhora e as filhas vieram me acudir, mas isso eu já disse na Polícia."

Agora é a vez do advogado:

"Quando ele lhe apontou a arma, você não se levantou da cadeira?"

"Não."

"Não? Enquanto acionava o gatilho, você continuou sentada, não se assustou? Não pediu ajuda? Não fez nenhum gesto para impedi-lo? Essa história não está bem contada."

"Pensei que ele *tava* querendo me assustar."

"E não se assustou? Estranho, uma arma normalmente assusta as pessoas."

"Para mim, era tudo uma brincadeira de mau gosto."

"Você notou que o corpo caiu sobre a mão que segurava a arma?"

"Tive a impressão de que a arma ficou embaixo da barriga, mas não posso garantir, eu fiquei muito nervosa e saí dali quase imediatamente."

"Você viu quando dona Ana recolheu a arma?"

"Não. Eu permaneci na varanda até a Polícia chegar."

"E o que aconteceu depois?"

"Esperamos um tempão até a Polícia chegar. Levaram a família para a Delegacia da Tristeza para prestar depoimento."

"E tu?"

"Fui conduzida à chefatura de Polícia, me interrogaram e depois me liberaram. Era isso?"

"Tu não aparenta estar muito triste com a morte dele, ainda mais tendo ocorrido na tua frente, uma pessoa tão próxima."

"Ora, vocês sabem como a coisa funciona."

"Não", retruco. "Nos conte como a coisa funciona?"

"Nós nos divertíamos. Ele era uma boa companhia e sabia agradar uma mulher. Não são todos que sabem."

"Conhece muitos?"

"Alguns."

"Ele te pagava?"

Sinto que Genez não gosta nem um pouco do rumo que a conversa assume. Levanta-se da cadeira e começa a caminhar em círculos pela sala.

"Não sou obrigada a responder isso."

"Pagava por encontro, por semana, por mês?"

"É um assunto que só interessava a nós dois. Como ele morreu, só interessa a mim. Chega?"

"Se ele decidisse romper contigo, como tu reagiria?"

"Ele não faria isso."

"Talvez ele tenha sugerido terminar o romance entre vocês", agora é o advogado quem provoca.

"Ele nunca falou isso", ela ergue a voz. "Podem me deixar em paz *duma* vez?"

Saímos à rua e eu indago.

"Que achou?"

"Ela é esperta, segura de si. É óbvio que foram amantes, porém há um detalhe. Ela disse que se encontraram e tiveram relações no sábado, véspera do crime."

"Sim?"

"Primeiro: nesse tratamento de saúde, ele tinha orientação para não manter relações sexuais. Orientação, não proibição, mas ele me comentou que vinha cumprindo religiosamente. Quando passava uma mulher atraente, brincava: E eu de quarentena... Segundo: Cora ficou todo o sábado em casa, só saiu para comprar cigarros à tardinha e à noite foi jantar fora com a Lúcia no Cassino da exposição. Teria que ser um encontro muito rápido quando foi buscar os cigarros. Não creio. O comportamento de Olga é pra lá de suspeito."

Vejo deixar a pensão o menino que estava na sala quando chegamos. Antes de perdê-lo de vista, apresso as despedidas:

"Olha, tenho algumas coisas a fazer no jornal."

"Podemos retomar amanhã, no meu escritório?"

"É claro."

O advogado sobe no automóvel e eu vou no encalço do menino que dobrou a primeira esquina. No meio da quadra, há uma padaria e ele está na fila.

"Olá, guri. Tu mora na casa da dona Franklina, né?"

"Sou filho dela."

"Prazer, Paulo."

"Júlio."

"A gente *tava* ali falando com a Olga e eu esqueci de perguntar umas coisas, tu pode me ajudar?

Ele dá de ombros.

"Olga mora na pensão?"

"Quase sempre. Às vezes some e depois volta."

"Tem outras moças que moram lá?"

"Agora, não. Chegam, ficam um tempo, vão embora, lá pelas tantas estão ali de novo. Umas só usam os quartos, o senhor sabe, *né*?"

"Conheceu o doutor Apparício?"

"*Harrã*. Me dava bala de coco. Tirava do bolso e me dava. Fiquei triste."

Chega a vez de Julinho ser atendido. Ele tira o dinheiro do bolso, desenrola e estende à mulher do caixa.

"Um pão de quarto e cem gramas de mortadela." Vira-se para mim e diz: "Olha, minha mãe não gosta que eu converse com estranhos."

"Pode deixar que eu não conto pra ela. Sábado passado o Apparício esteve na pensão?"

"Não, quem *teve* no quarto dela foi o Leopoldo. Domingo, *seu* Apparício foi lá de noitinha. A Olga embarcou no auto e se foram."

"Viu ela telefonar pra ele antes?"

"Ela telefona toda hora, não sei pra quem."

"Só mais uma questão. Quem é esse Leopoldo?"

"Vive lá em casa com a Olga. Não gosto dele", Júlio faz uma careta.

"Te fez alguma coisa?"

"Vive me xingando, me chama de bostinha, mas ele não fala bostinha. Fala *boxtinha*. Algumas palavras ele troca o *esse* pelo *xis*. Acho graça. E o *erre*: ele não fala merda, fala *merrda*. Fala nome feio o tempo todo."

"Como ele é: alto, baixo, gordo, magro?"

"É grandão, forçudo, cabelo preto e usa um bigode."

"Branco?"

"Não é *criôlo*, mas é bem queimado do sol."

"E onde se acha o sujeito?"

"Uma vez, ele esqueceu um relógio no quarto da Olga e tive que levar pra ele num hotel."

"Qual hotel?"

"Um lá perto do Armazém Rio-Grandense."

"Hotel Carraro?"

"Esse. Acho que o Leopoldo não é daqui. Se fosse, não morava em hotel, o senhor não acha?"

"Tu é um bom guri. Se tivesse bala de coco te dava uma."

"Outro dia."

Leopoldo de certo é o tal amigo de Olga. Corro até o recém-inaugurado Hotel Carraro, instalado no majestoso edifício no vértice entre as ruas Otávio Rocha e Doutor Flores, com a pretensão de rivalizar com o Grand Hotel e o Majestic. Um funcionário impecavelmente trajado de fatiota preta lustrosa me abre um sorriso bem treinado.

"Pois não?"

"Estou à procura de um hóspede chamado Leopoldo. Um tipo alto, de bigodes e pele bronzeada, carioca, eu acho."

"Deve ser Leopoldo Villa Nova, o advogado."

"Esse mesmo."

"Deixa eu ver", o recepcionista recorre ao fichário. "Fechou a conta na segunda-feira de manhã."

"Deixou algum contato?"

"Vai me desculpar, mas não temos autorização para mostrar dados dos nossos hóspedes."

"Tenho certeza de que ele não iria se incomodar. Pelo contrário, vai ficar agradecido. Temos um negócio em andamento, houve um imprevisto e necessito entrar em contato com ele com urgência."

"Só com ordem do gerente."

Resolvo arriscar:

"Será que regressou ao Rio?"

"É provável que tenha viajado. Não mudaria de hotel depois de ficar tanto tempo no nosso."

"Tem razão. Ele está aqui há tempos. Desde quando mesmo?"

O funcionário examina a ficha.

"Entrou dia 5 de julho deste ano."

"Isso mesmo, dia 5. Vou te falar o meu problema. Eu e ele estamos metidos num negócio da China, mas preciso entregar a papelada até amanhã. Vi que não tenho o endereço dele no Rio nem número do documento. Veja a minha situação."

O rapaz titubeia, olha novamente o cartão e comenta:

"Olha, nem que quisesse eu poderia ajudá-lo. Aqui só mostra a procedência: Rio de Janeiro. Os espaços do endereço e telefone estão em branco."

"Que maçada! Pelo menos, pode me passar o número do documento?"

Ele olha a ficha e faz uma cara de espanto.

"Esquisito. O número da identidade também está em branco. É uma falha grave de quem preencheu. O hóspede não é obrigado a fornecer o endereço quando entra, mas a procedência e o número do documento, sim. Vai dar rolo! O gerente não vai gostar nada, nada. Lamento. Mais alguma coisa?"

Adão Carrazoni é um experiente repórter do *Correio do Povo* que ganhou celebridade entre os colegas pela cobertura dos acontecimentos que conduziram Getúlio Vargas à Presidência. O "repórter da Revolução", como ficou conhecido. Sendo getulista convicto, tornou-se um peixe fora d'água quando o jornal passou a apoiar a Revolução Constitucionalista, o que foi contornado com sua transferência para o Rio de Janeiro como correspondente do *Correio* na capital. É a ele que eu recorro. Escrevo um telegrama solicitando informações sobre um advogado de nome Leopoldo Villa Nova.

Nem bem enviei a mensagem, alguém da redação grita.
"Koetz. Telefone."
"Sim?"
"Koetz? Aqui é o Cícero."
Reconheço a voz anasalada de Cícero Portilho, funcionário do Banco Pelotense e companheiro de ilibações pregressas.
"Salve, Cícero, que que manda?"
"Estás no caso do Cora, não é?"
"Posso dizer que sim."
"Olha, *tô* no Oriental. Dá um pulo aqui que eu tenho uma história que vai te interessar."

O Restaurante Oriental fica a menos de cinquenta metros do prédio do *Correio*. Como os similares, sobrevive dos almoços e bebedeiras noturnas. A esta hora, final da manhã, os famintos funcionários do comércio local começam a se acomodar em suas mesas. Enxergo Cícero acenar de um canto bem afastado do balcão.
"Me acompanha na cerveja?"
Antes que eu responda, ele grita:
"Uma Continental."

"E então?"

"Vou te dar uma informação quente. Vi no jornal o retrato da mulher do restaurante onde morreu o Cora."

"Qual delas. A mãe ou as filhas?"

"A filha mais velha."

"Francisca."

"Aí é que *tá*. Conheço ela por Cecy."

"Conhece de onde?"

"Antes que a conversa avance, vamos combinar uma coisa: não quero complicação pro meu lado, viu bem?"

Concordo com um movimento de cabeça.

"Essa mulher, vou chamar de Cecy, eu já vi várias vezes num *rendez-vous* ali na Voluntários."

"Tem certeza de que é a mesma pessoa?"

"Absoluta. Na foto está sem maquiagem, cabelo solto, cara de anjinho, mas é a Cecy. *Tô* sempre de olho nela, mas não é pro meu bico. Só clientes fixos e endinheirados. A última vez que vi faz coisa de uma semana atrás. Te passei a pista, porém não quero me comprometer, entendeu?"

"Já concordei, pô!"

O garçom traz a cerveja. Cícero está francamente agitado e sorve o copo de uma vez.

"Quer dizer que a alemoa é mulher da vida."

"Não só isso, Koetz", ele baixa a voz como se fosse dizer algo perigoso. "É aliciadora, aprendiz de cafetina. Além de dar expediente no puteiro só pra tipos selecionados, ela recruta outras mulheres para o Drink Mimi, esse é o nome da espelunca. Também agencia amantes para figurões das altas rodas."

"Ora, veja..."

"Deixa eu te contar uma história", agora ele esqueceu a discrição e fala com desprendimento, quase excitação. "Durante um tempo, ela foi amante de um camarada meu chamado Ernani, gerente de uma agência de automóveis, da Chevrolet, ali na Sete. Era desesperado pela Cecy, contava que era uma foda e tanto, mas ela passou a perna nele, coitado. Ernani ficou descornado e deu pra falar coisas terríveis sobre a tipa."

"Por exemplo?"

"Ouve só essa história que ela contou ao Ernani. Um distinto cavalheiro, com um cargo de responsabilidade no governo, eu sei quem é, mas não posso contar nem que me paguem e também não interessa pra tua história, esse cidadão, meia-idade, casado e tudo mais, mantinha pra seu deleite uma rapariga muito bonita em um quarto no Hotel Jung, sabe onde fica?"

"Na Voluntários."

"A uma quadra da Mimi. Porém, um outro sujeito, também muito influente, esse nos círculos capitalistas da cidade, sei o nome e também não vou revelar, desejava a mesma mulher. Um belo dia, foi no cabaré e comentou com a Cecy. Queria porque queria a moça em questão. Ela disse: deixa comigo. Tudo isso ela contou pro Ernani. Então, começou a se acercar da garota tentando puxá-la para a casa da Mimi. Tanto fez que conseguiu. Aí, ficou assim: quando o homem do governo, o titular, ia embora do hotel, já saciado, a moça se mandava pro Drink Mimi, para se refestelar com o outro pretendente."

"Que danada!"

"Ganhava pelos dois lados. Sacanagem, né?"

"Bem, que eu saiba, mulher não tem dono. Mulher da vida, menos ainda."

"Ah, tá. Conta outra. Bom, certa feita, o titular chegou no hotel fora do combinado e não encontrou sua amada. Desconfiado, botou detetive particular em cima e ficou sabendo da vida dupla da fulaninha, inclusive do nome do sucedâneo, aliás, seu dileto amigo. Ficou possesso, pensou em dar escândalo, desafiar pra um duelo, essas coisas de corno, mas foi aconselhado a deixar por isso mesmo, afinal tinha um nome e um cargo a zelar. Final da história: a guria trocou o manda--chuva do governo pelo magnata dos negócios, e a Cecy, segundo me contou o Ernani, embolsou uma dinheirama por esse trabalhinho."

"Cafetinagem."

Cícero entorna o copo e ri sozinho.

"Koetz, se tu soubesse o nome dos envolvidos nessa história ia ficar de cabelo em pé. Pensa em gente graúda", ele levanta a mão acima da testa e a move para os lados, com a palma para baixo. "Mas não posso falar. Não, não falo, e pronto."

"Quero saber da Cecy!"

"Ouvi que a Mimi está se aposentando e vai deixar os negócios na mão dela, não sei se é verdade."

"O que mais?"

"Que mais tu quer? Já te dei o caminho das pedras bem mastigadinho. Te entreguei a mulher de bandeja, quer que eu dê banho e passe talquinho?"

"Tenho que ver pra que isso vai servir."

"Isso é contigo, não sei de nada."

"Passa o endereço da espelunca."

"A Mimi! Tenho certeza de que tu já foi lá comigo."

"Não lembro."

"Voluntários da Pátria quase na esquina com a Vigário. Não sei o número, mas é fácil. Na frente, tem um luminoso colorido de neon: Drink Mimi. Se der a casualidade de me encontrar por lá, a gente não se conhece, viu bem?"

Carrazoni foi ágil. Encontro sobre a minha mesa um telegrama: *Instituto dos advogados não consta nenhum associado esse nome pt Lista telefônica tb não. pt Adão.* Faço um pequeno balanço. Leopoldo hospeda-se no hotel sem mostrar documento de identidade exatamente no dia do comício da ANL, apresenta-se como advogado sem que tenha registro e torna-se amante de Olga, que, por sua vez, mantinha relações com Apparício. As peças aparecem. É preciso montá-las.

Chego cedo ao Drink Mimi e ocupo um lugar na penumbra, afastado da pista onde as mulheres caminham de um lado para o outro fazendo poses, mãos na cintura, riem de forma exagerada para chamar atenção. Os clientes vão chegando e se estabelecem aquelas trocas de olhares que estou cansado de presenciar. Peço uma cerveja e dois copos e aguardo um bom tempo, a perna balançando. Na segunda cerveja e terceiro cigarro, ela adentra no salão, rosto pintado, trajes menores, cabelo loiro preso ao alto, movimentos displicentes e olhar pedante para afugentar os clientes rastaqueras. Dá uma olhada panorâmica no ambiente e tem um leve estremecimento ao me enxergar. Chega a esticar a cabeça para ter certeza se viu bem. Então, vem até mim com o pedantismo já reincorporado aos gestos."

"Ora, se não é o jornalista que eu conheci ontem?"

"Posso garantir que tua surpresa não é maior que a minha. Quem diria, a recatada e prestativa filha da dona Ana numa versão sensual e irresistível."

"Vou encarar como um elogio. Como é mesmo o teu nome?"

"O meu é Paulo. O teu não sei se é Francisca ou Cecy."

"Depende do assunto. Não devo considerar esse encontro uma enorme coincidência, devo?"

"Por quê? Não acredita em coincidências?"

"Tanto quanto acredito nas promessas do Getúlio."

Os modos pudicos que conheci no Restaurante Três Estrelas transformaram-se em afetação vulgar, no estabelecimento da cafetina Mimi. Ergo a garrafa, completo meu copo e ameaço encher o outro.

"Aceita, ou não bebe em serviço?"

"Esse copo é pra mim? Quanta gentileza!"

Sirvo e faço um discreto brinde.

"Estive com a sua amiga, a Olga."

Ela não chega a se desestabilizar.

"Tu insiste nessa história."

"Defeito meu. Quando tenho um bom palpite é difícil me livrar dele ou ele se livrar de mim."

"Palpite furado."

Deixo um tempo para o silêncio agir. Mantenho os olhos em Cecy e ela sustenta o olhar, inabalável. Dou uma longa tragada e volto à carga.

"Ela contou coisas interessantes."

"Se ela falou que eu estaria aqui deve ter uma bola de cristal poderosa."

"Sabe-se lá o que essas garotas guardam em seus armários..."

Cecy está ansiosa por saber o que Olga disse, mas disfarça. Eu saboreio sua curiosidade por alguns instantes.

"Por exemplo, ela jurou de pé junto que na noite de domingo foi ele, Apparício, quem bateu na porta e entrou na frente, e não Olga, como tu disse. Parece que vocês não combinaram direito."

"Foi ela, tenho certeza. Mas se foi ele ou ela, qual a importância disso?"

"Ajudaria a esclarecer qual dos dois sugeriu o Restaurante Três Estrelas."

"A sugestão foi do falecido, pelo menos ela alegou."

"O que Olga alega não vale muito. Vamos falar da janela da sala. Tu nos contou que foi ela quem pediu para mantê-la aberta. Olga falou o contrário, que o pedido pra manter a janela aberta partiu do Apparício. Outro engano, Cecy ou Francisca, não sei como devo te chamar."

"São detalhes insignificantes perto da tragédia que aconteceu", ela argumenta, com desdém. "O fato que importa é que o homem se matou no estabelecimento da minha família, de propósito ou sem querer, isso agora não faz diferença. A desgraça tá feita."

"Vamos recapitular. Vocês estavam na cozinha, não sabiam o que acontecia na saleta da frente. Ouviram um tiro. Ficaram sobressaltadas. Ela gritou momentos depois. Vocês foram ver o que aconteceu. Encontraram Olga no caminho, ela falou alguma coisa, e só depois é que vocês chegaram na saleta e encontraram o corpo de Apparício."

"E daí?"

"A porta da frente ficou aberta?"

"Não tenho certeza."

"Se não tem certeza, é possível que estivesse aberta. Nesse intervalo de tempo, alguém poderia ter entrado na casa sem que vocês notassem, sim ou não?"

"Enlouqueceu?"

"Quando o casal chegou, vocês não escutaram a campainha, que é bem estridente. Portanto, não perceberiam a chegada de uma terceira pessoa que entra na sala, rende Apparício, pega a sua arma e atira na cabeça dele. O que acha dessa teoria?"

"Trama de fita policial ruim."

"Acha? Pois vou te dar uma notícia. Pretendo explorar essa possibilidade de todas as formas. Olga seria, nesse caso, a cúmplice que atraiu Apparício para uma emboscada. Por enquanto, não sei o teu papel nesse plano."

"Epa, epa! Me deixa fora dessa história maluca. Primeiro, não acredito nisso. Segundo, seja lá o que tenha ocorrido, não tenho nada absolutamente a ver."

"Mas conhecia Olga?"

"Já disse mil vezes que não!"

Mantenho o olhar sobre seu desconforto e arrisco.

"Talvez conheça um homem chamado Leopoldo Villa Nova."

Cecy reage com uma expressão vaga.

"Alto, de bigodes fartos, sotaque carioca. Um tipo sedutor e misterioso, que se hospeda em hotéis talvez com nome falso. Se tu conhece o tipo, é bom contar logo, senão vai sobrar pra ti."

Do balcão, uma mulher velha e gorda de maquiagem carregada chama por Cecy com insistência. Ao lado dela, um sujeito está ansioso.

"É um cliente. Tenho que ir."

"Te espero."

"Esse é dos que passam a noite."

"Pensa no que eu te falei e conversamos outra hora."

Termino a cerveja e me mando da espelunca.

Na manhã seguinte, me encaminho ao escritório de Genez Porto com uma teoria mirabolante, mas, antes que eu possa expô-la, ele tem novidades para me contar.

"Surgiu um personagem-chave nessa história, Koetz. Um tipo chamado Guilherme Noronha. O doutor Israel está impressionado com as coisas que ele fala, mas estou tratando o assunto com cautela."

A memória trabalha rápido e surge a figura do achacador.

"Esse sujeito fala pelos cotovelos. Conta que é estudante de Medicina e chegou do Rio de Janeiro há mais ou menos seis meses. Que lá costumava circular nos meios subterrâneos da repressão política, pois seu pai era policial. Nessas andanças, teria ouvido pela primeira vez o nome de Apparício Cora de Almeida como um elemento perigoso a ser eliminado. Aqui chegando, conheceu a Olga. Ela teria dito ao Guilherme que era agente *secreta* da Polícia e lhe mostrado uma carteira de identificação policial."

"Parece inverossímil."

"Certa feita, Olga teria comentado com ele que mantinha um caso amoroso com um advogado rico e casado, mas pretendia livrar-se dele e mencionou o nome do Cora. Tudo isso é o que ele nos disse ontem à noite, na residência do doutor Israel."

"Como ele chegou até vocês?"

"Nas suas andanças, Guilherme conheceu um rapaz chamado Aparício Almeida Maciel, Aparício com um *p* só, um acadêmico de Direito, boêmio, que vem a ser primo do meu ex-sócio, provavelmente parceiro de farra do nosso personagem. Um dia, Guilherme contou a ele as histórias que ouvia da mulher. O rapaz lhe referiu que o advogado em questão era seu primo e o pôs em contato com o Cora. Desde ali, Guilherme insiste que tentou várias vezes advertir meu sócio sobre o perigo que corria em sua relação com Olga, mas não era levado a sério. Essa é a conversa que ele nos contou."

"Conheci esse Guilherme", eu revelo, "e ouvi suas histórias".

"Por que não me contaste?"

"Porque não o levei a sério na ocasião."

Relato o encontro que mantive com o sujeito, à saída da Confeitaria Woltmann, tentando recordar o que ele disse em sua incontrolável verborragia.

"Um mitômano achacador e desqualificado, segundo o próprio Apparício, que não tinha a menor paciência com o tipo. Fiquei com a mesma impressão. É um sujeito desagradável, pegajoso, daquele tipo que as pessoas sensatas procuram evitar a todo pano. Por outro lado, admito que, da forma como as coisas se sucederam, mesmo sem dar crédito integral às conversas desse Guilherme, estou formando a convicção de que Olga realmente preparou uma emboscada para que Cora fosse assassinado."

"Bem, eu tomei a liberdade de convidá-lo para uma conversa, mas preferi falar contigo antes, espero que não se oponha."

"De forma alguma."

O advogado olha o relógio.

"Ele deve estar aí fora. Mando entrar?"

"Vamos a ele."

Guilherme entra na sala movido por uma euforia bizarra.

"O jornalista!" Ele vem até mim sacudindo o dedo indicador. "O que eu te falei, hein? A alemãzinha! Ela matou o doutor Cora. Cansei de falar: essa Olga é *secreta* da Polícia, te livra dela. Falei pra ti naquele dia. Se tivesse me dado ouvidos, hein?"

Sinto vontade de dar um soco no sujeito.

"Sente-se, Guilherme", convida Genez.

"Concordo que a história soa estapafúrdia, difícil de acreditar, mas infelizmente os acontecimentos provaram que eu não sou doido. A Polícia vai concluir que foi suicídio ou um acidente, mas não foi. Vai por mim, hein? Ele foi morto pela guria ou por alguém da Polícia. Ela armou uma cilada. Levou o doutor Cora nesse lugar lá no fim do mundo. Lá, fizeram o serviço."

"Por que a Polícia o mataria?"

"Ora, prenderam o Dyonélio, mandaram o Agildo Barata pra um quartel no cu do mundo. Dos cabeças, sobraram ele e o Masplé."

"Poderiam ter só prendido."

"Não, porque ele sabia de alguns fatos que comprometem gente graúda. Não acredita, hein? Eu sei do que *tô* falando. E ela foi o chamariz."

"O que você tem de concreto a respeito de Olga?"

Ele mostra um telegrama procedente do Rio de Janeiro, assinado por um tal Alberto Xixo da Silva, com o texto: "*Se não devolveres o documento agiremos.*"

"O que isso tem a ver com ela?"

"Eu respondo: é a cópia da ficha funcional de Olga na Polícia, número 2.445, hein? Está comigo. Essa é a numeração antiga. A nova é 29L, mas essa eu não tenho. Conheço ela desde que cheguei, vindo do Rio de Janeiro."

"Tu não tem sotaque carioca", provoco.

"*Romae ut romanus.* Desembarquei em Porto Alegre e perdi o sotaque", ele ri sozinho. "Como eu ia dizendo, Olga circulava por aqui, nos lugares onde todo mundo vai. No Café Nacional, na Galeria Chaves, na Confeitaria Woltmann, que o doutor Cora frequentava diariamente sempre no mesmo horário. Uma vez, fiz uma carga pesada em cima da loira, mas ela sempre se esquivou. Um dia, acabou me confessando que era *secreta* da Polícia. Eu duvidei e ela me deu o número de sua carteira funcional."

"Essa história não está bem contada", eu desdenho. "Ela falou pra ti, assim, sem mais nem menos, que era agente secreta?"

"Não foi assim, de graça. Ela queria informações sobre um determinado sujeito envolvido em jogatina ilegal. Como sabe que eu conheço todo mundo, me procurou. Não sou bobo. Disse que conhecia, mas queria saber qual o interesse dela. Fiz bem, hein? Bem, depois de muita conversa, ela contou que se encontrava em uma missão relacionada à jogatina e tinha que vigiar esse sujeito, um castelhano que costumava frequentar o Centro dos Caçadores."

"Como obtiveste a cópia da carteira?"

"Através de contatos meus com a Polícia do Rio."

"Não vai nos mostrar?"

"Atualmente, estou trabalhando de enfermeiro na Companhia Sul-América Terrestres, na localidade de Porto Batista, dá uns quarenta quilômetros de Porto Alegre. Esta semana, estou faltando ao trabalho em função de um problema de saúde e, também, porque é mais importante auxiliar a família para restabelecer a verdade, hein? O documento está lá nas minhas coisas."

"Vamos providenciar a busca dele."

"Vou pra lá amanhã e retorno sábado com a ficha."

"É tarde", eu digo.

"Eu sei, mas tenho uns assuntos a tratar. Preciso fazer uma operação de apendicite. Custa trezentos mil réis e eu só tenho a metade. Minha família lá no Rio é abastada, tenho parentes bem-colocados. Ficaram de mandar o dinheiro que falta e hoje de tarde vou ver se chegou. Não se preocupem. O documento tá lá. É só buscar, hein?"

"E onde entra o Cora nessa história?"

"Eu conhecia um primo dele, que também se chama Aparício. Frequentávamos os mesmos *rendez-vous*. Um dia ele me apresentou ao doutor Cora na Confeitaria Woltmann. Passou uns dias e eu vejo ele andando de auto com essa Olga. Coincidência, hein? Fui tirar a limpo. Descobri que eles foram apresentados por uma outra mulher chamada Olga, tu vê que tem coincidência por tudo quanto é canto, só que essa não é loura que nem a secretária, é morena. Um mulherão também, hein? Era amiga do Cora, acho que tiveram um chamego. O doutor Cora não era bolinho... Desse modo, a Olga loura planejou chegar ao Cora por intermédio da Olga morena, compreendeu?"

"Tudo planejado..."

"Tiro e queda! Um belo dia, na Woltmann, deu-se o encontro. Coincidência? Não. Todo mundo sabe que ele vai todos os dias à confeitaria sempre no mesmo horário. Aliás, foi lá que eu encontrei vocês, hein? Que tal? Passou um tempo e ela comentou que mantinha um caso com um advogado rico e casado, mas pretendia livrar-se dele. Pensei que *livrar-se* significava terminar o namoro. Perguntei como, e ela respondeu: nós temos os nossos métodos. Eu sabia que ele andava metido com política e era defensor do Dyonélio Machado, me senti na obrigação de preveni-lo sobre a mulher. Ele não acreditou. Até me tratou mal, se tu quer saber, hein?"

"Na minha opinião", eu digo, "retomamos a conversa quando ele trouxer o documento".

Guilherme vacila. Fico com a impressão de que ele pretende conseguir algum dinheiro do advogado, mas decide se despedir.

Para o início da tarde, Genez Porto programou uma conversa com João Landell de Moura, médico da Assistência Municipal e amigo da família.

"Almoçamos juntos?"

"Infelizmente, não posso. Já tenho um compromisso."

O compromisso é com Juliette. À meia-hora, ela chega ao Ghilosso e me encontra rabiscando conjeturas no bloco de anotações. Segura meu rosto e me aplica um demorado beijo na boca que me obriga a usar o lenço para remover o batom.

"Juliette, por favor."

"O que foi? Não gostou?"

Volta até mim e repete o beijo, mais lambuzado ainda. Depois senta-se diante de mim com um sorriso triunfal.

"Que *faites-vous*?"

"Aquele caso do advogado que te contei. Deixa eu te mostrar uma coisa."

Tiro do bolso e alcanço a ela o retrato de Olga Wagner.

"*Uh, très belle femme, hã?*"

"É a mulher que estava com ele na hora do crime."

"Tenho a impressão que conheço."

"Talvez lá do Variedades?"

"*Peut-être.*"

"*Ma chérie,* olha bem para a fotografia."

Ele permanece uns bons segundos apreciando o retrato.

"Lembra uma mulher que ficava em torno das mesas do *bacarrat*. Alguns jogadores levam suas garotas, mas são tão poucas que chamam a atenção. Acho que é o caso dessa. Acho, não, tenho certeza. Ela acompanhava um estrangeiro que jogava compulsivamente. Argentino ou uruguaio. Não tinha paciência, ficava fumando pelo salão, entediada."

"Quando foi isso?"

"Faz tempo que sumiram os dois. Seis meses, talvez."

José Landell de Moura é um homem de mais de 70 anos que fala com vagar, como se cada palavra brotasse de uma profunda elucubração de seu cérebro.

"Como já adverti ao amigo Israel, não posso me pronunciar com a autoridade de um legista, que não sou. Tenho uma boa experiência de ver cadáveres ainda frescos, digamos assim, e um interesse diletante sobre o assunto. Dei uma boa olhada no auto de necropsia e posso fazer alguns comentários que não signifiquem um diagnóstico ou coisa que o valha, e nem podem ser referidos publicamente."

"Somos todos ouvidos", diz o advogado.

"Em primeiro lugar, chamou atenção a posição do cadáver: o normal é que, após o disparo, o braço caia antes, ficando distendido paralelamente ao corpo. Estranhamente, ficou dobrado sob o cadáver. Segundo: a mão direita sob o corpo tinha os dedos abertos, com exceção do indicador, dobrado na posição de apertar o gatilho, porém, sem rigidez."

"*Rigor mortis.*"

"A rigidez cadavérica, ainda mais nesse caso de impacto por arma de fogo, dura horas."

"A mão deveria estar fechada em torno do cabo?"

"E o indicador preso no gatilho. O dedo estava realmente dobrado, em posição de tiro, mas, ao que tudo indica, frouxo, tanto que o revólver, segundo soube, foi retirado pela senhora idosa sem dificuldade."

"Como se outra pessoa tivesse disparado e depois colocado a arma em sua mão?", especulo.

Landell arregala os olhos.

"Os senhores cogitam essa possibilidade?"

"É plausível?"

O médico matuta alguns instantes e segue na sua apreciação.

"Tem outro detalhe que me despertou estranheza. O buraco da bala está atrás da orelha", ele ergue a mão e encosta o dedo indicador imitando uma arma no ponto referido. "Isso exigiria um movimento de braço muito esgarçado para trás. Vejam, não é impossível, mas o normal, num caso desses, seria encostar o cano da arma na fronte ou no meio do ouvido, e não atrás dele."

"E se outra pessoa posicionada às costas da vítima fizesse o disparo, esse ângulo seria aceitável?", atalho.

"Não é uma tese desprezível, mas creio que não haveria tempo hábil para isso. Bem, como disse aos senhores, esses comentários são de alguém não autorizado. Essas dúvidas devem ser levadas ao legista."

"Senhores", peço a atenção dos dois. "Tenho uma hipótese e peço que acompanhem meu raciocínio. Quando estivemos lá, andei por toda a casa e fiz um cálculo mental. Desde o tiro até o momento em que as mulheres da casa encontraram o corpo, passaram-se talvez quinze segundos."

Coloco o bloco sobre a mesa, desenho um retângulo que ocupa toda a folha e vou preenchendo com as peças da casa, como uma planta baixa.

"Apparício e Olga se encontravam sozinhos", deslizo o dedo no croquis da saleta, que inclui os móveis: a mesinha, as duas cadeiras, o sofá e o aparador. "A janela entre o *hall* e a sala se mantinha escancarada, apesar do frio. Ana e suas filhas se encontravam na cozinha, junto ao fogão no canto mais distante da sala", mostro a outra extremidade do retângulo. "Da cozinha é impossível ouvir qualquer conversa lá da frente, tanto que de início sequer escutaram a campainha, que é bastante estridente."

Os dois mantêm as atenções no desenho.

"Chega alguém, há uma dúvida se a porta estava aberta, mas

ela poderia muito bem tê-la aberto", traço com a caneta um risco que vai do *hall* e faz uma curva à direita, percorre a saleta e termina ao lado da cadeira onde se sentava Apparício. "Esse estranho entra na peça de surpresa, rende Apparício, apanha a arma dele, o conduz até próximo a Olga e lhe dá um tiro na cabeça. Começa a contar o tempo. As mulheres da cozinha escutam o estampido e permanecem alguns instantes paralisadas, Olga não grita imediatamente na hora do tiro, e sim quando o corpo cai ao chão, três ou quatro segundos depois. Deixa a sala não pela passagem normal diante do aparador, pois ali jazia o corpo, mas precisa se esgueirar pelo espaço estreito entre a mesinha e o sofá em direção ao interior da casa", eu assinalo no desenho o possível trajeto de Olga. "Só aí, teríamos mais cinco ou seis segundos. Encontra as mulheres na copa, junto à cozinha, e ela ainda as retém, contando o que teria ocorrido, talvez para dar tempo à fuga do criminoso. Mais quatro ou cinco segundos. Finalmente, elas chegam à saleta e encontram o corpo de Cora. No mínimo, três segundos. Nesses quinze segundos entre o disparo e o ingresso das mulheres na sala, o assassino teria tempo de colocar a arma na mão do cadáver e posicionar seu dedo no gatilho e fugir. Não conseguiu dobrar a mão em torno do cabo talvez pela rigidez cadavérica ou pela pressa. E pôde sair tranquilamente, sem ser visto. Embarca no famoso automóvel marrom junto à entrada do terreno e dá o fora."

"Não esqueça de que ele teria de retirar os quatro projéteis do tambor do revólver e colocá-los no bolso do Cora", observa Genez.

"Poderia ter feito isso antes do disparo, ou mesmo depois."

"Se fosse depois, teria um tempo muito exíguo."

"Não para alguém experiente, com suficiente sangue-frio."

Landell de Moura permanece um tempo raciocinando. Depois, opina:

"Teria de haver uma planificação cronometrada para dar certo, mas impossível não é."

"E exigiria um conhecimento milimétrico do local", acresce Genez.

"Pensei nisso. Teríamos duas alternativas: ou o sujeito esteve na casa em outra oportunidade e pôde examiná-la detalhadamente ou alguém de dentro ajudou. Meu palpite: Francisca."

"A filha mais velha."

"Ontem à noite, fiz algumas diligências que pretendia lhe relatar hoje de manhã, mas o tal Guilherme roubou nossa atenção. Francisca tem uma vida dupla. À noite, é prostituta e atende pela alcunha de Cecy. Estive com ela no cabaré onde atua. Não obtive nada de substancial. Apenas reforcei a suspeita de que talvez ela e Olga se conheçam."

"Interessante", comenta o advogado.

"Também fui ao encalço do tal amigo de Olga. Chama-se Leopoldo Villa Nova e estava hospedado no Hotel Carraro."

"Não está mais?"

"Vejam a coincidência. Ele chegou a Porto Alegre procedente do Rio de Janeiro no dia 5 de julho deste ano, coincidentemente a data do comício da ANL, e deixou o hotel na última segunda-feira, um dia depois da morte de Apparício. Provavelmente na mesma manhã tomou o navio para o Rio."

"Temos que localizá-lo."

"Já tentei. Não existe nenhum Leopoldo Villa Nova inscrito no Instituto dos Advogados, do Rio."

"É obrigatório para exercer a profissão."

"Seu nome também não consta na Lista Telefônica de lá. Tem mais: quando se hospedou no Carraro, não apresentou nem forneceu o número da carteira de identidade."

"Isso é irregular."

"Seguramente, é um nome falso. Sumiu sem deixar rastros. Leopoldo, ou seja lá como se chame, é meu candidato favorito a assassino de Apparício e pretendo explorar essa possibilidade."

"E quanto a Guilherme Noronha?"

"Na verborragia que ele despeja, é preciso separar o que realmente faz sentido e a fantasia que ele cria."

Retorno ao jornal no meio da tarde para iniciar as atividades do dia, porém sou novamente solicitado pelo caso Apparício.

"Telefone, Paulo. Uma tal de Francisca. *Tá* ansiosa a moça. É a terceira vez que liga."

"E então, Francisca?"

"Tem algum lugar discreto onde se possa conversar?"

Estou de volta ao Oriente. O pedantismo da véspera desapareceu por encanto da pose de Francisca. Na versão de hoje, é uma mulher assustada e temerosa."

"É sobre esse Leopoldo."

"Sou todo ouvidos."

"Talvez eu tenha conhecido o sujeito."

"Conheceu como Francisca ou como Cecy?"

Ela faz uma careta:

"Engraçadinho. A descrição combina, mas eu o conheci como Fábio, talvez seja a mesma pessoa, ou não. Era um tipo sedutor, sofisticado, falante, sotaque carioca, esbanjador..."

"Padrão Cecy."

"Se continuar assim, eu me levanto e vou embora."

Mostro as palmas das mãos a ela, pedindo trégua.

"Faz uns dois meses, esse Fábio apareceu na Mimi. Disse que se encontrava na cidade a negócios. Ficamos juntos naquela noite e criou-se entre nós uma espécie de vínculo que ia além de... bem, tu sabe o que, não vou entrar em detalhes. Às vezes, passeávamos, íamos ao cinema."

"Tu sabia que ele também era amante da Olga?"

"De uma vez por todas, eu *não* conhecia Olga, nunca ouvi falar dela antes daquela noite fatídica. No meu mundo não se perguntam essas coisas e ele jamais mencionou o nome de nenhuma mulher."

"Imagino que, em dado momento, ele conheceu o restaurante da família."

"Aí é onde eu queria chegar. Numa conversa à toa, mencionei que a família tinha um estabelecimento, meio hotel, meio restaurante, no sul da cidade. Ele ficou curioso, quis conhecer. Fiquei com receio, minha mãe não sabe dessa minha atividade, como tu deve imaginar."

"Ficaria horrorizada."

Ela ignora a provocação.

"Fábio tanto insistiu que o levei até lá."

"Na condição de namorado?"

"De amigo, tudo muito comportado. No fim das contas, tudo transcorreu bem. Ele foi simpático com todos, almoçou e passou o dia. Até hoje, *mutti* quer saber: e aquele moço, tão distinto?"

"Foram de auto?"

"Um que ele alugava."

"Marrom?"

Ela confirma com a cabeça.

"Quanto tempo faz isso?"

"Foi num domingo, menos de um mês atrás."

"Ele conheceu toda a casa?"

"Andou por tudo."

"E depois?"

"Nunca mais vi."

"Não estranhou?"

"Acontece sempre. Ontem, quando ouvi as suspeitas sobre ele, fiquei com medo de que fosse a mesma pessoa e eu pudesse me enrascar. Nunca me passou pela cabeça ligar Fábio à tragédia de domingo. Se essa história é verdade, imagino que eu esteja correndo riscos."

"Se te tranquiliza, é provável que ele tenha deixado a cidade, coincidentemente logo depois do crime."

Francisca esfrega as mãos.

"Logo a nossa casa?", ela desabafa.

"De certo, tinha outras opções, mas essa veio a calhar. É um lugar ermo, com pouca circulação de gente nessa época do ano."

"Se é verdade que foi ele o assassino, fico imaginando o que poderia ter acontecido se alguma de nós tivesse flagrado a cena ou se ele tivesse me visto."

"De certo, não estaríamos conversando agora."

"Escuta, tudo o que te falei é a pura verdade. Não tive nada a ver com isso. Juro. Não quero complicação pro meu lado, tá entendendo?"

"Não depende de mim, mas talvez tu não escape de depor na Polícia outra vez."

Ela solta um longo suspiro de desgosto, seguido de um palavrão.

Anton Hugger é um sujeito de quase quarenta anos, alegre e bonachão, fala português perfeito, com bom vocabulário, apesar do sotaque pitoresco. Quando me apresento, ele me cumprimenta com um abraço cordial e me conduz a uma poltrona, aos fundos da redação do *Deutsche Volksblatt*. Coloca fumo no cachimbo e oferece cigarro.

"Há quanto tempo está no Brasil?"

"Seis anos. Era pra ser menos, mas gostei daqui e fui ficando. A vida dos alemães que não apoiam Hitler está um tanto complicada, como você deve imaginar. Sofremos *boycott* de parte do consulado, muitos leitores não estão renovando as assinaturas, alguns por divergência com a linha do jornal, outros pela pressão desses grupos de jovens hitleristas."

Hugger repete o depoimento que dera à Polícia, sem nada a acrescentar.

"Após o tiro, o senhor escutou algum ruído de automóvel."

"O lugar é muito silencioso. Normalmente, se escuta o motor dos autos que passam na avenida, mas creio que, naquela hora, ninguém prestaria atenção. Por que a pergunta?"

Exponho detalhadamente a Hugger minha hipótese de que Apparício pudesse ter sido assassinado. Ele escuta, surpreso.

"Não creio que fosse possível. Como lhe disse, chegamos segundos após o fato e teríamos observado qualquer detalhe denunciador se existisse. No momento, não havia dúvida de que foi suicídio ou acidente, o revólver fora tirado da mão dele, sequer cogitei outra possibilidade. Agora, ouvindo dessa forma, me obrigo a pensar. Para que seja verdade, teriam que concorrer diversos fatores."

"Por exemplo?"

"E se chegasse algum freguês no momento do suposto assassinato?"

"Bem, esse suposto plano correria riscos, sem dúvida, mas não é normal a presença de gente no restaurante àquela hora e nessa época do ano, concorda? Além disso, não esqueça de que o suposto criminoso estaria fora da casa, aguardando a melhor oportunidade e perceberia qualquer movimento."

"Pense: e se uma das três mulheres decidisse ir até a sala exatamente naquele momento?"

"Veja que a Francisca, que atendia o casal, recém havia trazido uma cerveja. Não havia razão para retornar tão logo."

"A Polícia trabalha com essa hipótese?"

"Não, meu trabalho é recolher elementos que convençam a Polícia a reabrir as investigações."

Sinto que o cérebro de Hugger está em ebulição.

"Teria que ser um plano muito bem concebido e executado por um assassino profissional. Nesse caso, Olga seria cúmplice."

"Não resta dúvida."

"Bem, se lhe ajuda, confesso que o comportamento dela, logo após a vamos chamar de ocorrência, me surpreendeu. O normal é que ficasse em estado de choque, talvez estivesse em seu íntimo, porém externamente parecia apenas aborrecida. Dava a impressão de querer estar longe dali o mais rápido possível. Não era o comportamento que se poderia esperar, afinal o falecido era seu amante. Além disso, tudo ocorreu diante dos seus olhos. Sua reação não é usual."

12

Juliette só acorda na terceira sacudida. Resmunga, protesta, mas acaba se erguendo da cama. Permanece alguns instantes bocejando, me vendo colocar pão, salame, vinho, biscoitos e uma toalha de mesa dobrada dentro da sacola de palha.

"Te arruma, *ma chérie*! Vamos nos atrasar. E não esquece do *maillot*."

Ela se dirige ao banheiro como uma sonâmbula.

Tenho que praticamente conduzi-la de arrasto até a estação do trenzinho, junto ao riacho da Ponte de Pedra. Chegamos faltando cinco minutos para a partida. Olho para os lados, aflito, até enxergar a figura rotunda, usando um vestido estampado de verão com um lenço cobrindo a cabeleira prateada. Pego a francesinha pela mão e vou até ela.

"Juliette, esta é dona Leda, minha mãe!"

A garota arregala os olhos e abre um sorriso de felicidade, como se finalmente tivesse despertado.

"Oh! Paulinho, então essa é a surpresa? Onde você achou uma moça tão bonita?"

"Se eu lhe contar, a senhora não acredita. Vamos subir no trenzinho, rápido, senão perdemos o lugar."

Juliette senta-se à janela, minha mãe ao lado e eu no banco de trás.

"Há quanto tempo estão juntos?"

"Seis meses. Ele nunca falou sobre nós?"

"Cheguei de viagem há dois dias e, além disso, o Paulinho é muito reservado. A outra só fui conhecer quando já eram noivos."

"Mamãe!"

"Ué, não contou que foste noivo?"

"Contou, sim", Juliette intervém, transbordando de sarcasmo: "Paulo até me apresentou a ela."

"Não ia dar certo. Moira era *snob*, sofisticada, exibida. Paulinho é...", ela pensa um pouco, "...não vou chamar de relaxado. Mas, desleixado! Veste qualquer trapo e *tá* bom. Se eu não dou uma camisa nova, ela usa a velha até virar estopa. Casaco, eu tenho que remendar o cotovelo."

"Um dia fui na casa dele e tinha uma folha de jornal dentro de um sapato", Juliette denuncia, às gargalhadas.

"Pra cortar o cabelo e fazer a barba, uma preguiiiiiça!"

"Mamãe, com esse *reclame* todo, a Juliette vai sair disparando."

"*Tô* contando alguma novidade, Juliette? De mais a mais, é melhor que ela saiba agora, senão, daqui a um tempo, me aparece lá em casa e devolve a mercadoria."

"A mercadoria sou eu?"

A ruiva não para de rir.

"Eu sempre digo: o rótulo, às vezes, é mais importante que o produto, não acha, querida?"

"Prefiro o produto."

Dona Leda ri.

"*Hum*, o amor é cego... Depois que ele largou o Direito, não é necessário mais se esmerar tanto, mas também não precisa se vestir como um pobretão."

"A velha mágoa, dona Leda. Já devia ter superado."

"É assim, Juliette. Quando paparico, é mamãe pra lá, mãezinha pra cá. Se digo umas verdades, é *dona Leda*, a malvada. Não ligue. Ele é um bom rapaz, querida. Sou suspeita pra falar, mas é uma pessoa decente, me trata bem. Hoje, tratar bem uma mãe não é mais obrigação, virou qualidade. Poderia ter mais ambição na vida, *tá* certo, mas ninguém é perfeito. No fim das contas, gosto dele assim."

"Eu também."

O trenzinho avança célere pela Praia de Belas e contorna o Morro de Santa Tereza. As duas entabulam uma conversação interminável, como se fossem amigas há tempos. Dona Leda conta que passou um ano na Alemanha com a filha Luísa, minha irmã mais velha, casada com um funcionário público alemão, a quem conheceu quando o rapaz trabalhou no consulado de Porto Alegre.

"Vim para botar um pouco de ordem na vida do Paulinho, mas pelo jeito tu já conseguiu."

"Oh, deu trabalho", a francesinha ri na minha cara.

Ela conta que é cantora e dançarina de uma companhia francesa de teatro de revista, que estudou no Conservatório de Paris, que trabalhou vários anos em Buenos Aires. Quando faz uma pausa, aproveito para mudar bruscamente de assunto.

"Vocês sabem como se chamava esse trenzinho?"

As duas viram-se para mim.

"Trem da merda!"

"Paulinho, francamente..."

"A princípio ele foi criado para levar os cabungos contendo os detritos das residências para bem longe do Centro."

"Cabungos!" Juliette comenta. "Que palavra engraçada."

"Eram os recipientes que ficavam nas casas para recolher o cocô das famílias."

"Nos poupe, meu filho."

Aponto para a península situada logo adiante da enseada do Cristal.

"O conteúdo dos cabungos era jogado no rio, naquela ponta. Então, as pessoas começaram a gostar do trenzinho e eles colocaram vagões para passageiros. Depois, esticaram o trajeto até a praia da Pedra Redonda. E é lá que vamos passar este esplêndido domingo ensolarado."

"Você deveria ser guia turístico", a ruiva brinca.

"Não se fala mais em cabungo, tá bom, Paulinho?"

Ficamos um tempo em silêncio, mas Juliette não resiste:

"Cabungo", pronuncia de um jeito divertido e cai na risada.

Dona Leda está maravilhada.

"Essa menina não para de rir."

"É uma mulher feliz porque conheceu o melhor sujeito da face da terra. Eu!"

Juliette vira-se para mim:

"Cabungo!", e solta outra gargalhada.

Após atravessar o bairro Tristeza, a locomotiva enevereda por um pequeno cânion entre paredes estreitas de rocha. As crianças vibram como se participassem de uma perigosa aventura. Ao fim do desfiladeiro, a locomotiva faz uma curva à direita por uma estradinha cuja margem já está tomada por automóveis. Desembarcamos no fim da linha e caminhamos um bom trecho até a entrada do recanto, demarcada por um esplêndido arranjo de rochas arredondadas que se equilibram de forma peculiar, ao lado de um píer que avança uns cem metros nas águas do Guaíba. À esquerda, abre-se uma longa faixa de praia atulhada de gente até alcançar o pé de um belo morro coberto de vegetação.

Escolhemos um bom espaço para estender a toalha de mesa. Em poucos minutos, eu e Juliette nos jogamos na água e ali permanecemos trocando beijos e jogando água um no outro.

Ao meio-dia, tomamos o vapor e atravessamos o Guaíba para almoçar no Restaurante Gaúcho, na Praia da Alegria.

"Tome cuidado com o sol, querida", minha mãe alerta. "Você é tão branquinha, vai virar um pimentão."

"Você gosta de pimentão?", a francesinha me pergunta.

"Adoro!"

"Paulo gosta, então não me importo de virar pimentão", ela diz para minha mãe, que sacode a cabeça.

"Tu não te aquieta, guria!"

No meio da tarde, regressamos à Pedra Redonda, quando o sol aos poucos se aproxima do horizonte. Comemos o pão com queijo e salame, acompanhados pelo vinho.

"Só um tiquinho, meu filho. Se tomar muito vinho, fico tonta", diz dona Leda. "Ah, já ia esquecendo. Deixa eu te mostrar a foto do teu sobrinho."

Minha mãe tira da bolsa o retrato de um menino sorridente, de cabelo loiro engomado.

"Viu como cresceu?"

"Deixa eu ver", Juliette pega a foto das minhas mãos e seu rosto se transfigura ao notar a braçadeira com a suástica no traje do pequeno Helmuth.

Devolve a fotografia e permanece estática, com o olhar perdido.

"Vou dar um mergulho!", levanta-se e se afasta.

"Que criatura adorável, meu filho. Pena estar metida nesse mundo."

"Qual mundo, mamãe?"

"Tu sabe o que estou falando."

"Ela canta e dança, é uma profissão como qualquer outra, nada além disso."

"Se tu tá dizendo, acredito em ti", ela aquiesce, com uma expressão de quem não está acreditando em mim. "Como eu ia contando, tua irmã e Dieter se mudaram para uma casa maior num bairro confortável..."

Minha mãe fala sem parar e eu acompanho os movimentos de Juliette na beira da praia. Arrasta os pés na areia de um lado para o outro, de cabeça baixa, braços cruzados e fala sozinha.

"...tudo lá é grandioso, chega a dar nos nervos", dona Leda continua seu relato. "É festa todo dia, desfile, marcha, discurso, propaganda no rádio. O povo fica tonto, não consegue nem raciocinar. E tem esse problema com os judeus. Não sei por que maltratam tanto aquela pobre gente."

No regresso, Juliette mantém-se calada. Só abre a boca para responder alguma coisa que minha mãe indaga, tentando ser gentil, mas algo aconteceu. Ao deixá-la na porta da pensão, ela mal se despede.

Desperto num sobressalto, flechado em pleno sono pela repentina lembrança de uma mínima imagem que havia se extraviado na memória. Seis meses atrás, na pensão da Aurélia. Acordei no quarto de Juliette e olhei ao redor: o criado-mudo, a pia ao lado da cama, o guarda-roupa, o cabideiro com cachecóis e echarpes pendurados, o espelho de corpo inteiro, a penteadeira, a cômoda e, sobre ela, bonecas de porcelana, colares, enfeites, pequenos estojos de metal e um quase imperceptível candelabro de sete braços. Cenas se sucedem em turbilhão. Maurecy, no trem para Taquara: "Tu acredita que essa polaquinha é francesa?" A expressão de pavor de Juliette ao ver a bandeira nazista da exposição e o retrato do menino Helmuth com a cruz suástica no ombro. Meu crânio dá um salto. Agora Breno Caldas fala sobre um contrabandista de uísque chamado Aaron Fleischer, acusado de falsificar passaportes, facilitar o ingresso ilegal no país, exploração, comércio de escravas brancas. Juliette na sala 21 no Edifício Bier Ullmann. O porteiro do prédio: o ocupante da sala se chama doutor Abraão e trabalha com importações. Doutor Abraão, Aaron Fleischer. Quem é você, Juliette? O que há na sala 21? Estou delirando?

Na manhã de segunda-feira, examino a fachada do Edifício Bier Ullmann com um plano em mente. O prédio ocupa toda a primeira quadra da Rua Uruguai e possui três portarias. Acima da porta correspondente ao número 91 há uma parede com a forma ovalada que se prolonga até o terceiro andar. Em cada andar, esta parede apresenta quatro janelas. No segundo andar, há uma sacada que segue a mesma forma oval projetada para a frente, cujos cantos se ligam a balcões estreitos que avançam nos dois sentidos por toda a longa fachada do edifício. Cada conjunto de três janelas corresponde a uma sala.

À esquerda de quem olha de fora, as janelas seguem o estilo *bay window*, e, portanto, avançam, ficando praticamente coladas à mureta dos balcões, o que torna impossível andar por ali. Por sorte, do lado oposto, as janelas são planas em relação à parede, oferecendo um mínimo corredor ao longo do balcão, por onde eu terei de caminhar.

Subo até o segundo andar e toco a campainha da sala 21. O homem que atende a porta mostra uma expressão de estranhamento no rosto, como se tivesse experimentado uma comida azeda. É baixo e franzino, usa óculos de aros redondos que deslizam para a ponta do nariz adunco e o obrigam a todo momento a ajeitá-los com o dedo.

"Doutor Abraão?"

"Pois não!"

"Disseram-me que eu conseguiria com o senhor uma garrafa de uísque importado."

Surpreso, ele espicha a cara para fora, olha para os lados e me manda entrar. A sala dispõe de uma mobília mínima. Uma mesa onde ele trabalha, uma escrivaninha com tampa de esteira, dois arquivos metálicos e uma parede de estuque improvisada que separa uma fatia da peça.

"Não costumo fazer negócios aqui", o sujeito mostra-se contrariado com a minha presença. "Eu só vendo por atacado para estabelecimentos comerciais e tenho uma reserva aqui no escritório para alguns clientes especiais sob encomenda. O normal é que o interessado me procure por telefone e eu providencio a entrega."

Preparo a expressão mais consternada que consigo.

"Perdão, não estava familiarizado com o seu sistema."

"Quase ninguém conhece este endereço. Quem lhe forneceu?"

"É uma emergência", eu fujo da questão. "Necessito de um *scotch* hoje para presentear o meu sogro que está de aniversário. O homem é exigente, sofisticado, e eu preciso agradá-lo, sabe como é, caso contrário perco a noiva", abro um sorriso que não encontra a menor receptividade no interlocutor.

Ele gasta um tempo avaliando a situação. Finalmente, decide:

"Bem, já que o senhor está aqui vou atendê-lo, só desta vez. Qual seria o produto?"

"Pensei num *High Land Single Malt Scotch*", peço o mais difícil para ganhar tempo.

"Vou ver se disponho."

Ele dirige-se para o compartimento separado da sala pela parede de estuque. Vou até a janela e arredo um pouco a cortina.

"Bonita a vista. Dá para ver uma ponta do Mercado, a estação de trens e um pedaço do Guaíba", enquanto falo, destranco a tramela inferior de uma das janelas, ergo um pouco o vidro e tento calçar a fresta com uma lasca de madeira que trazia no bolso, porém a deixo cair justo na hora em que Abraão reaparece com as mãos vazias.

"Lamento. Essa marca às vezes eu tenho, mas é raro. Tenho *Buchanas, Teacher's, Black and White, Johnnie Walker.*"

"Pois vamos confiar no *Teacher's*. Senão, apelamos para o velho *Johnnie.*"

Doutor Abraão está com visível má vontade e quer resolver logo. Enquanto ele busca a encomenda, eu refaço a operação, desta vez com sucesso.

"Aí está", ele traz um estojo de papelão com o desenho de um velho sorridente de bigodes brancos, boina escocesa e *kilt* xadrez, segurando a garrafa de *Teacher's*. "São 20 mil réis."

Faço um esforço enorme para não demonstrar meu assombro.

"Tenho certeza de que vale cada dose", consigo dizer, esvaziando a carteira.

"Vou lhe dar um número de telefone", ele me alcança um cartão. "Da próxima vez, encomende, caso contrário não poderei atendê-lo."

"Pode deixar."

Abraão acompanha-me até a porta.

"Você não me disse quem lhe deu o endereço."

"Foi um amigo do meu sogro, cliente seu há muito tempo, o qual me foge o nome, mas sei que é da diretoria do Jockey Club. Mas não se preocupe. Tenho certeza de que vou virar freguês. Daqui para a frente, encomendo por telefone, sem problema."

"Passe bem", ele gira a cabeça para os lados e tranca a porta por dentro.

A primeira parte do plano foi realizada com sucesso. Depois, virá o mais difícil. À tarde, recebo boas-novas. O relatório das investigações paralelas que realizamos causou preocupação nas hostes policiais. O delegado Armando Ferreira foi afastado e criou-se uma comissão de inquérito com a participação de dois desembargadores que terá a missão de rever o "Caso Apparício".

Perto das seis da tarde, horário em que as repartições começam a encerrar o expediente, estou de volta ao Edifício Bier Ullmann. Antes de entrar, examino a fachada do prédio mais uma vez. A sala que interessa é a quarta a partir da sacada. Já sei o que fazer, o que não garante que irei conseguir. Subo os dois lances de escada junto ao corrimão, no contrafluxo dos empregados que descem desabalados em direção à porta de saída. No primeiro andar, diante da escadaria está o pequeno saguão côncavo, visto de dentro, com as quatro janelas. Acendo um cigarro e fico por ali caminhando em círculos até que cesse o movimento.

Quando decido espiar o corredor, dou de cara com o doutor Abraão chaveando a porta de sua sala. Viro o rosto imediatamente para as janelas do saguão, o coração aos pulos. Ele passa carregando uma pasta de couro e desce as escadas, felizmente de cabeça baixa. Volto ao corredor e olho para os dois lados. Aparentemente, já não há mais ninguém no andar. Quando me aproximo das janelas, sou interpelado por um sujeito vestindo uniforme cinza, por certo encarregado da vigilância.

"Estou aguardando a minha noiva", respondo.

"Acho que já foi todo mundo embora."

"Vou esperar um pouco mais, se não se importa. Só até terminar o cigarro."

O vigia afasta-se para averiguar os andares superiores. Devo agir com rapidez. Escolho a janela que fica bem à esquerda, junto à parede. Giro o trinco discretamente, abro a janela de madeira e ainda preciso erguer a vidraça por trás dela. Já do lado de fora, recoloco as duas na posição original. A vertigem me sufoca. Na sacada, estou exposto aos olhares da rua, pois o muro é feito de hastes de metal, mas a essa hora ninguém olha para cima. Todo mundo quer dar o fora o mais rápido possível.

A murada do balcão bate na minha cintura. O corredor é mais estreito do que eu julgava e me obriga a caminhar de lado, apoiando as palmas das mãos na parede, de costas para a rua e sem espaço para trançar as pernas. Se olhar para baixo, perco o equilíbrio. Ultrapasso o primeiro conjunto de janelas e me deparo com um contratempo. As luzes da segunda sala ainda estão acesas. Caso tente passar por ali, existe o perigo real de ser visto, mas também não posso ficar onde estou, pois alguém da rua pode me enxergar. O jeito é ir adiante.

Calculo: são apenas três passos para ultrapassar as janelas. Estou empapado de suor. Respiro fundo e impulsiono o corpo para o lado, um passo com o pé direito, depois o esquerdo. No trajeto, enxergo no interior da sala um sujeito estirado sobre uma cadeira com uma mulher ajoelhada diante dele desabotoando suas calças. Poderia passar o Titanic pela janela que eles não perceberiam... Dou mais um passo lateral, mais outro e supero o obstáculo.

A sala de doutor Abraão – ou Aaron Fleischer – está às escuras. Enfio os dedos na fresta sustentada pelo toco de madeira, hasteio o vidro e pulo para dentro. Fecho as cortinas, ligo a lanterna, tiro o paletó e o acomodo no chão junto à porta para cobrir a fresta inferior. Ao lado da porta, encontram-se os dois arquivos, cada um com quatro gavetões com letras de cartolina escritas à mão em ordem alfabética sobre os puxadores. Tento abri-los, mas previsivelmente estão trancados. Sobre um dos arquivos, um ventilador está posicionado para a escrivaninha.

A mesa, ao fundo da sala, dispõe de lamparina, aparelho telefônico, máquina de escrever *Royal*, uma caixa de madeira com uma pilha de folhas e um copo contendo canetas, lápis e uma espátula para abrir cartas. Ao lado dela, uma escrivaninha com tampo de correr está obviamente chaveada. Ligo a luminária para poupar as pilhas da lanterna e começo a examinar os papéis caprichosamente ordenados sobre a mesa, mas não encontro nada além de notas fiscais de compra e venda, faturas, duplicatas e recibos. Vasculho as gavetas do birô. Além de utensílios como escova de dente, pasta dentifrícia, sabonete, vidros de remédios, encontro apenas uma caderneta com nomes conhecidos, alguns figurões de destaque, acompanhados de números de telefones. Provavelmente, são os fregueses dos uísques contrabandeados pelo doutor Abraão, imagino.

Miro os arquivos metálicos. Como abri-los? Tateio o interior das gavetas da mesa e encontro uma chavezinha presa a um pedaço de arame. Experimento na fechadura dos arquivos, mas não se encaixa. Tento a escrivaninha. Bingo! Abro a tampa. O móvel contém uma máquina calculadora portátil e alguns escaninhos contendo cadernetas, telegramas, cartões, envelopes, papéis variados e uma espécie de livro contábil com capa de papelão grosso, sem título. Passo a folhear o caderno e as coisas começam a ficar interessantes.

As páginas são divididas em colunas, tendo cerca de vinte nomes escritos à mão, com os respectivos endereços na segunda coluna, seguidos de espaços correspondentes aos meses do ano, assinalados no cabeçalho. Os espaços são preenchidos com quantias que variam entre 80 mil e 200 mil réis. A relação ocupa pelo menos dez páginas do caderno, soma algo próximo de duzentas pessoas, muito mais mulheres do que homens, todos de sobrenomes judaicos.

Não resta dúvida de que se trata de valores recebidos por Aaron Fleischer, contribuições talvez não espontâneas, ou seja: chantagem. Em vários casos, a relação das quantias só ocupa alguns quadrinhos, dando a entender que as pessoas mencionadas deixaram de pagar. Gasto um bom tempo lendo um por um os nomes relacionados de forma desordenada, como se a lista fosse ampliada continuamente. Não distingo ninguém conhecido, porém um endereço atrai minha atenção: *Andrade Neves, 44*, o endereço da pensão da Aurélia. Sinto um arrepio. A ele, corresponde o nome Agniezka Wojcika. Meu coração bate descompassado. Percorro com o indicador a coluna dos endereços e acho mais quinze nomes de mulheres com endereço na Andrade Neves, provavelmente moradores das pensões da rua. *Les putes?*

No fundo de um escaninho, está um molho de chaves. Nesse momento, escuto um vozerio do corredor e desligo a lamparina. Imagino que seja o casal da segunda sala que, finalmente, deu por concluída a sua jornada lasciva. O ruído vai se afastando. Ainda espero alguns minutos no escuro, com a curiosidade me corroendo por dentro, até me sentir seguro para reiniciar a tarefa. Ilumino com a lanterna a fechadura do arquivo metálico e experimento as chaves. Na terceira, ouço um *clac*, a gaveta destrava e abro um sorriso.

O calor é insuportável. Aciono o botão do ventilador e logo o desligo, pois o ruído estridente chamaria a atenção do vigilante. Sinto vontade de fumar um cigarro, mas o cheiro me denunciaria. Pelo menos posso beber. Busco o cantil no bolso do casaco. Está quase vazio. Deixei o uísque de vinte mil réis guardado na redação, mas isso não será problema. Recorro ao improvisado depósito de Aaron Fleischer, abarrotado de caixas de uísque e pacotes de cigarro. Pela fortuna paga pelo *Teacher's*, sinto-me no direito de me adonar de mais uma garrafa. Um *Johnnie Walker*, quem sabe? Abro a tampa, dou um considerável talagaço e chego a ouvir trombetas anunciando minha entrada no paraíso.

As gavetas dos arquivos contêm pastas de cartolina, dezenas delas, em ordem alfabética. Será uma longa noite. Retiro a primeira. Ackerman, Elena. A pasta contém o passaporte da tal Elena e uma pequena ficha relacionando as suas atividades: *dançarina e acompa-*

nhante. As seguintes seguem o mesmo padrão.

Afinal de contas, o que está acontecendo aqui? Abraão ou Aaron extorque pessoas de origem judaica, retém seus passaportes e as obriga a pagamentos mensais? Não é razoável imaginar que todos da lista são criminosos, mas por que não o denunciam? Pela quantidade de gente envolvida, ele seguramente não age sozinho.

A pasta que eu busco desesperadamente está na última gaveta, bem ao fundo: *Wojcika, Agniezka*. Contém uma caderneta roxa com inscrições em dourado: *Paszport,* o desenho de uma águia com as asas abertas no centro e, abaixo, *Rzeczpospolita Polska*. Na primeira página, uma fotografia carimbada em vermelho *Komizars Generalny Polskie – Kraków*. É Juliette ainda menina. Foi emitido em 1925, portanto, ela teria quinze anos. Seguem-se informações pessoais, em polonês:

Rok Urudzenia: 14 pazdziernik 1910
Miejsce Urudzenia: Kraków
Zatrudsnienie: piozenkarz
Wrost: 1,59
Wlosy: rudowlosy
Oczy: czarne
Stan Cywilny: pojedynczy

A ficha que acompanha o passaporte diz apenas: *interesse J.W.*

A descoberta derruba-me. Agziezka, Polônia, Kraków, palavras que não compreendo... Peço apoio moral ao tio *Johnnie*. Permaneço um bom tempo sentado no chão, entre goles de uísque e conjeturas, sem tirar os olhos do retrato de Juliette – ou Agziezka. O que ela esconde? O que existe em sua vida que é passível de chantagem? Por que nunca me relevou sua verdadeira identidade? Não confiou em mim por alguma razão. O que eu sei sobre ela?

Minha vontade seria recolher todos os passaportes e devolvê-los aos seus donos para, assim, acabar com a farra de Fleischer, mas não tenho a menor ideia do que isso implicaria. Não posso fingir que não estive aqui e sair de mãos abanando. Bebo uns bons goles no gargalo e concluo que só há uma coisa a fazer, mas dará algum trabalho. Ouço passos crescentes e desligo a lanterna. Eles cessam exatamente na porta da sala. Alguém mexe no trinco. Suo em bicas. Finalmente, o barulho dos passos vai se afastando. Aguardo um bom tempo, até estar seguro de que o risco passou, já sabendo o que fazer.

Sento-me à mesa de Aaron Fleischer e passo a copiar no bloco todas as informações dos livros e cadernetas. Preencho meu bloco de notas inteiro e sou obrigado a recorrer a um maço de folhas da escrivaninha. São quatro da manhã, a garrafa de *Johnnie Walker* está quase seca e eu preciso dar um jeito na vida. Antes de recolocar as pastas nas gavetas, tomo uma decisão drástica e arriscada: recolho e enfio no bolso o passaporte de Agniezka Wojcika, tendo consciência de que daqui para a frente sua segurança estará sob minha responsabilidade.

Tranco os arquivos, guardo as chaves no escaninho da escrivaninha, fecho a tampa tentando não deixar vestígios do arrombamento e preparo-me para a gloriosa *retrait*, que não será fácil, pois o *scotch* me roubou uma boa parte da destreza. Dou uma última olhada na sala com o auxílio da lanterna e me certifico de que não esqueci de nada.

Outra vez, tenho que vencer o pavor de altura. Saio pela janela a percorrer o balcão, desta vez no sentido contrário à sacada central, com o rosto virado para a parede, deixando algumas janelas adiante a garrafa do estoque de Aaron Fleischer devidamente vazia. Antes de uma nova sequência de *bay windows*, há um escoador de água da chuva colado à parede, e é por ele que eu planejei descer, algo arriscadíssimo para uma pessoa com acrofobia. O segredo é não olhar para baixo. Seguro o cano e vou descendo, uma mão depois da outra, os pés caminhando na parede. Uma buzina distante me distrai, perco o equilíbrio e desabo de uma altura de cinco metros. Antes de me levantar, apalpo os braços e as pernas para ver se não quebrei nada. Uma dor aguda concentra-se no tornozelo esquerdo. Caminho uma quadra capengando até alcançar o ponto de táxi junto ao Mercado. Volto para casa sem saber no que a aventura vai redundar.

Sou despertado às sete da manhã pelo tilintar do telefone. Genez Porto pede que eu me dirija com urgência à mansão dos Almeida na Rua Riachuelo. Mesmo com a habitual discrição do advogado, percebo em sua voz que alguma coisa não vai bem. Apareço na porta apoiado em uma bengala, herança de *seu* Armindo Koetz, e encontro o advogado em companhia do médico Landell de Moura e de um rapaz que não conheço.

"O que houve?", Genez pergunta.

"Acidente doméstico, nada demais. Algum problema?"

"Aconteceu algo gravíssimo, meu caro", ele explica. "Na verdade, vivenciamos uma noite de horrores. Guilherme apareceu aqui muito agitado. Pediu para ir ao quarto de banho. O doutor Israel foi atrás e espiou o tipo lavando um punhal na pia. Imediatamente, foi ao telefone e pediu que eu viesse. Guilherme falava descontroladamente. Contou que acabara de sofrer uma tentativa de homicídio diante do Banco Comercial por parte de um sujeito, segundo ele, capanga de Chico Flores. Guilherme teria reagido e esfaqueado o suposto agressor. Ele só dizia: matei o homem, esse não incomoda mais!"

O relato me deixa perplexo. Genez continua:

"Quando cheguei, ele permanecia em surto, caminhava de um lado para outro, falava coisas desencontradas. Acionei alguns contatos na Polícia, mas não havia qualquer notícia sobre alguém esfaqueado no Centro. Ponderei que deveríamos interná-lo. Ele se deixou levar. Conduzi o tipo ao Hospício São Pedro, porém ele não foi aceito nem lá nem no Posto de Psicopatas."

"Por que não?"

Landell de Moura responde:

"É de praxe que a instituição solicite atestado médico no caso de internação."

"Depois de muita insistência, Guilherme forneceu o endereço da pensão onde mora, na Rua da Alegria, mas o senhorio só concordou mediante o pagamento dos aluguéis atrasados. Três meses."

"Bem, eu havia alertado que o sujeito não era bem certo, mas não pensei que chegasse a esse ponto", digo. "E o doutor Israel?"

"Tomou um calmante e está descansando."

Genez apresenta-me para o rapaz que ouve tudo sacudindo a cabeça para os lados.

"Este é Aparício, o primo de Cora, amigo do Guilherme."

"Eu não diria amigo", Aparício contesta. "Esporadicamente, nos encontrávamos em algum estabelecimento noturno, conversamos duas ou três vezes apenas. Era um metido e tinha uma imaginação fértil. Inventava coisas rocambolescas e jurava que eram reais. Ninguém o levava a sério."

"Como surgiu a história com a Olga?"

"Guilherme comentou certa vez que havia sido humilhado por uma mulher chamada Olga. 'Essa alemãzinha me paga', ele repetia. Um dia, viu essa tipa em companhia do meu primo Cora, e então veio com essa história de que ela seria *secreta* da Polícia e pretendia matar o Cora. Não lhe dei ouvidos. Para mim, sempre foi meio biruta, mas o julgava inofensivo. Me admiro o tio Israel embarcar nessa canoa."

"A pessoa desesperada se apega a qualquer coisa", saio em defesa do velho.

Genez retoma a palavra.

"O fato é que a comissão de inquérito marcou os depoimentos para esta semana: Olga Wagner depõe hoje, o doutor Israel, amanhã, e Guilherme, na quinta-feira. Não é necessário dizer o tamanho da encrenca. Esse maluco é considerado uma testemunha-chave. Esse é o nosso temor. Se ele tiver um surto perante a comissão será uma tragédia irremediável."

"É preciso evitar essa tragédia de qualquer maneira."

A pensão localiza-se a poucas quadras dali. O senhorio nos conduz até o quarto e apela. "Por favor, levem essa peste daqui duma vez!" O aposento fede a urina e comida podre. Guilherme está uma pilha de nervos.

"Vocês fizeram muito mal em vir me ver, muito mal mesmo,

hein? Tem sempre dois agentes da Polícia me seguindo. A partir de agora não serão dois, serão seis."

"Escuta, Guilherme", eu tomo a iniciativa. "Nesta semana tu vai ter que depor na Polícia e precisa estar bem tranquilo, senão vai botar tudo a perder."

"Vou cumprir o prometido. Amanhã viajo ao Rio de Janeiro para buscar as fichas de Olga."

"Viajar? Que história é essa?", exclama o advogado.

Guilherme olha para o doutor Landell e me puxa pelo braço para um canto do quarto.

"Esse senhor é informante da Polícia."

"Tira isso da cabeça. É um médico que está nos ajudando. Olha, fizemos um esforço para que reabrissem as investigações, mas estamos com receio de que..."

"Vocês estão dificultando a minha missão e colocando em risco familiares meus no Rio de Janeiro", ele reage aos gritos. "Todo esse serviço foi controlado pela Delegacia de Ordem Política e Social de lá, eu sei do que estou falando. A essa hora já devem ter encontrado o corpo do sujeito que eu matei ontem. Mas juro, foi legítima defesa."

Genez não se contém:

"Não encontraram corpo nenhum. Isso é invenção da tua cabeça!"

"Óbvio, sumiram com o cadáver, porque seria um problema para eles, hein? O tipo estava aqui, clandestino. Veio para limpar a área, ou seja, eliminar a testemunha-chave: eu. Vocês são ingênuos, não sabem um tiquinho do que tá acontecendo."

"De qualquer forma, tu vai depor e..."

"Vou dizer o que sempre disse: Olga é *secreta* da Polícia, o número da carteira antiga é 2445 e da carteira atual é 29L."

"Eles vão pedir provas. Onde está a cópia da carteira funcional dela de que tu nos falou?"

"Mexeram nas minhas coisas e levaram para o Rio."

"Quem levou?"

"Um policial chamado Haroldo. Por isso, antes de depor, tenho que viajar ao Rio de Janeiro. Lá, vou obter tudo que preciso."

"Sem chance. O depoimento é quinta-feira."

Guilherme agita-se em movimentos nervosos, coça a cabeça desesperadamente como se quisesse arrancar o couro cabeludo.

"Ela era *secreta* da Polícia e se aproximou do Cora para vigiá-lo."

"Conversamos com o teu amigo Aparício", arrisco. "Ele contou uma história diferente da tua."

"Sabe por quê? Vou contar pra vocês. Esse jovenzinho não quer que a família saiba que ele é pederasta. Isso mesmo. Nós mantivemos relações sexuais várias vezes."

Genez e Landell olham-se, desconcertados.

"Agora, preciso pensar", Guilherme grita. "Me deixem sozinho. Me deixem só!"

Saímos à rua e nos instalamos em um café na própria Rua da Alegria.

"Ele não pode depor nesse estado", comenta o médico. "Será estraçalhado no interrogatório."

"Tem razão, devemos adiar o depoimento para ganhar tempo", o advogado concorda.

"Posso assinar um atestado justificando que momentaneamente ele está incapacitado, sob forte emoção", sugere Landell de Moura.

"É o mais adequado. Podes cuidar disso, Koetz?"

Retorno capengando à pensão de Guilherme, pensando no que fazer com o sujeito, talvez colocá-lo em um trem para Triunfo, onde afirma que trabalha. Contudo, o tipo sumiu.

"Logo que vocês saíram, ele se mandou. Se quer saber, dei graças a Deus", diz o senhorio.

A dor no tornozelo é terrível, mas eu preciso encontrar Juliette. Caminho lenta e dolorosamente até a Pensão da Aurélia. Bato à porta. Quem atende outra vez é a portuguesa, com seu olhar permanentemente aborrecido.

"Tenha *p'ciência, o pa*. A *rap'riga* está confusa. Carece de um tempo para *refl'tir*."

"Diga a ela que eu gostaria de conversar sobre uma moça de nome *Agniezka*, por obséquio. *Agniezka*. Ela sabe de quem se trata."

Aurélia afasta-se desconfiada. Finalmente, a ruivinha aparece com uma expressão triste e constrangida. Ao me ver com a bengala, se assusta:

"O que foi isso?"

"Vou te explicar, mas vamos a um local onde eu possa me sentar."

Após alguns passos, ela coloca seu braço sob o meu para me amparar e posso dizer que isso ajuda mais a alma do que o físico. Na própria Andrades Neves, há um bar que serve praticamente só as moças das pensões. Várias delas estão por ali e eu fico a imaginar quais têm seus passaportes retidos por Aaron Fleischer. Quando nos sentamos à mesa, tiro do bolso e coloco sobre a mesa o passaporte de Agniezka. Ela olha para seu próprio documento como se fosse uma bomba-relógio."

"Deixa eu falar. Escute e depois vou te ouvir. Passei boa parte da noite no escritório do Edifício Bier Ullmann, número 21, tu sabe onde fica?"

Ela faz que sim com a cabeça. Conto detalhadamente o que aconteceu durante a madrugada no escritório de Aaron Fleischer até a queda que me causou a lesão no pé, não apenas para enaltecer a minha coragem, e sim para deixar clara a disposição de ajudá-la.

"É perigoso! Você não conhece essa gente."

"Eu te amo e vou cuidar de ti. Imagino que tu deve ter milhões de motivos para não me contar a verdade, mas é preciso que, daqui para a frente, tu confie em mim."

"Você não sabe o que eu passei."

"Me conta."

Seus lábios tremem.

"Tem certeza de que quer ouvir?"

Faço que sim com a cabeça. O tom do relato é de orgulho machucado.

"Quando meu pai morreu eu era ainda um bebê de colo. Minha mãe chamava-se Urzula, ainda não tinha 18 anos e ficou só no mundo, obrigada a sustentar a mim e a minha avó, com trabalhos de costura para a vizinhança do bairro Kamizierz, onde vivia a comunidade judaica de Kraków. Apesar da pobreza, tive uma infância feliz. Gostava de cantar, tinha uma boa voz e vovó me ensinava canções folclóricas da Polônia e da cultura judaica. Tudo mudou quando apareceu na nossa vida um homem chamado David Filkenstein e começou a cortejar minha mãe. Passou a frequentar nossa casa, trazendo presentes para todas nós. Era mais velho, gentil e bem-apessoado. Dizia que estava a trabalho em Kraków e logo teria que voltar a Buenos Aires, onde tinha negócios. Minha mãe lamentou que logo iriam se separar, pois tinha se afeiçoado ao tal David. Ele propôs, então, que ela acompanhasse à Argentina, onde se casariam e, montada a estrutura familiar, tratariam de nos buscar. Nessa época, já tinha 11 anos e lembro de que não gostei nem um pouco daquela história. Para mim, aquele homem veio para roubar a minha mãe."

Juliette narra a desventura familiar mergulhada numa amargura profunda. Conta que Urzula não teve muito tempo para pensar. Julgou que era uma possibilidade única de reconstruir sua vida e, mesmo com a desconfiança de sua mãe e a apreensão da menina, aceitou a proposta do pretendente, na expectativa de que em pouco tempo estariam todas juntas.

"Alguns meses depois, chegou a primeira carta. Mamãe informava que tudo corria bem, mas nossa viagem a Buenos Aires ainda demoraria algum tempo, pois dependia de alguns detalhes. Contou que mensalmente enviaria uma quantidade de dinheiro por meio de ordens de pagamento e deu o número de uma caixa postal para onde poderíamos mandar cartas a ela."

A menina *Aga* escrevia entusiasmada à mãe sobre seu amor pela música e sua participação em corais que se apresentavam em festas da comunidade e eventos na sinagoga. Em troca recebia mensagens cada vez mais lacônicas e repetitivas, com as mesmas desculpas para adiar a viagem da filha e da avó, sem entrar em detalhes sobre sua vida na Argentina, e já não mencionava o nome de David Filkenstein. As cartas rareavam e o dinheiro também. Aos 15 anos, a dedicação da menina à música foi recompensada. Uma professora de canto de sua cidade conseguiu uma bolsa para ela estudar no *Conservatoire National Supérieur de Musique et de Danse de Paris,* onde, além de aperfeiçoar a técnica vocal, aprenderia a dançar. Imagino que o passaporte seja dessa época. Entusiasmada, escreveu à mãe contando a novidade, mas não recebeu nenhuma resposta.

Agniezka passou quatro anos no conservatório, aprendeu música clássica, dança, canções populares. Juliette recupera um pouco da alegria ao relatar sua vida em Paris, as colegas, os passeios pela cidade aos domingos, *Tuileries, Jardin de Luxembourg.* Porém, o vazio pela ausência da mãe não a deixava em paz.

"Quando terminou o curso resolvi enfrentar a situação. Juntei algumas economias e viajei à Argentina. Não sabia nem onde procurar. Aluguei um quarto numa pensão no *barrio Once*, onde vivem os judeus argentinos. Comecei a procurar no próprio bairro, mas fiquei sabendo que mais de vinte mil judeus viviam em Buenos Aires. Homens com o nome David Filkenstein deveriam ter mais de cem. Alguém me falou de uma tal Sociedade Israelita de Mútuo Socorro, que teria a finalidade de ajudar os integrantes da comunidade, especialmente os que chegavam. E aí começa a parte mais dramática do meu desastrado percurso."

A organização a encaminhou para um sujeito chamado Jacobo Weiss, o qual se prontificou a ajudá-la. Logo, ele percebeu o talento artístico da jovem e a colocou sob sua proteção. Aga não tinha experiência com homens, saíra ainda menina da Cracóvia e vivera na França em regime de semi-internato. Assim, foi presa fácil para o sedutor e insinuante Jacobo. Ele assegurava que mandara pessoas de sua confiança à procura de Urzula e que ela não se afligisse, pois cedo ou tarde a encontrariam. Ao mesmo tempo, trabalhava para torná-la uma estrela.

Em pouco tempo e com algum treinamento nas companhias de revista que atuavam na noite portenha, *Agniezka* ou *Paulette Blanc*, nome artístico criado por seu protetor, tornou-se uma artista de destaque nos *cabarets chics* de Buenos Aires. Recebia aplausos, frequentava lugares requintados, passava temporadas em Mar del Plata, no verão, e Bariloche, no inverno, ganhava presentes e não tinha que se preocupar com cachês e pagamentos, pois Jacobo cuidava de tudo.

"Por mais de dois anos eu fui *Paulette Blanc*."

Juliette afunda o rosto entre as mãos. Permanece assim por alguns instantes e retoma a narrativa:

"Confesso que me deslumbrei e, sem que percebesse, a busca por minha mãe foi ficando em segundo plano. No fundo, eu já sabia que dificilmente ela ainda estaria viva e tinha medo de enfrentar essa realidade."

"Ela havia morrido?"

"Espere. Comecei a perceber algumas coisas estranhas. Durante todo esse tempo, eu não tinha ideia das atividades em que Jacobo estava metido. Não sabia e não fazia questão de saber. Só pensava na minha própria carreira. Certa vez, ele esbofeteou uma garota em uma das *boites* onde eu me apresentava. Perguntei o que havia ocorrido, de uma forma quase displicente. Sua reação foi agressiva, disse que não era da minha conta ou algo assim e me proibiu de tocar no assunto. Mais ou menos nessa época, houve um golpe militar na Argentina com apoio do Partido Nazista da Alemanha. Muitos judeus foram presos, Jacobo, inclusive. Durante o período em que ele estava na prisão, fiz alguns contatos, conversei com a moça que ele agrediu e, aos poucos, fiquei sabendo que meu protetor, meu amante, vá lá, integrava uma organização que explorava prostitutas, mulheres judias que eram trazidas de vários países da Europa, principalmente da Polônia, com promessas de casamento ou de uma vida melhor. Fiquei horrorizada! Percebi que minha mãe provavelmente fora uma delas e eu própria, se não tivesse dotes artísticos, talvez estivesse na mesma situação, vendendo o corpo como aquelas miseráveis para enriquecer rufiões como ele. Então, tomei algumas decisões."

Segurei as mãozinhas dela:

"O que fizeste, *ma chérie?*"

"Eu tinha que me livrar das garras daquele monstro. Aproveitei a ausência dele, peguei minhas joias e sumi dali. Não encontrei meu passaporte. Imaginei que ele tivesse colocado no cofre. Saí de lá e me instalei novamente no *barrio Once*, mas não sabia nem como me movimentar na cidade. Vendi algumas joias para ter algum dinheiro. Passaram-se alguns dias e retornei à Sociedade de Mútuo Socorro em busca de ajuda. Eles anotaram meu nome e o endereço da pensão onde eu morava. No dia seguinte, eu havia saído para fazer compras e, ao retornar, enxergo Jacobo saindo do prédio, com alguns comparsas. Carregava a minha mala, provavelmente com tudo que eu possuía. Um dos tipos permaneceu de prontidão na frente da pensão. Fiquei desesperada. Passei dias terríveis, só com a roupa do corpo, dormindo em becos escuros, fugindo de ratos e malfeitores."

"*Ma chérie*, se tu quer parar por aqui..."

"Consegui um emprego numa loja de tecidos de um casal de judeus idosos. Contei a eles uma parte da história. Eles se apiedaram e me deixavam dormir em uma peça dos fundos da lojinha, mas vivia sobressaltada pela possibilidade de Jacobo me encontrar, chegava a ter pesadelos com isso."

"Não pensou em procurar a Polícia?"

"*Hã*! Jacobo se gabava a toda hora de suas relações com eles. 'Tenho a Polícia no bolso', dizia. Mesmo acossada, decidi retomar a procura pela minha mãe. Foram meses e meses percorrendo sinagogas e cemitérios judaicos de Buenos Aires, e nada. Nenhum registro de Urzula Wojcika. Nessas andanças, fiquei sabendo que *les putes* eram rejeitadas pela comunidade, consideradas 'impuras'. Por isso, elas haviam construído sua própria sinagoga e seu cemitério. Fui até lá com o coração na mão e finalmente encontrei o túmulo de minha mãe. Fiquei desesperada. Ela fora assassinada num quarto de hotel e nunca se soube o nome do assassino. Comparei as datas. Ele foi morta poucas semanas depois de minha chegada à Argentina. Por isso, suspeito que Jacobo mandou matá-la para que eu não descobrisse que tudo não passava de um golpe."

"Sinto muito, *ma chérie*."

"Esse é o meu remorso. Se eu não tivesse ido para Buenos Aires, ela estaria viva."

Juliette desaba numa crise de choro que parece não ter fim.

"Não foi culpa tua."

"Vivi quase dois anos praticamente escondida, mas precisava dar um jeito na vida. Então, fiquei sabendo que havia uma companhia francesa na cidade que estava selecionando artistas locais que soubessem dançar e cantar em francês para a temporada de seis meses na boate *Chantecler*, a mais fina de Buenos Aires. Era minha chance. Procurei o *cabaretier, monsieur* Jacques Duchamps. Fiz um teste, ele se encantou com a minha performance e me contratou."

Ela seca o rosto.

"*Paulette* virou *Juliette Foillet*. Pintei o cabelo de preto, mas cada noite era uma tortura, com receio de que Jacobo aparecesse. Os jornais noticiavam que a organização criminosa *Zwi Migdal* havia sido desbaratada, porém muitos de seus integrantes se encontravam foragidos. A temporada chegava ao fim e *monsieur* Duchamps me convidou para viajar com a companhia para uma temporada de dez meses aqui em Porto Alegre. Expliquei que meu passaporte estava de posse do antigo patrão e que não seria fácil resgatá-lo, pois o rompimento havia sido conflituoso. Duchamps pediu o nome do empregador e dias depois trouxe o passaporte. Quase não acreditei. Finalmente, ficara livre, no entanto ele revelou que Jacobo impôs uma condição. Disse que havia investido muito dinheiro na minha carreira e queria ser ressarcido. Imagina? Ele é que ganhou muito às minhas custas e deveria me compensar. *Monsieur* Duchamps fez um acordo com Jacobo, à minha revelia. Ao chegar em Porto Alegre, eu deveria entregar o passaporte a alguém da confiança dele. Eu pagaria mensalmente a essa pessoa uma determinada quantia até completar o valor, e desse modo ele me devolveria o documento."

"A pessoa é Aaron Fleischer. Quanto?"

"O equivalente a dez contos de réis em parcelas mensais enquanto durasse a temporada. A princípio, eu recusei, mas *monsieur* me convenceu a aceitar a combinação, dizendo que era melhor assim, que tudo se ajeitaria. No fim, ele tinha razão. Eu era feliz aqui. Pagava a mensalidade e ninguém me incomodava. Agora, minha tranquilidade *c'est fini!*".

"Ninguém é feliz sendo escravizada, *ma chérie.*"

"Eu era! Fazia o que gostava e tinha você, isso antes de saber da sua família nazista. Agora, essa história do passaporte... Na negociação ficou uma ameaça implícita. Cada vez que eu ia ao escritório de Aaron, ele dizia: muito bem, mocinha, continua assim e ninguém se machuca. O que vai ser daqui para a frente?"

"Olha, existe uma investigação policial sobre esse tal Aaron Fleischer. Está para ser preso a qualquer momento. Eu reuni muita documentação sobre as atividades dele, inclusive os nomes de seus cúmplices. Não podia permitir que teu nome aparecesse metido com essa gente. Vou encaminhar tudo para a Polícia e esse pesadelo vai terminar. Eu vou tomar conta de ti."

"Tua família nazista não vai me aceitar."

"Minha mãe te adorou, e, mesmo se não gostasse, não faria diferença."

Digo a ela que muitas garotas que vivem nas pensões da Andrade Neves também são chantageadas pelo doutor Abraão.

"Não tinha ideia", ela diz.

"Isso tem que acabar!"

Caminhamos até a pensão, eu apoiado na bengala de um lado e nos ombros de Juliette, de outro. Sinto que ela me abraça mais forte.

"Você poderia ter quebrado a perna ou algo pior."

"Não se preocupe."

Então, ouço a temida questão.

"Como você chegou a Aaron Fleischer?"

Juliette ou Agniezka instalou um clima de sinceridade entre

nós, no qual não há mais lugar para mentiras. Contou-me fatos delicados e doloridos de sua vida, alguns dos quais ela se envergonha. Desnudou-se diante de mim por completo. Confiou de modo irrestrito e eu tenho obrigação de agir da mesma maneira. Contudo, se eu revelar a ela que, em uma determinada tarde, a persegui pelas ruas do Centro sem que ela percebesse, como um miserável espião, colocaria tudo a perder. Produziria mágoas e reforçaria desconfianças que iriam nos afastar, num momento em que precisamos estar juntos. Decido contar uma parte da verdade, apenas.

"É o meu trabalho, *ma chérie*. Fiquei sabendo da investigação em torno de Fleischer e, por coincidência, cheguei a esse tal de doutor Abraão, um contrabandista de bebidas. Juntei as pontas e acabei descobrindo que eram a mesma pessoa. Quando fui até lá, imagina a minha surpresa ao encontrar um passaporte com o teu retrato e outro nome."

"Eu iria te contar naquela noite, se lembra, quando encontramos a tua noiva e aconteceram todas aquelas coisas desagradáveis."

"O importante é que estamos juntos e não há mais segredos entre nós."

"Ele vai notar a falta do passaporte e virá atrás de mim."

"Vamos cuidar disso", eu prometo.

Outra vez recorro ao comissário Amílcar. Indago a ele quem está tratando do caso de um sujeito chamado Aaron Fleischer, envolvido em contrabando, chantagem e outros crimes. Ele responde que desconhece o assunto e pede um tempo para averiguar.

Ligo para o jornal e peço uns dias de folga em função do tornozelo inchado. Em casa, passo horas passando a limpo na máquina de escrever os textos copiados à mão no escritório de Aaron Fleischer.

Disco o número da chefatura.

"E então, Amílcar?"

"É confidencial, como é que tu ficou sabendo?"

"Depois te conto. Necessito saber quem é o responsável pelo caso."

"Delegado Elias, do Setor de Estrangeiros."

No dia seguinte, estou diante do delegado Elias munido de uma pasta cheia de folhas datilografadas.

"Creio que não nos conhecemos pessoalmente. Sou Paulo Koetz, do *Correio do Povo*."

"Pois não, Koetz. Em que posso ajudá-lo?"

"O nome Aaron Fleischer diz algo para o senhor?", pergunto de supetão."

"Deveria?"

"Estou informado de que existe uma investigação sobre esse sujeito, por enquanto tratada com sigilo, confere?"

"Se é sigilosa, como você diz, obviamente estou impedido de tratar desse assunto, ainda mais com a imprensa, não?"

"Acontece que eu tenho um farto material sobre esse cidadão. São cópias de documentos que estão guardados em seu escritório e que comprovam a prática de chantagem, estelionato, extorsão. Indicam que ele faz parte de uma quadrilha internacional de tráfico de escravas brancas."

"Por certo, esse material será útil", entrego a ele as folhas datilografadas com todas as informações que copiei.

Ele dá uma rápida examinada e ergue as sobrancelhas:

"De onde tiraste esse material?"

"Os originais estão no escritório de Aaron Fleischer, Edifício Bier Ullmann, sala 21."

"Devo acreditar que ele lhe franqueou seus arquivos?"

Respondo com um riso irônico.

"Tive que usar outros métodos, mas acredito que não será difícil obter um mandado, recolher a documentação original e enfiar o doutor Abraão no xadrez."

Elias junta as mãos postas sobre a boca, como se estivesse rezando. Permanece algum tempo nessa posição, estudando o que dizer.

"Meu rapaz, esse caso envolve gente muito perigosa. Não dá para sair fazendo investigações particulares. É muito arriscado."

"Não tenho ideia do risco que estou correndo, portanto, gostaria que o senhor me explicasse."

"Porto Alegre está na rota do *Zwi Migdal*, uma organização criminosa que há mais de 30 anos traz mulheres dos países do leste europeu para abastecer sua rede de prostituição. De início, suas operações concentravam-se em Buenos Aires, onde o grupo chegou a possuir mais de sessenta casas noturnas, mas com o tempo passou a ter ramificações em outros lugares."

"Porto Alegre, inclusive?"

"A princípio, Porto Alegre seria um entreposto, porém suspeitamos que eles estejam agindo por aqui. Não posso entrar em detalhes, mas nos últimos três ou quatro anos, a Polícia argentina desencadeou uma grandiosa operação para prender os cabeças do *Zwi Migdal* e temos um acordo de colaboração com eles. Muitos fugiram para o Uruguai e para o Brasil."

"O que vocês estão esperando para prender Aaron Fleischer?"

"Ele está sendo vigiado, mas por enquanto ele vale mais solto do que preso. É peixe pequeno que nos levará aos mais graúdos."

"Jacobo Weiss é um deles?"

O delegado leva outro susto, mas logo se apruma.

"Conversar sobre nomes está fora de cogitação."

"Doutor Elias, ouça. Além do aspecto jornalístico, tenho um interesse específico nesse caso. Uma pessoa das minhas relações está em perigo."

"Quem seria?"

"Por enquanto, não posso revelar, também tenho meus segredos. Quero garantir que nada aconteça a ela."

"Qual a razão de ela estar em perigo?"

"É uma jovem que conseguiu livrar-se das garras desse tal Jacobo Weiss e agora vive em Porto Alegre, mas continua sob ameaça."

"Olha, vou dar uma boa olhada nesse material. Vamos combinar um troço. Não tome nenhuma iniciativa de qualquer tipo. Deixa que nós agimos. Para isso que existe Polícia."

Chego tarde em casa cansado, com o pé doendo, mas não consigo dormir. Espalho na mesa as anotações copiadas do escritório de Aaron Fleischer e tento achar algo que tenha me passado despercebido. A conversa com Juliette me obriga a ver aquele material sob uma outra perspectiva. Releio as cópias da agenda, dos cadernos, cartas e bilhetes, um quebra-cabeça. O doutor Abraão é esperto, trabalha com apelidos ou iniciais, usa e abusa de códigos impossíveis de decifrar para quem não está familiarizado com o *modus operandi* da quadrilha.

No fundo, o que eu desejo ardentemente é encontrar Jacobo Weiss no meio da papelama, mas ele não aparece. Reler tudo aquilo me deixa exausto, o sono bate e o calor se impõe. Esfrego os olhos. Quando reponho o olhar na mesa há uma folha onde está escrito simplesmente: *Telegrama procedente de Uruguaiana. Mensagem: 25, 17h, JW."*

Repentinamente, tudo adquire sentido.

À noite, fico sabendo que Olga Wagner reduziu Guilherme Noronha a pó em seu depoimento à comissão. Assegurou que não o conhece, que nunca conversou com ele sobre qualquer assunto, que não costuma conversar com homens da rua, que não tem o menor contato com membros da Polícia, nunca recebeu qualquer incumbência e se recebesse não se prestaria a uma missão desse tipo. Ao final, exigiu que Guilherme fosse levado à sua presença para desmascará-lo na frente da comissão.

"Ela esbanjava segurança", relata Genez Porto por telefone. "Chegou a se mostrar arrogante."

"E quanto ao resto?"

"Repetiu o que havia dito. Era amante de Cora, ele a convidou para irem àquele local, durante o jantar a ameaçou com o revólver e depois ficou simulando um suicídio até que a arma disparou."

"E quanto a Leopoldo?"

"Disse que era uma pessoa de suas relações, mas não tinha maiores informações sobre ele. Um amante de ocasião, deu a entender."

"Estamos no *corner* do ringue."

"Nossa ideia é que, no depoimento de amanhã, o doutor Israel se concentre nas contradições da investigação e procure se distanciar de Guilherme."

"A propósito, ele reapareceu?"

"Não. O problema é que não temos a menor segurança do que ele dirá. Vamos nos concentrar nas contradições entre a investigação policial e a personalidade de Cora."

"É o que nos resta."

Estava à espera pelo dia 25 de outubro, sexta-feira, data na qual, segundo meu palpite, Jacobo Weiss deverá desembarcar em Porto Alegre no trem das 17 horas. Enquanto isso, o "Caso Aparício" descamba ladeira abaixo. Israel Almeida teve que afirmar perante a comissão de inquérito que não deu crédito à história estapafúrdia contada por Guilherme Noronha e não se furtou de contar o episódio do punhal. Mesmo assim, insistiu na tese de que seu filho fora assassinado. Contudo, percebeu, pelas expressões dos investigadores, que a desmoralização de Guilherme empurrava o caso na pior direção possível.

Não existe nada na vida que não possa piorar. Na noite de quinta-feira, recebo um telefonema de Genez Porto.

"O depoimento de Guilherme pôs tudo a perder. Pra começo de conversa, declarou que seu sobrenome era Carvalho, e não Noronha, e que nunca foi estudante de Medicina. Confessou que, ao contrário do que afirmava, sua família não é rica, ele não possui emprego e admitiu que inventou a tal operação de apêndice porque pretendia obter dinheiro com isso. Imagina o nosso constrangimento."

"Que maçada!"

"No interrogatório, ele sustentou a versão de que Olga atraiu

Cora para uma emboscada, repetiu tudo o que nos disse, mas acabou dizendo que nunca teve cópia da suposta carteira funcional de Olga. Naquele momento, percebi que todos os integrantes da comissão já estavam convencidos de que Guilherme é um desequilibrado compulsivo, do tipo que acaba acreditando nas próprias mentiras que inventa."

"O que ainda é possível fazer?"

Meu pai faleceu poucos meses depois que eu desisti do Direito, o que lhe causou uma mágoa profunda e o rompimento entre nós dois. Logo, caiu de cama atingido por uma moléstia incurável. Tentei me aproximar, passava horas a seu lado, trocávamos palavras esporádicas, sem falar do fato em si. Desde sua partida, tenho um sonho recorrente, que se repete em várias versões, cujo mote é a dificuldade de regressar para casa, às vezes porque pessoas ou circunstâncias me levam para outros lugares, ou então porque a paisagem muda abruptamente. Em muitos deles, meu pai aparece, geralmente observando os episódios sem falar nada. Nessa noite, o pesadelo voltou.

Eu era passageiro de um trem, acompanhado de minha mãe e de Juliette em trajes de banho, quando fomos interpelados por uma patrulha nazista. Um deles diz: era unha e carne com o Aparício, deveriam ter dado cabo *desse* também. Eu digo que estão enganados e, nesse momento, o trem descarrilha, minha mãe e Juliette somem e eu desabo em um terreno pantanoso, no qual surge uma moça decapitada segurando a própria cabeça, usando um pé de sapato vermelho e pedindo ajuda: procure a Samanta! Enquanto isso, Januário e o professor Kraus contam dinheiro como se estivessem jogando cartas. Meu pai aparece e diz: acabou a aventura, meu filho.

Acordo tarde e telefono para o advogado Genez. Fico sabendo que a comissão de inquérito encomendou uma série de diligências policiais para verificar os aspectos contidos em nosso memorial.

"Eles anunciam a decisão para os primeiros dias de novembro", conta o advogado. "Não direi isso ao doutor Israel, mas meu prognóstico é bastante pessimista."

À tarde, estou me dirigindo à estação férrea levando Maurecy a tiracolo.

"Sabe a Joana?"

"Joana, Joana...", tento lembrar.

"A mãe da Dercília, a menina esfaqueada pelo tipo que acabou se afogando."

"Claro, a Joana. Que tem ela?"

"Tô cercando a *nêga*."

"Como é que é?"

"O que tu ouviu. Ando atrás dela."

"Ué? Tu não gosta de negros."

"Quem foi que disse?"

"Ora, quem disse? Tu, o tempo todo!"

"Não gosto de *alguns* negros, assim como não gosto de *alguns* brancos."

"Ah, *tá*, conta outra."

"O fato é que tenho ido atrás da Joana. Vou no restaurante onde ela trabalha, espero ela sair, ofereço uma lembrancinha, convido para passear, levo até o ponto do bonde."

"Quem diria."

"*Tá* me dando um baile, mas sou persistente... Esses dias, disse que ela parecia uma rainha e prometi que levaria ela num castelo digno da sua majestade."

"Uau!"

"Aí, num sábado desses, trouxe ela aqui", aponta para a torre da estação de trens.

"Só tu mesmo!"

"Ela morreu de rir e eu somei uns pontos. Almoçamos no restaurante e passamos a tarde olhando os trens e conversando ali na sacada, ao lado da torre. Rapaz, fazia tempo que eu não me sentia tão bem."

"E então?"

"Ressabiaaaada que só vendo! Tenho uma longa jornada pela frente."

"Pudera."

"Não desisto. Mas o que viemos fazer aqui, mesmo?"

"A princípio, esperar um trem. Depois, só Deus sabe."

O auto de praça estaciona ao lado da estação. No saguão, um povaréu circula como barata tonta entre o painel que anuncia as chegadas e partidas dos trens e os guichês situados à direita de quem entra, junto ao depósito de bagagens.

"Bastou darem desconto na passagem por causa da exposição e sai todo mundo viajando que nem louco", exclama Maurecy.

O painel indica que o trem procedente de Uruguaiana efetivamente chega às 17 horas. Pelo enorme relógio da parede, faltam quinze minutos. Atravesso o saguão rumo à *gare*, com auxílio da bengala, esgueirando-me entre os que chegam, partem, aguardam ou se despedem. Maurecy segue-me com alguma dificuldade. Um sujeitinho esbarra em mim e se desculpa tocando a aba do chapéu. Um tipo familiar, magro, com os óculos resvalando sobre o nariz adunco: Aaron Fleischer. Bingo! Sinto um leve sobressalto e viro o rosto, porém ele se mostra absorvido em seus próprios problemas para prestar atenção em mim.

Ele deixa o saguão rumo às plataformas de desembarque acompanhado de dois comparsas. Busco uma das saídas secundárias para não dar de cara com o tipo novamente. Ao lado do saguão, há um estreito corredor que conduz à ampla *gare*, com a parede repleta de reclames. O trio está posicionado junto a um dos portões, sob um cartaz de propaganda dos pneus Goodyear.

"Olho neles, digo a Maurecy.".

Ouve-se um apito. Os olhares se dirigem para o prolongamento da Rua Voluntários da Pátria, de onde se aproxima uma locomotiva fumacenta. Os carregadores de bagagens movimentam seus carrinhos rumo à plataforma. Fleischer e seus acompanhantes caminham na mesma direção. Conservo uma distância prudente e mantenho baixa a aba frontal do chapéu. O trem estaciona e vai despejando uma considerável quantidade de passageiros vindos da fronteira. Aaron Fleischer acompanha com algum nervosismo o desembarque de um sujeito alto e corpulento, carregando duas malas pesadas como se estivesse metido em uma viagem sem volta. Vai até ele e lhe dirige um cumprimento efusivo, enquanto os outros dois se ocupam das malas do forasteiro. Maurecy empenha-se no registro fotográfico da recepção.

O grupo deixa a estação pelos portões da *gare*, escapando da algaravia que domina o saguão. Do lado de fora, ingressam em um automóvel e tomam a direção do Centro através da Rua Voluntários da Pátria. Subimos num auto de praça e vamos atrás deles. Cinco quadras adiante, estacionam diante do Hotel Jung. Dispenso Maurecy e o motorista e penetro discretamente no hotel. Jacobo Weiss preenche a ficha de hospedagem na recepção. Dirijo-me ao lado oposto do *hall*, onde há um ambiente com dois sofás e uma mesinha.

Jacobo sobe as escadas acompanhado de um *concierge* uniformizado que carrega suas bagagens. Os outros três vêm em minha direção. Uso um jornal como escudo e me afasto em direção ao bar na outra extremidade interna do salão, de onde posso enxergar tanto o grupo de Aaron, que se acomoda nos sofás, quanto a escadaria por onde o visitante deve descer a qualquer momento. Fleischer mantém-se em silêncio, curvado, os cotovelos sobre os joelhos, olhando para o tapete e retorcendo as mãos.

Estou na metade da cerveja quando ele desponta na escada, de banho tomado, cabelo preto reluzente de gomalina, terno azul-marinho, sapatos engraxados com capricho. Mesmo quando sorri, Jacobo intimida quem está com ele, e o doutor Abraão será sua vítima. Fleischer fala algo, titubeante, e Jacobo berra um sonoro palavrão em castelhano que atrai para si a curiosidade de todos que estão no *hall*. Trêmulo, Aaron mexe as mãos tentando acalmá-lo.

Não consigo escutar a conversa, apenas palavras esparsas, mas imagino do que se trata e sinto um imenso bem-estar por ter provocado essa desavença entre bandidos, embora ainda não saiba no que isso irá resultar. Fleischer faz sua *mise-en-scène,* dá de ombros, desculpa-se com gestos de quem não sabe explicar o sumiço do passaporte de Agniezka. Tenho a impressão de que, se estivessem em algum lugar ermo, Jacobo encheria Aaron de socos e pontapés, ou coisa pior.

Jacobo vem até o bar, posiciona-se ao meu lado, quase encostando em mim. Posso sentir o fedor da gomalina rivalizando com o perfume da loção que esfregou de forma exagerada no pescoço. Tem a aparência de um Basil Rathbone de mau humor. Pede um uísque duplo com alguma grosseria e, enquanto espera, tamborila os dedos no balcão tentando recuperar a calma.

Não resisto.

"Dia difícil?"

O grandalhão olha-me de cima a baixo sem disfarçar a irritação. Não me abalo. Ergo sutilmente o copo de cerveja como se propusesse um brinde. Ele pega seu uísque de um jeito rude, a bebida chega a saltar do copo, e retorna ao ambiente dos sofás. Fico imaginando Juliette nas mãos desse crápula. Jacobo Weiss permanece em uma preleção furiosa e unilateral por mais ou menos meia hora, despejando sobre o doutor Abraão toda a sorte de impropérios que o idioma espanhol foi capaz de produzir. Às vezes, faz pausas e sacode as pernas. Sempre que Aaron tenta intervir, ele reage:

"*Cállate!*"

Quando a conversa termina, ele vira as costas para os três e ruma para a escada, enquanto os outros deixam o hotel. Peço para usar uma das cabines telefônicas e disco para o delegado Elias.

"Jacobo Weiss está na cidade. Hospedado no Hotel Jung."

"Como é que tu sabe?"

"Se vocês estivessem de verdade na cola do Fleischer também saberiam. Ele estava na Estação Ferroviária, belo e faceiro, recepcionando Jacobo Weiss com todos os salamaleques."

"Nós não tínhamos uma combinação, Koetz?"

"Estou ajudando a Polícia a encontrar os malfeitores."

"Deixa a Polícia agir."

"Hoje, não agiu. Como eu lhe disse, uma pessoa das minhas relações corre riscos com a presença de Jacobo por aqui. Qualquer descuido pode ser fatal."

"Está bem, agora deixa conosco."

A segunda ligação é para Juliette. Digo a ela que o problema no pé se agravou, que mal posso caminhar, e peço que ela passe uns dias na minha casa.

Saio do hotel e tomo um auto de praça para minha casa antes que ela chegue.

A temporada da companhia de *monsieur* Duchamps no Cine-Theatro Variedades está encerrada. Daqui a três dias o grupo fará uma exibição no cassino da Exposição Farroupilha. Juliette obteve dispensa dos ensaios para cuidar de mim. Cozinha, faz compras e aplica compressas de camomila no meu tornozelo. Geralmente, permanecemos em silêncio. Às vezes, coloca algum disco e dança. Conversamos pouco sobre o drama em que estamos metidos, para não alimentar o nervosismo mútuo.

Estou aflito por notícias. Numa das vezes em que ela sai, ligo para o delegado Elias:

"Jacobo Weiss desapareceu", ele revela.

"Como assim?"

"Deixou o hotel no mesmo dia em que chegou e tomou chá de sumiço."

"Então prendam o Fleischer!"

"Também sumiu. O escritório está fechado e ninguém sabe dele."

Isso é bom? É ruim?

O Cassino tem a aparência de um transatlântico com seus blocos circulares, suas janelas redondas que lembram escotilhas e o conjunto de terraços que dão a ideia de um convés. "Um navio ancorado à margem do grande lago para proporcionar aos porto-alegrenses e forasteiros as mais finas e sofisticadas atrações", como registra o catálogo da exposição. A companhia de *monsieur* Duchamps foi convidada a abrir o show de Bidu Sayão, e sofro ao admitir que essa pode ser a última vez que vejo Juliette no palco. Amanhã, o grupo embarca para se apresentar no Uruguai e de lá viaja à França na véspera de Natal – e eu ainda não sei o que fazer quanto a isso.

    O salão de espetáculos, situado no bloco central do edifício, segue a mesma sugestão náutica pela decoração e a escolha dos objetos, tendo ao fundo um palco majestoso, com uma moldura alta em forma de arco. Tentei trazer minha mãe. Dona Leda respondeu que não tinha traje adequado para frequentar um lugar como esse. Também não tenho. Como sempre acontece nesses lugares, minha indumentária simplória destoa do vestuário requintado, mas há muito deixei de me preocupar com isso. Valendo-me da condição de jornalista, consigo uma mesa próxima ao palco. Enquanto os garçons invariavelmente carregam *champagne* em suas bandejas, o que me atende mal disfarça a contrariedade quando lhe peço uma mísera cerveja.

    Enquanto o show não começa, me distraio tentando identificar os frequentadores que, aos poucos, vão lotando o salão – políticos, capitalistas, profissionais bem-sucedidos, a nata da sociedade porto-alegrense. Nesta tomada panorâmica, em algum momento meus olhos encontram-se com os de Aaron Fleischer e percebo que ele se detém em mim, intrigado. Será que me reconheceu como o sujeito que foi comprar uísque em seu escritório, fora do padrão normal?

    Fujo do contato visual por alguns instantes. Algo estranho está acontecendo. Não é preciso pensar muito. Aaron e seus cupinchas estão de olho em Juliette. Torno a olhar. Ele agora está confabulando com seus cúmplices, que se levantaram rumo à saída. Discretamente, vou atrás. O sujeito contorna o prédio pelo lado de fora e vai postar-se junto à porta dos fundos do prédio, a entrada dos artistas.

    Retorno ao salão e enxergo um novo integrante na mesa de Aaron Fleischer: Jacobo Weiss! Vou até a administração e ligo para a chefatura. Meu amigo Amílcar está de plantão:

"Me faz um favor. Localize o delegado Elias e peça que ele venha imediatamente ao cassino da exposição."

"Que conversa é essa, Koetz?"

"É um assunto entre eu e ele. Diga ao delegado que Jacobo Weiss está aqui no cassino, anotou? Jacobo W-e-i-s-s. É caso de vida ou morte, entendeu bem?"

Após as apresentações a cargo de Jacques Duchamps, Juliette aparece no palco como a moça nua observada pelo *voyeur*.

Il m'a vue nue
Tout nue.

O público aplaude freneticamente. A expressão de Jacobo Weiss é de fúria. As artistas da companhia solistas revezam-se no palco. Em alguns momentos, flagro Aaron olhando em minha direção, inquieto. A ruivinha ressurge como Marlene Dietrich em *Anjo Azul*. O tempo passa rapidamente e o delegado não chega nunca. O espetáculo aproxima-se do final. Noto que o trio deixa o salão e me desespero. Sigo-os até a porta. Eles rumam para os fundos do cassino. Volto ao salão e me posiciono junto a um dos cantos do palco.

Juliette canta os últimos versos de *La cumparsita*, sob as palmas entusiásticas da assistência. *Monsieur* Duchamps chama todas as artistas para o palco e agradece com mesuras. Juliette abre um sorriso ao me enxergar e faz um gesto discreto para encontrá-la no camarim. Faço que não e peço desesperadamente que ela se aproxime. As demais artistas se recolhem. Ela chega à borda do palco, sem entender minha agitação.

"Pula!"

Eu grito e abro os braços. Ela ri, como se estivéssemos em uma brincadeira.

"Vamos falar lá dentro."

"Pula! Jacobo Weiss está por perto."

Juliette toca a ponta da orelha como se não estivesse escutando."

"Jacobo está aqui!", eu grito.

"Jacobo? Ficou maluco?"

"Ali está ele, atrás de ti", aponto para o sujeito grandalhão que irrompe no palco em direção a ela. Aaron Fleischer vem atrás.

"Lembrei! É o sujeito que roubou o passaporte do meu escritório. Não sei como, mas roubou!"

Jacobo coloca a mão dentro do paletó.

"Pula, Juliette!"

Ela solta um grito de horror e se atira em meus braços. As pessoas acompanham tudo, sem entender o que está acontecendo. Alguns aplaudem pensando que a cena faz parte do show. Saímos a passos rápidos, contornando as mesas. Na porta do cassino, um vigia nos intercepta.

"Ela não pode sair assim", olha para os trajes de Juliette, as pernas descobertas e meias arrastão.

"Estamos fugindo daqueles sujeitos", aponto para Jacobo e seus asseclas que atravessam o salão empurrando quem está no caminho. "Estão armados e querem nos matar. Chame a Polícia."

Ela segura meu braço, agacha-se e se livra dos sapatos de salto. Olho para a porta do cassino. Aaron passa a conversa no guarda, enquanto os outros três vêm atrás de nós. Puxo Juliette pelo braço e retomamos a fuga.

O pior é que não encontramos um único policial no caminho. O posto fica longe, numa das salas do pórtico de entrada. "Para onde agora?"

"Para lá", indico o pavilhão central.

Ainda há muita gente circulando pelo eixo monumental. Muitos estão sentados nos bancos de pedra da concha acústica ao ar livre, onde uma orquestra executa o *Bolero* de Ravel. Outros tantos assistem ao show de luzes da fonte luminosa, quase ao lado. Enveredamos pelo pavilhão com o plano precário de nos misturarmos à multidão para despistar os perseguidores, mas será difícil passarmos despercebidos em função dos trajes de Juliette. Nosso passeio nervoso pelos longos corredores será seguido por olhares, rumores, risos, exclamações e assovios.

"Como Jacobo veio parar por aqui?"

"É uma longa história. Olha, creio que deve haver uma saída no fim desse corredor por onde podemos escapar."

Então, percebo que estou falando sozinho. Juliette ficou para trás. Viro o rosto e a vejo com um homem segurando seu braço.

Corro até o fim dos estandes e contorno pelo corredor paralelo junto à parede. Um rapaz acaba de fotografar duas garotas diante do estande da Casa Lyra.

"Está trabalhando?"

"Sim."

"Vem comigo. Uma artista famosa está aqui no pavilhão e não posso perder a chance de tirar um retrato com ela. Como é teu nome?"

"Adolfo."

"Me salvaste, Adolfo."

Apresso o passo empurrando o rapaz com uma mão às suas costas. Chegando à porta central, enxergo a francesa trêmula, com um dos capangas de Jacobo, que a traz pelo braço com a outra mão no bolso, provavelmente segurando uma pistola.

Aponto para eles e falo alto.

"Um retrato, *mademoiselle*! Por favor, Adolfo!"

O fotógrafo posiciona-se diante dela. Na hora do *flash*, o sujeito solta o braço de Juliette para proteger o rosto. Aproveito e me enfio entre os dois.

"Juliette Foillet! Quanta honra! Nunca pensei que conheceria Juliette Foillet em carne e osso, perdoe a expressão vulgar. Sou seu *fan* número um. Quando disseram que a senhorita viria a Porto Alegre quase tive um troço. Me permita tirar uma foto em sua companhia? Capricha, Adolfo!"

As pessoas param para ver a cena. O bandido mantém distância, sem saber o que fazer. Na porta do pavilhão surgem Jacobo e Aaron.

"Agora, uma de rosto colado, desculpe a ousadia."

"O que você está fazendo?", ela pergunta entre os dentes.

"Salvando a nossa pele. Confie em mim. Atue!" Ergo a voz: "Me diga: o que a senhorita está achando de Porto Alegre?"

"*Hum*, uma cidade encantadora, cheia de surpresas."

Faço uma expressão de quem descobriu um tesouro.

"Vocês ouviram o que eu ouvi?", dirijo-me aos curiosos que começam a se aglomerar à nossa volta. "Ela falou português. Juliette Foillet fala por-tu-guês! Sabia que ela dominava o inglês, italiano, alemão, espanhol, além do francês, é claro, mas português? É verdade que a senhorita vai filmar com Chaplin?"

Ela entra no clima.

"Gostaria, mas é perigoso. A gente vai fazer o filme e sai casada com ele."

"Ah, ah, ah, ah. Essa é boa!"

Um dos bandidos aproxima-se dela a mando de Jacobo e tenta puxá-la.

"Vamos, está na sua hora."

"Vou a hora que eu quiser", ela desvencilha-se.

"O amigo trabalha com *mademoiselle*? Um privilegiado! Merece uma fotografia. Contigo, Adolfo."

O fotógrafo aponta a máquina e o tipo vira-se de costas.

"Não gosta de sair na fotografia, hein? Ah, ah, ah. É tímido o moço."

Convido um casal jovem que assiste a tudo.

"Querem tirar um retrato com Juliette Foillet? Vamos! Eu pago. Presente de casamento."

Os dois postam-se sorridentes, um de cada lado.

"Namorados?"

"Noivos."

"Ele é bem bonitão", Juliette diz à moça. "Não o deixe escapar."

"Aproveitem!", eu digo ao público. "Não é todo dia que uma estrela famosa está entre nós. Uma artista espetacular e a simpatia em pessoa, não concordam?"

"Também quero", pede uma mulher de meia-idade.

"O senhor já viu alguma fita com ela?"

"Não tenho certeza", responde um sujeito com os olhos vidrados nas pernas de Juliette. "Por aqui só passam filme americano."

"Que absurdo, né?"

As pessoas já fazem uma pequena fila para tirar retrato com a artista. Adolfo bate as chapas e oferece seus cartões. Olho preocupado para os quatro na porta do pavilhão, esperando apenas as pessoas irem embora. O público vai rareando e é preciso tomar providências."

"Adolfo, me faça um favor. Vamos acompanhar *mademoiselle* Foillet até o cassino."

"Será um prazer."

A concha acústica está vazia. Em torno da fonte, sobram dois ou três gatos pingados. Jacobo percebe que é sua hora.

"Ei. *No se muevam!*", escuto sua voz autoritária.

Posto-me à frente de Juliette.

"Não faça loucura, Jacobo. Você perdeu."

"*Ella vien conmigo*", ele ordena, mas sua atenção é atraída por um grupo que se aproxima, vindo da porta do cassino.

Olho na mesma direção. O delegado Elias e seus agentes correm de armas em punho.

"Mãos ao alto! Não tentem nenhuma gracinha."

"São eles, delegado", eu digo: "Jacobo Weiss, Aaron Fleischer e esses dois cidadãos a quem não fui apresentado, mas são do mesmo quilate. Tentaram raptar esta moça. Cuidado que estão armados."

Juliette vocifera contra Jacobo.

"Monstro! Você matou minha mãe, pensa que não sei?"

"*La vieja iba a morir de todo modo. Ya se encontrava enferma. La hice un favor.*"

"Assassino!"

Os policiais conduzem o quarteto à *viúva-negra*.

"Precisamos ter uma conversinha", diz o delegado Elias.

"Com todo o prazer. Amanhã eu vou tomar um cafezinho com o senhor na chefatura."

Juliette debulha-se em lágrimas.

"O pesadelo terminou, *ma chérie*."
Quando cessa o choro, ela diz:
"Acho que você me deve uma explicação, *hã?*"

As garotas da companhia de Jacques Duchamps começam a subir alegremente as escadas do SS Conte, atraindo os olhares e brincadeiras dos estivadores do porto. O *cabaretier* desmancha-se em gentilezas para as autoridades e representantes da vida mundana que estão ali, envolvidos nas despedidas. A ruivinha me abraça como se não quisesse mais me soltar.

"Juliette", as outras gritam.
Ela afasta o rosto do meu peito.
"Você vai ficar bem, *hã?*"
"Muito bem, excluindo o fato de que vou morrer de saudade."
"E o pé?"
"Quase bom".
"Quem sabe, nós..."
Ponho o dedo sobre sua boca.
"Não diz nada agora. Não esqueça do que combinamos. Vamos nos escrever, contar das coisas boas que irão acontecer e, quando menos se espera, estaremos juntos em algum lugar entre Paris e Porto Alegre. Então, vai parecer que o tempo não existiu."
"Eu estou triste", sua voz é rouca e chorosa.
"Eu estou muito feliz por ter te conhecido e pela possibilidade de te reencontrar. Agora, tu precisa consolidar tua carreira, fazer o que tu ama."
"Tu também."
"Claro, eu também."
O longo beijo que trocamos provoca gritos e assobios das vedetes debruçadas na mureta do convés. Juliette sobe a escada sem se virar. Lá de cima, envia um abano e um beijo e some da minha visão, para chorar em algum canto do navio, enquanto eu procuro um lugar para fazer o mesmo.

Na metade de novembro, sou chamado ao escritório de Genez Porto. Ele me alcança um grosso volume contendo os resultados da comissão de inquérito, com uma expressão de puro abatimento. Começo a folhear. O relatório inicia com um laudo assinado pelo médio Luiz Guedes, do Manicômio Judiciário, referente à personalidade de Guilherme de Carvalho. Os termos se sucedem: psicopata patológico, invencionista e noveleiro, tudo nele é fútil, débil e pueril, sofre de ideias persecutórias, mitômano, mentiroso mórbido, síndromes delirantes.

Adiante, o relatório ocupa cerca de vinte páginas para descartar as possibilidades de crime passional, homicídio culposo e suicídio. Sobre a eventualidade de outra pessoa ter cometido o crime, o documento não contém mais de uma frase: "Não há o menor indício de que isso possa ter acontecido".

O relatório encerra com as seguintes palavras: "A comissão conclui pela ausência de crime e considera a morte do doutor Apparício Cora de Almeida como resultado lamentável de uma funesta e imprudente brincadeira que pretendeu fazer com seu próprio revólver."

"Já era previsto", Genez diz.

"Não consideraram a figura de Leopoldo ou o automóvel misterioso estacionado na casa das alemãs?"

"Leopoldo desapareceu sem deixar rastros. Sequer encontraram a ficha dele no Hotel Carraro."

"Claro. Sumiram com a ficha porque era irregular e lhes causaria incomodações. E quanto ao veículo marrom?"

"Em seu depoimento, o pobre do jardineiro tremia. Quando perguntaram se ele tinha certeza sobre o auto, ele ficou nervoso e declarou que pode ter se confundido nas datas, que não poderia garantir que o viu naquela dia. As outras contradições entre os depoimentos foram consideradas normais e sem maior importância."

"Lamento, Genez. Fizemos o possível."

"Não resta dúvida."

"Imagino o estado de espírito do doutor Israel."

"Ele já se conformou e lastima ter dado crédito ao maluco do Guilherme. Decidiu mudar-se definitivamente para Gramado. Como a Lúcia não quer mais morar na casa da Riachuelo, resolveram, em comum acordo, doar o prédio, para ali instalarem uma casa de estudantes, que era a grande paixão do Cora."

"Um gesto nobre, de profundo significado."

"Bem, a par das más notícias, lhe chamei aqui primeiro para agradecer o seu empenho em nome da família. O doutor Israel fez questão que eu transmitisse a sua gratidão. Segundo, para recompensar o teu trabalho e a dedicação que empenhaste."

Ele entrega-me um envelope e um recibo para que eu assine.

"É muito dinheiro!"

"É justo. Faça bom uso."

Saio dali com uma sensação apavorante. E se a tese do assassino que entrou no restaurante para matar Apparício for apenas uma ilusão da minha cabeça? E se Apparício realmente tivesse feito aquela cena para assustar Olga e, assim, se livrar dela? E se Leopoldo for apenas um vigarista tentando dar um golpe na praça, sem nada a ver o caso? Talvez ele e o tal Fábio não sejam a mesma pessoa. Quem sabe eu esteja tão obcecado na versão conspiratória que criei, tal como Guilherme em seus delírios... Distraído, atravesso a rua e quase sou atropelado por um automóvel marrom.

Ancoradouro do Parque da Redenção em 1935.
Fonte: Faculdade de Arquitetura da UFRGS

Tento um novo começo. Fustigo as teclas com os dois dedos indicadores entremeando os espaços com o polegar esquerdo. Percorro duas linhas, dou um ponto e giro o rolo para ler a frase que acabei de escrever. Retiro a lauda, faço dela uma bolinha e arremesso na cesta do lixo.

Quando Justino Martins chega perto, camisa dobrada nos cotovelos, gravata frouxa, uma espécie de uniforme da redação, estou com a testa encostada no teclado da *Remington* portátil.

"Como anda a nossa matéria?"

"*Tô* patinando há três dias e não sai nada que preste", mostro a cesta cheia de laudas amassadas.

"Meu caro Koetz, tu *tá* preocupado em dar uma dimensão muito grandiosa e profunda pro assunto", Justino é compreensivo com a minha angústia. "É mais simples que tu pensa. Só quero um texto sobre os dez anos da Exposição Farroupilha e não um tratado científico sobre a importância do Centenário na formação da identidade do gaúcho. Basta um texto bacana, estilo *Revista do Globo*, para reavivar a memória dos leitores sobre o assunto. Vamos rechear as páginas com fotografias. Temos ótimas tomadas no arquivo. Dá uma espiada nelas. Quer uma sugestão? Vai lá e dá uma bom passeio pela Redenção que vai te inspirar."

"Não sei de que forma ajudaria", dou de ombros. "Não tem mais nada de pé."

"Deixa a imaginação trabalhar... Caminha, olha a paisagem e sente o clima. Aposto que a memória vai trazer de volta o pórtico, o pavilhão, o cassino, alguma boa recordação de lá. Tenta tirar alguma emoção disso. Um *insight*, como dizem os americanos. Depois, é só sentar e escrever, e isso tu sabe fazer", diz e me bate no ombro.

Quando Justino se afasta, meu primo Edgar vem até mim.

"Algum problema?"

"Tenho que fazer um texto sobre a exposição de 35, mas *tô* apanhando."

"Um café ajuda?"

Ajeito a mesa, guardo o material de pesquisa na gaveta e busco o paletó no espaldar da cadeira. Até o Café Nacional são duas quadras percorridas no movimento frenético da Rua da Praia. As vitrines anunciam as últimas liquidações dos estoques de inverno, mas as vorazes consumidoras estão mais interessadas nas novidades da moda de meia-estação. O dia ensolarado prenuncia uma primavera limpa, de temperaturas agradáveis, ao contrário de dez anos atrás, quando o frio prolongou-se mais do que o normal.

1935 terminou mal para os heróis que eu cultivei naquele ano. No início de novembro, acompanhei a pé o translado do caixão onde jazia Eurico Lara, conduzido desde o Estádio da Baixada, nos

Moinhos de Vento, até a subida do cemitério. Não gosto de enterros, mas devia essa ao mártir tricolor e ao velho Armindo Koetz, que estaria naquela multidão compacta ali, se fosse vivo. O outro herói daquele ano, Dyonélio Machado, foi libertado, mas dois dias depois o prenderam de novo, em consequência da tentativa de levante nos quartéis do Rio de Janeiro em algumas cidades do Nordeste, do qual não participou. Cumpriu estoicamente a pena de dois anos. Quando o soltaram, teve que fazer um esforço enorme para ultrapassar as barreiras político-burocráticas e reaver seu cargo de psiquiatra do Hospício São Pedro. Em compensação, consolidou-se como escritor de romances primorosos.

Tenho convivido com ele nas reuniões do Partido Comunista. "Não se iludam", ele nos alerta, "a guerra foi vencida, o Estado Novo acabou, mas o fascismo não morreu."

Não há mesas livres no Nacional, de forma que ficamos de pé junto ao balcão.

"Dois cafés", Edgar grita.

Chamo o atendente:

"O meu com dois dedinhos de conhaque".

Edgar torce o nariz, pensa em me chamar a atenção, mas desiste.

"O problema é que, de largada, tu já criou má vontade com a pauta."

"Não me julgo a melhor pessoa pra escrever sobre isso. Eu era um mero repórter policial."

"Por que tu te subestima o tempo todo?"

Permaneço ruminando a pergunta dele por alguns instantes e tento mudar a direção da conversa.

"Quase não frequentei a exposição. Fui duas vezes, se tanto. Além disso, já se passaram dez anos, e veja quais dez anos! Guerra mundial, Estado Novo, bomba atômica, holocausto. Eu não consigo nem avaliar se, no fim das contas, aquela celebração toda adiantou de alguma coisa."

"Pois então. Começa o texto por aí."

"Minhas lembranças de 1935 são outras: a eleição do Flores, a prisão do doutor Dyonélio, o assassinato do Apparício Cora, os casos policiais em que me envolvi...", e paro por aí antes de chegar em Juliette, mas Edgar vai ao ponto.
"É a francesinha, pensa que eu não sei?"
Entorno o café com conhaque e solto um longo suspiro.
"Às vezes, tenho recaídas. Essa pauta me traz tudo de volta."
"Por que não explica essa situação pra ele? O Justino é boa--praça. Vai entender."
"Pô, recém entrei na revista. Não seria profissional da minha parte alegar um problema pessoal para recusar uma pauta."
"Quanto tempo faz?"
"Que nos despedimos? Foi no final de 35, com promessas de reencontro, aquelas coisas de amor impossível."
"As cartas?"
"Pararam de vir quando a Alemanha invadiu a França, faz seis anos. Não é difícil imaginar o que aconteceu com ela, e eu me culpo o tempo todo."
"Sem motivo."
"Eu deveria ter pedido para que ela viesse viver comigo."
"E por que não fez?"
"Não tinha direito. Depois que saiu da companhia, Juliette tornou-se uma estrela reconhecida, no auge da carreira, se exibia em teatros de toda a Europa, gravou dois discos. O que ela viria fazer em Porto Alegre ao lado de um jornalista medíocre?"
"Não te deprecia. Tu é dos bons."
"Viria dançar no Variedades, que nem existe mais?"
"Não foi culpa tua."
"Não paro de pensar: se eu pedisse, ela viria, tenho certeza, e isso teria salvo a vida dela."
"Talvez ela esteja viva. A guerra acabou há poucos meses, só agora estão libertando os presos."
"Nunca ouviu falar do holocausto? Das câmaras de gás? O pior é imaginar o que ela sofreu antes do... desfecho."

"Isso é tortura, Paulinho. Tira da cabeça, senão tu não consegue viver. Precisa superar, te divertir, encontrar uma boa moça que te faça, não digo esquecer, mas..."

"Às vezes, surge alguém, a coisa parece que vai engrenar. Então, sem mais nem menos, desando a falar na Juliette e elas somem. Ninguém aguenta, *né*?"

Ficamos um bom tempo em silêncio. Edgar termina sua xícara.

"Tenho que voltar pra revista. Vem comigo?"

"Vou fazer o que o Justino sugeriu. Dar um passeio na Redenção pra ver se me inspiro."

Nunca mais voltei à Exposição Farroupilha desde a noite em que salvei Juliette das mãos de Jacobo Weiss, naquela sucessão de episódios *nonsense*. Nos anos posteriores, assisti diariamente da janela do bonde à lenta demolição da gigantesca e pretensiosa estrutura erguida para comemorar a Revolução Farroupilha e mostrar ao mundo a pujança laboral dos gaúchos. As árvores cresceram e assumiram o protagonismo, em lugar dos prédios futuristas que foram postos abaixo, como era previsto. De todos, o cassino foi o último a cair. Teve uma longa sobrevida graças à resistência inabalável dos círculos mundanos da cidade, o que não deixa de ser uma metáfora divertida sobre o significado da exposição.

A euforia gauchesca, acalentada na população graças ao empenho extraordinário dos historiadores e ao oportunismo governamental, receberia uma ducha de água fria dois anos depois, quando Getúlio Vargas, ao decretar o Estado Novo, proibiu o culto aos símbolos regionalistas, na pretensão de que o Brasil seria uma coisa só. Assim, após tudo o que se disse e se escreveu, as bandeiras farroupilhas foram guardadas no armário e as façanhas heroicas dos farrapos, novamente aprisionadas nos livros.

Algumas alunas da Escola Normal caminham em grupos pelo parque com suas saias plissadas, fitas no cabelo, os livros abraçados junto ao colo, falam de seus sonhos e segredam sobre suas paixões.

Fazem um alarido agradável, sentadas nos bancos de pedra que saíram da esplanada central e foram espalhados pelas alamedas. Um jovem casal, ela de vestido floreado e ele de pulôver cinzento, em começo de namoro, a julgar pelos sorrisos entre encabulados e atrevidos, esbanjam energia, movem-se como se estivessem em uma dança sem música. A moça parece ser mais esperta, aproxima-se dele e se afasta, gira o corpo, lança olhares, mas o rapaz não faz feio, pois compreende muito bem sua condição de coadjuvante na cena amorosa que improvisam.

Caminho a esmo e, sem que perceba, estou me dirigindo ao laguinho, um dos poucos legados da exposição. Adquiro um *ticket*, dobro o paletó que servirá como travesseiro, estiro meu corpo ao longo da pequena canoa e deixo a mansidão das águas me carregar. O sol começa a se aproximar dos sobrados da Rua João Pessoa e quase posso sentir o corpo de Juliette sobre o meu, como naquele fim de tarde em que quase morri no tobogã, antes de conhecermos a cabeça decapitada do professor Kraus no Teatro Misterioso. Ela me disse: estive no inferno, não quero voltar para lá. Não imaginava a crueldade que o destino lhe reservava.

Hora de ir para casa. Atravesso a rua e espio rapidamente os cartazes do Cine Avenida. *Cidadão Kane*, "o filme que vai mudar o cinema", alguém da revista alardeou. Preciso assisti-lo, mas não estou com ânimo. Enveredo pela Venâncio Aires. Ao longe, no fim da rua, os últimos raios de sol pintam o céu de violeta e proporcionam um fim de tarde belo e melancólico. Ao abrir o portão, dona Hulda avisa da janela:

"Visita."

Sigo apressado pelo corredor de pedra, atravesso o pátio onde começam a desabrochar as roseiras em direção e chego à peça dos fundos. Abro a porta do quarto e sala com o coração aos pulos e sou bafejado pelo vapor perfumado de banho recente. Então a vejo. Ficamos os dois estáticos, eu junto à porta e ela ao lado da mesa. Veste um robe atoalhado e tem em mãos o retrato, obra do fotógrafo Adolfo: nós dois de rostos colados, tramando como escapar dos que queriam tirá-la de mim.

Estou de boca aberta e não consigo dizer nada. Sua voz preenche o silêncio:

"Não me julgue mal. Antes de entrar conversei com dona Hulda. Ela lembrou de mim. Perguntei se você ainda morava aqui, ela disse que sim, indaguei se vivia com alguém, ela falou que depois que eu fui embora não apareceu mais ninguém por aqui", ela esfrega um lábio no outro. "*Pardon*, eu pretendia esperar lá fora, mas estava cansada da viagem, essa mala pesa, precisava tomar um banho e entrei. Olha, tinha guardado a chave."

Mostra o chaveiro com um sorriso débil e posso ver uma inscrição numérica impressa em seu pulso. Ela percebe e encolhe o braço.

"Juliette..."

"Comprou uma eletrola, *hã*? Parabéns. Geladeira nova. Você está bem, gostei do bigode, *pas mal*, um pouco mais magro, precisa se alimentar. Eu emagreci muito, virei um palito, mas já estou me recuperando. Que tal?"

Faz meia-volta para os dois lados e exibe o corpo franzino de formas menos salientes.

"Onde tu esteve esse tempo todo?"

"Quando saí do inferno, faz uns meses, escrevi uma carta perguntando se podia vir."

"Nunca recebi."

"Eu não mandei."

"Por quê?"

"Fiquei com medo de receber uma resposta assim: *ah, que bom que você sobreviveu, folgo em saber, mas não venha, eu não te amo mais, passe bem*. Eu não poderia suportar uma coisa dessas, então resolvi vir assim mesmo, correndo esse risco, porque queria te ver pelo menos uma última vez. Só sobrevivi porque a cada dia eu pensava em você, em nós dois. Voltei porque fui feliz aqui, *tu comprends?*"

Escureceu, mas eu posso ver o brilho das lágrimas que rolam em seu rosto sardento.

"Juliette, tu não imagina..."

"Fui feliz aqui porque tive alguém que tomou conta de mim, mas agora tenho medo que você diga algo que não quero ouvir. Acho que fiz besteira. Ouça, se eu puder ficar uns dias até arranjar um lugar, um emprego. Agora, eu quero ensinar crianças a cantar e dançar. O mundo vai precisar de alegria e... Por que você não me diz alguma coisa?"

Seu rosto agora é uma cachoeira. Limpo meus olhos com o dorso da mão e aperto o interruptor de luz. A sala se ilumina. O ambiente sombrio ganha cores.

"Viu só, *ma chérie*? *Juste un clique!* É assim que eu me sinto."

Suas feições vão mudando, a boca se abre para os lados formando covinhas nos cantos, as maçãs de seu rosto sobem e adquirem volume, as sardas se achatam e os olhos ganham uma vivacidade inigualável, transbordante...

"Por que você ainda não pulou em cima de mim?"

Recebo o impacto do corpo delicioso de Juliette de encontro ao meu, seus tornozelos se entrelaçam às minhas costas e ela me cobre de beijos, como naquela noite inesquecível, na Pensão da Aurélia.

E tudo passa a ter sentido.

RAFAEL GUIMARAENS

1935

Libretos

Livro composto em Adobe
Garamond e Phosphate, com 336
páginas, impresso em papel pólen
80 gramas pela gráfica Palloti,
de Santa Maria/RS, em
outubro de 2020.